郭绍敏 著

自然科学
与诗意宇宙

郑州大学出版社

图书在版编目（CIP）数据

自然科学与诗意宇宙／郭绍敏著. — 郑州：郑州大学出版
社，2022.7（2023.7 重印）
ISBN 978-7-5645-3537-7

Ⅰ.①自…　Ⅱ.①郭…　Ⅲ.①诗集–中国–当代　Ⅳ.①
I227

中国版本图书馆 CIP 数据核字（2022）第 060271 号

自然科学与诗意宇宙
ZIRAN KEXUE YU SHIYI YUZHOU

策划编辑	李勇军	封面设计	孙文恒
责任编辑	暴晓楠	版式设计	孙文恒
责任校对	王晓鸽	责任监制	凌　青　李瑞卿

出版发行	郑州大学出版社（http://www.zzup.cn）
地　　址	郑州市大学路 40 号（450052）
出 版 人	孙保营
发行电话	0371-66966070
经　　销	全国新华书店
印　　刷	永清县晔盛亚胶印有限公司
开　　本	890 mm×1 240 mm　1／32
印　　张	14.375
字　　数	539 千字
版　　次	2022 年 7 月第 1 版
印　　次	2023 年 7 月第 2 次印刷

书　　号	ISBN 978-7-5645-3537-7	定　价	58.00 元

本书如有印装质量问题，请与本社联系调换。

诗歌与科学是上天恩赐给整个人类的礼物。

——［美］弗里曼·戴森

目　录

第一辑

第四辑

第五辑

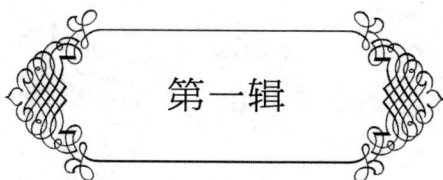

第一辑

中微子与《论语·微子》

由沃尔夫冈·泡利最早推论其存在、由恩利克·费米命名的"中微子"（neutrino），终于在 1955 年被美国的两位物理学家（莱茵斯和柯万）"看到"了。① 诞生于大爆炸（即"创世之火"）最初一瞬间的中微子群，如今依旧游荡在宇宙之中。

它只与弱核力相互作用，引力、电磁力、强核力对它无任何影响。

它没有电荷，以光速运行，穿透一切，如美国小说家厄普代克在题为《中微子》的诗中所言：

> 它们不晓得什么是最厚的墙，
> 不留意响亮的铜和坚硬的钢，
> …………
> 夜间它们进入尼泊尔，
> 将穿过情侣互相搂抱的半睡态躯体。②

一个自然、正当的推论是，中微子群曾经穿过在竹简上誊写《论语·微子》的孔子的弟子及其再传弟子，曾经穿过中原大地上的鹿和逐鹿的将军，曾经穿透一只翘首望月的黑猩猩的脚印，曾经穿过公元 8 世纪敦煌的密谋，曾经穿透盗墓者（如马克·奥里尔·

---

① 沃尔夫冈·泡利（1900—1958）是奥地利物理学家。恩利克·费米（1901—1954）是意大利物理学家，1938 年诺贝尔物理学奖得主。

② 转引自［法］郑春顺：《混沌与和谐——现实世界的创造》，马世元译，商务印书馆 2002 年版，第 181 页。"每秒钟大概有六百五十亿颗称为中微子的微粒穿过我们每一平方厘米的皮肤。"（［法］达斯、［法］莫斯芮、［法］帕皮老特编：《解码者——数学探秘之旅》，李锋译，高等教育出版社 2010 年版，第 48 页）

斯坦因①）、盗梦者（如克里斯托弗·诺兰②）和盗火者（如祝融③、普罗米修斯、查拉图斯特拉）的梦，并穿过此刻正在雕琢词句的我。

狂者曰："凤兮凤兮！何德之衰？往者不可谏，来者犹可追。"④

然而，在科学昌明的现时代，一个对中微子、夸克和 π 介子⑤毫无概念的诗人恐怕是无所谓"可追""不可追"了。

———————————

① 马克·奥里尔·斯坦因（1862—1943）是英国考古学家、语言学家和探险家，曾多次到中亚考察，发掘古楼兰遗址，盗骗敦煌文物。

② 克里斯托弗·诺兰（1970— ）是英国著名导演、编剧、制片人，电影代表作有《盗梦空间》（2010）、《星际穿越》（2014）等。

③ 祝融是中国上古神话人物，火神。

④ 《论语·微子》。

⑤ 参见［日］小柴昌俊：《幽灵粒子——透视未知的宇宙》，逸宁译，人民邮电出版社 2020 年版，第 83 页。小柴昌俊（1926—2020）因其在中微子天文学领域做出的先驱性贡献而获得 2002 年度诺贝尔物理学奖。

努特

我们可以说努特（Nut）是古埃及的天神（它以女性形象示人）①，但也可以说它是古希腊的"努斯"（nous，意为"心智""理性"或"理性灵魂"②），是佛家和史家给予了过分赞美的"慧眼"③，是直径只有 2.5 厘米的"阿莱夫"（一个闪烁的小圆球，但宇宙空间都包罗其中，体积没有按比例缩小)④。

透过它，我看到了自己想看到、不想看到的一切。我看到一座黑金字塔中心一张金光闪闪的蜘蛛网，看到让-弗朗索瓦·商博良（一位法兰西的"埃及人"）在破解象形文字和罗塞塔碑⑤，看到一位赤膊的祭司在尼罗河畔的沙地上进行沙盘推演和加减法演算

---

① 最美丽的宇宙模型之一是古埃及人的："天穹是由女神努特把身体弯成弓形构成的，努特在斜卧着身子的地神杰卜的上方，她只用脚趾和手指尖与地面接触。"努特身上满是星星。参见［德］汉伯里·布朗：《科学的智慧——它与文化和宗教的关联》，李醒民译，辽宁教育出版社 1998 年版，第 42 页。

② 在早期希腊哲学和神话中，努斯还意为秩序。参见冯契主编《外国哲学大辞典》，上海辞书出版社 2008 年版，第 60 页。在古典时代，神话与科学/理性是一体的，没有泾渭分明的界限。古埃及祭司同时是数学家、医生、天文学家。

③ "实、不实为二，实见者尚不见实，何况非实。所以者何？非肉眼所见，慧眼乃能见。"（《维摩诘经》，赖永海、高永旺译注，中华书局 2010 年版，第 153 页）"此诗人慧眼，善于取题处。"（［清］赵翼：《瓯北诗话》，马亚中、杨年丰批注，凤凰出版社 2009 年版，第 113 页）

④ 参见［阿根廷］豪尔赫·路易斯·博尔赫斯：《阿莱夫》，王永年译，上海译文出版社 2015 年版，第 193—194 页。

⑤ 让-弗朗索瓦·商博良（1790—1832）是法国历史学家、语言学家、埃及学家，是第一位破解古埃及象形文字和罗塞塔碑的学者，被后人称为"埃及学之父"。参见［德］策拉姆：《神祇、陵墓与学者——考古学传奇》，张芸、孟薇译，生活·读书·新知三联书店 2012 年版，第 86—114 页。

（他用镰刀形符号表示7①），看到这位祭司的情人在同一时刻同她的一堆情人一边饮酒，一边高谈阔论（话题涵括纸草书、手抄本、"堆"②、十进制、12道门③、咒语、不朽、解剖、香料、写艳诗的技巧④），看到一个女奴的女儿在仰望子午线，看到一位法老乘天国之船巡游，看到一具木乃伊从棺木里悠悠地爬出来，看到卡尔奈克神庙被奉若神明的水钟⑤慢慢地龟裂（这一过程延续3333年之久）……

物理学家提醒我，不要联想过度。我知他是对的。

神学家提醒我，要用理解的心灵和眼光去体察早期科学和宗教，要回到过去。⑥ 我知他是对的。

但他们都没意识到，我是一个死不悔改的努特主义者。

---

① 参见［美］戴维·林德伯格：《西方科学的起源——公元前六百年至公元一千四百五十年宗教、哲学和社会建制大背景下的欧洲科学传统》，王珺译，中国对外翻译出版公司2001年版，第14页。

② 埃及人把未知数称为"堆"。参见［英］J.F.斯科特：《数学史》，侯德润、张兰译，译林出版社2012年版，第5页。

③ 埃及人认为，太阳神瑞每天夜里要乘木船穿过阴间的12道门（由恶鬼把守），黎明时再升起来。于是，夜晚被分为12部分（12小时），相应地，白天也分为12部分（12小时）。

④ 在古埃及的两性关系中，女性占主动，女性写下大量艳诗情歌。参见［美］威尔·杜兰：《东方的遗产》，东方出版社2003年版，第60—61、73页。

⑤ 这里的水钟指埃及滴漏。参见［英］惠特菲尔德：《彩图世界科技史》，繁奕祖译，科学普及出版社2006年版，第17页。

⑥ 参见［英］亚奇伯德·亨利·萨伊斯：《古埃及宗教十讲》，陈超、赵伟佳译，黄山书社2009年版，第3页。

巴比伦

正如所有的巴比伦人一样，我精通六十进制、彩票①和泥板制作术。

正如所有的人一样，我当过占星术的奴隶。

正如在空中花园劳作的某位奴隶观察到的某颗星星一样，我混迹于宏大的星图和音符之中。

瞧！安美依迪丝②正抱着《汉穆拉比法典》跳舞。

瞧！巴格达墙上的狮子在吞食羊肝、青金石和九重高天。

使光明重归黑暗的力量不只洪水、台风、恶魔③、"阿达特的恐怖"④，还有来去无踪的"苏卡里"⑤。

在无月的夜晚，一位天使赋予我支配那些刺有楔形记号的人的

---

① 参见［阿根廷］豪尔赫·路易斯·博尔赫斯：《小径分叉的花园》，王永年译，上海译文出版社2015年版，第51页。

② 安美依迪丝是公元前6世纪巴比伦国王尼布甲尼撒二世的王妃，空中花园就是为她而建。

③ 巴比伦医学的基本观念是，疾病由恶魔（由于命运、疏忽、罪孽或魔法）附身引起。参见［英］惠特尔德：《彩图世界科技史》，繁奕祖译，科学普及出版社2006年版，第25页。又参见［美］戴维·林德伯格：《西方科学的起源：公元前六百年至公元一千四百五十年宗教、哲学和社会建制大背景下的欧洲科学传统》，王珺译，中国对外翻译出版公司2001年版，第21页。

④ 《吉尔伽美什：汉英对照》，赵乐甡译，辽宁人民出版社2015年版，第99页。

⑤ 依闪米特人的神学观念（巴比伦人是闪米特人的一支），苏卡里（Sukkalli）是负责将神明的意旨传达给尘世凡人的天使。参见［英］亚奇伯德·亨利·萨伊斯：《古巴比伦宗教十讲》，陈超、赵伟佳译，黄山书社2010年版，第192页。

权力，但是我得听从有尼普①记号的人，而他们在有月的夜晚则听从有楔形记号的人。

拂晓的时候，我锯开通往地下的路。②

有一个太阴月，我被宣布为无形：我大呼救命，却无人回应，我盗窃君士坦丁堡博物馆里的宝物③，却没被抓住砍头。

我经历过以色列人所不了解的事情：悲怆。那是一间位于观象台的房间，面对不知"〇"为何物的国王④，教诲他的冲动始终伴随我。在苍凉的长河中也有激情。

对我这个东方人而言，马杜克、那波、内尔格勒、沙玛什、辛、尼尼布、伊什塔尔等名字⑤一度陌生。

我已记不清是在巴别塔还是广州塔的腰身写下上述文字。

---

① "在古巴比伦北边的尼普（Nippur），美国考古学家发现了贝尔（Bel）大神庙，里面所藏的碑文数量是特罗图书馆所藏碑文的五倍。"［英］亚奇伯德·亨利·萨伊斯：《古巴比伦宗教十讲》，陈超、赵伟佳译，黄山书社 2010 年版，第 3 页。

② "在黎明前，太阳神舒马什和其他神一起锯开通往地下的路。"［英］惠特菲尔德：《彩图世界科技史》，繁奕祖译，科学普及出版社 2006 年版，第 29 页。

③ 君士坦丁堡奥陶曼博物馆藏有大量古巴比伦泥板。参见［英］J.F.斯科特：《数学史》，侯德润、张兰译，译林出版社 2012 年版，第 14 页。

④ 巴比伦人用留空隙的方法表示"零"。参见［英］J.F.斯科特：《数学史》，侯德润、张兰译，译林出版社 2012 年版，第 13 页。

⑤ 分别为 Marduke（马杜克/木星）、Nabu（那波/水星）、Nergal（内尔格勒/火星）、Shamash（沙玛什/太阳）、Sin（辛/月亮）、Ninib（尼尼布/土星）、Isatar（伊什塔尔/金星）。这是古代两河流域的叫法。

毕达哥拉斯

当一个 21 世纪的男青年坠入情网时，他不会在意心爱姑娘的脸上是否藏着勾股定理，不会拿尺子丈量她的身材（以判断其是否符合黄金分割），不会介意她生气生得是否有理（他知道女人都是天生的"$\sqrt{2}$"①），更不会对她说"先知在本地不受尊敬"②"万物皆数""没有一个罗马人因为沉湎于数学图形而丧命"③ 之类莫名其妙的话。

在不用陪她时，他将多余的精力用来寻找完美数和亲和数，希望能与她"像220与284一样亲密"④；他练习里拉琴，力图弹奏出

---

① $\sqrt{2}$ 的无理性——"$\sqrt{2}$ 是无理数"的证明是数学史中最著名的证明之一。柏拉图对无理数的存在十分吃惊，以至于把自己的生活分为两个阶段：看到证明以前；证明出现之后。参见［美］约翰·塔巴克：《数——计算机、哲学家及对数的含义的探索》，王献芬、王辉、张红艳译，商务印书馆 2008 年版，第 79 页。

② 《圣经·马太福音》13：57。译文有修正。

③ 怀特海说，"罗马是一个伟大的民族，但是他们却由于只注重实用导致了创造性的缺乏而受到了人们的指责"，"他们并不是那种能够提出新观点的梦想家，这些新观点能给人以更好地主宰自然界的力量。没有一个罗马人因为沉湎于数学图形而丧命"。转引自［美］莫里斯·克莱因：《西方文化中的数学》，张祖贵译，商务印书馆 2020 年版，第 20—21 页。

④ 完美数是指这样一个数，它恰好等于它的真因数之和（第一个完美数是 6；6＝1+2+3）。亲和数是指这样一对数，其中任意一个是另一个的真因数之和。如 220 的真因数是 1、2、4、5、10、11、20、22、44、55、110，它们相加等于 284。284 的真因数是 1、2、4、71、142，它们相加等于 220。220 与 284 是最小的一对亲和数（由毕达哥拉斯发现）。第二小的亲和数是 1184 与 1210（但不是被第二发现的，第二对被发现的亲和数是 17926 与 18416，由费马在 17 世纪发现）。另，歌德有著名情感小说《亲和力》。

纯四度、纯五度的悦耳和声，① 为的是给她庆祝生日、给她惊喜；他摆布石子，因为石子意味着城池、计算和统治世界的技艺；② 他探索《普林顿322》的神秘，③ 在他看来，数字像先知、爻辞和轮回转世说一样神秘——世界上没有事物不是神秘的。

他偶尔留起长发（为了显得有艺术气息），尽管没有资格被誉为"长发的萨摩斯人"④。

他从素食主义者⑤升格为荤食主义者。

他期望自己变成阳性的"1"。

他期望她像"7"一样纯洁。⑥

---

① 毕达哥拉斯发现，如果一根弦的长度是另一根的一半，则它们发出的音调尽管相同，却会高一个八度；相同弦的 $\frac{2}{3}$ 处和 $\frac{3}{4}$ 处可以弹奏出纯五度和纯四度的悦耳和声。参见［美］迈克尔·J.布拉德利博士：《数学的诞生：古代~1300 年》，陈松译，上海科学技术文献出版社 2011 年版，第 17 页。

② "计算"一词的原意是"摆布石子"。在毕达哥拉斯看来，一旦掌握了数的结构，就控制了世界。参见蔡天新：《数学与人类文明》，浙江大学出版社 2008 年第 2 版，第 32 页。又参见［美］莫里斯·克莱因：《古今数学思想（第一册）》，张理京、张锦炎、江泽涵等译，上海科学技术出版社 2014 年版，第 25 页。

③ 被称为《普林顿322》的巴比伦表（泥板文书）现在收藏于美国哥伦比亚大学图书馆，它与毕达哥拉斯三角形有关。参见［美］理查德·曼凯维奇：《数学的故事》（修订版），冯速、马晶、冯丁妮译，海南出版社 2009 年版，第 22—23 页。

④ 毕达哥拉斯被称为"长发的萨摩斯人"。

⑤ 毕达哥拉斯和他弟子一度建立社团（同胞会），同住同吃，奉行素食主义。"毕达哥拉斯主义者构想了一种新的神圣状态，要达到这种状态就必须禁欲修行并且遵守禁忌，例如，要戒食某些食物如肉、鱼、豆和酒，要避免穿毛织品衣服。"（［美］乔治·萨顿：《希腊黄金时代的古代科学》，鲁旭东译，大象出版社 2010 年版，第 251 页）

⑥ "7"不能分解，是处女数。参见蔡天新：《数学传奇：那些难以企及的人物》，商务印书馆 2016 年版，第 19 页。又参见［英］詹姆士·金斯：《自然科学史》，韩阳译，中国大地出版社 2016 年版，第 24 页。

在柏拉图命名的正十二面体中①，在拥有八条险径的太行山中，在心爱姑娘的衣领中，他发现了沟沟壑壑的性感。

---

① 柏拉图认为，正十二面体是整个宇宙的形状。参见［美］迈克尔·J.布拉德利博士：《数学的诞生：古代～1300 年》，陈松译，上海科学技术文献出版社 2011 年版，第 22 页。

赫拉克利特

赫拉克利特说过，世界"过去、现在和未来永远都是一团永恒的火，有些部分燃烧，有些部分熄灭"，"一切变成火，火烧上来执行审判和处罚"；还说过，"时间是一个玩骰子的儿童，儿童掌握着王权"；① 但他最有名的两句话是，"除了生成，我别无所见"和"人不能两次踏进同一条河流"。②

循此逻辑，则赫拉克利特的朋友不能两次邂逅同一个赫拉克利特；一位少女不能两次看到同一朵昙花（哪怕中间只相隔五分钟）；大闹天宫的孙悟空与五行山下的孙悟空，灵根孕育的孙悟空与护师西行的孙悟空，③ 不是同一个孙悟空，更何况，孙悟空还有神秘莫测的七十二变化——此处的"七十二"并非实指，而是无限多的意思。

赫拉克利特肯定没有读过《西游记》，但这不等于说他与孙悟空没有交集。当年孙悟空被抓，焚烧他的除了太上老君八卦炉中的"文武火"，红孩儿的"三昧真火"，④ 还有赫拉克利特的"永恒的活火"。但孙悟空不惧火焚⑤，不仅没被烧死，还趁机炼成"火眼

---

① 转引自 [奥] 埃尔温·薛定谔：《自然与希腊人 科学与人文主义》，张卜天译，商务印书馆 2015 年版，第 56 页；[法] 莱昂·罗斑：《希腊思想和科学精神的起源》，陈修斋译，段德智修订，广西师范大学出版社 2003 年版，第 74、76 页。

② [德] 弗里德里希·尼采：《希腊悲剧时代的哲学》，周国平译，译林出版社 2011 年版，第 70 页。译文有修正。

③ 参见《西游记》第 1—14 回。

④ 参见《西游记》第 7、41 回。

⑤ 博尔赫斯也刻画过一个经常呼唤行星的名字、不惧火焚的"参与宇宙的灵魂"。参见 [阿根廷] 豪尔赫·路易斯·博尔赫斯：《小径分叉的花园》，王永年译，上海译文出版社 2015 年版，第 43—45 页。

金睛"。若无"火眼金睛",孙悟空就肯定看不到诸神的黄昏、吃了能与天地齐寿的蟠桃、东瀛的伪希腊人和正在用锤子从事哲学的尼采①了。

在古希腊诸哲人之中,尼采偏爱赫拉克利特,说他是具有直觉思维的静观者("以静观的态度凌驾于艺术品之上","能够自觉地生活在逻各斯之中"②),是一颗没有大气层的星辰("目光向内是热烈的,向外却是冰凉木然的,仿佛只是面对着幻象"),说他具有"帝王气派的自尊和自信","仿佛只有他才是德尔斐神谕'认识你自己'的真正贯彻者和实行者,而别人都不是"③。

然而,在我看来,赫拉克利特没有那么伟大或神奇。

他只是一个嗜好游戏和恶作剧的顽童,孙悟空头上的一根毫毛,《易经》中的一根爻线——既然他说过"不变的唯有变化"④。

---

① 参见〔德〕尼采:《偶像的黄昏——或怎样用锤子从事哲学》,李超杰译,商务印书馆 2009 年版。

② 〔德〕弗里德里希·尼采:《希腊悲剧时代的哲学》,周国平译,译林出版社 2011 年版,第 80 页。

③ 〔德〕弗里德里希·尼采:《希腊悲剧时代的哲学》,周国平译,译林出版社 2011 年版,第 85 页。孙悟空也具有帝王气派的自尊和自信,他曾说:"老孙若肯要做皇帝,天下万国九州皇帝都做遍了。"(《西游记》第 40 回)

④ 转引自〔英〕克里斯托弗·波特:《我们人类的宇宙:138 亿年的演化史诗》,曹月、包慧琦译,中信出版社 2017 年版,第 55 页。《周易·系辞》曰:"《易》之为书也,不可远。为道也屡迁,变动不居,周游六虚,上下无常,刚柔相易,不可为典要,唯变所适。"关于"易"之哲理,又参见钱锺书:《管锥编(1—4 册)》,生活·读书·新知三联书店 2007 年第 2 版,第 3 页。

原子①

德谟克利特发现的原子是一个原子。

最早提出量子概念的普朗克②

推崇个人主义的哈耶克③

浪迹天涯的波德莱尔，都是一个原子。

大熊星是一个原子。

做梦的精灵是一个原子。

生灭之间的《论生灭》是一个原子。④

织女眼中的滕是一个原子。⑤

生活在别处的牛郎

拍死的苏格拉底身上的牛虻是一个原子。

---

①　本篇的"原子"取哲学意义，而非物理学（物质学）意义。

②　量子理论必须"往前追溯 24 个世纪到留基伯和德谟克利特"，"他们发明了第一个不连续体——嵌在虚空中的孤立原子。我们的基本粒子概念无论从历史上还是从观念上都来源自他们的原子概念"。（［奥］埃尔温·薛定谔：《自然与希腊人　科学与人文主义》，张卜天译，商务印书馆 2015 年版，第 125 页）

③　在社会和政治理论界，个人主义被称为"原子论"。这种理论认为社会由个体组成，旨在实现的主要是个人目标；它赋予个人及其权利以优先权。奥地利裔英国思想家哈耶克（1899—1992，1974 年诺贝尔经济学奖得主）是这一理论的代表。参见［英］戴维·米勒、韦农·波格丹诺主编《布莱克维尔政治学百科全书》（修订版），邓正来等译，中国政法大学出版社 2002 年版，第 377 页。又参见［英］哈耶克：《个人主义与经济秩序》，邓正来译，生活·读书·新知三联书店 2003 年版，第 5—51 页。"个人无疑是一种社会的'意识形态'表象中的虚构原子。"（［法］米歇尔·福柯：《规训与惩罚：监狱的诞生》，刘北成、杨远婴译，生活·读书·新知三联书店 2003 年第 2 版，第 218 页）

④　亚里士多德在其论著《论生灭》中讨论了四种基本元素（土、空气、火、水）及其相互作用。参见［英］乔纳森·巴恩斯：《亚里士多德的世界》，史正永、韩守利译，译林出版社 2010 年版，第 96—97 页。

⑤　滕（读音 shèng）是织布机的机件之一，即筘。参见孙机：《中国古代物质文化》，中华书局 2014 年版，第 90 页。

亲手制造的美丽

或不美丽的穹体是一个原子。①

亲手制造的汉武帝

或路易十四是一个原子。②

在伊山得瓦纳战役中击败

英国军队的祖鲁族是一个原子。③

"胖子"是一个原子。

"小男孩"是一个原子。④

傲视历史的菊花是一个原子。⑤

源初的种子是一个原子。⑥

以肩顶天的阿特拉斯是一个原子。⑦

阿基米德撬动地球的支点是一个原子。

大肠杆菌是一个原子。

笃信原子的玻尔兹曼

---

① 参见昆德拉：《生活在别处》，袁筱一译，上海译文出版社 2014 年版，第 61 页。

② 参见辛德勇：《制造汉武帝——由汉武帝晚年政治形象的塑造看〈资治通鉴〉的历史构建》，生活·读书·新知三联书店 2015 年版；［英］彼得·伯克：《制造路易十四》，郝名玮译，商务印书馆 2007 年版。

③ 此次战役爆发于 1879 年 1 月 22 日，即爱因斯坦诞生的那一年。

④ 1945 年 8 月美国扔向日本的两颗原子弹被命名为"小男孩"和"胖子"。

⑤ 黄巢《不第后赋菊》："待到秋来九月八，我花开后百花杀。冲天香阵透长安，满城尽带黄金甲。"

⑥ 普卢塔克认为："宇宙生成之初，一个冷热一体的种子（germ，或 seed）从永恒的无限中分离出来，接着又从它产生出一个火球，包裹着围绕大地的空气，就像树皮包裹着树一样。"转引自［英］G.E.R.劳埃德：《早期希腊科学——从泰勒斯到亚里士多德》，孙小淳译，上海科技教育出版社 2015 年版，第 19 页。

⑦ 阿特拉斯是古希腊神话中的人物，擎天巨神。古希腊的米利都人"对先前被认为是由神控制的现象[宙斯引起了雷霆，波塞冬引起了地震，阿特拉斯以肩顶天]，提出了自然主义的解释"。（［英］G.E.R.劳埃德：《早期希腊科学——从泰勒斯到亚里士多德》，孙小淳译，上海科技教育出版社 2015 年版，第 14 页）

发现的玻尔兹曼常量是一个原子。①

就连一度否认原子存在的

"an age of science"② 也只是一个原子。

① 参见［意］卡罗·切尔奇纳尼：《玻尔兹曼——笃信原子的人》，胡新和译，上海科学技术出版社 2006 年版。
② 意为"科学时代"。

芝诺悖论

　　埃利亚的芝诺提出过一个著名的悖论，即阿喀琉斯和乌龟永恒赛跑的问题。阿喀琉斯比乌龟的速度快十倍，并让乌龟先跑一百米。阿喀琉斯跑完这一百米时，乌龟又向前跑了十米。阿喀琉斯跑完这十米时，乌龟又向前跑了一米。阿喀琉斯跑完这一米时，乌龟又向前跑了十厘米。阿喀琉斯跑完这十厘米时，乌龟又向前跑了一厘米。阿喀琉斯跑完这一厘米时，乌龟又向前跑了十毫米。阿喀琉斯跑完这十毫米时，乌龟又向前跑了一毫米。阿喀琉斯跑完这一毫米时，乌龟又向前跑了零点一毫米……如此永无尽头，阿喀琉斯虽然无限迫近，却永远追不上乌龟。

　　这个悖论被称为芝诺悖论、阿喀琉斯悖论或乌龟悖论（我倾向于最后一种叫法）。千百年来，它一直困扰着哲学家和数学家的心灵。亚里士多德、笛卡儿、霍布斯、莱布尼茨、密尔、康托尔、罗素、柏格森、博尔赫斯、侯世达都提出过解释。① 这本身或许说明，这个悖论是无解的，勉而为之，不过为"乌龟悖论史"添加一条可有可无的史料（成为史料似乎是无法避免的）。

　　凭感觉和经验即可解决的问题，值得如此众多的杰出心灵大动干戈吗？感觉真的具有欺骗性，因此属于巴门尼德所言的"表象之

---

　　① 参见［美］乔治·萨顿：《希腊黄金时代的古代科学》，鲁旭东译，大象出版社 2010 年版，第 341 页。又参见［阿根廷］豪尔赫·路易斯·博尔赫斯：《讨论集》，徐鹤林、王永年译，上海译文出版社 2015 年版，第 132—141、154—164 页。又参见［美］侯世达：《哥德尔、艾舍尔、巴赫——集异璧之大成》，郭维德等译，商务印书馆 1996 年版，第 231—236 页。

道"（相对于"真理之道"）①，是不可信的？空间、时间以及行为（如跑步）是无限可分的吗？② 为何古人的算术能力远远不及今人，提出的数学思想却如此高深？

或许，人类的哲学——思想并非单线进化的。或许，如下三种情形都是可能并且允许的：（1）阿喀琉斯追得上乌龟；（2）阿喀琉斯追不上乌龟；（3）阿喀琉斯和乌龟同头并进。或许，神秘的宇宙在通过"乌龟悖论"启示我们：一切皆可能，阿喀琉斯和乌龟在本质上是"同一"的。"圣有所生，王有所成，皆原于一"③；"它们就既不相同，又不相异，既不接触，又不分离"④；"与整个宇宙合而为一，是理智世界的一部分，没有被分离或隔断，而是与整体合一"⑤。

悖论尽管无法解决，却也扼杀不了思想。我们应为此感到庆幸。

如果乌龟骑上光，就可以和光一样快。

如果阿喀琉斯对垒的是手持光剑的赫克托尔⑥，他就不可能把特洛伊第一勇士杀死。赫克托尔的死，既成就了阿喀琉斯，也成就了他自己，更成就了一部史诗（长寿的乌龟在一旁静静地看着这一切）。

---

① 参见［美］戴维·林德伯格：《西方科学的起源：公元前六百年至公元一千四百五十年宗教、哲学和社会建制大背景下的欧洲科学传统》，王珺译，中国对外翻译出版公司2001年版，第36页。

② "会不会物质世界并不是连续的、无限可分的，而是由离散的、不可划分或者说不可切割的部分组成的呢？"（［英］吉姆·巴戈特：《物质是什么》，柏江竹译，中信出版社2020年版，第8页）

③ 《庄子·天下》。

④ ［古希腊］柏拉图：《巴门尼德篇》，载《柏拉图对话集》，王太庆译，商务印书馆2004年版，第572页。

⑤ 此语出自普罗提诺。转引自［奥］埃尔温·薛定谔：《自然与希腊人　科学与人文主义》，张卜天译，商务印书馆2015年版，第86页。

⑥ 赫克托尔是荷马史诗《伊利亚特》中特洛伊一方的王子、第一勇士，与阿喀琉斯决斗时落败而死。光剑是美国科幻电影《星球大战》中的高科技武器。

《蒂迈欧篇》第三十九节

柏拉图《蒂迈欧篇》第三十九节讨论了造物主、宇宙、星体、生命体、运动、螺旋、理性、永恒灵魂等问题，① 其中最令我着迷的是"永恒灵魂"说。

在柏拉图看来，灵魂是事先存在的。当宇宙开始时，我们的灵魂就被创造出来了，然后降临到一个个肉体里。因此，知识和精神活动（涵括做梦）就是回忆，当我们创造、理解、诠释某些数学或哲学真理时，实际上是忆起了我们在灵魂早先被创造时已经知道的东西（回忆是一种天赋、能力，因人而异）。②

类似爱尔兰诗人叶芝所讲的"大心灵"和"大记忆"。③

也就是说，一个人欣赏音乐的能力来自他存在之前听过的天体音乐的记忆；④ 贝多芬谱曲的天赋来自他存在之前早已植下的记忆；柏拉图设想的洞穴隐喻、释迦宣讲的佛家教义、尤利安皇帝驳斥犬儒赫拉克勒奥斯的讲辞⑤、威廉·汉密尔顿发明的四元数⑥、左丘

---

① 参见［古希腊］柏拉图：《蒂迈欧篇》，谢文郁译注，上海人民出版社2003年版，第35—36页。

② 参见［英］惠特菲尔德：《彩图世界科技史》，繁奕祖译，科学普及出版社2006年版，第40页。

③ ［爱尔兰］威廉·巴特勒·叶芝：《生命之树》，苏艳飞译，四川文艺出版社2015年第2版，第38页。

④ 参见［英］惠特菲尔德：《彩图世界科技史》，繁奕祖译，科学普及出版社2006年版，第41页。"柏拉图的世界灵魂的重要性在于它具有明确的音乐性"，"宇宙之环的数字等同于音乐中八度音中音符的数字"。（［美］杰米·詹姆斯：《天体的音乐——音乐、科学和宇宙自然秩序》，李晓东译，吉林人民出版社2003年版，第43、47页。译文略有修正）

⑤ 参见马勇编译：《尤利安文选》，华夏出版社2017年版，第3—39页。

⑥ 参见［美］达纳·麦肯齐：《无言的宇宙》，李永学译，北京联合出版公司2015年版，第108—113页。

明倡导的"三不朽"①、爱德华·本-琼斯绘制的《维纳斯的镜子》②、埃斯库罗斯的《被缚的普罗米修斯》、冯·诺伊曼的"自繁殖的自动机理论"③，也都根源于前世的"宇宙大记忆"。

是否太玄乎了？罗素以同情的口吻说："我们很难知道在《蒂迈欧篇》中，哪些是应该认真对待的，哪些应该看作幻想的游戏。"④ 乔治·萨顿愤愤地评价道："《蒂迈欧篇》对后世的影响是巨大的，而这种影响基本上是有害的……《蒂迈欧篇》的科学上的错乱被误解成了科学真理。大概除了圣约翰这位神的《启示录》（*Revelation*）以外，我再也想不到其他比《蒂迈欧篇》的影响更有害的著作了。"⑤

依我看，乔治·萨顿只是嫉妒柏拉图的名声和神一般的存在罢了。

"神一般的存在"毕竟不是神。恰如小宇宙不等于大宇宙。

宇宙到底是一个蛋白还是蛋黄？抑或它根本就是一个混蛋？⑥ ——如此混账话也只能对宇宙说；若对人说，他会跟你急。

① 《左传·襄公二十四年》："大上有立德，其次有立功，其次有立言，虽久不废，此之谓不朽。"
② 参见［美］保罗·埃尔默·摩尔：《柏拉图十讲》，苏隆编译，中国言实出版社 2003 年版，第 96 页。
③ 参见［英］保罗·戴维斯：《生命与新物理学》，王培译，中信出版社 2019 年版，第 85 页。
④ ［英］罗素：《西方哲学史》（上卷），何兆武、李约瑟译，商务印书馆 1963 年版，第 195 页。
⑤ ［美］乔治·萨顿：《希腊黄金时代的古代科学》，鲁旭东译，大象出版社 2010 年版，第 528 页。
⑥ 参见木心讲述、陈丹青笔录：《文学回忆录（全 2 册）》，广西师范大学出版社 2013 年版，第 700 页。

一次对话

A：政治学家、文学评论家、哲学家、逻辑学家、伦理学家、数学家、物理学家、天文学家、地理学家、动物学家和植物学家亚里士多德有资格到清华大学新雅书院①或中国人民大学古典文明研究中心担任通识课教师吗？

B：勉强够格吧。尽管他的知识体系有点过时，但他不失为一通儒。通儒比凤毛、麟角和六翼天使②还罕见。

A：在清华和人大开设通识课的教授难道不都是通儒吗？

B：仍然是哲学教授教哲学，法学教授教法学，物理学教授教物理……而学生什么都学一点。

A：也就是说，哲学教授依旧不知"迈底戈拉"③ "普劳特假说"④ "晕族大质量致密物质"⑤ 为何物，法学教授依旧不关心

---

① 清华大学新雅书院成立于 2014 年，是清华大学为探索本科教育改革而特设的住宿制文理学院，以"古今贯通、中西融汇、文理渗透"为宗旨，以"欲求超胜，必先会通"为导向，培养志向远大、文理兼修、能力突出、开拓创新的精英人才。

② 撒旦曾经是上帝座前的六翼天使。

③ "迈底戈拉"在克蒂西亚《波斯志》（*Persica*）中原称"迈底耶戈拉"，波斯语译为"吃人兽"。或云此兽实指猛虎。参见［古希腊］亚里士多德：《动物志》，吴寿彭译，商务印书馆 2010 年版，第 65 页。

④ 指普劳特（1785—1850）于 1815—1816 年所做的推测。该假说认为，由于化学元素的原子量似乎是氢（H=1）的整数倍，元素实际上可能是氢的化合物或聚合物。参见［英］W.F.拜纳姆、［英］E.J.布朗、［英］罗伊·波特编：《科学史词典》，宋子良等译，湖北科学技术出版社 1988 年版，第 549 页。

⑤ 根据宇宙学家和天文学家的意见，晕族大质量致密物质（MACHOs）可能是由以下物质或天体构成：白矮星、红矮星、黑洞、中子星、褐矮星、气体云等。参见［法］郑春顺：《星空词典》，李涵译，北京联合出版公司 2019 年版，第 288—290 页。

"第一推动"① "天穹半球"② "Chronos"③ 的作息规律，而物理学教授依旧对 "否定式修辞"④ "历史与立法者的诗艺"⑤ "矫正正义的逻辑"⑥ "城邦和僭主政制原理"⑦ 一窍不通，是这样吗？

B：差不多。

A：如果教授本身都不通，教出来的学生又如何能通呢？这到底是在培养通儒、精英，还是在培养升级版 "小资"？

B：通者自通，与师无涉。

A：（沉思半晌）这话甚有道理，我似乎被你点通了。我决心甩掉 "通三统" "通变达权" "绝地天通" 之类的陈词滥调，钻研与星空对话的星空词典。对了，你到底是谁？

B：其实，我是——亚里士多德。

① "第一推动者是不能运动的。"（［古希腊］亚里士多德：《物理学》，张竹明译，商务印书馆 1982 年版，第 241 页）

② 参见［古希腊］亚里士多德：《天象论 宇宙论》，吴寿彭译，商务印书馆 1999 年版，第 148 页。

③ "亚里士多德曾把菲勒塞德斯排在那些已经把哲学和神话混合起来的神学家之列。菲勒塞德斯是阿那克西曼德的同代人，他虽然保留了传统中主要神祇的形象，但又通过词源上的文字游戏改变了这些神的名称，以便暗示或强调他们的自然力特征，'Cronos'（克洛诺斯）变成了'Chronos'，意为'时间'……"（［法］让-皮埃尔·韦尔南：《希腊思想的起源》，秦海鹰译，生活·读书·新知三联书店 1996 年版，第 100 页）

④ 参见［古希腊］亚理斯多德（亚里士多德）：《修辞学》，罗念生译，生活·读书·新知三联书店 1991 年版，第 118 页。

⑤ 参见［古希腊］亚里士多德：《诗学》，陈中梅译注，商务印书馆 1996 年版，第 81—87 页。

⑥ 参见［古希腊］亚里士多德：《尼各马可伦理学》，廖申白译注，商务印书馆 2003 年版，第 136—140 页。

⑦ 参见［古希腊］亚里士多德：《政治学》，吴寿彭译，商务印书馆 1965 年版。又参见［古希腊］亚里士多德：《雅典政制》，日知、力野译，商务印书馆 1959 年版。

Ａ大叫一声，从梦中醒来。确实，摆脱古人的暗示去做现代梦是困难的。①

---

① 亚里士多德曾进入阿拉伯帝国哈里发阿布·贾法尔·阿卜杜勒·马蒙（公元813—833年在位，伊斯兰统治者中最伟大的科学赞助人）的梦中。据公元10世纪的阿拉伯历史学家伊本·纳迪姆的记载：马蒙梦见一个面色红润、前额较高、眉毛浓密、秃头、眼睛深蓝色、身形英朗的人坐在椅子上。马蒙问："你是谁?"答曰："我是亚里士多德。"马蒙又问："哦，哲学家，我可以问你一些问题吗?"答曰："可以。"又问："何谓善好?"答曰："符合理智的一切。"再问："除此之外呢?"答曰："大众认为好的事物。"继而问："此外呢?"答曰："别无'此外'。"参见［英］吉姆·哈利利：《寻路者：阿拉伯科学的黄金时代》，李果译，中国画报出版社2020年版，第17—18页。马蒙对新哲学运动和外来文化的影响持开放态度，曾大力支持穆尔太齐赖派的理性主义运动。

断指与残篇

和宙斯一样，我也只有十根手指。十根粘粘连连的断指。

一根交给被神秘冲动毁于一旦的兰波，①

一根交给与裂谷热吻的脉冲波，

一根交给觊觎地球蓝的环形山，

一根交给爱因斯坦的小提琴的琴弦，

一根交给从理论物理学的废纸篓中爬出的费曼，②

一根交给只写下"半截诗"③、差点溺死词语之海的海子，

一根交给法学家莱布尼茨，④

一根交给哲学家希波克拉底，⑤

一根交给无尽的工作和有尽的时日，⑥

---

① 参见［美］罗伯特·格里尔·科恩：《小拇指：兰波早期诗歌详释》，杨德友译，北岳文艺出版社2015年版，第230页。小拇指（Petit-Poucet）是法国童话故事中的人物。参见［法］阿尔蒂尔·兰波：《流浪》，载《兰波作品全集》，王以培译，作家出版社2011年版，第65页。

② 参见［美］米歇尔·费曼编：《费曼语录》，王祖哲译，湖南科学技术出版社2020年版，第91页。

③ 参见海子：《半截的诗》，载西川编：《海子诗全集》，作家出版社2009年版，第134页。

④ 数学家、哲学家莱布尼茨怎么成了法学家？可，为什么不能是法学家？！参见［德］马提斯·艾姆伽特：《莱布尼茨的法学理论》，杨丽译，载邓安庆主编《自然法与现代正义：以莱布尼茨为中心的探讨》，上海教育出版社2017年版，第56—71页。

⑤ "西方医学之父"、古希腊的希波克拉底说："通晓哲理的医生好似一个神。"参见［意大利］阿尔图罗·卡斯蒂廖尼：《医学史》，程之范、甄橙译，译林出版社2013年版，第168页。

⑥ 参见［古希腊］赫西俄德：《工作与时日 神谱》，张竹明、蒋平译，商务印书馆1991年版。

一根交给习惯于嘲讽"残篇"①、因手指折断才变得清醒的自己。

① 参见［古希腊］赫拉克利特：《赫拉克利特著作残篇》，T.M.罗宾森英译，楚荷中译，广西师范大学出版社 2007 年版。又参见［古希腊］巴门尼德：《巴门尼德著作残篇》，盖洛普英译，李静滢中译，广西师范大学出版社 2011 年版。又参见［清］薛丙辑著，白宏宽、周平诠注改编：《心武残编详解》，成都时代出版社 2014 年版。

逍遥游

在十二宫中沿着"观星癖者"（涵括余光中先生和爱德华爵士)① 曾经漫步的黄道漫步。

与热心肠的克力同一起陪侍"动辄以己之智术授人"② 的苏格拉底游叙弗伦游叙利亚游人类语言难以叙说的幽暗之地。

安坐菩提树下聆听视菩提树若无物的大师谈"相待有"谈"假名有"谈"法有"③ 谈"清心普善咒"。

任由看不见的事物成为天马行空的对象。④

与九缪斯之一的乌剌尼亚⑤签订死生契阔的契约。

在伊甸园用永不生锈的低密度全钛潜水刀削智慧树上的苹果吃。

在上帝之城与参透了时间奥秘的奥古斯丁讨论"建造和平神庙以后出现的各种战争"⑥。

在山巅之城与并非不富有的富兰克林（尽管不如华盛顿富有）交流帝国治理和避雷针制作的技艺。

沉醉于像融化的黄金向下流动撞击巨石发出的清脆铃音的雄牛

---

① 参见余光中：《逍遥游》，载《余光中精选集》，北京燕山出版社 2011 年第 4 版，第 184 页。爱德华爵士是笔者一个朋友的网名。

② 参见［古希腊］柏拉图：《游叙弗伦 苏格拉底的申辩 克力同》，严群译，商务印书馆 1983 年版，第 14 页。

③ 参见郑廷础释译：《大智度论》，东方出版社 2019 年版，第 77 页。

④ "作为多个的东西，是看见的对象，不是思想的对象，理念则是思想的对象，不是看见的对象。"（［古希腊］柏拉图：《理想国》，郭斌和、张竹明译，商务印书馆 1986 年版，第 264 页）

⑤ 乌剌尼亚是古希腊神话中司天文学和占星术的缪斯，她的形象通常是左手持天球仪，右手拿指挥棒，脚放在一只海龟上，眼睛望向天空。

⑥ ［古罗马］奥古斯丁：《上帝之城》，王晓朝译，人民出版社 2006 年版，第 132 页。

郦的歌声之中。①

　　放纵自己在许慎文化园和《说文解字》中迷路（即使途穷也不哭）。②

　　经由比萨斜塔进入循环往复的小宇宙。③

　　旁若无人似的观赏逍遥津之战。④

　　在逍遥镇的大道边喝一碗最地道的胡辣汤（对端来汤的姑娘说一声"谢谢，味道鲜又美"）。

　　在阿尔塔米拉洞穴惊叹奇案之奇鲜花之鲜影影重影影。⑤

　　在土星的标志下与摔跤手的未婚妻亲密接触。

　　在电子无法跃迁的狄拉克海荡起狄拉克递来的击晕过大鱼和大咖的双桨。⑥

　　在出土于尼尼微的亚述巴尼拔图书馆遗址呼唤天空、阿卜苏、

---

　　①　"雄牛郦要用两三年的时间来完善它的歌喉。它的歌声听起来就像融化的黄金向下流动、凝固，然后撞击在石头上发出清脆的铃音。那是一种极罕见的婉转流畅，外加金属的铃音。"（［美］戴维·乔治·哈斯凯尔：《看不见的森林：林中自然笔记》，熊姣译，商务印书馆2014年版，第101页）

　　②　许慎是中国东汉时期的文字学家、经学家。许慎文化园位于河南省漯河市，是以许慎墓为中心建筑的园区。

　　③　"1571年，比萨的一位内科医生、植物学家，兼医学教授安德鲁·塞萨尔皮诺（1524—1603）在他的著作《逍遥学派的疑问》中使用了循环一词，他已经对所存在的主要和次要（血液）循环有了初步的概念。"（［英］罗伯特·玛格塔：《医学的历史》，李城译，希望出版社2003年版，第102页）

　　④　公元215年，曹魏名将张辽率领七千人在逍遥津（今合肥东北隅）大败东吴的十万大军，差一点活捉孙权。

　　⑤　参见［古希腊］柏拉图：《理想国》，郭斌和、张竹明译，商务印书馆1986年版。又参见［美］彼得·萨伯：《洞穴奇案》，陈福勇、张世泰译，生活·读书·新知三联书店2009年版。

　　⑥　"他（狄拉克）模糊地感觉到，他已经做好了捕大鱼的准备，直到海森伯的量子力学论文发表之后，他才明白自己捕捉的对象在哪里。"（［丹］赫尔奇·克劳：《狄拉克：科学和人生》，肖明、龙芸、刘丹译，湖南科学技术出版社2009年版，第9页）

提阿马特①和她的名字。

在一个笑吟吟的孩子的关于太昊陵、脚踏车、光柱、宣夜②、玄烨、公牛、欧罗巴、穆法、教法史、热质说、威尔逊山天文台、良渚文化黑陶盘刻划符③、豳风、月令、北冥、南冥④的千奇百怪的梦中成为霍格沃茨特快列车⑤驾驶员。

---

　① 巴比伦创世史诗《埃努玛·埃利什》曰："在最高之处，天空还没有名字，/在最低之处，大地也未被赋予名字，/只有阿卜苏（淡水）和提阿马特（咸水）生出了一切。"转引自［意］卡洛·罗韦利：《极简科学起源课》，张卫彤译，湖南科学技术出版社 2018 年，第 23 页。

　② "奥罗拉多那太阳系牧场国又称宣夜国，或直接称作宣夜（Suanjes）。宣夜乃现有宇宙中连续空间领地的统称，乃穆法知识中宇宙牧场之太阳系牧场建国思想的反映。"（霍香结：《灵的编年史》，作家出版社 2018 年版，第 533 页）宣夜说是中国古代的一种宇宙学说，它主张"日月众星，自然浮生于虚空之中，其行其止，皆须气焉"（《晋书·天文志》）。

　③ 参见阿城：《洛书河图：文明的造型探源》，中华书局 2014 年版，第 63页。

　④ 《庄子·逍遥游》："北冥有鱼，其名为鲲"，"南冥者，天池也"。

　⑤ 霍格沃茨特快列车是出现在《哈利·波特》系列小说中的魔法列车。

希波克拉底

当我参观阿纳尼大教堂时，在天花板上看到希波克拉底。①

当我抵达科斯岛，在大树下发现希波克拉底。②

当我为林黛玉煎药时（她干咳得厉害），在药罐中瞥见希波克拉底。③

当我与阿波罗交谈时，听他抱怨说，自己的神圣地位已被阿斯克雷庇亚、希波克拉底、查罗克和神农氏取代。④

当我研读福柯《临床医学的诞生》⑤ 一书时，想起"47"⑥ 这个平常的数字。

当我对情人山盟海誓时，想起《希波克拉底誓言》中的一句：

---

① 阿纳尼大教堂在意大利。参见［英］惠特菲尔德：《彩图世界科技史》，繁奕祖译，科学普及出版社 2006 年版，第 58 页。

② 科斯岛上有希波克拉底之树，大理石基座上刻有《希波克拉底誓言》。有学者认为，这份誓言归之于希波克拉底是伪托的。参见［美］约翰·伯纳姆：《什么是医学史》，颜宜葳译，北京大学出版社 2010 年版，第 17 页。

③ "希波克拉底式的治疗法就是用相反性质的药物去抵消某种过度的相对元素，例如用凉性食物治疗发烧，用热水浴治疗干咳。"（［美］马歇尔·萨林斯：《人性的西方幻象》，赵丙祥、胡宗泽、罗杨译，生活·读书·新知三联书店 2019 年版，第 169 页）

④ 阿波罗是古希腊神话中的医药之神。阿斯克雷庇亚是希腊传说中的著名医生，据说希波克拉底是他的后裔。《希波克拉底誓言》首句即"吾将在阿波罗、阿斯克雷庇亚、卫生和健康众神之前宣誓……"。查罗克是古印度著名医生。（参见［英］罗伯特·玛格塔：《医学的历史》，李城译，希望出版社 2003 年版，第 20 页）神农氏是中国上古部落联盟首领，传说中的药神（有神农尝百草的传说）。

⑤ ［法］米歇尔·福柯：《临床医学的诞生》，刘北成译，译林出版社 2011 年版。

⑥ "希波克拉底学派著作中所包括的 47 例临床病史是其后 1700 年内医学文献中唯一名副其实的临床病史。"（［意大利］阿尔图罗·卡斯蒂廖尼：《医学史》，程之范、甄橙译，译林出版社 2013 年版，第 157 页）

"吾将以纯洁与神圣为怀,终生不渝。"①

当我倍感抑郁时,会想起希波克拉底所作的一个分类:抑郁质、胆汁质、粘液质和多血质(但抑郁并未因此减少半分)。

是"地理病理学"② 让我理解了淮橘为枳的深层原因。

是"生命短暂,艺术永存"③ 的箴言鞭策我矢志于不比生活更有意义的艺术。

是"自然无师自行"④ "有些梦是神圣的"⑤ 的断言让我意识到,面对自然,除了做梦,一切努力均属徒劳。

希波克拉底比我幸运。我生活在一个专业化的庸常时代,而他生活在一个铁匠、术士、农民接骨者、除妖者、采药者、游离四方的卖药人、巫医、占卜者、送护身符的人、酒吧女、接生婆、佩戴能创造奇迹的鬣狗皮的女人、理发师、僧侣、哲学家均可自由从事医病的混沌时代——那时,医学是一门开放的技艺,并非专属于少数特定的人;那时,"医生跳出了庙堂所约束的境界,而以开阔的目光,真纯的心地,去研究自然的无限奥秘"⑥;那时,人们活在神

① [英] 罗伊·波特主编《剑桥插图医学史》(修订版),张大庆主译,山东画报出版社 2007 年版,第 36 页。

② 希波克拉底《论气、水和区域》一书谈及"地理病理学""气象学"以及"大宇宙和小宇宙现象之间的因果关系"。参见 [意大利] 阿尔图罗·卡斯蒂廖尼:《医学史》,程之范、甄橙译,译林出版社 2013 年版,第 154 页。

③ [古希腊] 希波克拉底:《格言医论》,载《希波克拉底文集》(修订版),赵洪钧、武鹏译,学苑出版社 2019 年版,第 184 页。

④ 出自希波克拉底《论营养物》第 39 节。参见 [意大利] 阿尔图罗·卡斯蒂廖尼:《医学史》,程之范、甄橙译,译林出版社 2013 年版,第 163 页。

⑤ [古希腊] 希波克拉底:《梦论》,载《希波克拉底文集》(修订版),赵洪钧、武鹏译,学苑出版社 2019 年版,第 239 页。

⑥ [意大利] 阿尔图罗·卡斯蒂廖尼:《医学史》,程之范、甄橙译,译林出版社 2013 年版,第 170 页。

话的世界里，圣徒和殉难者神殿尚未同阿斯克雷庇亚神殿竞争，"人和神灵，都处于上下流动状态"①。

---

① ［古希腊］希波克拉底：《摄生论一》，载《希波克拉底文集》（修订版），赵洪钧、武鹏译，学苑出版社 2019 年版，第 205 页。

卢克莱修

有伊壁鸠鲁这样一个导师就可以了。他曾说,天文学除了带来心灵的宁静和坚定的信念之外,再无其他目的。① 而你,将最热情最虔诚的诗句敬献给他:"是你第一个在这样的黑暗中/高高举起如此明亮的火炬","你是我的父亲,万物之理的发现者,/你给我以一个慈父般的告诫"。②

有西塞罗这样一个同世知音就可以了。他最先认识你独一无二的伟大所在,处心积虑地保存你的作品原文,③ 否则,这些比《高卢战记》《内战记》④ 还要高贵的文字有可能像迦太基一样灰飞烟灭。

有帕斯卡这样一个局外人的隔世回响就可以了。比你短寿(因而比你幸运)的他⑤有一天突然恐怖地看到自己被整个宇宙的恐怖空间包围——被"包围得像个原子,又像个仅仅昙花一现就一去不返的影子","恹恹地被引向死亡"。⑥

---

① 参见 [古希腊] 伊壁鸠鲁:《致皮索克勒信 (天文学纲要)》,载《自然与快乐:伊壁鸠鲁的哲学》,包利民等译,中国社会科学出版社 2004 年版,第 20 页。

② [古罗马] 卢克莱修:《物性论》,方书春译,商务印书馆 1981 年第 2 版,第 130 页。译文略有修正。

③ 参见 [美] 乔治·萨顿:《希腊化时代的科学与文化》,鲁旭东译,大象出版社 2012 年版,第 341、356 页。西塞罗 (前 106—前 43),古罗马著名政治家、哲学家,曾当选为执政官 (前 63 年),以雄辩著称,后被政敌杀害。

④ 《高卢战记》《内战记》是恺撒的作品。它们既是历史记事,又是伟大的文学。

⑤ 卢克莱修活了 44 岁 (前 99—前 55),帕斯卡活了 39 岁 (1623—1662)。

⑥ [法] 帕斯卡尔:《思想录——论宗教和其他主题的思想》,何兆武译,商务印书馆 1985 年版,第 93 页。

有波利尼亚克这样一个勉强合格的论敌就可以了。① 寻索合格的仇敌像寻索合格的友人一样塞难。

有一部作品传世就可以了。不像某些人，尽管著作等身，却在活着时就已经死了——因此等于没有活过。

但丁把你忽略②，这是不对的。

你认为宗教只是一连串的矫饰、迷信和罪恶，这是不对的。③

你在政治上太愚钝。或许你是伪装的。

你不只是一部百科全书的作者。④

你不只是一条永不停息的地下河。

你同原子学说、诗、太阳、有所事事的人类以及"无所事事的影子神"⑤ 共存亡。⑥

---

① "德·波利尼亚克（1661—1742）写了一部长诗《驳卢克莱修——论神或自然》（9 卷），这一作品是他去世后出版的。据说，它是现代拉丁语中最出色的科学诗。我还没有读过它。"（［美］乔治·萨顿：《希腊化时代的科学与文化》，鲁旭东译，大象出版社 2012 年版，第 360—361 页）

② 但丁认为在自己之前西方世界有五位大诗人（荷马、贺拉斯、奥维德、卢卡努斯、维吉尔），而他本人是第六位。参见［意大利］但丁：《神曲》，黄文捷译，华文出版社 2010 年版，第 17 页。

③ 参见［古罗马］卢克莱修：《物性论》，方书春译，商务印书馆 1981 年第 2 版，第 6—7 页。又参见［美］威尔·杜兰：《恺撒与基督》，东方出版社 2003 年版，第 196 页。

④ 关于《物性论》的百科全书特性，参见［美］乔治·萨顿：《希腊化时代的科学与文化》，鲁旭东译，大象出版社 2012 年版，第 349 页。

⑤ ［古罗马］西塞罗：《论神性》，石敏敏译，商务印书馆 2012 年版，第 86 页。

⑥ "它（古希腊的原子论）之所以能够留存下来，在更大程度上是因为罗马诗人卢克莱修的伟大诗作《物性论》正是以它为主题。他用优雅的诗体讲述着这个看似了无诗意的主题，使得原子论最终未被遗忘。"（［荷］E.J.戴克斯特霍伊斯：《世界图景的机械化》，张卜天译，湖南科学技术出版社 2010 年版，第 18 页）

建筑十书

1

维特鲁威的《建筑十书》是献给罗马皇帝奥古斯都的，他在序言中写道："我观察陛下不仅对于公共生活和国家政治制度予以各方面的垂注，而且对于公共建筑物的适用性也予以关怀，其结果是由于陛下的威力不仅国家合并了各邦扩大起来，而且还通过公共建筑物的庄严超绝显示了伟大的权力。"①

《史记·高祖本纪》："萧丞相营作未央宫，立东阙、北阙、前殿、武库、太仓。高祖还，见宫阙壮甚，怒，谓萧何曰：'天下匈匈苦战数岁，成败未可知，是何治宫室过度也？'萧何曰：'天下方未定，故可因遂就宫室。且夫天子以四海为家，非壮丽无以重威，且无令后世有以加也。'高祖乃说。"②

高祖出身低微，见识天生比不得奥古斯都，但他"孺子可教"——不，天子可教。

对于帝国而言，其宫阙、空间、人（尤其哲学建筑师③）、科

---

① ［古罗马］维特鲁威：《建筑十书》，高履泰译，知识产权出版社 2001 年版，第 3 页。在约翰·罗斯金看来，建筑是一种特别具有政治特质的艺术。参见［英］约翰·罗斯金：《建筑的七盏明灯》，谷意译，山东画报出版社 2012 年版，第 2 页。

② 《史记·留侯世家》。

③ "哲学可使建筑师气宇宏阔，即使其成为不骄不傲且颇温文有礼，昭有信用，淡薄无欲的人。这才是无与伦比的啊！"（［古罗马］维特鲁威：《建筑十书》，高履泰译，知识产权出版社 2001 年版，第 8 页）

学、技术和褐蚁①的气象，都必须是帝国的。

2

维特鲁威说："建筑师应当擅长文笔，熟悉制图，精通几何学，深悉各种历史，勤听哲学，理解音乐，对于医学并非茫然无知，通晓法律学家的论述，具有天文学或天体理论的知识。"②

亦即说，不精通法律的史家不是好的建筑师。

或，不精通制图的诗人不是好的建筑师。

依循上述标准，则现今建筑师资格考试的科目不应限于《建筑设计（知识）》《建筑方案设计（作图）》《建筑经济、施工及设计业务管理》《建筑材料与构造》之类，至少还要涵括《诗学》《古罗马音乐史》《神圣几何》《疾病与人类文明》《中华帝国的法律》《"废墟"的美学》《通俗天文学》。

---

① "褐蚁和几百个同族带着幸存的蚁后向着太阳落下的方向走了一段路，建立了新的帝国。"（刘慈欣：《三体Ⅱ·黑暗森林》，重庆出版社2008年版，第1页）

② ［古罗马］维特鲁威：《建筑十书》，高履泰译，知识产权出版社2001年版，第4页。

3

陶立克式①、比例、均衡、营造、万神庙②、庙饰、庑殿③、侏儒柱④、飞檐、枕头木⑤、色相、法力……这些抽象的概念均不如"林徽因"三个字令我怦然心动。

林中路通向的是"越过西方和东方"的"傍晚之疆域"⑥吗？

徽州古村落是走出猫城的老舍先生的灰色隐居地⑦吗？

因小失大难道不是昧于小大之别的人世间的常态吗？

那重访边城、在城墙下漫步的我，那宛若置身梦中拉着林徽因纤手的我，那顽固地秉持英雄史观的我，"显然不像个知识份子"⑧。

生命和宇宙，由一个个比分子还小的瞬间构成。

历史由历史的形式和质料筑造。

---

① 陶立克式是古希腊柱式的一种，是一种没有柱础的圆柱，直接置于阶座上，由一系列鼓形石料一个挨一个垒起来，较粗壮雄伟。参见［古罗马］维特鲁威：《建筑十书》，高履泰译，知识产权出版社2001年版，第14页。

② 万神庙位于意大利首都罗马圆形广场的北部，结构简洁，形体单纯，主体是圆形的，顶上覆盖一个直径43.3米的大穹顶，为古罗马建筑代表作。参见陈志华：《外国古建筑二十讲（插图珍藏本）》，生活·读书·新知三联书店2002年版，第47页。

③ 庑殿是中国古代建筑的一种屋顶样式，等级最高（高于歇山式），清朝时只有皇家和孔子殿堂才可以使用。"中国屋顶式样有四阿（清式称'庑殿'）、九脊（清称'歇山'）、不厦两头（清称'悬山'）、硬山、攒尖五种。汉代五种均已备矣。"（梁思成：《中国建筑史》，生活·读书·新知三联书店2011年版，第47页）

④ 侏儒柱也称蜀柱，指立于梁上的短柱。参见［北宋］李诫著，赫长旭、兰海编译：《营造法式》，江苏凤凰科学技术出版社2017年版，第51页。

⑤ 关于"枕头木"，参见林徽因：《林徽因精选集》，北京燕山出版社2013年版，第360页。

⑥ ［德］马丁·海德格尔：《林中路》（修订本），孙周兴译，上海译文出版社2004年版，第342页。

⑦ 参见老舍：《猫城记》，民主与建设出版社2020年版，第7页。

⑧ 张爱玲：《重访边城》，北京十月文艺出版社2012年版，第283页。原文为"知识份子"，现在的用法是"知识分子"。

诗因诗心①、秋日、烽燹和美狄亚假说②相互拥抱而成形。

拜伦在图书馆前看到我朗诵他的诗篇（尤其《唐璜》）时惊叹我发音之正。

东亚的亚当们不会因为受苦而否定天堂和伊甸园的伦理功能。③

扎哈·哈迪德④在大兴机场与我邂逅，盛情邀请我一起直飞卡朋特视觉艺术中心和无界的天空。⑤

4

之所以说建筑师必须懂得天文学和星象，⑥ 是因为每座房子都是"一种模仿，是对天体演化的再现"，"每建造一所房子，就开辟了一个'新纪元'"⑦，是因为"法象莫大乎天地"，故"兴神物以

---

① 参见［德］海默·施维克：《里尔克和女性：挚爱诗心》，商丹妮译，黑龙江教育出版社2016年版。"'诗心'二字含义甚宽，如科学家之谓宇宙，佛家之谓道。"（叶嘉莹笔记：《顾随讲曹操·曹植·陶渊明》，高献红、顾之京整理，河北教育出版社2018年版，第138页）

② 在古生物学家彼得·沃德看来，生命就像古希腊神话中杀死自己孩子的"恶母"美狄亚一样，既创造生命，又带来毁灭，加速包括自己在内的所有生命的死亡。参见［美］彼得·沃德：《美狄亚假说——地球生命会自我毁灭吗?》，赵佳媛译，上海科技教育出版社2019年版。

③ 参见［美］卡斯腾·哈里斯：《建筑的伦理功能》，申嘉、陈朝晖译，华夏出版社2001年版，第137页。

④ 扎哈·哈迪德（1950—2016）是伊拉克裔英国女建筑师，2004年普利兹克建筑奖获得者，代表作品有广州大剧院、北京大兴机场、迪拜舞蹈大厦等。

⑤ "（哈佛大学）卡朋特视觉艺术中心是勒·柯布西耶设计的一个超现实建筑，也是他在西半球的唯一作品。"（［美］尼尔·德格拉斯·泰森：《天空无界》，邬佳迪译，江苏凤凰文艺出版社2019年版，第53页）勒·柯布西耶（1887—1965）是现代主义建筑的主要倡导者，机器美学的重要奠基人。

⑥ 维特鲁威《建筑十书》之"第九书"谈的是天空、行星、月、黄道十二星座、北天星座、南天星座、星占学、水钟等。参见［古罗马］维特鲁威：《建筑十书》，高履泰译，知识产权出版社2001年版，第233—257页。

⑦ 这是米罗西亚·艾来达的观点。转引自［美］卡斯腾·哈里斯：《建筑的伦理功能》，申嘉、陈朝晖译，华夏出版社2001年版，第154页。

前民用"①，是因为"宇宙受一套非常简单的法则支配"（科学可以分为两类：物理学和建筑)②，是因为"鸢飞戾天，鱼跃于渊"③，是因为隐藏在哥特背后的神秘、火焰和辐射性，④ 是因为建筑乃保有物质和守护神永远的影子的场所，⑤ 是因为所谓制造建筑，就是"把作为自我封锁的大地带入敞开领域之中"⑥，是因为从二维进阶为三维、从三维进阶为四维是必要的，⑦ 是因为力与美紧密勾连，超凡崇高才足以震慑人心，⑧ 是因为抚摸玄武门就是与极北与未来握手，⑨ 是因为追问建筑的存在方式就是追问自然是什么、人工是

---

① 《周易·系辞上》。

② ［英］约翰·格里宾、玛丽·格里宾：《大众科学指南：宇宙、生命与万物》，戴吾三、戴晓宁译，上海科技教育出版社 2010 年版，第 3 页。原文为："在 20 世纪初提出原子核模型的物理学家卢瑟福（Ernest Rutherford）说过这样的话：'科学可以分为两类，物理学和集邮。'"

③ 《诗经·大雅·旱麓》。

④ 参见［英］坎利夫、［英］亨特、［英］路西耶：《世界建筑风格漫游：从经典庙宇到现代摩天楼》，张文思、王鞞珏译，机械工业出版社 2014 年版，第 59—60 页。

⑤ 参见日本建筑学会编：《建筑论与大师思想》，徐苏宁、冯瑶、吕飞译，中国建筑工业出版社 2012 年版，第 39 页。

⑥ ［德］马丁·海德格尔：《林中路》（修订本），孙周兴译，上海译文出版社 2004 年版，第 33 页。译文略有更改。

⑦ "人类从二维进入三维，刚刚开始飞出地球。"（张文江记述：《潘雨廷先生谈话录》，复旦大学出版社 2012 年版，第 139 页）

⑧ ［英］约翰·罗斯金：《建筑的七盏明灯》，谷意译，山东画报出版社 2012 年版，第 100—102 页。法拉第在给朋友的信中写道："我具备科学家的超凡道德情感。"（［美］南希·福布斯、［英］巴兹尔·马洪：《法拉第、麦克斯韦和电磁场：改变物理学的人》，宋峰、宋婧涵、杨嘉译，机械工业出版社 2020 年版，第 12 页）"一个经受了充分崇高感的人，他那神态是诚恳的，有时候还是刚强可怕的。"（［德］康德：《论优美感和崇高感》，何兆武译，商务印书馆 2001 年版，第 3 页）

⑨ 玄武是中国古代神话中的四灵之一，又名龟蛇（龟蛇都身有鳞甲，好像武士的盔甲，故称为"武"）。源于远古的星宿崇拜（北方玄武星宿；玄为黑色，代表北方）。北方玄武在八卦中为坎，于五行主水。参见徐刚、王燕平：《星空帝国：中国古代星宿揭秘》，人民邮电出版社 2016 年版，第 103—144 页。

什么、时间为何物以及生为何物、死为何物。①

5

　　乔治·萨顿认为维特鲁威的风格总体来说是"清晰但乏味的"，
"他像一个工程师那样写作，他对各种器械比对缪斯女神更熟悉，
而且对他来说，写作并不是非做不可的事情，因而没有那么大的快
乐。他的文体要么过于扼要，要么过于华丽。……当他的华丽辞藻
越用越多时，就是他写得最糟糕时"，"在他那个时代没有捉刀代笔
之人；如果有的话，他也许会找其中一个人去做那种对他来说并不
愉快的工作"。②

　　如果帮维特鲁威寻一个捉刀代笔之人，谁最合适呢？

　　当然是研读过《建筑十书》、绘有素描作品《维特鲁威人》③、
具有深沉的天真本性④的"15世纪的维特鲁威人"达·芬奇了。

　　如果请不动他老人家，则以戏弄"严酷的魔王"和"瘸腿的圣

---

　　①　参见［日］隈研吾：《自然的建筑》，陈菁译，山东人民出版社2010年
版，第145页。

　　②　［美］乔治·萨顿：《希腊化时代的科学与文化》，鲁旭东译，大象出版社
2012年版，第455页。

　　③　《维特鲁威人》是达·芬奇在1487年前后创作的素描作品，是他心目中
完美比例的人体：从发际线到下颌的距离为人身高的十分之一，从下巴底到头顶
的距离是人身高的八分之一，从胸部到头顶的距离是身高的七分之一；乳头到头
顶的距离是身高的四分之一，肩膀的最大宽度为身长的四分之一；手肘到中指
尖的距离是身高的五分之一；手肘到腋窝的距离为人体长度的八分之一。手掌全
掌的长度是身长的十分之一。阴茎开始于人的正中。脚的长度是身长的七分之一。
足踝至膝下为人的四分之一，膝盖到阴茎根部的距离为人的四分之一。下颌到鼻
子的距离，以及眉毛到发际线的距离都等于耳朵的长度，并且是脸的三分之一。
参见［意］达·芬奇：《达·芬奇笔记》，杜莉编译，金城出版社2011年版，第91
页。

　　④　"这是一个天分极高的人，天真无邪，像是个孩子，对每个问题都要穷究
到底。列奥纳多（达·芬奇）睁开双目直视这个世界。……对他来说，世界只有
一个，科学、艺术也是只有一种。"（［美］乔治·萨顿：《科学的生命》，刘珺珺
译，上海交通大学出版社2007年版，第74页）

徒"为乐、以解读符号和密码为天职、"靠研制出的一种灵丹妙药推迟死亡而欺骗上帝"的丹·布朗先生，① 也是可以将就的。

如果这位早已赚得盆满钵满的小说家也不给面子，那就只能由我这个不知天高地厚的穷诗人亲自出马了。

6

明代画家郑元勋序《园冶》："古人百艺，皆传之于书，独无传造园者何？曰：'园有异宜，无成法，不可得而传也。'"②

岂止造园无成法，一切创造性技艺（涵括科学研究和写诗）皆无成法，也不应有成法。

一有成法，则教条矣，成学院派矣——"能守不能创，拘牵绳墨"③；"他们总像是律师在办案"，"他们的世界是狭小的关闭的体系"，"他们什么都知道，唯独不明白自己的无知"。④ 他们搞不懂老聃所言的"无知""无欲""无为"为何意，对宇宙航行学和无限的暗礁⑤视而不见，没有能力体会建筑的纪念性和精神性以及永恒的感情，⑥ 亦在情理之中。

---

① 参见［美］丹·布朗：《达·芬奇密码》，朱振武、吴晟、周元晓译，人民文学出版社 2013 年版，第 35—37 页。

② ［明］计成：《园冶》，刘艳春编著，江苏凤凰文艺出版社 2015 年版，郑元勋题词。

③ ［明］计成：《园冶》，刘艳春编著，江苏凤凰文艺出版社 2015 年版，郑元勋题词。

④ ［美］乔治·萨顿：《科学的生命》，刘珺珺译，上海交通大学出版社 2007 年版，第 76 页。

⑤ 参见［美］卡斯腾·哈里斯：《无限与视角》，张卜天译，湖南科学技术出版社 2014 年版，第 303—322 页。

⑥ "建筑的纪念性是一种品质，源自结构的一种精神性，传达了永恒的情感，一种增一分太多且减一分太少，完全无法加以更动改变的境界。"（施植明、刘芳嘉：《路易斯·康：建筑师中的哲学家》，江苏凤凰科学技术出版社 2016 年版，第 23 页）

7

廊香圣母堂①、香波城堡双旋梯②

和像时间一样蜿蜒的长城

都是今日音乐家

不再津津乐道的"凝固的音乐"③。

卡夫卡在英雄交响曲的

旋律中迷路了，忘了自己也是

亲睹长城竣工的一位帝国观察者。④

山海关恹恹地望着山和海。

天坛不再做祭天使用。

巴西利卡⑤在巴西落地生根。

斯特拉斯堡变得细腻烦琐。⑥

圣人道："《礼》以道行，《乐》以道和。"⑦

文明人追求比例、均衡

----

① 参见汉宝德：《如何欣赏建筑》，生活·读书·新知三联书店 2013 年版，第 11—21 页。

② 参见［德］苏珊娜·帕尔奇：《建筑的历史》，吕娜等译，学林出版社 2009 年版，第 102 页。

③ 关于建筑作为"凝固的音乐"，参见［德］谢林：《艺术哲学》，魏庆征译，中国社会出版社 1996 年版，第 242—245 页。

④ 参见［奥］卡夫卡：《中国长城建造时》，载《卡夫卡小说全集》（Ⅲ），韩瑞祥等译，人民文学出版社 2003 年版，第 248—257 页。

⑤ 巴西利卡是古罗马的一种公共建筑形式，其特点是平面呈长方形，外侧有一圈柱廊，主入口在长边，短边有耳室，采用条形拱券作屋顶。意大利建筑师帕拉迪奥（1508—1580）在《建筑四书》中对自己的作品"维琴察的巴西利卡"进行了准确生动的描述。参见［德］伯恩德·艾弗森：《建筑理论：从文艺复兴至今》，唐韵等译，北京美术摄影出版社 2018 年版，第 97 页。

⑥ 关于斯特拉斯堡大教堂上的琐碎竖琴状装饰，参见［美］欧文·潘诺夫斯基：《哥特建筑与经院哲学——关于中世纪艺术、哲学、宗教之间对应关系的探讨》，吴家琦译，东南大学出版社 2013 年版，第 11 页。

⑦ 《庄子·天下》。

和谐,① 这很好，却也可能

因此失去"非理性领悟"

和创造"粗鲁的诗意"② 的狂乐。

8

一位长寿、太长寿的中国绅士

（他的名字叫贝聿铭③）

正站在卢浮宫金字塔的塔顶眺望

苏州园林池塘之底的一只青蛙④

卫斯理学院的一个

热爱叔本华哲学的女生⑤

美秀美术馆的一本

题名为《菊与刀》的英文书⑥

---

① "装饰是感觉方面的，是较为低等的，跟色彩同属一个级别，它能够满足头脑简单的人和野蛮人。和谐、比例能够激发智慧，吸引文明人。"（［法］勒·柯布西耶：《走向新建筑》，杨至德译，江苏科学技术出版社 2014 年版，第 105 页）

② 关于"野性主义"和"粗鲁的诗意"，参见罗小未：《勒·柯布西耶》，载《建筑师》编辑部编：《国外建筑大师思想肖像（上）》，中国建筑工业出版社 2008 年版，第 40 页。

③ 贝聿铭（1917—2019）是美籍华人建筑师，美国艺术与科学院院士，中国工程院外籍院士，被誉为"现代建筑的最后大师"。

④ 贝聿铭曾在苏州园林（狮子林）度过了童年的一段时光。他说："整个园林都是供我们玩耍的好地方。假山中的山洞、石桥、池塘和瀑布都会勾起我们无限幻想。"（［德］波姆：《贝聿铭谈贝聿铭》，林兵译，文汇出版社 2004 年版，第 5 页）

⑤ 1938 年，贝聿铭在纽约中央火车站邂逅了正要去卫斯理学院读书、后来成为他妻子的卢淑华（1919— ）。

⑥ 《菊与刀——日本文化的类型》是研究日本的名著，作者是美国人类学家鲁思·本尼迪克特。

肯尼迪图书馆的一把可怕的手枪①

香山饭店的一丝香气

不计其数的石材的诱人尖角

以及插入帝国心脏的中国银行的尖顶②。

他像关注向量和几何一样

关注家庭、内聚力和历史。

他惊叹于西方音乐的丰富性，

被贝多芬的交响乐感动

（概因两人都姓贝）。

他看上去没有烦恼，

心想：工作永远是最好的对策。

他在素描时成为素描，

在设计光时成为光，

在亵玩威尼斯时成为威尼斯，

在中庭踱步时成为广漠的空间。

他不在乎造价，

只对尚未呈现的美感兴趣。

他觉得象征意义胜过实际意义。

他兼具庄严的古怪感和古怪的幽默感。

他有时藏身于咖啡壶，

---

① 约翰·肯尼迪图书馆是为纪念被刺杀身亡的美国总统约翰·肯尼迪而建（1979 年落成），它坐落在波士顿，由贝聿铭设计，是公认美国建筑史上最佳杰作之一。参见李菁：《成为贝聿铭》，载《三联生活周刊》2017 年第 16 期。

② 香港的中国银行大厦由贝聿铭设计，他在设计之初曾将大厦比喻成向上生长的竹子。最初，他的设计方案受到指责，尤其是信奉"风水"哲学者的指责，他们说"大厦有太多的尖角，认为这些尖角犹如锋利的刀口，会给周围建筑带来厄运"。[德] 波姆：《贝聿铭谈贝聿铭》，林兵译，文汇出版社 2004 年版，第 97 页。

有时躲进鲁本斯①的画，

有时遁入处女岛或江户时代的农舍。

他从未想过沟通东西方，

只凭本能筑造视觉的桥梁。

他是半个上海人

（他从未谋面的知音

拉斯洛·邬达克②是整个上海人）。

他是骑在狮身上的孩童。③

他否认自己承受过

神或佛的眷顾。

他大言不惭地宣称自己是智慧的——

一位百岁老人不可能不智慧，

更何况他对人性、太人性的箴言烂熟于心。④

9

既然存在幸福的建筑，就一定存在幸福的人。幸福与幸福相互
致意。

---

① 鲁本斯（1577—1640）是17世纪弗兰德斯（现比利时）画家，代表作有
《美惠三女神》等。

② 邬达克（1893—1958），匈牙利籍斯洛伐克人，国际著名建筑师。他因战
事流落到上海。他在上海设计的代表作有上海国际饭店、绿房子、大光明电影院
等。

③ 贝聿铭说："儿童的眼光开放无邪，还没有被生活中的诸多沉渣遮掩，这
样他才能将事物的本质看透。另一方面，智慧来自经验。您必须依靠它来判断事
物。当然，最理想的是能同时拥有这二者：智慧和无邪。"（［德］波姆：《贝聿铭
谈贝聿铭》，林兵译，文汇出版社2004年版，第48页）

④ 包括贝聿铭在内的所有建筑大师都是"作为叫做（作）'人'的那个内
在世界的冒险者与环球航行者，作为同样叫做（作）'人'的在每一个'更上一
层楼'和'芝麻开花节节高'的阶段的测量者"。（［德］弗里德里希·尼采：《人
性的，太人性的：一本献给自由精灵的书》，杨恒达译，中国人民大学出版社2005
年版，第13页）

房子享受着清晨的空寂，它活动一下自己的关节。①

人仍在酣睡。是有的人在酣睡。另有一些人，在彻夜难眠之后，仍顽固地构思着关于塔寺、壁画、负建筑②、包豪斯③和"高技派"④ 的诗。他们都是幸福的。都被从《山海经》中飞出的朱雀、从圣母大教堂⑤中走出的圣母、初闻子夜钟声的拷刑吏⑥和偷窥上帝秘密的伽利略祝福着。

然而，伽利略并不幸福，他曾暗示：即使偷窥到上帝的秘密，亦不可轻率地向同时代人透露。

我知他的意思其实是：即使偶尔烦恼，也不必劝慰自己"烦恼即菩提"，或默念"远离颠倒梦想，究竟涅槃"⑦ "迦陵频伽、共命之鸟"⑧ 之类的祷词（也是咒语）；即使不喜欢，也不应质疑潜意

---

① 参见［英］阿兰·德波顿：《幸福的建筑》，冯涛译，上海译文出版社2009年版，第3页。

② "如何才能放弃建造所谓'牢固'建筑物的动机？如何才能摆脱这一欲望的诱惑？在这种心情下，我给本书取名为《负建筑》。"（［日］限研吾：《负建筑》，计丽屏译，山东人民出版社2008年版，《自序》第12页）

③ 包豪斯（Bauhaus）是德国魏玛市"包豪斯学校"的简称，后改称"设计学院"，习惯上仍称"包豪斯"。创建者是德国著名建筑理论家、设计理论家沃尔特·格罗庇乌斯。包豪斯（Bauhaus）一词由德语Hausbau（房屋建筑）一词倒置而成。它的成立标志着现代设计教育的诞生，其兴衰与魏玛共和国基本上是同步的。包豪斯的历史不仅仅反映了艺术史，同时也是一部时代史。参见王受之：《世界现代建筑史》，中国建筑工业出版社1999年版，第171—190页。

④ 高技派（High Tech）这个概念，是由于1978年J.克龙（Joan Kron）和S.斯来莘（Susan Slesin）出版的同名书籍而普及，该书以时髦浪潮著称。当时像今天一样，这个概念并不意味着使用了高技术，而是技术形式向技术化美学外形的升华。参见［德］兰普尼亚尼主编《哈特耶20世纪建筑百科辞典》（第三版），楚新地、邓庆尧译，河南科学技术出版社2006年版，第163页。

⑤ 地球上的圣母大教堂太多，笔者忘记了是哪一所。

⑥ "在神眼中，亿千万年，恍若人间隔宿；恍若初闻子夜钟声，转瞬东方日出。"（［英］古恩·沃尔夫：《新日之书.第一卷，拷刑吏之影》，栾杰译，新星出版社2014年版，扉页）

⑦ 《金刚经·心经》，陈秋平译注，中华书局2010年版，第134—135页。

⑧ ［南北朝］鸠摩罗什译：《阿弥陀经：附无量寿经·观无量寿经》，王党辉注译，中州古籍出版社2010年版，第35页。

识、集体无意识、尚古主义①、本质主义②、新纯洁主义③、新客观主义、折衷主义、后福特主义等概念的有效性，更不必否认教条主义者凝思心灵和大地的能力；即使挤进了朱雀大街，也不要与已成为名士和富翁的白居易④交谈；如果到了长安、到了黄河、到了"飞向宇宙的城市"⑤仍不死心，那就成为一个与影子搏斗的人吧！

10

在清真寺状的枝形吊灯的点点星火之下撰写《未来主义宣言》的艺术家们曾跨进博物馆（又称公墓）的神秘大门吗？⑥

古根海姆美术馆是一个服膺"理性狡计"的大蘑菇吗？⑦

侧卧的建筑比侧卧的美人鱼更性感吗？⑧

在亚眠教堂流连忘返时，您是否沉思过亚洲觉醒的动力？⑨

您是否知道黑川纪章⑩曾彳亍于黢黑之夜的大川之上？

---

① 关于建筑风格上的"罗马式复古""希腊式复古""文艺复兴式的复古"，参见［英］彼得·柯林斯：《现代建筑设计思想的演变 1750～1950》，英若聪译，中国建筑工业出版社 1987 年版，第 60—109 页。

② 关于建筑风格上的"本质主义"（它将视线集中于不受时间影响的、具有普遍意义的建筑本质上），参见［英］欧文·霍普金斯：《建筑风格导读》，韩翔宇译，北京美术摄影出版社 2017 年版，第 180 页。

③ 参见童寯：《新建筑与流派》，北京出版社 2016 年版，第 204—205 页。

④ 你可能想到了"长安米贵，居大不易"的典故。

⑤ ［日］五十岚太郎、［日］矶达雄：《我们梦想的未来都市》，穆德甜译，江苏凤凰科学技术出版社 2019 年版，第 75 页。

⑥ 参见［意］马里内蒂：《未来主义的宣言》，载汪坦、陈志华主编《现代西方艺术美学文选·建筑美学卷》，春风文艺出版社 1989 年版，第 20—21 页。

⑦ 参见魏毅东：《空间意象：关于建筑的诗学》，山东画报出版社 2015 年版，第 1、137 页。

⑧ 参见李姝：《波普建筑》，天津大学出版社 2004 年版，第 108 页。

⑨ 参见［英］罗杰·斯克鲁登：《建筑美学》，刘先觉译，中国建筑工业出版社 1992 年版，第 85 页。

⑩ 黑川纪章（1934—　）是日本著名建筑师，与矶崎新、安藤忠雄并称为日本建筑界三杰。

您是否知道日本人也曾有过"欧美人一颦，自己就忧；欧美人一笑，自己就乐"的"丑态"时期？①

您是否知道有两个瓦格纳，一个是与尼采悲剧性地仳离的瓦格纳，② 一个是分离派的代表瓦格纳？③

您是否听见渐远渐弱的马蹄声？④ 那匹汗血宝马仅用一昼夜就跨越了哈德良长城、戈尔甘长城和中国长城。

您是否意识到高迪比圣家族大教堂还要高上三分？⑤

楼梯设计的 9 个法则适用于跌跌撞撞的人生吗？

如何在迪拜塔或上海中心大厦的顶层燮理阴阳？⑥

如何在"飞入寻常百姓家"的氛围中感受窄巷的天际线？⑦

---

① 参见［日］伊东忠太：《日本建筑小史》，杨田译，清华大学出版社 2017 年版，第 254 页。

② 参见［德］尼采：《巨人的聚散：尼采与瓦格纳》，冷杉、杨立新译，生活·读书·新知三联书店 2010 年版。

③ 分离派（Secession）是 1897 年维也纳学派的部分成员成立的建筑派系，主张造型简洁和集中装饰，装饰的主题采用直线和大片光墙面以及简单的立方体。参见［美］弗兰姆普敦：《现代建筑：一部批判的历史（第四版）》，张钦楠等译，生活·读书·新知三联书店 2012 年版，第 77—83 页。

④ 参见赵鑫珊：《建筑是首哲理诗——对世界建筑艺术的哲学思考》，百花文艺出版社 1998 年版，第 151 页。

⑤ 巴塞罗那圣家族大教堂由西班牙建筑师安东尼奥·高迪（1852—1926）设计，历经一百多年建设，至今尚未完工，高度约 170 米。高迪死后被安葬在圣家族大教堂的地下墓室。参见尹国均编：《旋转木马：后现代建筑的 12 个人》，西南师范大学出版社 2008 年版，第 90—91 页。

⑥ 参见程建军：《燮理阴阳：中国传统建筑与周易哲学》，中国电影出版社 2005 年版。迪拜塔（哈利法塔）为世界第一高楼，高 828 米；上海中心大厦为世界第二高楼，高 632 米。（截至 2021 年 11 月）

⑦ "由于宽度很小（指金门王宅的窄巷），已经无法看到墙壁的全面，只看到一片峡谷，上面有一线天。建筑的燕尾尖顶已经几乎接在一起了。走在其中，感受到斜石砌的两面墙，伸手可触及它的粗面。建筑的上部有砖瓦线脚的突出，使天际线更加有张力。"（汉宝德：《如何欣赏建筑》，生活·读书·新知三联书店 2013 年版，第 128 页。）

如何发掘无限潜能的最简形式？①

如何随着一阵厚厚的蓝雾弥漫整个舞台或布拉格广场？②

如何在倾圮的建筑物中唤醒心中沉睡的太阳？③

如何在路易十四风格的壁炉④前追忆"太阳王""了不起的盖茨比"以及专属于普鲁斯特的似水年华？

如何让大马士革再一次成为人间天堂，⑤ 而非纷争和四战之地？

窗的设计和开闭与政治支配（等级制度的视觉化）、文化类型（传播型或接受型）和资本的逻辑存在必然关联吗？⑥

吹过圣芭芭拉的微风也曾吹过汨罗江吗？⑦

蹂躏过地坛的冻雨也曾蹂躏过笛卡儿吗？

如果拉斐尔是全知全能的人⑧，那置上帝于何地？

---

① 参见［俄］康定斯基：《点线面》，余敏玲译，重庆大学出版社 2011 年版，第 51 页。

② 参见［俄］康定斯基：《艺术与艺术家论》，吴玛悧译，重庆大学出版社 2011 年版，第 41 页。

③ 参见［俄］康定斯基：《回忆录》，载［西］毕加索等：《现代艺术大师论艺术》，常宁生编译，中国人民大学出版社 2003 年版，第 66—67 页。

④ 路易十四风格的壁炉，将装饰图案雕刻在石头上或者铸造在金属上。参见［美］珂拉格：《如何读懂建筑》，徐寅岚译，辽宁科学技术出版社 2015 年版，第 224 页。

⑤ 公元 7 世纪（自 661 年起）的大马士革是阿拉伯帝国的行政首都，是一个世界性的大都市。阿拉伯诗人伊本·朱拜尔写道："如果天堂在人间，大马士革一定就是它；如果在天上，大马士革可以与之匹敌。"（［美］乔尔·科特金：《全球城市史（典藏版）》，王旭译，社会科学文献出版社 2014 年版，第 77 页）

⑥ 参见［日］浜本隆志：《"窗"的思想史——日本和欧洲的建筑表象论》，彭曦、顾长江、李心悦译，南京大学出版社 2013 年版，第 1—26、118—137、156 页。

⑦ 参见王受之：《微风吹过圣芭芭拉》，黑龙江美术出版社 2006 年版。圣芭芭拉市在美国加州。杜甫《天末怀李白》："应共冤魂语，投诗赠汨罗。"

⑧ 参见［意］乔治·瓦萨里：《著名画家、雕塑家、建筑家传》，刘明毅译，中国人民大学出版社 2004 年版，第 265 页。

如果建筑和死亡的起因是爱①，那爱欲、炼金术和赫尔墨斯主义的起因是什么？

如果"灵性贫乏的人有福了"②，那岂非等于说，灵性丰富的人有祸了？

既然人类可以用达尔文的方法研究自身和装饰的进化③，可以制造彻底的废墟④，那未来的猿族和仿生人当然也可以。

① 参见［加］阿尔伯托·佩雷兹-戈麦兹：《建筑在爱之上》，邹晖译，商务印书馆 2018 年版，第 45 页。

② ［美］卡斯腾·哈里斯：《无限与视角》，张卜天译，湖南科学技术出版社 2014 年版，第 180 页。

③ 参见［英］E.H.贡布里希：《秩序感——装饰艺术的心理学研究》，范景中、杨思梁、徐一维译，湖南科学技术出版社 1999 年版，第 246 页。

④ 参见［英］罗斯金：《建筑的诗意》，王如月译，山东画报出版社 2014 年版，第 33 页。

托勒密的《至大论》

托勒密的《大综合论》《天文学大成》被阿拉伯人译为《至大论》，视为"大科学"的范例。① 阿拉伯帝国的哈里发马蒙还在巴格达建造天文台来检验《至大论》记载的天文观测结果，这可能是世界上第一个国家资助的大型科学项目。阿拉伯的天文学家法干尼撰写了一本广为流传的介绍《至大论》的小册子，但丁《神曲》里的天文学知识即来自它（在提到法干尼时，用的是其拉丁名 Alfraga-nus）。②

墙里开花，墙外更香？

恰切的说法或许是，不同文明体的科学和思想相互哺育。③

托勒密的数理天文学和亚里士多德的物理天文学（它们长期相

---

① 托勒密的《大综合论》全靠它的阿拉伯译本才得以流传下来。参见［法］G.伏古勒尔：《天文学简史》，李珩译，中国人民大学出版社2010年版，第16页。

② 参见［英］吉姆·哈利利：《寻路者：阿拉伯科学的黄金时代》，李果译，中国画报出版社2020年版，第99—102页。

③ 李约瑟指出："遗产继承是一个长达两千多年的相互交流过程。我们宁愿设想已往的科学技术之河汇入了现代自然知识的海洋，这样各个民族都以不同的方式曾经是立遗嘱者，现在又是遗产继承者。"（［英］李约瑟：《文明的滴定：东西方的科学与社会》，张卜天译，商务印书馆2018年版，第45—46页）

互冲突)① 都被今天的科学摒弃了。托勒密提出的本轮、均轮、偏心圆（偏心轮）等颇具想象力的概念和图表对今天的学生（尤其文科生）而言变得相当陌生和费解。当然，这并不意味着古人为了拯救"不和谐"现象付出的努力毫无意义。毕竟，古人有古人安放宇宙心灵的方式，与今天的我们用相对论和热力学第二定律诠释宇宙、安放心灵并无高低之别。②

不和谐是宇宙的实存面目吗？

倘若不和谐，又岂是人能拯救的？

宇宙中心难道非探寻不可吗？③ 倘若宇宙无中心，则处处是中心，说地球是宇宙的中心并没有错。

---

① 亚里士多德提出的同心球模型在于不能准确地解释天文学观测。托勒密体系能够很好地预言行星的位置，但它更多的是一个数学模型而非物理模型。参见［美］劳伦斯·普林西比：《科学革命》，张卜天译，译林出版社 2013 年版，第 35—36 页。"天文学中出现了一种传统，即天文学家应当构造数学模型来拯救现象，而不应建立关于行星'实际运动'的理论。这一传统在很大程度上归因于托勒密关于行星运动的著作。但托勒密本人并没有一贯地捍卫这种立场。他的确在《天文学大成》中暗示，他的数学模型仅仅是计算手段，他并没有说行星在物理空间中实际在做本轮运动。但在其晚期的著作《行星假说》中，他却声称其复杂的圆周系统揭示了物理实在的结构。"（［美］约翰·洛西：《科学哲学的历史导论（第四版）》，张卜天译，商务印书馆 2017 年版，第 19—20 页）

② "不论古代还是现代科学家，他的每项研究总是从对宇宙性质的一个强有力信念，以及关于可被合理用于描绘宇宙的模型的极为明确的观念开始的。"（［美］戴维·林德伯格：《西方科学的起源：公元前六百年至公元一千四百五十年宗教、哲学和社会建制大背景下的欧洲科学传统》，王珺译，中国对外翻译出版公司 2001 年版，第 106 页）

③ "偏心圆假定旨在解释行星的所谓'第一不均等性'，即行星顺着和逆着黄道十二宫的方向循环运行时间的不规则性。而行星在某一时间段内做逆行运动，即运动轨道呈环圈状，则被称为'第二不均等性'。解释它需要第二种方法，需要偏离以下假定：宇宙中心是所有天体轨道的中心。"（［荷］E.J.戴克斯特霍伊斯：《世界图景的机械化》，张卜天译，湖南科学技术出版社 2010 年版，第 67 页）

普林尼的《自然志》

据学者统计，至20世纪初，古罗马的普林尼的《自然志》一书就已经出现了222种全译本、42种节译本和62种评点本①（现在肯定更多了），所有这些，我在北京大学图书馆全都研读过——这当然是不可能的（在梦中是可能的——在梦中无所不能）。北京大学图书馆收藏的《自然志》译本只有寥寥数种，远不够全，而我，也匮缺陈寅恪、富内斯和查理·高登②那样的语言天赋。

实际上，我只读过中译本（且是译名有误的译本③）。只对其中的一些"怪谭"④感兴趣。比如说：

（1）亲属在给已经去世的狄奥尼索多鲁斯整理遗物的时候，发现一封由他签名、寄给那些留在凡间的人的信件。信中写道，他已经从坟墓走到了地核最深处，大约是4850罗马里之遥。⑤

（2）罗马人民曾认为一只渡鸦富有智慧，为不幸死去的它举行

---

① ［古罗马］普林尼：《自然史》，李铁匠译，上海三联书店2018年版，汉译者前言第22页。

② 陈寅恪（1890—1969）是著名历史学家，据说懂33种语言。富内斯和查理·高登都是科幻小说中的人物，精通多种语言。参见［阿根廷］豪尔赫·路易斯·博尔赫斯：《杜撰集》，王永年译，上海译文出版社2015年版，第1—14页；［美］丹尼尔·凯斯：《献给阿尔吉侬的花束》，陈澄和译，广西师范大学出版社2015年版。

③ "naturalis historia"（natural history）的传统汉译为"博物学"，笔者认为译为"自然志"（而非"自然史"）更准确。参见吴国盛：《自然史还是博物学?》，《读书》2016年第1期。

④ 即"怪谈"。

⑤ 参见［古罗马］普林尼：《自然史》，李铁匠译，上海三联书店2018年版，第44页。

了隆重的葬礼。①

（3）雅典人流放了作为将军的修昔底德，又把他作为历史学家召回。②（这充分说明历史学家是极罕见和稀缺的一类人，当下一些学者喜欢标榜自己是史家——中华民族确实是最具历史感的民族。）

（4）海龟壳比阿基米德的手稿昂贵，阿拉比亚的母山羊毛比黄金昂贵。③

（5）一块由连火焰也烧不坏的亚麻做成的桌布，④ 先是从普林尼的餐桌转至查理曼大帝的餐桌，⑤ 后又跳上西门庆的餐桌，最后在贾府的餐桌上腐烂掉了。⑥

"怪谭"其实并不怪。是我见识寡陋、缺乏想象力罢了。

若我像普林尼一样博学，就不会为如何写好简约的诗焦头烂额，而是撰述或可传世的《新自然志》了。

---

① 参见［古罗马］普林尼：《自然史》，李铁匠译，上海三联书店 2018 年版，第 161 页。

② 参见［古罗马］普林尼：《自然史》，李铁匠译，上海三联书店 2018 年版，第 103 页。

③ "所有男人都为之疯狂的黄金在这个昂贵用品的名单之中才仅仅占据第 10 位。"（［古罗马］普林尼：《自然史》，李铁匠译，上海三联书店 2018 年版，第 404 页）

④ "人们还发现了一种连火焰也烧不坏的亚麻"，"希腊人根据其特有的性质将其称为'石棉'"。（［古罗马］普林尼：《自然史》，李铁匠译，上海三联书店 2018 年版，第 242 页）

⑤ "查理曼的石棉桌布的故事太令人好奇了"，"无疑，作为法兰克国王和神圣罗马帝国的皇帝，查理曼是读着经典长大的，并极有可能读过普林尼的著作"。（［英］尼科拉·弗莱彻：《查理曼大帝的桌布：一部开胃的宴会史》，李响译，生活·读书·新知三联书店 2016 年第 2 版，第 262 页）查理曼大帝（742—814）即查理大帝，查理曼帝国的建立者，神圣罗马帝国的奠基人，享有"欧洲之父"的荣誉。

⑥ "自古千里长棚没个不散的筵席。"（［明］兰陵笑笑生：《金瓶梅词话》，陶慕宁校注，人民文学出版社 2000 年版，第 1123 页）"要知道，也不过是瞬息的繁华，一时的欢乐，万不可忘了那'盛筵必散'的俗语。"［［清］曹雪芹著、［清］脂砚斋点评：《脂砚斋评石头记》（上册），花山文艺出版社 2015 年版，第 94 页］

九章

在梵蒂冈凝思"无形体之物的不可灭性"①。

在耶路撒冷凝思德穆革和囚禁之地。②

在洞庭湖畔凝思活水和浊水

混而为一的沧浪之水。③

在乡屋凝思"我思故我在"

这句已被滥用

却依然有待继续咀嚼的箴言。

在蜗牛壳中凝思三维双曲几何。④

在木棍的阴影中凝思地球的周长。⑤

---

① ［古罗马］普罗提诺：《论自然、凝思和太一：〈九章集〉选译本》，石敏敏译，中国社会科学出版社 2004 年版，第 119 页。

② 一旦从神的王国中分离出来并淹没在异质的媒介之中，灵魂的运动就会向着出发时所定的方向持续"下沉"："我在这一切的世界中下落将要多久？"这个堕落过程的描写常常加入暴力的因素，这表现在与囚禁（captivity）有关的隐喻之中。参见［美］汉斯·约纳斯：《诺斯替宗教：异乡神的信息与基督教的开端》，张新樟译，上海三联书店 2006 年版，第 56—57 页。德穆革（Demiurge）即造物主。

③ 关于伊朗诺斯替主义中的"活水"和"浊水"，参见［美］汉斯·约纳斯：《诺斯替宗教：异乡神的信息与基督教的开端》，张新樟译，上海三联书店 2006 年版，第 52 页。屈原《渔父》："沧浪之水清兮，可以濯吾缨；沧浪之水浊兮，可以濯吾足。"

④ "按照现代的相对论理论，速度空间一定是三维双曲几何的，而不是那种在古老的牛顿理论中才成立的欧几里得几何。"（［英］罗杰·彭罗斯：《通向实在之路——宇宙法则的完全指南》，王文浩译，湖南科学技术出版社 2008 年版，第 32 页）

⑤ 埃拉托色尼（约公元前 276—公元前 194）被西方地理学家推崇为"地理学之父"，他设计了一个简单的实验，第一次精确地测量了地球的周长（4 万公里）。他说："给我一些木棍和一些阴影，我可以测量地球。"（［美］吉姆·贝尔：《天文之书》，高爽译，重庆大学出版社 2015 年版，第 33 页）

在羑里城①凝思"乾九五"②

和"第一个阿托尔邦"③ 的与众不同。

在洛邑④凝思并向太学生

传授《九章算术》中的数学知识。⑤

在《九章集》的字里行间凝思

星辰与德行的关联⑥

只绽放一个清晨的玫瑰⑦

离人和时间三千尺的地方⑧

以及与电视塔、青冢⑨

---

① 羑里城别名文王庙，位于河南省安阳市汤阴县，是世界遗存最早的国家监狱，也是周易文化发祥地，"文王拘而演周易"的典故即源于此。

② 《周易·乾》九五："飞龙在天，利见大人。"

③ "阿托尔邦"即宗教祭司和首领。"他是第一个善思者，第一个善言者，第一个善行者。他是第一个阿托尔邦，第一个战士，第一个农夫，第一个养畜者。他是第一个学者，第一个教导者，第一个皈依［正教］者。"（［伊朗］贾利尔·杜斯特哈赫选编：《阿维斯塔——琐罗亚斯德教圣书》，元文琪译，商务印书馆2010年版，第270页）

④ 洛邑是洛阳的古称。

⑤ "该书（《九章算术》）可能是所有中国数学著作中影响最大的一部，它包含九章，共246个问题。"（［英］李约瑟原著、［英］柯林·罗南改编：《中华科学文明史》，上海交通大学科学史系译，上海人民出版社2010年第2版，第242页）

⑥ 参见［古罗马］普罗提诺：《论自然、凝思和太一：〈九章集〉选译本》，石敏敏译，中国社会科学出版社2004年版，第51页。有学者认为，星辰学是杰出的人格科学。"通过对星辰影响、星辰方位、星辰和星座的研究来确定人的性格，是预测人的命运和认识天体与地球之间对应关系的一种艺术。"（［法］伊丽莎白·泰西埃：《大预测》，白巨译，作家出版社1996年版，第27页）

⑦ "十世纪末，马莱伯想安慰一位痛失爱女的朋友，在他的劝说中有这样一句著名的话：玫瑰，她恰似以玫瑰只绽放一个清晨。"（［阿根廷］豪尔赫·路易斯·博尔赫斯：《永恒史》，刘京胜、屠孟超译，上海译文出版社2015年版，第67页）

⑧ 李白《望庐山瀑布》："飞流直下三千尺，疑是银河落九天。"

⑨ 杜甫《咏怀古迹（其三）》："一去紫台连朔漠，独留青冢向黄昏。"

诸神、水星

和隐其形遁其魂的毕达哥拉斯接吻的北极光①。

① 参见 [美] 弗兰克·维尔切克:《美丽之问:宇宙万物的大设计》,兰梅译,湖南科学技术出版社 2018 年版,第 29 页。"北极光是地球撒向宇宙空间的精子";"福楼拜的两位主人公,都在研究北极光;而国民经济学中的浪漫派傅立叶(Charles Fourier),则借用北极光的产生来解释他的新世界"。([德] 施米特:《多伯勒的〈北极光〉》,安尼译,载刘小枫、温玉伟编《施米特与破碎时代的诗人》,华东师范大学出版社 2019 年版,第 3、5 页)

奥玛·海亚姆

　　花剌子模的悲剧在于，在尚未形成真正意义上的帝国时就不得不直面更加彪悍的成吉思汗的入侵。① 穆罕默德·伊本·穆萨·花剌子米的悲剧在于，他不为用惯了阿拉伯数字的普通中国人所知（遑论熟悉）。② 奥玛·海亚姆的悲剧在于，他主要以波斯诗人和自由思想家的名义闻名于世，很少有人知道他还是第一流的数学家和天文学家。

　　海亚姆的最大贡献是对三次方程（未知量 x 的最高次幂为 x^3）的研究。在其《代数问题论证》一书中，他对 13 种不同类型的三次方程进行了分类，并给出通用求解理论。他还发展了圆锥截面法（以不同的角度切分圆锥体以生成圆、椭圆、抛物线和双曲线等不同类型的曲线）。他用日晷、水钟、星盘等非常简易的工具就将太阳年的长度测量至十分精确的 365.24219858156 天（与现在的计算数值只差 0.02 秒）。他根据测量制定的哲拉里历比如今的格列高利历还精确（前者积 5000 年有一天误差，后者积 3300 年有一天误差），这一历法在整个波斯境内一直沿用至 20 世纪早期。③

　　至于写诗，他其实只是偶尔为之，尽管他的"偶尔为之"已足

---

　　① 花剌子模（1142—1231）是中古时期中亚地区的大国，1231 年被蒙古帝国灭亡。参见［法］勒内·格鲁塞：《草原帝国》，李德谋、曾令先译，江苏人民出版社 2011 年版，第 82—85 页。

　　② 穆罕默德·伊本·穆萨·花剌子米（约 780—约 850）是伊斯兰教最伟大的科学家之一，著有《积分和方程计算法》，被誉为"代数之父"。阿拉伯数字是借助于他的著作传到西方的，这是 Algorism（阿拉伯数字）这个术语的由来。参见［美］菲利浦·希提：《阿拉伯通史》，马坚译，新世界出版社 2015 年版，第 343 页。

　　③ 参见［英］吉姆·哈利利：《寻路者：阿拉伯科学的黄金时代》，李果译，中国画报出版社 2020 年版，第 152—153 页。

以令同时代的中国诗人汗颜。

> 所有圣哲和智者关于两个世界的谈话，
> 不管它们是怎样的浩瀚无涯，
> 都不过是愚蠢的预言。他们的话
> 一钱不值，他们的嘴也塞满了泥巴。①

这首诗好像是在讽刺伽利略、布鲁诺、弗里德里希·谢林似的——这三位哲学家都喜欢用对话体写作。②

> 我的心从未放弃对科学的追求，
> 世间的奥妙很少我不知晓；
> 七十二个春秋日夜苦思冥想，
> 终于明白了：我一切都不知道。③

这首诗兼具孔子（"知之为知之，不知为不知"④）和黑格尔（否定之否定的辩证法）的意味。

---

① ［波斯］奥玛·海亚姆：《鲁拜集》，［英］菲茨吉拉德英译，鹤西中译，北京联合出版公司 2015 年版，第 12 页。

② 参见［意］伽利略：《关于托勒密和哥白尼两大世界体系的对话》，上海外国自然科学哲学著作编译组译，上海人民出版社 1974 年版。又参见［意］伽利略：《关于两门新科学的对谈》，戈革译，北京大学出版社 2016 年版。又参见［意］乔尔丹诺·布鲁诺：《论无限、宇宙与众世界》，时永松、丰万俊译，商务印书馆 2018 年版。又参见［德］谢林：《布鲁诺》，庄振华译，北京大学出版社 2020 年版。

③ ［波斯］欧玛尔·海亚姆：《鲁拜集》，载［波斯］鲁达基等著《鲁达基、海亚姆、萨迪、哈菲兹作品选》，潘庆舲等译，人民文学出版社 1998 年版，第 103 页。

④ 《论语·为政》。

骑鹤神游阿母台，

七重天阙拂云来。

玉皇仙籍偷观尽，

司命天书揭不开。①

这首诗译成七言绝句之后果然中国味十足——不再像波斯诗。

看来，在绝大多数情形下，诗是不可译的。数学和方程式才是最有效的通用语言。②

亦即说，作为数学家的奥玛·海亚姆是更伟大的诗人。

---

① ［波斯］奥玛珈音：《鲁拜集》，［英］菲茨杰拉德英译，［美］黄克孙中译，译林出版社 2009 年版，第 77 页。

② "每一首诗都是用一种独特的语言写成的，如果把它们翻译成另一种文字，其魅力就丧失殆尽了。然而，方程是用通用的数学语言写就的：$E=mc^2$ 在英语和乌尔都语中都是一样的。再者，诗人寻求多样的含义以及言语和思想之间的交感，而科学家却意图使他们的方程传递一个单一的逻辑含义。"（［英］格雷厄姆·法米罗主编《天地有大美——现代科学之伟大方程》，涂泓、吴俊译，上海科技教育出版社 2020 年版，第 3 页）

重新发现穆斯林科学

出生于阿拉伯世界（巴格达）、任教于英国大学的科学史家吉姆·哈利利指出：伊本·海赛姆①是阿基米德之后、牛顿之前世界上最伟大的物理学家；伊本·西拿②是亚里士多德之后、笛卡儿之前的哲学巨人；比鲁尼③的《马苏德天文学、地理学、工程学原理》一书首次提出求解微积分的方法，并用之描述天体的运动和加速运动，从而为六百年后《自然哲学的数学原理》中的牛顿运动定理奠定了基础；哥白尼的月球和太阳模型以及水星运动的模型均由伊本·沙迪尔④和纳西尔丁·图西⑤的相应模型（图西著有《天文学回忆录》）发展而来。⑥ 美国科学史家托比·胡弗甚至认为，"从 8 世纪到 14 世纪末，阿拉伯科学很可能是世界上最先进的科学，远远超过了西方和中国"⑦。

然而，伊本·海赛姆、伊本·西拿、比鲁尼、伊本·沙迪尔、

① 伊本·海赛姆（965—1038 或 1039），阿拉伯中世纪哲学家、数学家、自然科学家。他的《光学之书》对开普勒、牛顿的光学研究产生过影响。

② 伊本·西拿（980—1037），拉丁名阿维森纳，是中世纪伊斯兰地区（今乌兹别克斯坦、伊朗一带）的大医学家、诗人、数学家、自然科学家，被誉为世界医学之父。

③ 比鲁尼（973—1048）是波斯著名科学家、史学家、哲学家，是一位百科全书式的学者。

④ 伊本·沙迪尔（1304—1375）是 14 世纪最伟大的天文学家。他原本是位于大马士革市中心的倭马亚清真寺的计时员，因为造出了当时最精确、最复杂的日晷而闻名。

⑤ 纳西尔丁·图西（1201—1274）是中世纪波斯著名天文学家、数学家、哲学家。

⑥ 参见［英］吉姆·哈利利：《寻路者：阿拉伯科学的黄金时代》，李果译，中国画报出版社 2020 年版，第 224—225、272 页。

⑦ ［美］托比·胡弗：《近代科学为什么诞生在西方（第二版）》，周程、于霞译，北京大学出版社 2010 年版，第 44 页。

纳西尔丁·图西这些名字对中国人来说却十分陌生。如果这些伟人的名字对阿拉伯世界来说都较为陌生（他们的故事"被人遗忘"，"至少是不太为人所知"①），那么，对中国人来说"十分陌生"，则也再正常不过——中国人心目中科学家的典范是牛顿和爱因斯坦这两个西方人。

穆斯林曾经发现欧洲（古希腊），并兴起过大翻译运动。②

现在到了欧洲和中国重新发现穆斯林的时候了。③

如果拉斐尔重绘《雅典学园》，则其中来自伊斯兰世界的哲人，就不能仅限于阿布·瓦利德·穆罕默德·伊本·艾哈迈德·伊本·路世德（即阿威罗伊）一个人了。如果中国画家重绘《与但丁讨论神曲》这幅广受好评的油画，④ 则其中至少应出现一位伊斯兰科学家的影子（而不能只是西方的科学家）。

如果伊斯兰帝国再次崛起，则世界史（涵括世界科学史）的书写肯定是另外一番模样。

---

① ［英］吉姆·哈利利：《寻路者：阿拉伯科学的黄金时代》，李果译，中国画报出版社 2020 年版，第 300—301 页。吉姆·哈利利说："我想起小时候在伊拉克读书时，只在学校的历史课而非科学课上听到过肯迪、花剌子米、伊本·西拿和伊本·海赛姆等人的名字。我也希望提醒那些今天生活在伊斯兰世界的人，他们自身有着丰富的科学和学术遗产，我们目前对自然界的理解很大程度上得益于阿拉伯科学的贡献。我希望传达这种自豪感并推动科学研究的重要性回归它本来所属的地方，一个文明的、开明的社会的核心正是科学研究。"（第 301 页）

② "古典穆斯林科学的大时代，开始于翻译和改编波斯、印度，尤其是希腊的科学著作。"（［英］伯纳德·刘易斯：《穆斯林发现欧洲：天下大国的视野转换》，李中文译，生活·读书·新知三联书店 2013 年版，第 251 页）"一场令人瞩目的、长达两个世纪之久的大型翻译运动，其间，先于伊斯兰文明的希腊文明、波斯文明和印度文明的智慧多数被翻译成了阿拉伯文。一旦学术文化在阿拉伯帝国扎了根，它很快就会变得自持自续，形成一个庞大的科学知识综合体，体量逐渐远超之前输入的知识总和。"（［英］吉姆·哈利利：《寻路者：阿拉伯科学的黄金时代》，李果译，中国画报出版社 2020 年版，第 42 页）

③ 关于伊斯兰对中国天文学的影响，参见［美］席文：《科学史方法论讲演录》，任安波译，北京大学出版社 2011 年版，第 75—79 页。

④ 《与但丁讨论神曲》由戴都都、李铁子、张安君等三位中国画家合作绘制。

历史是胜利者书写的——这句话不全面，却基本上是对的。

以今视古，以今度古，① 是今人和古人都犯过的毛病——这个毛病，未来人还会再犯的。

---

① 对此，本书《李约瑟之问》一文有进一步诠释。

李约瑟之问

李约瑟之问——为何中国没能自发产生近代科学——曾经并仍然困扰着无数聪明的大脑，如王亚南、冯友兰、陈方正、托比·胡弗等。① 然而，他们都并非专业的科学家（而是历史学家、哲学家或社会学家），注重的是科学发展的文化、政治和社会背景，也就是说，他们属于外科学史观，充斥着太浓的辉格史色彩②。他们对科学发展的自身或者说内在逻辑并不清楚，亦缺乏科学本身所内涵的超越立场。

何谓"科学本身所内涵的超越立场"？即量子动力学第一代巨擘弗里曼·戴森所言的"不存在独特的科学眼光"。"科学的眼光并不为西方所独有。它身上的西方色彩，一点也不比其阿拉伯、印度、日本或中国色彩强烈"；"关于科学有这样一个核心事实：它并不在

---

① 参见王亚南：《中国官僚政治研究》，中国社会科学出版社 1981 年版，自序，第 14 页；冯友兰：《为什么中国没有科学》，载田文军编：《极高明而道中庸——冯友兰新儒学论著辑要》，中国广播电视出版社 1995 年版，第 151—177 页。又参见陈方正：《继承与叛逆：现代科学为何出现于西方》，生活·读书·新知三联书店 2009 年版。又参见［美］托比·胡弗：《近代科学为什么诞生在西方（第二版）》，周程、于霞译，北京大学出版社 2010 年版，第 228—301 页。又参见王国忠：《"李约瑟难题"面面观》，载王钱国忠编：《李约瑟文献 50 年（1942—1992）》，贵州人民出版社 1999 年版，第 45—51 页。

② "辉格史"是一种依现在解释过去和历史的倾向。"所有的历史都有转变为辉格式历史的倾向"；"我们越是高谈阔论而不是深究细问，我们就越会用论断去取代研究"。（［英］赫伯特·巴特菲尔德：《历史的辉格解释》，张岳明、刘北成译，商务印书馆 2012 年版，第 7 页）劳埃德也谈及理解古代社会的困难："如果使用我们熟悉的概念工具，就会产生曲解的危险。尤其是在科学史中，这种曲解既导致年代误植（anachronism），又导致目的论（teleology）。"（［英］G.E.R.劳埃德：《古代世界的现代思考——透视希腊、中国的科学与文化》，钮卫星译，上海科技教育出版社 2015 年版，第 2 页）又参见［英］赫伯特·巴特菲尔德：《现代科学的起源》，张卜天译，上海交通大学出版社 2017 年版。

乎贡献到底来自东方、西方、南方还是北方，也不在乎做出贡献的是黑种人、黄种人还是白种人，它属于每一位愿意努力学习它的人"；"诗歌与科学是上天赐给整个人类的礼物"。① 既然 21 世纪的人可以设问"现代科学为何出现于西方"，那么，12 世纪的人同样有权利设问"现代科学为何出现于伊斯兰世界（或中国）"。"现代"不应视作一个本质化的概念或时间范畴，它并非仅仅属于自以为现代的现代人。

李约瑟之问，问得太没有道理。拥有"大历史"和"大设计"眼光的人②不会如此发问。在可知的 138 亿年的宇宙史面前，3000 年此起彼伏的人类科学史又算得上什么呢。

倘若问题问错了，其答案的价值一目了然。

或者源于匮缺文化自信，或者源于匮缺超越眼光，或者只是为稻粱谋，总有些学者把不是问题的问题变成了问题。

---

① ［美］弗里曼·戴森：《反叛的科学家》，肖明波、杨光松译，浙江大学出版社 2013 年版，第 13 页。

② 参见［美］克里斯蒂安、［美］布朗、［美］本杰明：《大历史》，刘耀辉译，北京联合出版公司 2016 年版。又参见［美］弗兰克·维尔切克：《美丽之问：宇宙万物的大设计》，兰梅译，湖南科学技术出版社 2018 年版。又参见［英］史蒂芬·霍金、［英］列纳德·蒙洛迪诺：《大设计》，吴忠超译，湖南科学技术出版社 2011 年版。

中医

1

像爱因斯坦一样，李时珍在相对的时间中意识到时间和一己的珍贵，遂远离政治，① 投身于对藿香、女贞、苦参、郁金、无花果、益智子、兰草、甘草、根本、本源、本相、王不留行②的研究之中。

2

所谓素问，素人之问也。何谓素人？就是"有太易、有太初、有太始、有太素"③ 的人，就是"法阴阳、随四时"④ 的人，就是"天机迅发、妙识玄通"⑤ 的人，就是白求恩那样脱离了低级趣味的人⑥，就是盖仑那样笃信身体内设计和目的无处不在的人⑦，就是有病亦不呻吟的人。

---

① 爱因斯坦说："方程对我而言更重要些，因为政治是为当前，而方程却是永恒的东西。"转引自［英］史蒂芬·霍金：《时间简史》，许明贤、吴忠超译，湖南科学技术出版社 2011 年第 3 版，第 174 页。

② 王不留行是中药名，又称禁宫花、剪金花、金盏银台。参见［明］李时珍：《〈本草纲目〉彩色图鉴》，北京联合出版公司 2014 年版，第 226—227 页。

③ 《易纬乾凿度》，载［清］赵在翰辑：《七纬（附论语谶）》（全二册），钟肇鹏、萧文郁点校，中华书局 2012 年版，第 33 页。

④ ［战国］无名氏著，刘凝、翟飚译注：《素女经》，中央编译出版社 2008 年版，第 33 页。

⑤ 姚春鹏译注：《黄帝内经》（全二册），中华书局 2010 年版，第 2 页。

⑥ 参见毛泽东：《纪念白求恩》，载《毛泽东选集》（第二卷），人民出版社 1991 年第 2 版，第 660 页。

⑦ 参见［英］彼得·惠特菲尔德：《彩图世界科技史》，繁奕祖译，科学普及出版社 2006 年版，第 65 页。

3

所谓灵枢，灵，灵气、九灵（九针）、通灵者；枢，枢要、中枢、关键处。

通灵者，指"与天地相参""与日月相应"① 的人；"乘天地之正，而御六气之辩，以游无穷者"②。

贾宝玉、卡珊德拉③、陈抟、扁鹊、牛顿、叶芝都是通灵者。

4

1693 年 10 月，牛顿在寄给约翰·洛克（英国哲学家和医生）的回信中写道："由于前一个冬天我时常靠在火炉边睡着，得了一种不良的睡眠习惯和精神紊乱，造成这个夏天更进一步的生活失调。所以当我写一封信给你的时候，已连续两个星期每晚都睡不足一小时，并且有 5 个晚上没有闭过眼。"④

建议牛顿到承德避暑山庄休养一段时间，或到北海道泡泡温泉。

牛顿应暂时放下对宇宙体系的艰苦探索，读一读《茶之书》《永井荷风散文选》《抱朴子内篇》《温病条辨》之类的闲书。

5

《三国志·魏书·方技传》："华佗，字元化，沛国谯人也，一名旉。游学徐土，兼通数经。"

华佗一名极妙。华，中华、华夏；佗，与"陀思妥耶夫斯基"的"陀"同音（如果把"陀思妥耶夫斯基"译成"佗思妥耶夫斯

---

① 姚春鹏译注：《黄帝内经》（全二册），中华书局 2010 年版，第 1446 页。
② 《庄子·逍遥游》。
③ 卡珊德拉是希腊神话中特洛伊国王的女儿，她是阿波罗的女祭司，具有预言能力。
④ ［英］迈克尔·怀特：《最后的炼金术士：牛顿传》，陈可岗译，中信出版社 2004 年版，第 317 页。

基"，则同字）。陀思妥耶夫斯基——俄罗斯大哲人，亦是俄罗斯大病人，其小说《卡拉马佐夫兄弟》被精神分析学家弗洛伊德鉴定为"迄今为止最优秀小说"①。曹雪芹是中国的"陀思妥耶夫斯基+弗洛伊德"，他既进行精神分析，又给病人治病②。

华佗字元化，一元复始，天地化育之意。当世有大儒王元化（1920—2008）。王先生曾言："我实在怕文艺界的人事纠纷。想争取多读点书。"③ 文坛充斥太多活动家，真正的文学家少之又少。

谯，今亳州。华佗和曹操是同乡。曹操也是医生，上医医国。④

徐土，今徐州地区。读高一时（16 岁），我曾独自乘火车从家乡小镇至徐州，在一书店购得《数学题典》。我差一点淹死在《题典》中。是司马迁（准确说是他的《史记》和《报任安书》）救了我。

以前，"兼通数经"的医生多；现在，凤毛麟角。

---

① ［奥］弗洛伊德：《论美》，邵迎生、张恒译，金城出版社 2010 年版，第166 页。弗洛伊德认为："陀思妥耶夫斯基把自己的疾病——尚未证实的癫痫症安排在了主人公身上。他仿佛在极力表明，自己身上的癫痫和神经症具有弑父的性质。"（第 176 页）

② 《红楼梦》中有很多治病的情节。

③ 王元化：《清园书简》，湖北教育出版社 2003 年版，第 457 页。

④ 《国语·晋语》："上医医国，其次疾人，固医官也。"《汉书·艺文志》："盖论病以及国，原诊以知政。"南怀瑾说："医学就是政治家的学问。政治家什么都要懂。望、闻、问，然后才来切脉。"（南怀瑾讲述：《小言〈黄帝内经〉与生命科学》，东方出版社 2008 年版，第 101 页）

以前，医术属于"方技"范畴；① 现在，医生是"白衣天使"——天使是不是应该不食人间烟火、不拿工资？

6

鲁迅回忆自己到日本学医后的觉悟："我还记得先前的医生的议论和方药，和现在所知道的比较起来，便渐渐的（地）悟得中医不过是一种有意的或无意的骗子，同时又很起了对于被骗的病人和他的家族的同情；而且从译出的历史上，又知道了日本维新是大半发端于西方医学的事实。"②

称"中医是骗子"当然是鲁迅故意说的极端话。

类似于鲁迅说"我以为要少——或者竟不——看中国书，多看外国书"③。

鲁迅看过的中国书太多了，对中医及阴阳五行懂得太多了。

7

鲁迅说："医者，意也"；"医能医病，不能医命"；"可医的应

① 《汉书·艺文志》列举的"方技四类"（医经、经方、房中、神仙）皆可纳入今日"大医学"范畴。"医经者，原人血脉、经落（络）、骨髓、阴阳、表里，以起百病之本，死生之分，而用度箴石汤火所施，调百药齐和之所宜"（即中医基本理论）；"经方者，本草石之寒温，量疾病之浅深，假药味之滋，因气感之宜，辩（辨）五苦六辛，致水火之齐，以通闭解结，反之于平"（即中医临床学）；"房中者，情性之极，至道之际，是以圣王制外乐以禁内情，而为之节文。传曰：'先王之乐，所以节百事也。'乐而有节，则和平寿考。及迷者弗顾，以生疾而殒性命"（即性医学）；"神仙者，所以保性命之真，而游求于其外者也。聊以荡意平心，同死生之域，而无怵惕于胸中"（即后世内丹、外丹学，精神分析学）。又参见谢松龄：《阴阳五行与中医学》，新华出版社1993年版，第124—125页。
② 鲁迅：《呐喊》，江西教育出版社2019年版，第2页。
③ 鲁迅：《华盖集》，江西教育出版社2019年版，第9页。

该给他医治，不可医的应该给他死得没有痛苦"。①

鲁迅这哪里是在谈医，明明是在谈人生，谈宇宙。

鲁迅坐在针灸的针尖上"我以我血荐轩辕"②，在针尖对麦芒的状态中"横眉冷对千夫指"③，拖着病躯感喟太多中国人"有病不求药"④。

8

读毕鲁迅《病后杂谈》，我变得更加热爱生活了——怎样的生活？

鲁迅那样的打败肺病⑤、远离"无欲望状态"⑥ 的战斗生活。

霍金那样的与 ALS 病（肌肉萎缩性侧索硬化症）作抗争、探索黑洞的"黑暗"生活。⑦

---

① 鲁迅：《父亲的病》，载《鲁迅散文诗歌全集》，北京燕山出版社 2011 年第 2 版，第 47、49、51 页。

② 鲁迅：《自题小像》，载《鲁迅散文诗歌全集》，北京燕山出版社 2011 年第 2 版，第 161 页。

③ 鲁迅：《自嘲》，载《鲁迅散文诗歌全集》，北京燕山出版社 2011 年第 2 版，第 169 页。

④ 鲁迅：《赠邬其山》，载《鲁迅散文诗歌全集》，北京燕山出版社 2011 年第 2 版，第 163 页。

⑤ "几个朋友暗自协商定局，请了美国的 D 医师来诊察了。他是在上海的唯一的欧洲的肺病专家，经过打诊，听诊之后，虽然誉我为最能抵抗疾病的典型的中国人，然而也宣告了我的就要灭亡；并且说，倘是欧洲人，则在五年前已经死掉。"（鲁迅：《死》，载《鲁迅散文诗歌全集》，北京燕山出版社 2011 年第 2 版，第 444 页）

⑥ "所谓'无欲望状态'，是死亡的第一步。"（鲁迅：《"这也是生活"……》，载《鲁迅散文诗歌全集》，北京燕山出版社 2011 年第 2 版，第 437 页）

⑦ 参见［英］史蒂芬·霍金：《我的简史》，吴忠超译，湖南科学技术出版社 2017 年版，第 56—59、72—79 页。

费曼那样的与癌细胞比邻而居①、穿着紧身衣玩游戏②、将心中之物与物质之心合而为一的诗意生活。

9

希波克拉底已经过时了，《黄帝内经》仍焕发勃勃生机。③
放血疗法已经过时了，《针灸大成》仍焕发勃勃生机。④
佩达尼乌斯·迪奥斯科里季斯关于毒芹的描述已经过时了，⑤
任督二脉循行示意图⑥和中医气色论⑦仍焕发勃勃生机。

10

吴有性⑧——一个有性情的敏感之人（国医/哲人不能不敏

---

① 费曼因癌症逝世于1988年2月15日晚上10点34分，他死前说："死的过程真烦人。"（［英］约翰·格里宾、［英］玛丽·格里宾：《迷人的科学风采——费恩曼传》，江向东译，上海科技教育出版社1999年版，第275页）

② 费曼说："我玩的游戏非常有趣。它是一种穿着紧身衣的想象。"（［美］劳伦斯·M.克劳斯：《理查德·费曼传》，张彧彧、陈亚坤、孔垂鹏译，中信出版社2019年版，第223页）

③ 参见［美］克利福德·皮寇弗：《医学之书》，褚波、张哲译，重庆大学出版社2020年版，第14页。

④ 在美索不达米亚、埃及、希腊、玛雅、阿兹特克以及印度次大陆的文明中，都有放血疗法这种治病方式。在古伊斯兰的医学典籍中，一些文献的作者就推荐放血疗法。犹太法典《塔木德》还在每周和每月设定特定日子实施放血疗法。《针灸大成》又名《针灸大全》，明朝医生杨继洲撰，刊于万历二十九年（1601年）。它是现代针灸术以及描述各种穴位的针灸课本的基础，它还记载了点燃艾叶来加热的方法。参见［美］克利福德·皮寇弗：《医学之书》，褚波、张哲译，重庆大学出版社2020年版，第9、36页。

⑤ 佩达尼乌斯·迪奥斯科里季斯（约40—90）是古希腊军队的外科医生，著有《药物论》。他认为毒芹"可以防止处女的胸部长得太大"。（［美］克利福德·皮寇弗：《医学之书》，褚波、张哲译，重庆大学出版社2020年版，第17页）

⑥ 参见张大钊编著：《中医文化对谈录》，广西师范大学出版社2004年版，第52页。

⑦ 张仲景曰："古者上医相色，色脉与形，不得相失。"转引自陈邦贤：《中国医学史》，团结出版社2011年版，第49页。

⑧ 吴有性（1582—1652），字又可，明末清初著名医学家，著有《温疫论》。

感）。他时时感觉到"天地之厉气"①。

11

中国人的哲学（医道）是"虚虚实实，补不足，损有余"②。

西方人的哲学（医道）是"凡有的，还要加给他，叫他有余；没有的，连他所有的也要夺过来"③。

12

《黄帝内经》曰："风者，百病之长也"，"风者善行而数变"。④

这风，曾吹病赤壁的曹军（瘟疫流行），⑤ 帮周瑜和诸葛亮打败曹操（火攻须有东南风）。

风、瘟疫、谋略一起改变历史。"风"居首位，"瘟疫"其次，⑥ "谋略"最末。

13

南怀瑾先生说："背脊骨为主叫督脉，一切生命都是从这里先发展。譬如我们的神经以背脊骨为中心左右交叉，过去晓得是交叉，

---

① 参见苏颖主编《明清医家论温疫》，中国中医药出版社 2013 年版，第 25 页。

② 宋庆峰主编《中医四大名著》，辽海出版社 2016 年版，第 747 页。《道德经》第七十七章："天之道，损有余而补不足。"这一哲学在政治上表现为"不患寡而患不均""均贫富等贵贱"。

③ 《圣经·马太福音》25：29。

④ 姚春鹏译注：《黄帝内经》（全二册），中华书局 2010 年版，第 356、358 页。

⑤ "时曹公军众已有疾病，初一交战，公军败退，引次江北。"（《三国志·周瑜传》）"时又疾疫，北军多死，曹公引归。"（《三国志·先主传》）"公至赤壁，与备战，不利。于是大疫，吏士多死者，乃引军还。"（《三国志·武帝纪》）

⑥ 参见刘滴川：《大瘟疫：病毒、毁灭和帝国的抗争》，天地出版社 2019 年版。又参见［英］弗雷德里克·F.卡特赖特、［英］迈克尔·比迪斯：《疾病改变历史》，陈仲丹译，华夏出版社 2018 年版。

与量子力学的变是一样，是一个变化的形态；还有一个变化形态在神经。所以密宗画了很多的图案叫做（作）曼达拉，曼达拉梵文翻过来就是道场"，"密宗很多的画很好看，曾有人对我说，老师啊，我送你一张曼达拉，西藏买来的。我说好。这是科学的，科学的图案，但是他们当成宗教崇拜"。①

有必要把《量子力学》《藏传佛教》纳入中医学专业的必修课程。

看不懂图画中的数学密码，意识不到炼金术和神学之于牛顿同物理学一样重要（甚至更重要）②，对洗脑术、《听诊器之歌》③和结构生物学颟顸无知，搞不清"疾病"的隐喻，④不懂得如何与墓中人对话的人，是不可能成为一个伟大的中医的。

① 南怀瑾讲述：《小言〈黄帝内经〉与生命科学》，东方出版社 2008 年版，第 31 页。

② "在神学上，就像在炼金术的研究中那样，牛顿感觉自己在寻求古代的真理，这些真理在过去数世纪的黑暗历史中被颠倒。知识要么丢失了，要么被秘密的符号隐藏了起来，以免于被牧师和教皇毁坏。他相信数学有这样的遭遇，上帝的语言也是这样。在所有这些领域中，他力图恢复曾经熟知，但是现在丢失的语言和法则。他有一个使命，相信自己正在做上帝做的事。"（［美］格雷克：《牛顿传》，吴铮译，高等教育出版社 2004 年版，第 88 页）

③ 听诊器由法国医生拉埃内克（1781—1826）发明。《听诊器之歌》是美国医生、诗人奥利弗·温德尔·霍尔姆斯（1809—1894）写的一首诗。参见余凤高：《飘零的秋叶——肺结核文化史》，山东画报出版社 2004 年版，第 68—69 页。

④ "在整个 19 世纪和 20 世纪初的西方，疾病隐喻变得更加恶毒、荒谬，更具有蛊惑性，它把任何一种自己不赞成的状况都称作疾病。本来被认为像健康一样是自然之一部分的疾病，成了任何'不自然'之物的同义词。"（杨念群：《再造"病人"——中西医冲突下的空间政治（1832—1985）》，中国人民大学出版社 2006 年版，导言，第 3 页）又参见［美］桑塔格：《疾病的隐喻》，程巍译，上海译文出版社 2003 年版。

声学

　　一位精通音律因而性度恢廓的统帅——我指的是周瑜——不可能被气死。《三国志·周瑜传》载："瑜少精意于音乐，虽三爵之后，其有阙误，瑜必知之，知之必顾，故时人谣曰：'曲有误，周郎顾。'"一位置世俗伦理与舆论于不顾的帝王——我指的是唐玄宗李隆基（号称"梨园天子"）——同时是杰出的音律家、艺术家，也是可以想象的，《霓裳羽衣曲》就是他的作品。

　　今天的中央音乐学院无缘聘请周瑜和李隆基充任声乐系教授真是一大遗憾。周瑜和李隆基无缘聆听曾侯乙编钟①的演奏则是他们的遗憾。曾侯乙声色犬马之际，或许已预料到他的名字将被写入音乐史、考古史、声学史，而非政治史、军事史（政治舞台命定属于大国，小国变得重要一些是 20 世纪"民主时代"到来以后的事）。

　　谈声学史，不能不提及宋人沈括的《梦溪笔谈》。"声学"一词最早见于此书。沈括在记述共振、音调、和声等现象时，指出："此声学至要妙处也。今人不知此理，故不能极天地至和之声。世之乐工，弦上音调尚不能知，何暇及此?"② 这话像是说给蛰伏在唐

---

　　① 战国曾侯乙编钟 1978 年出土于湖北随州，现藏于湖北博物馆，为该馆"镇馆之宝"。曾侯乙（约前 475—前 433），周王族诸侯国中曾国（又叫随国）的国君，姬姓，氏南宫，名乙。

　　② ［宋］沈括：《梦溪笔谈》，岳麓书社 1998 年版，第 51 页。

代教坊中的阿城听的,① 像是说给"火车上的小号手"克里斯蒂安·多普勒听的,② 也像是说给守护原子钟的约瑟夫·海福乐和理查德·基廷听的。③

周瑜被诸葛亮气死,只是小说家的演义。

李隆基在马嵬驿兵变后独自苟活,是对爱情的背叛。④

曾侯乙、沈括和我,三个不同时代的中国人,都曾幸运地莅临雁门关上空的空间站,谛听到难以用语言描述的天籁。

---

① 唐玄宗开元二年(714年),置内教坊于蓬莱宫侧,京都置左右教坊,掌俳优杂技,教习俗乐。阿城(1949— ,中国当代作家、编剧)曾指出:"《教坊记》记的是公元八世纪唐玄宗时的事,也就是中国人常常称道的'开元''天宝'遗事。这个玄宗皇帝李隆基,让中国狂欢了四十多年……《教坊记》所记载的歌舞,多是由西亚传来,教坊内外的艺人,也多是西亚人。"(阿城:《威尼斯日记》,江苏凤凰文艺出版社2016年版,第30—31页)又参见 [唐] 崔令钦等:《教坊记(外三种)》,中华书局2012年版。又参见 [唐] 崔令钦著、任中敏笺订:《教坊记笺订》,凤凰出版社2013年版。

② 克里斯蒂安·多普勒(1803—1853)是奥地利物理学家、数学家和天文学家,他发现的多普勒效应也适用于在空气中传播的声波。如果声源向着你运动,声波被压缩为音调较高的声波;如果声源远离,它被延伸为音调较低的音符。1845年,荷兰人克里斯托夫·伯伊斯·巴洛特设计了一个简单实验,测试和验证了这种效应。他在火车上安排了一群小号手,吹奏着某一个音符经过另一群在铁路旁倾听的乐师。参见 [英] 约翰·格里宾、[英] 玛丽·格里宾:《科学史话:改变世界的100个实验》,丛琳译,人民邮电出版社2019年版,第104—105页。

③ 关于1971年的原子钟实验,参见 [英] 约翰·格里宾、[英] 玛丽·格里宾:《科学史话:改变世界的100个实验》,丛琳译,人民邮电出版社2019年版,第244—246页。

④ "今古情场,问谁个真心到底?""笑人间儿女怅缘悭,无情耳。"([清]洪昇:《长生殿(插图版)》,徐朔方校注,人民文学出版社1958年版,第1页)

格致学

关怀自然和澄清人心一样重要。①
"质测"与"通几"一样重要。②
格竹③、格六角形的雪花④
和格《格林童话》一样重要。
在月球采集矿石样本
观察可怜的地球生物的幸福生活
探访幻影般的嫦娥，
同写出"嫦娥应悔偷灵药"⑤的诗句一样重要。
后羿的绿帽不是宙斯给戴的。
白光并非白色的。
红楼也并非红色。
曹雪芹是气喘吁吁

---

① "在朱熹那里，我们还能见到一些对自然的关怀（虽然其最终指向仍为德行和伦理），而到了王阳明，则只剩下对人心的澄清了。"（孙承晟：《观念的交织——明清之际西方自然哲学在中国的传播》，广东人民出版社2018年版，第3页）

② 方以智（1611—1671）认为西洋士人（学者/传教士）"详于质测而拙于言通几"。参见孙承晟：《观念的交织——明清之际西方自然哲学在中国的传播》，广东人民出版社2018年版，第225页。

③ 王阳明年轻时为了践行朱熹的"格物致知"说，曾格了七日七夜的竹子。日本著名女音乐人中岛美雪创作过一首哲理深刻的歌曲《竹之歌（竹の歌）》。

④ "开普勒《论六角形的雪花》一书的拉丁文本曾被携入中国，与开普勒的《对维泰洛的补充，天文学光学》一书装订在一起，显然在传教士的涉猎范围之内。"（孙承晟：《观念的交织——明清之际西方自然哲学在中国的传播》，广东人民出版社2018年版，第79页）

⑤ 李商隐《嫦娥》："嫦娥应悔偷灵药，碧海青天夜夜心。"

（爬大荒山和炼石补天累的）的气本论者①。

毗耶娑是比唐玄奘

手中的钵盂实在的实在论者。②

黑包公和黑天③是被

恒河的永恒浪花隔开的好友。

即使"西学中源说"荒谬，

也不比"中学西源说"和"乌龟塔说"④ 更荒谬。

即使物理学改称格致学，

牛顿依然姓牛，很牛。

即使我梦见一身道袍的牛顿

给李淳风⑤讲《易》

给周敦颐讲《太极图说》⑥

---

① "天地间都赋阴阳二气所生，或正或邪，或奇或怪，千变万化，都是阴阳顺逆。"〔［清］曹雪芹著、脂砚斋点评：《脂砚斋评石头记》（上册），花山文艺出版社 2015 年版，第 237 页〕大荒山是《石头记》（《红楼梦》）中的地名。

② "没有不存在的存在，也没有存在的不存在，那些洞悉真谛的人，早已察觉两者的根底。"（［古印度］毗耶娑：《薄伽梵歌》，黄宝生译，商务印书馆 2010 年版，第 17 页）

③ 黑天是毗湿奴的化身。他"超越可灭者，也高于不灭者"，是"至高原人"。参见［古印度］毗耶娑：《薄伽梵歌》，黄宝生译，商务印书馆 2010 年版，第 142 页。

④ 霍金讲过一个这样的故事。一位著名科学家的天文学讲演结束之后，一位老妇人起立说道："你讲的是一派胡言。实际上，世界是驮在一只巨大乌龟背上的平板。"科学家露出高傲的微笑，说："那么这只乌龟站在什么上面呢？""你很聪明，年轻人，的确很聪明。"老妇人说，"不过，这是一只驮着一只，一直驮下去的乌龟塔啊！"霍金评论道："大多数人会觉得，把我们的宇宙喻为一个无限的乌龟塔相当荒谬。但是我们凭什么就自认为知道得更好呢？"（［英］史蒂芬·霍金：《时间简史》，许明贤、吴忠超译，湖南科学技术出版社 2011 年第 3 版，第 1 页）

⑤ 李淳风（602—670），道士，唐代天文学家、数学家、易学家。

⑥ 《太极图说》是周敦颐（1017—1073）的名著。

76

给朱载堉①讲《算学新说》，

也改变不了我并非

"二十一世纪的弗洛伊德"的事实。

即使"7"② 比"5"③ 神秘，

它们也只是再普通不过的

数字——之于张三、艾米尔和汤姆④。

是猫就该抓老鼠，

是哈勃就该追捕哈雷彗星，

是皇帝就要敢说"万夫有罪，在余一人"，⑤

是张衡就要既写《归田赋》

又发明浑天仪地动仪。

"现代科圣"⑥ 爱因斯坦

在上海逗留过两天

（来不及去南阳和卧龙岗），

差点变成不讲逻辑的种族主义者。

"现代嫦娥"安德烈娅·盖兹⑦

抽上了中华烟，够酷！——

---

① 朱载堉（1536—1611），明代著名的音乐家、算学家、历学家，著有《算学新说》《律吕正论》等。

② "7"是《圣经》中经常出现的数字，如"七公七母""七座祭坛""七天""七印""七七节""七十个七次"。

③ 如五岳、五行、五帝、五经、五服、九五之尊等，参见叶舒宪、田大宪：《中国古代神秘数字》，社会科学文献出版社 1998 年第 2 版，第 86—93 页。

④ 美国动画片《猫和老鼠》中的猫，名字叫"Tom"（汤姆）。

⑤ 关于中国古代的"灾异说"和"天谴说"，参见江晓原：《天学真原》，辽宁教育出版社 1991 年版，第 253—256 页。

⑥ 张衡被誉为中国古代的"科圣"，与"医圣"张仲景并列。

⑦ 安德烈娅·盖兹（1965— ）是美国女天文学家，因在银河系发现一个超大质量的致密天体而荣膺 2020 年诺贝尔物理学奖。1969 年（阿波罗 11 号登月那年），4 岁的安德烈娅·盖兹对母亲宣布："我将成为第一个登月的女人。"

如果是我在地坛

用奇点焰火帮她点的，那就更酷了。

设若这一妄想成真，

那凡·高致敬过的星空也就不会愤怒了。

安德烈娅·盖兹①

这个奇妙的名字让我想到

"笼盖四野"② 的草原、

"文不在兹"③ 的抱负

和我已忘了是在宪法广场

还是在科学博物馆同我分手的阿梅莉亚。④

她俩都有一个

让人无法忍受的缺点：异想天开。

天向她敞开的那天

我并不觉得惊奇，因为

我已习惯了她

在拼图上与数字斗气、

在侦探小说中寻找谜底、

在天基观测⑤和地面观测时闭眼冥思。

曲棍球是她的宇宙。

她拒绝"活在脚尖上"，

穿上了由好奇心

和挑战欲打造的铠甲。

---

① 安德烈娅·盖兹（1965— ），美国女科学家，2020 年诺贝尔物理学奖得主。

② 《敕勒歌》："敕勒川，阴山下。天似穹庐，笼盖四野。"

③ 《论语·子罕》："文王既没，文不在兹乎？"

④ 这里指的是安德烈娅·盖兹小时候的偶像阿梅莉亚·埃尔哈特（1897—1939），她是第一位独自飞越大西洋的女飞行员，后尝试首次环球飞行，在飞越太平洋期间失踪。

⑤ 天基观测是指传感器位于地球大气层以外的观测，如卫星、探测火箭等。

她不是穆桂英①，

但谁都挡不住她矫健的步伐。

她不是盖娅②

在尘世的化身或姐妹。

她不是银河系的芭蕾舞者

（她只是舞者）。

她也不是萤火虫，

尽管经历过暗飞自照的空悲岁月。③

---

① 穆桂英是《北宋志传》（又名《杨家将传》《杨家将演义》）中的虚构人物，是一位巾帼英雄，曾大破天门阵，远征西夏。

② 盖娅是古希腊神话中的大地女神，众神之母，她与混沌（卡俄斯）同时诞生。

③ 杜甫《倦夜》："暗飞萤自照，水宿鸟相呼。万事干戈里，空悲清夜徂。"

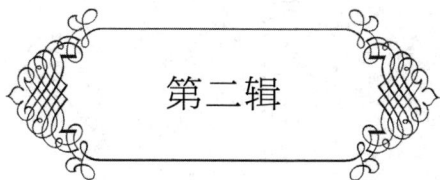

第二辑

时间囊

Time Capsule。据说
墨西哥排名第一的国立自治大学
计划于 2028 年在校史博物馆的
地下建立"文明窖藏"
（Crypt of Civilization）。
准备储藏的物品有《吉尔伽美什》，
《薄伽梵歌》，莫尔《乌托邦》，印第安排箫，
云雀标本①，KEO 卫星②模型，
猫眼，弹壳，核乳剂③，华为手机。

---

① 参见木心：《云雀叫了一整天》，广西师范大学出版社 2009 年版，第 21 页。

② KEO（未来考古鸟）是一个在五万年后重返地球的人造卫星的名字，同时也是实施这一计划的一个法国非营利组织的名称。此卫星将搭载人类留给未来世代的信息。

③ 核乳剂，又称核子乳剂，是用来记录基本粒子行踪的照相乳剂。英国科学家塞西尔·弗兰克·鲍威尔（1903—1969）因使用核乳剂记录法（摄影法）发现了 π 介子而荣获 1950 年诺贝尔物理学奖。参见［英］凯利·怀尔德：《摄影与科学》，张悦译，中国摄影出版社 2016 年版，第 74—78 页。

傅科摆

摆锤重二十八公斤，线长六十七米，悬挂点在教堂祭坛上方的拱顶。①

摆锤和观察摆锤的我随地球一起转动。

埃菲尔铁塔、帝都、葛朗台的钱箱、曼陀罗的轮廓、如钩因而冷酷的月、铁马上的金戈、甘泉水②、甘泉宫③、不怀好意的蜻蜓、神秘的隐形四边形、金缕衣和宇宙大阴谋则随我一起转动。

耍阴谋的人从卡巴拉地窖中盗取葡萄酒。

解构神秘最好的办法是进入神秘。

尽管三十六个字母悄悄越过圣殿骑士把守的边境，但一张地图并非疆域。而一场拼杀，也完全可以在博物馆、AI 实验室或书斋内进行。④ 更毋忘了，一个签名足以摧毁一座城市。

像懦夫一样，勇士在死去之前也会死很多次。

就像有一千个哈姆莱特一样，也有一千个空心地球、一千株驱魔草、一千种种族主义教义。

不应该通过逃向一种主义来逃避另一种主义。

不可能通过逃向一个无限来逃避另一个无限。

---

① 傅科摆是一种物理学装置，可证明地球在自转。名字源于法国物理学家傅科在 1851 年做的一次摆动实验。参见［意］翁贝托·埃科：《傅科摆》，郭世琮译，上海译文出版社 2013 年版，第 3—6 页。

② "我意识到忽视悬挂在拱顶上的傅科摆而只欣赏拱顶，这就好比醉心于甘泉水而放弃了饮用源头。"（［意］翁贝托·埃科：《傅科摆》，郭世琮译，上海译文出版社 2013 年版，第 7 页）

③ 甘泉宫为汉武帝仅次于长安未央宫的重要活动场所，在今陕西省淳化县。

④ "成也好，败也好，我们的阵地在书斋。"（木心讲述、陈丹青笔录：《文学回忆录（全 2 册）》，广西师范大学出版社 2013 年版，第 105 页）

神圣的体验之所以神圣在于其持续时间太短。

把傅科摆的悬挂点改到太和殿大梁会怎样呢？

无论如何，肯定不会引发一场人事地震。毕竟，现在不再是龟壳被刻字的时代。

迷人的哥白尼

哥白尼迷人不只因为他长得帅（这是客观事实，有画像为证），更因为——据说是——他开启了"哥白尼革命"。托马斯·库恩在其影响深远的《哥白尼革命》一书（1957 年出版）中指出："哥白尼革命是一场观念上的革命，是人的宇宙概念以及人与宇宙之关系的概念的一次转型。在文艺复兴思想史上的这一幕，被一再地宣称为西方人思想发展的划时代转向。"①

然而，半个多世纪之后（2011 年），加州大学圣迭戈分校的罗伯特·韦斯特曼（Robert Westman）教授对这种"哥白尼叙事"进行了解构。在他看来，整个十六甚至十七世纪，根本不存在"支持哥白尼"和"反对哥白尼"两军对垒的清晰阵营，甚至连"哥白尼主义"（Copernicanism）这种分类概念也没有，所谓的"哥白尼革命"只是后人辉格式的历史建构；而且，哥白尼的思想与占星术有着千丝万缕的联系（以今天的眼光看有"迷信""不科学"之嫌），哥白尼之所以没有在《天体运行论》② 中谈论占星术，是因为遵循了托勒密以来严格区分天文学写作和占星术写作的传统。③

韦斯特曼的解构其实仍不够彻底。因为就连"革命"一词也被后人进行了辉格式的重构。"革命"本是一个天文学术语，指的是"有规律的天体旋转运动"（因而是不可抗拒的，它不以"新"，也

---

① ［美］托马斯·库恩：《哥白尼革命——西方思想发展中的行星天文学》，吴国盛、张东林、李立译，北京大学出版社 2003 年版，第 1 页。

② 将《天球运行论》译为《天体运行论》实际上是以今日眼光对哥白尼进行了拔高。因为哥白尼作为希腊数理天文学的传人，仍服膺于"天球运动"模型。最新译本，已将书名译为《天球运行论》（张卜天译，商务印书馆 2016 年版）。本文中仍沿袭习惯用法。

③ 参见吴国盛：《迷人的哥白尼》，《读书》2021 年第 4 期。

不以"暴力"为特征）。它第一次作为政治术语出现是在 17 世纪（1688 年的"光荣革命"），当时该词的隐喻义接近原义，"用在向某个预定点循环往复的运动身上，言外之意乃是绕回预先规定的秩序中"；"'光荣革命'根本就不被认为是一场革命，而是君权复辟了前度的正当性和光荣"。① 是法国、俄国和中国的大革命重新定义了"革命"的内涵。"革命"逐渐脱离"天体旋转""周而复始"的含义，衍生出"唯新是求"的情结，标示了不可抗拒的历史洪流。② 托马斯·库恩所讲的"哥白尼革命"中的"革命"已经是被重新定义了的"革命"，不复是原义了。

层层累积的历史造就了云里雾里似的迷思。

哥白尼"日心说"的革命性并非不大，而是没有那么大③——这样说，才切合源初语境。

如果哥白尼读过"中国天书"中关于"革命"的学说（"天地革而四时成；汤武革命，顺乎天而应乎人"④），他或许会暗示追随者发明"哥白尼革命""哥白尼主义""哥白尼宇宙"等概念。

好在哥白尼尽管是教士、行政官僚、外交官、医生，却不是什么天文学"大佬"。

迷人的，除了哥白尼，还有哥白尼的美学⑤，以及关于哥白尼

---

① ［美］汉娜·阿伦特：《论革命》，陈周旺译，译林出版社 2007 年版，第 31—32 页。

② 参见陈建华：《"革命"的现代性——中国革命话语考论》，上海古籍出版社 2000 年版，第 7 页。

③ "哥白尼的世界也仍然是有限的"；"跟无限相比，哥白尼的世界绝不大于中世纪天文学的世界"。（［法］亚历山大·柯瓦雷：《从封闭世界到无限宇宙》，张卜天译，北京大学出版社 2008 年第 2 版，第 28—29 页）

④ 《周易·革卦》。

⑤ "难道还有什么东西比起当然包括一切美好事物的苍穹更加美丽的吗？"（［波兰］哥白尼：《天体运行论》，叶式辉译，北京大学出版社 2006 年版，第 3 页）"日心说并不是观测引导的结果，而是审美引导的结果。"（吴国盛：《迷人的哥白尼》，《读书》2021 年第 4 期）

革命和三重运动①的迷思的迷思。

<hr>

① 按哥白尼学说，"三重运动"是指地球的周日运动、周年运动（这是我们所熟悉的）和"第三种运动"（倾角的运动，即地轴锥形旋转）。参见［波兰］哥白尼：《天体运行论》，叶式辉译，北京大学出版社 2006 年版，第 16—17 页。

巨浪

M：我可以抚摸带来了你的巨浪吗？①

F：随你。

M：我可以去神奈川觅寻你的前世记忆或痕迹吗？②

F：随你。

M：我可以叫你的小名羹飑吗？虽然叫起来很拗口。比玛丽亚·科达玛③这个名字还拗口。

F：随你。

M：我可以不撰写法理学讲义吗？毕竟，有费曼物理学讲义④珠玉在前，既然无法超越，最好是缄默不言。

F：随你。

M：我可以骑电动车带你去拜访伊雷娜·居里⑤的故里、遗落的战境和清明时节雨纷纷的东京城吗？那时的东京是欧阳修的东京，毕昇的东京，沈括的东京，《清明上河图》尚未绘出。

F：随你。

---

① "巨浪带来了你。"（［阿根廷］豪尔赫·路易斯·博尔赫斯：《另一个，同一个》，王永年译，上海译文出版社 2016 年版，第 9 页）

② 葛饰北斋的《神奈川冲浪里》是日本江户时代的著名浮世绘，也是史上最著名的日本画之一。

③ 玛丽亚·科达玛（Maria Kodama）即玛利亚·儿玉，博尔赫斯的妻子。

④ ［美］费恩曼、［美］莱顿、［美］桑兹：《费恩曼物理学讲义（新千年版·第 1 卷）》，郑永令等译，上海科学技术出版社 2013 年版。费恩曼即费曼，后一种译名更常见。

⑤ 伊雷娜·居里（1897—1956），居里夫人的女儿，1935 年诺贝尔化学奖得主。

M：我可以让巴比伦人和希腊人在楚河汉界前握手言欢吗？①

F：随你。

M：我可以在"真果粒"② 中发现的是质子、电子、介子、轻子、智子，而不是营养物质吗？

F：随你。

M：我可以像了解晨星、美神和不眠之夜一样了解你吗？

F：随你。

M：我可以在"另一个"与"同一个"的哲学思辨中、在逆境触动的街角和凌乱心情中扬弃自己吗？

F：随你。

M：我可以用同样的口吻说"随你"吗？

F：不可以。

---

① "费曼经常说世上有两种物理学家：巴比伦人和希腊人。他是指这两种古文明代表相反的哲学观"；"巴比伦人重视现象，而希腊人重视潜在的秩序"；"希腊方法具有数学逻辑机器的全副力量"，"巴比伦的方法则允许一定程度的自由想象力，让你抛开严谨和理由，顺从自己的本能或直观"；"费曼认为自己属于巴比伦风格。他靠对自然的了解来引导自己"。（［美］里昂纳德·曼罗迪诺：《费曼的彩虹：物理大师的最后 24 堂课》，陈雅云译，陕西师范大学出版社 2007 年版，第 30—31 页）
② "真果粒"是蒙牛集团推出的全球首款含有可嚼果粒的牛奶饮品。

七千两百个月亮

我看到七千两百个月亮循次绕过百无聊赖地自旋的地球，其
中——

一个在惦念逐渐远离舞台的千亿个太阳；①

一个在掂量恩培多克勒稀松平常的理论；②

一个默默嘲笑哥伦布欺骗美洲土著的技巧；③

一个把光（也是吻）射向拘谨的裸体画；④

一个久久地望着一个久久地望着孤月的人；⑤

一个睁大眼睛瞅着嗜血的玫瑰和玄学的灰尘；⑥

一个故意无视百合的花香；

一个犹豫要不要慰藉初秋的殇；

一个暂栖于共和国诞生前夕锦州的炕；⑦

一个惊恐于大炮的怒吼；

---

① "演出舞台是整个银河系，上场角色是它的千亿恒星和地球上的几百名天
文学者。"（［德］鲁道夫·基彭哈恩：《千亿个太阳——恒星的诞生、演变和衰
亡》，沈良照、黄润乾译，湖南科学技术出版社1996年版，第1页）

② "于是剩下恩培多克勒的理论，即我们看见的月光来自月亮对太阳光的反
射。"（［古罗马］普鲁塔克等：《论月面》，孔许友译，华夏出版社2016年版，第
29页）

③ 哥伦布利用月食让牙买加人相信他能与神沟通。参见［德］贝恩德·布
伦纳：《月亮：从神话诗歌到奇幻科学的人类探索史》，甘锡安译，北京联合出版
公司2017年版，第20页。

④ 参见［英］毛姆：《月亮和六便士》，赵光译，海潮出版社2013年版，第
108—109页。

⑤ 参见［阿根廷］豪尔赫·路易斯·博尔赫斯：《另一个，同一个》，王永
年译，上海译文出版社2016年版，第9页。

⑥ 参见［英］王尔德：《夜莺与玫瑰》，载《王尔德读本》，苏福忠译，人
民文学出版社2012年版，第418—419页。

⑦ 东北野战军锦州前线指挥所旧址位于锦州西北凌海市崔岩镇牤牛屯村。

一个欢喜对称性的凯旋；①

一个贪恋女王的怀抱；②

一个悲叹悲画扇者的悲叹；③

一个帮女大公打开紧闭的门帘；④

一个拒绝去象征人间的"难全"⑤ 和美满；

一个与东坡居士激辩高处胜不胜寒；

一个给抽象的佯谬、能密度和场结构贴上标签；⑥

…………

然而，这些之于躲避人群的我

已不紧要，因为再多的月亮

也只是一个，恰如再多的诗文也只是一篇。

---

① "在经典物理和量子物理中，对称性都限制了基本定律的可能形式。但在量子物理中，对称性走得更远。……一个态在作了一个对称变换后变成了一些量子态的线性组合。"（［美］阿·热：《可怕的对称——探索现代物理学中的美》，荀坤、劳玉军译，湖南科学技术出版社 1992 年版，第 158 页）

② "让广袤的帝国高大的拱门倒塌吧！这儿才是我的天地。纷纷列国，不过是一堆堆泥土；污秽的大地养育着人类，也养育着禽兽；生命的荣光存在于一双心心相印的情侣的及时互爱和热烈拥抱之中；（拥抱克莉奥佩特拉）这儿是我的永远的归宿。"（［英］莎士比亚：《安东尼与克莉奥佩特拉》，载《莎士比亚文集（2）》，朱生豪译，漓江出版社 2011 年第 2 版，第 233 页）

③ 薛涛《月》："魄依钩样小，扇逐汉机团。细影将圆质，人间几处看。"纳兰性德《木兰词·拟古决绝词柬友》："人生若只如初见，何事秋风悲画扇。"

④ "第四天，奥兰多紧闭窗帘；到了第五天，天空下起了雨，他可不能将一位女士（指罗马尼亚女大公）挡在门外淋雨，再说他也不完全拒绝有人陪着聊天。"（［英］弗吉尼亚·伍尔夫：《奥兰多》，任一鸣译，上海译文出版社 2014 年版，第 85 页）

⑤ 苏轼《水调歌头·明月几时有》："人有悲欢离合，月有阴晴圆缺，此事古难全。"

⑥ 参见［英］戴维斯、布朗合编：《原子中的幽灵》，易心洁译，湖南科学技术出版社 1992 年版，第 83 页。

卡尔·萨根

指数、幂数、波斯棋盘、
周一夜狩猎者，
对这位不死的教士而言都是诗，
都被他看成量化的美和力。①

他的灵魂里没有民族主义，
只有音乐、人类公敌、
对狩猎本性的回归、
对有形危机和看不见的辐射的蔑视。

他不为尤利西斯②的漂泊
"旅行者 1 号"③ 的孤独
和亿亿万万野草的再生④所动；
他不在乎外星人制作的麦田图案。⑤

---

① 参见［美］卡尔·萨根：《亿亿万万：卡尔·萨根的科学沉思与人文关怀》，丘宏义译，浙江大学出版社 2018 年版，第 3—48 页。卡尔·萨根（1934—1996）是美国天体物理学家、宇宙学家、科幻作家，行星学会的创立者，小行星 2709、火星上的一个撞击坑以他的名字命名。

② 尤利西斯（Ulysses）是罗马神话中的英雄，对应希腊神话中的奥德修斯。他曾在海上漂泊十年。

③ "旅行者 1 号"是美国宇航局研制的一艘无人外太阳系空间探测器，于 1977 年 9 月 5 日发射。

④ "生命的泥委弃在地面上，不生乔木，只生野草，这是我的罪过。"（鲁迅：《野草》，江西教育出版社 2019 年版，第 1 页）

⑤ 参见［美］卡尔·萨根：《魔鬼出没的世界》，李大光译，海南出版社 2015 年版，第 78 页。

一岁一枯荣的哲学思辨

与他的梦相比黯然失色，

他傲慢自大地

代绝地武士①进行人工选择。

他对争夺世界岛②的伟业

装作一无所知，

也不理解世人为何追捧

经文、盐以及盐和光的比喻。

南山的菊园不是他的归宿，③

翻筋斗的雪球④作为他昨天的形象

已经摆脱了齐天大圣的追捕，

坟墓和陨坑中藏着他的荣耀。

他凝视月海和原子通道的时候，

心里会是什么感觉？

也许他会悲怆，暗忖道：

我注定无法搞清真实与虚幻的区别。

---

① 绝地武士是美国著名导演乔治·卢卡斯拍摄的科幻系列电影《星球大战》中的角色。

② "谁统治了东欧便控制了'心脏地带'；谁统治了'心脏地带'便控制了'世界岛'；谁统治了'世界岛'便控制了世界。"（［英］哈福德·麦金德：《民主的理想与现实：重建的政治学之研究》，王鼎杰译，上海人民出版社2016年版，第128页）又参见［英］哈·麦金德：《历史的地理枢纽》，林尔蔚、陈江译，商务印书馆1985年版。

③ 陶渊明《饮酒（其五）》："采菊东篱下，悠然见南山。"

④ "典型的彗星看起来很像直径1000米的翻着筋斗的雪球。"（［美］卡尔·萨根：《宇宙》，陈冬妮译，广西科学技术出版社2017年版，第87页）

当西湖在数不清的城市遭到复制，
当反科学像虫蠹一样层出不穷，①
当基因组开始抗议和自行分离，②
会发生什么？
或许，科学也无法改变偏见和时间之矢。

我却意识到另一种解释。
卡尔·萨根的惊奇太小，
只能为块状的宇宙③编写年表。

①　参见［美］卡尔·萨根：《魔鬼出没的世界》，李大光译，海南出版社 2015年版，第253—273页。

②　参见［英］理查德·道金斯：《自然的魔法》，李泳译，湖南科学技术出版社2015年版，第65页。

③　参见［美］丽莎·扬特：《现代天文学——拓展宇宙》，刘彭译，上海科学技术文献出版社2011年版，第109页。

困在时间里的父亲

困在时间里的父亲是唯一的父亲。

不是我的父亲。

其实是我自己。我也是父亲。

是我女儿，又不是我女儿的父亲。

和我一样，理查德·费曼

也有一个女儿，

和我的女儿一样，

她也爱听"不休止的鼓声"①，

也爱研究"费曼图"、

太极图和《皇舆全览图》②，

虽然从未真正搞懂，

也爱《燃情岁月》③ 这部电影，

也爱用电脑软件处理符号和人际关系，

尽管因此经常碰壁，

也爱血红色的玛雅，

也爱希腊棺材之谜,④

---

① 理查德·费曼说："对我来说，打邦戈鼓从来都不能算是一种音乐。我只是打着好玩，制造一些有节奏的噪声。"（［美］理查德·费曼：《费曼手札：不休止的鼓声》，叶伟文译，湖南科学技术出版社 2019 年版，第 337 页）

② 《皇舆全览图》由康熙于 1708 年下令编绘，以天文观测与星象三角测量方式进行，采用梯形摄影法绘制，比例为四十万分之一。

③ 《燃情岁月》是爱德华·兹威克执导的美国电影（1994 年），讲的是一个父亲和三个儿子的故事。

④ 参见 ［美］埃勒里·奎因：《希腊棺材之谜》，王敬之译，新星出版社 2017 年第 5 版。

也爱读父亲的诗集，

诗集有多种，其中一本

差点命名为《悲怆的地图册》。

图、图、图，

父、父、父，

孩、孩、孩，

海、海、海，

我是否会，或已然，患上

阿尔茨默海病①？

眼中的女儿不复原来模样，

我却毫无察觉。

连续统假设②不再连续。

逻辑之屋里的间谍死而复活。

来自低地的古老文字

穿过阴历节日和伯克利物理研究所。③

独行的旅人。④

亲吻的网络。⑤

---

① 阿尔茨默海病（Alzheimer disease）即老年痴呆症。

② 1874 年格奥尔格·康托尔猜测在可列集基数和实数基数之间没有别的基数，这就是著名的连续统假设，又被称为希尔伯特第一问题。哥德尔经过努力，证明连续统假设与 ZF 集合论（哲美罗-弗兰科集合论）是一致的，也就是说，这假说无法被证明为假。参见［美］尤格拉：《没有时间的世界：爱因斯坦与哥德尔被遗忘的财富》，尤斯德、马自恒译，电子工业出版社 2013 年版，第 122 页。

③ 参见［美］拉夫·莱顿：《费曼的最后旅程》，台湾新新闻编译中心译，湖南科学技术出版社 2005 年版，第 42—43 页。

④ 爱因斯坦说："我真是一个'孤独的旅行者'，我从未全心全意地属于我的国家、我的故乡、我的朋友，甚至我亲密的家庭。面对所有这一切，我从未失去一种距离感和对孤独的需要。"（［美］卡拉普赖斯编：《新爱因斯坦语录》，范岱年译，上海科技教育出版社 2008 年版，第 13 页）

⑤ "世界由亲吻的网络构成，而非石头。"（［意］卡洛·罗韦利：《时间的秩序》，杨光译，湖南科学技术出版社 2019 年版，第 71 页）

破碎的平衡。①

迟到的阿谀。

无法和能够躲避的奉承。

人来了走了又来了又走了。

我傲睨一世。

我脆弱无力。

我什么也改变不了，

尤其时间、人心和疾病；

但什么也改变不了

我是一个父亲的事实。

我只可能作为平凡的父亲，

而非卓越的诗人，像蝼蚁一样死去。

---

① "生命是由许多过程所组成的，从细胞分裂、心脏跳动到消化和思维，所有这些过程的发生都是因为它们不是平衡态。一个更有意思的说法是，平衡态热力学所做的预言，就像一个算命先生对你说你将来会死，但是他根本不知道你马上要和你的情人约会。"（［英］彼得·柯文尼、［英］罗杰·海菲尔德：《时间之箭》，江涛、向守平译，湖南科学技术出版社 2007 年第 2 版，第 181 页）

牛顿式极端

是一个人到中年

变得特别神经质的苦闷之人，①

一个对教导学生毫无兴致的人，②

一个眼里容不下沙子，

即若容，容的也是海边之沙的人，③

一个无法容忍中间状态

（亦即暧昧状态）的人，

一个到诗歌和时间的长河中

寻找爱情的人，④

一个拒绝为诗辩护的人，⑤

---

① "据传记作家理查德·威斯特法（Richard S. Westfall）记述，牛顿是一个'苦闷的人，特别的神经质，甚至到了崩溃的边缘，尤其是中年阶段'。"（［美］加来道雄：《爱因斯坦的宇宙》，徐彬译，湖南科学技术出版社2015年版，第5页）

② 对牛顿而言，"教书是件麻烦事，没有学生是一种福利"，"在他作为教授的二十七年里，我们只知道有三名学生得到了他的指导"，而且"没有一个人在学术上取得过任何成就，他们的故事鲜为人知"。（［英］罗德里·埃文斯、［英］布莱恩·克莱格：《十大物理学家》，向梦龙译，重庆出版社2017年版，第35页）

③ 牛顿曾经说自己是一个在海边玩耍的孩子。

④ "假如有个女人和我分享爱情，/我的诗句将直上九重天庭；/假如有个女人蔑视我的爱情，/我将把我的悲哀化为音乐，/一直回响在时间的长河。"［阿根廷］豪尔赫·路易斯·博尔赫斯：《深沉的玫瑰》，王永年译，上海译文出版社2016年版，第12页。

⑤ 雪莱在《为诗辩护》一文中说："诗人，是未被世间公认的立法者。"这话说得未免太大。但从另一个角度看，又把诗人说小了。"在读雪莱的《为诗辩护》时，必然会提出这样的问题，为什么它和同样颇具天资的科学家写的《为科学辩护》毫无相似之处呢？"（［美］S.钱德拉塞卡：《莎士比亚、牛顿和贝多芬：不同的创造模式》，杨建邺、王晓明等译，湖南科学技术出版社2007年第2版，第86页）

一个比寂静之声还要寂静的

冰清玉洁的人,①

一个比颠僧癫狂、

具有"圣愚"品质的人,②

一个冲破天门阵和S-矩阵的勇士,

一个对吠檀多、女人

和绝缘体③保持同等热忱的情种,

一个反对造型、

与自然和源初连接的智者,

一个超越纯粹法理论④的

纯粹的人,

---

① 尼尔斯·玻尔称狄拉克是"所有物理学家中最纯洁的灵魂"。狄拉克是一个极端孤僻的人,几乎不和任何人交流,但他对科学研究具有无限的热情。参见[美]凯文·C.诺克斯、[美]理查德·诺基斯编:《从牛顿到霍金——剑桥大学卢卡斯数学教授评传》,李绍明等译,湖南科学技术出版社 2012 年版,第 350—355页。狄拉克过着一种朴素,几乎是苦行僧式的生活。他最初不愿接受诺贝尔奖,在宣布他担任卢卡斯教授职位的当天,他逃到动物园以避免一系列庆祝活动。1972年 9 月,在一个庆祝狄拉克 70 寿辰的宴会上,小说家斯诺发表了题为"第一流的心智"的致辞,把狄拉克与牛顿相提并论:"牛顿的心智和狄拉克的心智在我看来有相同之处……第一流的心智不仅仅只是一种心智,而且是一种无价之宝的心智。"([丹]赫尔奇·克劳:《狄拉克:科学和人生》,肖明、龙芸、刘丹译,湖南科学技术出版社 2009 年版,第 186—188 页)

② "圣愚是俄国的一种古老名流",他们"状貌奇特",被称为"为了基督的傻子";"圣愚最为突出的特征大概是对极端行为的嗜好","自满得意地犯过错,又同样自满得意地悔过,或者说伊万雷帝式的行为,都是圣愚们的习惯作(做)法"。参见[美]汤普逊:《理解俄国:俄国文化中的圣愚》,杨德友译,生活·读书·新知三联书店 1998 年版,第 3、23 页。

③ 薛定谔被授予哲学博士的学位论文的题目是《论潮湿空气里绝缘体表面的电流传导》。参见[英]格里宾:《量子、猫与罗曼史:薛定谔传》,匡志强译,上海科技教育出版社 2013 年版,第 35 页。

④ 参见[奥]凯尔森:《纯粹法理论》,张书友译,中国法制出版社 2008 年版。

一个恋上《进酒歌》① 的

装醉的人，

一个舞干戚、填沧海的人，②

一个整合信息理论的人，③

一个感受引力④

和"逝者如斯"的极简之人，

一个左手维吉尔《牧歌》、

右手牛顿《数学原理》、

处处反常人之道而行之的活着的人。

---

① 参见李白《将进酒》。又参见［古希腊］阿尔凯奥斯：《进酒歌》，载《古希腊抒情诗选》，水建馥译，商务印书馆2013年版，第98页。中世纪波斯诗人哈菲兹曰："拿酒来，/酒染我的长袍。/我为爱而醉，/人却称我为智者。"（木心讲述、陈丹青笔录：《文学回忆录（全2册）》，广西师范大学出版社2013年版，第322页）

② 陶渊明《读〈山海经〉十三首·其十》："精卫衔微木，将以填沧海。刑天舞干戚，猛志固常在。"

③ "在美国工作的意大利科学家朱利奥·托诺尼提出了一个有趣的数学理论，叫作'整合信息理论'，试图界定系统要有怎样的量化结构，才能具有意识。"（［意］卡洛·罗韦利：《七堂极简物理课》，文铮、陶慧慧译，湖南科学技术出版社2016年版，第85页）

④ 参见［法］克里斯托弗·加尔法德：《极简宇宙史》，童文煦译，上海三联书店2016年版，第76—87页。

飞鸟和青蛙

弗里曼·戴森（Freeman Dyson）说，有些数学家是鸟，其他的则是青蛙；飞鸟翱翔天际，偏爱统一思想，整合概念；青蛙生活在泥地，只看到周围的花儿，乐于探索特定问题的细节。在他看来，笛卡儿是飞鸟，培根是青蛙，牛顿是飞鸟，居里夫人是青蛙，赫尔曼·外尔是飞鸟，艾伯拉姆·萨莫罗维奇·伯西柯维奇（Abram Samoilovich Besicovitch）是青蛙，杨振宁是飞鸟，约翰·冯·诺伊曼是青蛙，爱因斯坦是一只比其他鸟瞭望得更远的鸟，而他本人是一只拥有很多飞鸟朋友的青蛙。①

然而，弗里曼·戴森对自己的评价并不准确。

他尽管是一只青蛙（不像飞鸟那样飞），却是一只坐天观井（而非坐井观天）的青蛙，且熟谙那首以青蛙为主题的日本俳句。②

他还观察过刺猬与狐狸之争（其中一对刺猬与狐狸是以赛亚·伯林和列奥·施特劳斯③）。

他还曾"在天空行走，观察太阳"④，在雅典的街道上与阿里

① ［英］弗里曼·戴森：《飞鸟和青蛙》，赵振江译，《数学译林》2010 年第 1 期，http://www.360doc.com/content/20/0313/19/32196507_898956450.shtml，访问日期：2021 年 10 月 27 日。

② 指松尾芭蕉的"古池や蛙飛び込む水の音"（寂寞古池塘，青蛙跳入水声响）。参见郑民钦编著：《俳句的魅力——日本名句赏析》，外语教学与研究出版社 2008 年版，第 11—12 页。

③ 参见刘小枫：《刺猬的温顺——讲演及其相关论文集》，上海文艺出版社 2002 年版，第 184—189 页。以赛亚·伯林（1909—1997）和列奥·施特劳斯（1899—1973）都是 20 世纪著名的犹太裔政治思想家。

④ 参见［古希腊］阿里斯托芬：《云》，载［古希腊］埃斯库罗斯等《古希腊悲剧喜剧集（上、下部）》，张竹明、王焕生译，译林出版社 2011 年版，第 1012 页。

斯托芬讨论喜剧和弱混沌的星云。①

他还在火星上种植马铃薯，在土星环中饲养蝴蝶。②

他还参加过少年十字军，参与了救赎浮士德的行动。③

他还不时地识破上苍精心设计的错误，④ 并把它们指给躺在斜线上的遗传学家。

他还对中国古诗词颇有心得。

他在默念"文章千古事，得失寸心知"的诗句时想到的是一位"保守的革命者"（所有革命者的目标都是建立一个保守的秩序）。⑤

他还特别能欣赏俄罗斯人——英美人很少有能欣赏俄罗斯人的。他说，"我们在契诃夫的戏剧中看见他们：一群理想主义者因疏远迷信的社会和反复无常的政府而联结在一起。在俄罗斯，数学家、作曲家和电影制片人倾心交谈，一同走在冬夜的雪地里，围坐在一瓶酒的周围，分享着彼此的思想"⑥；还说，"这（俄罗斯东正教）是一个与我们西方基督教很不相同的宗教。它是一个基于神圣的魔

---

① "弱混沌的一个好例子是太阳系中行星和卫星的轨道运动。科学家们最近发现，这些运动是弱混沌。这是一个令人震惊的发现，颠覆了太阳系作为有序稳定运动最好例证的传统概念。"（［英］弗里曼·戴森：《飞鸟和青蛙》，赵振江译，载《数学译林》2010 年第 1 期，http：//www. 360doc. com/content/20/0313/19/32196507_ 898956450. shtml，访问日期：2021 年 10 月 27 日）

② "当我们在火星上种植马铃薯或在土星环中饲养蝴蝶时，我们要处理的不是单一的品种，而是整个生态系统。"（［英］弗里曼·戴森：《一面多彩的镜子》，肖明波、杨光松译，浙江大学出版社 2014 年版，第 105 页）科幻电影《火星救援》（2015 年，雷德利·斯科特执导）有男主角在火星上种土豆的情节。

③ 参见［英］弗里曼·戴森：《宇宙波澜——科技与人类前途的自省》，王一操、左立华译，重庆大学出版社 2015 年版，第 14—40 页。

④ 参见［英］弗里曼·戴森：《生命的起源》，林开亮、刘少敏译，浙江大学出版社 2017 年版，第 93 页。

⑤ 参见［英］弗里曼·戴森：《杨振宁——保守的革命者》，载杨振宁著、翁帆编译《曙光集》，生活·读书·新知三联书店 2008 年版，第 287、291 页。

⑥ ［英］弗里曼·戴森：《飞鸟和青蛙》，赵振江译，载《数学译林》2010 年第 1 期，http：//www. 360doc. com/content/20/0313/19/32196507_ 898956450. shtml，访问日期：2021 年 10 月 27 日。

法而不是圣经故事的宗教，是一个基于神秘梦想而不是神学论辩的宗教"①。

正是这最后一点，使我对他产生惺惺相惜之感。

我是个俄罗斯文学迷。我曾经在陀思妥耶夫斯基的小说中邂逅另一种基督教、另一个宇宙、另一个爱因斯坦②。

① ［英］弗里曼·戴森：《反叛的科学家》，肖明波、杨光松译，浙江大学出版社 2013 年版，第 124 页。

② "爱因斯坦多次讲过，他从陀思妥耶夫斯基那里学到的东西比向任何物理学家学到的还多。"（［比］普里戈金、［比］斯唐热：《确定性的终结：时间、混沌与新自然法则》，湛敏译，上海科技教育出版社 2009 年版，第 144 页）

阿尔吉侬-高登效应报告①

我叫查理·高登。因为参加一个奇妙的实验而获得一些奇妙的体验，其奇妙之程度，是想象力丰富的你所无法想象的——

我从恨是燕恨迷工②恨阿尔吉侬迅速变得爱实验爱迷宫爱阿尔吉侬。

我竟然成了可以与詹姆斯兄弟③比肩的心理学家。

我竟然精通两百种语言④：从英语、法语、德语、葡萄牙语到莫西干语⑤、唐古拉语和东北话。

---

① 《献给阿尔吉侬的花束》（陈澄和译，广西师范大学出版社 2015 年版）是美国科幻作家丹尼尔·凯斯（1927—2014）的作品。最初为短篇小说（1959 年），赢得雨果奖；后扩展为长篇，荣获星云奖。它讲了一个有拼读障碍的低能儿，经过大脑实验变成天才，历尽悲欢离合的故事。男主角的名字为查理·高登，阿尔吉侬是一只参加实验的小白鼠的名字。小说先后被改编为电影《查理》（1968 年，男主角因此片获奥斯卡金像奖最佳男主角殊荣）、电视剧（2015 年，日本 TBS 电视台）和音乐剧（2020 年）。

② 小说采用的是日记体（查理·高登的日记），刚开始错字连篇。此处的"是燕"（实验）和"迷工"（迷宫），是刻意用错字，以增强查理·高登手术前后智商落差与故事张力。

③ 指心理学家威廉·詹姆斯（兄）和小说家亨利·詹姆斯（弟）。

④ 小说中是二十种语言。"我会说二十种仍在流通或已经死亡的语言，我是个数学怪才，正在写一首能让大家在我死后很久还记得我的钢琴协奏曲。"（［美］丹尼尔·凯斯：《献给阿尔吉侬的花束》，陈澄和译，广西师范大学出版社 2015 年版，第 173 页）

⑤ 莫西干人是生活在北美的印第安人的一支，目前仅存约 1000 人。参见［美］库柏：《最后的莫希干人》，宋兆霖译，光明日报出版社 2007 年版。

我看到莎士比亚的妹妹在和爱因斯坦的妹妹说悄悄话。①

我看到九死一生的鲁滨孙气喘吁吁地爬上岸。

我看到一个逗号四处乱窜。

我看到一位一丝不挂的天使在翘望故乡。②

我看到一道介于现在与过去之间的墙。

我邂逅了游毕太虚幻境归来的贾宝玉，他对我说："一切都空了。"

我邂逅了与童年握过手的莫言，他对我说："莫言！莫言！"

我邂逅了十一岁的自己，他对我说："你是贴地横飞的伊卡洛斯"；③ 邂逅了二十一岁的自己，他对我说："亵渎神灵、超越善恶是我的本能"；④ 邂逅了三十一岁的自己，他对我说："在核时代，'生殖细胞选择'计划具有紧迫性"；⑤ 邂逅了八十一岁的自己，他

---

① 关键词是"妹妹"。在他俩都小的时候，查理·高登的妹妹对他态度很恶劣。参见［美］丹尼尔·凯斯：《献给阿尔吉侬的花束》，陈澄和译，广西师范大学出版社 2015 年版，第 33 页。20 世纪的英国女作家弗吉尼亚·吴尔夫曾想象莎士比亚有一个妹妹（或许她认为自己就是）。（参见［英］弗吉尼亚·吴尔夫：《一间自己的房间》，贾辉丰译，人民文学出版社 2013 年版，第 127 页）爱因斯坦确实有一个比他小两岁的妹妹，爱因斯坦在小时候经常拿东西砸妹妹的头，后来他妹妹抱怨说："当思想家的妹妹要有结实的脑壳。"（［美］加来道雄：《爱因斯坦的宇宙》，徐彬译，湖南科学技术出版社 2015 年版，第 15 页）

② 参见［美］托马斯·沃尔夫：《天使，望故乡》，雨凡、陈玉洪译，江苏凤凰文艺出版社 2017 年版，第 203 页。

③ "兰波的天才模式是贴地横飞的伊卡洛斯。"（木心：《即兴判断》，广西师范大学出版社 2006 年版，第 182 页）伊卡洛斯是古希腊神话人物，他使用蜡和羽毛造的双翼逃离克里特岛时飞得太高，双翼上的蜡遭太阳融化，跌入大海丧生。

④ 参见［俄］陀思妥耶夫斯基：《白痴》，王卫方译，南方出版社 1999 年版，第 11 页。

⑤ "马勒在 1961 年《科学》杂志上一篇文章里阐述了他的'生殖细胞选择'计划，该计划提出一种不同于他在《走出黑夜》里所提倡的优生学，他已不再呼吁美国政府让列宁给国家精子库提供精子，现在优生学成了个人私事、自愿的事，父母可以自己做出决定是要自己的普普通通的孩子，还是要来自天才精子库里的优秀孩子。"（［美］大卫·普拉兹：《天才工厂》，粟进英、唐安华译，湖南科学技术出版社 2009 年版，第 23 页）

对我说："加速器是什么？一万年的孤独。"①

我看到透明的红萝卜、寺庙和不透明的人。

我看到野人绑架柏拉图回到柏拉图开掘的洞穴。②

我看到安娜·卡列尼娜乘坐 G2020 次高铁来到 2022 年的开封。

我看到仪态端庄的她在塞北的枣树下③、在南国的李子树下、在净月潭、在古吹台、在卡文迪许实验室，钻研歌德的颜色理论。

我同时看到一千个哈姆莱特，产生一千万个混乱的念头。

我观察自己学习吸星大法④，慢慢变成"一片不断吸收知识的巨大海绵"⑤。

我看到驮鞍、脱氨和一张比埃及还要古老的活人的脸。⑥

我穿越了阿凡提⑦、博尔赫斯、吉本⑧、列侬⑨曾经穿越的"三度空间的梦境"⑩。

我观摩薛仁贵⑪和薛定谔斗剑，普希金做的裁判。

---

① 杨振宁著、翁帆编译：《曙光集》，生活·读书·新知三联书店 2008 年版，第 155 页。

② 参见［哥伦比亚］马尔克斯：《百年孤独》，范晔译，南海出版公司 2011 年版，第 337 页。

③ "在我的后园，可以看见墙外有两株树，一株是枣树，还有一株也是枣树。"（鲁迅：《秋夜》，载《野草》，江西教育出版社 2019 年版，第 3 页）

④ "吸星大法"是金庸小说《天龙八部》和《笑傲江湖》中的功夫。

⑤ ［美］丹尼尔·凯斯：《献给阿尔吉侬的花束》，陈澄和译，广西师范大学出版社 2015 年版，第 33 页。

⑥ 参见［阿根廷］豪尔赫·路易斯·博尔赫斯：《杜撰集》，王永年译，上海译文出版社 2015 年版，第 13 页。

⑦ 阿凡提是伊斯兰世界传说中的人物。

⑧ 爱德华·吉本（1737—1794）是英国著名历史学家，著有《罗马帝国衰亡史》。

⑨ 约翰·列侬（1940—1980）是英国音乐家、诗人，摇滚乐队"披头士"的成员。

⑩ 参见［美］丹尼尔·凯斯：《献给阿尔吉侬的花束》，陈澄和译，广西师范大学出版社 2015 年版，第 160、250 页。

⑪ 薛仁贵（614—683）是唐初名将。

我观摩弗洛伊德和荣格斗法，普里戈金①做的裁判。

我观摩两个孙悟空比拳，甄宝玉②做的裁判。

我看到两个十字架相视无言。

我看到两个丘比特争一个天竺少女（她只对三件事感兴趣：跳舞、绘画和性）。

我看到一把钥匙在饥渴地窥视钥匙孔里的世界。

我发现自己的时空成了经过拉扯、揉搓与扭动的太妃糖，曾经讨厌的微积分成了一门迷人的学问。③

我发现自己被取消作为正常人的资格是有道理的，因为我是个局外人，又称超人（或"异乡者"④）。

我发现自己变成黎曼笔下的一个流形、斯特拉文斯基手中的一个音符。

我结识了一位热烈又冷峻的科学怪人。⑤

我看到自己灵魂的扩张，最终覆盖整座地球。

我看到自己从错字连篇到文采斐然再到错字连篇，最后竟然分

---

① 普里戈金（1917—2003）是比利时物理化学家和理论物理学家，1977 年诺贝尔化学奖得主。

② 甄宝玉是《红楼梦》中的人物，与贾宝玉有着相同的外貌和相似的性情，实为贾宝玉的镜像（或镜中幻影）。

③ 参见［美］丹尼尔·凯斯：《献给阿尔吉侬的花束》，陈澄和译，广西师范大学出版社 2015 年版，第 219 页。

④ "异乡者，其绝对的理解就是完全超越者、'彼岸'者（the beyond），是神的一个显著属性。"（［美］汉斯·约纳斯：《诺斯替宗教：异乡神的信息与基督教的开端》，张新樟译，上海三联书店 2006 年版，第 44 页）

⑤ 这位科学怪人的名字不是弗兰根斯坦，而是塞贡。"1834 年，当塞贡为智力迟钝的孩子开设学校时，他在以一己之力挑战一个完善确立的学派，这个学派主张所谓'白痴'孩子是不可以教育的"，"他相信科学改善生活的潜力，并认为他的脑可能有助于理解这个心智的器官"。（［美］布赖恩·伯勒尔：《谁动了爱因斯坦的大脑——巡视名人脑博物馆》，吴冰青、吴东译，上海科技教育出版社 2009 年版，第 285 页）

不清 egg 和 ego①。

我看到镜子里的自己在看镜子里的自己。

我看到自己的死亡，以及与自己同时死亡的无数人的死亡——
他们都奔赴天堂，唯独我坠向地狱。

阿尔吉侬手捧一束鲜花，在地狱大门口等我。

"这篇颇具诗意的报告是我写的吗？"我问阿尔吉侬。

"亲爱的查理，这重要吗？"她反问。

不错，除了我们的相逢，地狱虽大，宇宙虽大，却并无新事。

---

① ego 即自我。

穿普拉达的女科学家

穿普拉达的是女王、狄金森、

玛利亚·格佩特-梅耶

抑或屠呦呦，已不重要，①

反正称女诗人为女王不会有错，

最前沿的女科学家无不时尚，

而思想，一如贴在情书

上的邮票，无不性感，甚至淫荡。②

如果普拉达、普罗提诺③

和普朗克一直被世人铭记，

那么，记住就是忘却。④

如果女王一直彪炳史册，

那她将成为一个无关痛痒的符号。

如果不羁爱自由的狄金森

---

① 普拉达（PRADA）是意大利奢侈品牌，由玛丽奥·普拉达于1913年在意大利米兰创建。《穿普拉达的女王》是大卫·弗兰科尔执导的一部电影（2006年）。狄金森（1830—1886）是美国传奇女诗人。玛利亚·格佩特-梅耶（1906—1972）是美籍德裔女物理学家，她发展了解释原子核结构的数学模型，获1963年诺贝尔物理学奖。屠呦呦（1930—　），中国女科学家，2015年诺贝尔生理学或医学奖得主。

② "没有比思想更淫荡的事物了。"（［波兰］维斯拉瓦·辛波斯卡：《对色情文学的看法》，载《万物静默如谜》，陈黎、张芬龄译，湖南文艺出版社2012年版，第124页）

③ 普罗提诺（205—270）是罗马帝国时代最伟大的哲学家，新柏拉图主义之父，著有《九章集》。

④ "如果记住就是忘却/我将不再回忆，/如果忘却就是记住/我多么接近于忘却。"（［美］狄金森：《如果记住就是忘却》，载《狄金森诗选：英汉对照》，江枫译，外语教学与研究出版社2012年版，第19页）

能取代自由女神像，

那"一切都源自太一流溢"① 的

学说也应允许宣扬。

既然抗疟药青蒿素能被提取，

那摆脱时空束缚②、

变成双光子③中的一个、

与相对论大大方方地分道扬镳、

在原子核内跳华尔兹、

给机器注入信仰④，也算不上奇迹。

谁说女科学家只会研究物之理？

谁说女诗人不能和法官

来一场旷世之恋？⑤

谁敢肯定以后不会蹦出一位

---

① 这是普罗提诺的观点。参见 ［美］撒穆尔·伊诺克·斯通普夫、詹姆斯·菲泽：《西方哲学史：从苏格拉底到萨特及其后（修订第 8 版）》，匡宏、邓晓芒、丁三东等译，世界图书出版公司北京公司 2009 年版，第 108 页。

② "回忆过往就是一趟心理时间旅行，我们得以摆脱时空的束缚，在完全不同的维度里来去自如。"（［美］埃里克·坎德尔：《追寻记忆的痕迹》，喻柏雅译，中国友谊出版公司 2019 年版，第 3 页）

③ 双光子吸收指介质吸收两个光子的过程，其中每一个单独的光子都没有足够的能量使（介质中的）分子激发到激发态，而是两个光子共同作用，从基态通过一个虚态最后到达激发态，这个过程总共吸收了两个光子，故名双光子吸收。玛利亚·格佩特-梅耶 1931 年的博士论文是研究原子的双光子吸收之可能性。这个现象一直到 1960 年代雷射（激光）发明后才得到证实。为了纪念她在这个领域的贡献，双光子的吸收截面单位被命名为 GM（Goeppert-Mayer）。

④ 柏格森曾说："不断增长的肉体等待着灵魂的补充，机器需要一种神秘的信仰。"转引自 ［美］吉梅纳·卡纳莱丝：《爱因斯坦与柏格森之辩：改变我们时间观念的跨学科交锋》，孙增霖译，漓江出版社 2019 年版，第 30 页。

⑤ 据狄金森的侄女透露，狄金森曾和比自己年长二十多岁的洛德法官（一位有妇之夫）有过秘密恋情。狄金森也确实留下一些涉及性爱欢乐的诗篇。参见《狄金森诗选：英汉对照》，江枫译，外语教学与研究出版社 2012 年版，前言。

名叫普拉达的女孩，

比莱娅公主①迷人，比自然更爱隐藏②？

---

①　莱娅公主是美国科幻系列电影《星球大战》的女主角。

②　"自然的伟大秘密是自然本身，即看不见的原因或力量，可见的世界仅仅是其外在显现。正是这个不可见的自然'爱隐藏'或者不让人看见。"（［法］皮埃尔·阿多：《伊西斯的面纱》，张卜天译，华东师范大学出版社2019年第2版，第51页）

十谈

小子曰："请谈谈为学之道。"

智者道："窃谓凡一切为学，必须具有两种精神：一曰取；一曰舍。而且取了舍，舍了取。舍舍取取，如滚珠然；取取舍舍，如循环然。"①

小子曰："请谈谈循环。"

智者道："座右铭。墓志铭。座右铭。墓志铭。座右铭。……玫瑰即玫瑰，花香无意义。"

小子曰："请谈谈玫瑰。"

智者道："像十八罗汉一样神态各异的怒放玫瑰。对'沉默是金'的箴言保持缄默的玫瑰。② 爱因斯坦献给米列娃·玛丽克的写满了公式、被阴影悄悄覆盖的玫瑰。③ 霍金手中被空间隔开的、逐渐混沌的、模糊了光速的玫瑰。④ 心情矛盾的玫瑰。'把按数学级数向前推进的时间给搅浑了'⑤ 的玫瑰。混入月季、试图找到悦己者的玫瑰。"

小子曰："请谈谈悦己者。"

智者道："就是固执、执着，甚至有点霸道的人。"

---

① 顾随：《顾随说禅》，广西人民出版社 2005 年版，第 56 页。

② 参见 [阿根廷] 豪尔赫·路易斯·博尔赫斯：《另一个，同一个》，王永年译，上海译文出版社 2016 年版，第 65 页。

③ 参见 [美] 沃尔特·艾萨克森：《爱因斯坦传》，张卜天译，湖南科学技术出版社 2014 年版，第 45—80、200—220 页。米列娃·玛丽克（1875—1948）是爱因斯坦的第一个妻子。

④ 参见 [美] 凯蒂·弗格森：《霍金传：我的宇宙》，张旭译，北京联合出版公司 2021 年版，第 129—138 页。

⑤ [美] 威廉·福克纳：《献给爱米丽的一朵玫瑰花》，载《福克纳短篇小说集》，陶洁、李文俊等译，北京燕山出版社 2015 年版，第 39 页。

小子曰:"请谈谈霸道。"

智者曰:"就是与王道相反相成的一种'道'①,就是以自由状态下的'依恋'或'同意'为基础的领导权②,就是举手之间即置匣子中的猫于方生方死、或生或死、不生不死之状的权力③。"

小子曰:"请谈谈猫性。"

智者道:"猫性是狡黠而乖张的高贵品性,拥有这种品性的人擅长在都市中隐居,戏耍小众(而非大众——大众是戏耍不得的),以及从'万有之主'那里偷窃'机械哲学的真正原理'。"④

小子曰:"请谈谈机械。"

智者道:"机械是精巧的钟表,⑤ 是基督徒眼中的'发条'⑥,

---

① 《汉书·元帝纪》:"宣帝作色曰:'汉家自有制度,本以霸王道杂之,奈何纯任德教,用周政乎!'"

② 参见[英]佩里·安德森:《原霸:霸权的演变》,李岩译,当代世界出版社 2020 年版,第 2 页。

③ "著名的猫悖论最初发表于 1935 年","爱因斯坦将薛定谔的意见看作是证明'对波动的描述是不完备的'的'最佳途径'"。([英]约翰·格里宾:《寻找薛定谔的猫》,张广才等译,海南出版社 2015 年版,第 175 页)

④ 参见[英]罗布·艾利夫:《牛顿新传》,万兆元译,译林出版社 2015 年版,第 108—126 页。

⑤ "机械论的世界图景应当理解成这样一种观念,它把物理宇宙看成一台巨大的机器,一经启动,就可以因其构造而完成所要完成的工作","我们只需想起自然哲学思考中经常出现的物质世界与精巧钟表的类比"。([荷]E.J.戴克斯特霍伊斯:《世界图景的机械化》,张卜天译,湖南科学技术出版社 2010 年版,第 541 页)

⑥ 麦凯(MacKay)著有《发条:一名基督徒的科学观》一书。"我看了看顶上的一页,上面有书名《发条橙》,然后说:'这书名颇为傻帽。谁听说过上了发条的甜橙?'接着我以牧师布道高亢的嗓音朗读了片段:'——硬是强迫生机勃勃、善于分泌甜味的人类,挤出最后一轮的橙汁,供给留着胡子的上帝的嘴唇,哎哟,生搬硬套只适于机械装置的定律和条件,对此我要口诛笔伐——'"([英]安东尼·伯吉斯:《发条橙》,王之光译,译林出版社 2011 年第 2 版,第 23 页)

114

是霍布斯国家学说中的利维坦①。"

小子曰："请谈谈利维坦。"

智者道："罗马，科学，瘟疫②，电脑病毒③，第五元素④，都是暴烈的利维坦。"

小子曰："请谈谈第五元素。"

智者道："就是排在第四元素之后的一种元素，只有极少数人的肉眼看得见。"

小子曰："哪些人？"

智者道："无法信仰人格神的人。⑤ 突破维数障碍的人。脚蹬银色木屐在海浪上跳舞、哼着高亢而孤独的曲调的人。⑥ 想把可恶的

---

① "霍布斯将笛卡儿（尔）的人观，也即人作为带有灵魂的机械结构，转而运用到'巨人'也即国家身上，这样他便把国家变成了一台由主权—代表法人充当灵魂的（beseelten）机器——在我看来，这是他的国家建构的核心。"（［德］施米特：《霍布斯国家学说中的利维坦》，应星、朱雁冰译，华东师范大学出版社2008年版，第68页）

② "当上帝的儿子化身降生后的一千三百四十八年，意大利一个最壮丽繁华的都市，就是那有名的佛洛伦斯，流行一种致命的时疫。"［［意］薄迦（伽）丘：《十日谈》，闵逸译，时代文艺出版社1996年版，第5页］

③ "有些人质疑病毒是否应该算作生命，因为它们是寄生虫，不能独立于寄主而存在。但是，包括我们自己在内的大多数生命形式都是寄生虫，因为他们食用并依赖其他生命形式而存活。我认为电脑病毒应该算作生命。"（［英］史蒂芬·霍金：《十问：霍金沉思录》，吴忠超译，湖南科学技术出版社2019年版，第71页）

④ "第五元素"指的是一种导致宇宙膨胀的神秘能量形态（暗能量场）。"第五元素"影射的是亚里士多德的观点，他认为宇宙是由土、水、空气、火以及另一种使其运行的神秘元素构成的。参见［法］郑春顺：《星空词典》，李涵译，北京联合出版公司2019年版，第406—407页。又参见吕克·贝松执导的科幻电影《第五元素》（1997年）。

⑤ 博尔赫斯说："我无法信仰一位人格神。"（［美］威利斯·巴恩斯通编：《博尔赫斯谈话录》，西川译，广西师范大学出版社2014年版，第211页）

⑥ 参见［爱尔兰］叶芝：《致时间十字架上的玫瑰》，载《叶芝诗选：英汉对照》，袁可嘉译，外语教学与研究出版社2012年版，第17页。

流体静力学沉入海底的人。① 动辄提出十个简单却刁钻问题的人。与智者对话的人。读懂了这篇小文章的人。"

---

① 麦克斯韦在 1852 年写过一首诗来发泄对剑桥大学教条主义的怒火："可恶的流体静力学/真想把它沉入海底/外面的世界多么美好/我却只能对着这些恶心的符号。"（［英］彼特·哈曼、［英］西蒙·米顿：《剑桥科学伟人》，李佐文等译，河北大学出版社 2005 年版，第 92 页）

她

牛津英语词典和布莱克维尔政治学百科全书中

看不到她的影子。

百度、google 和特斯拉无人驾驶汽车中

没有她的影子。

大明宫、智慧宫①和宫崎骏瑰玮的漫画中

觅不到她的影子。

一九九七年的百威啤酒广告牌下

不曾留下她的影子。

招待过摩纳哥王妃的

波尔多白马酒庄不曾留下她的影子。

牛仔比利横跨过的

野蛮和文明交汇的边疆②

不曾留下她的影子。

惯于赞同的人群中

没有她的影子。

打破重力束缚的"泰坦号"③ 航天飞机中

---

① 大明宫是大唐帝国的大朝正宫。智慧宫是中世纪阿拉伯阿拔斯王朝在巴格达建立的全国性的综合学术机构。

② "边疆是浪潮的外部边缘——野蛮和文明的交汇点";"美国的社会发展不断在边疆从头反复进行。这种不断的重生、美国生活的流动性、西部拓殖带来的新机会以及与简单原始社会的不断接触,培育了支配美国性格的力量"。([美] 弗里德里克·杰克逊·特纳:《美国边疆论:英汉双语》,董敏、胡晓凯译,中译出版社 2012 年版,第 2 页)

③ 参见 [美] 艾米·希拉·泰特尔:《打破重力束缚:NASA 之前的航天故事》,王幼军、胡小波、高飞译,漓江出版社 2019 年版,第 280 页。

没有她的影子。

天和核心舱①中没有她的影子。

科幻电影 *Her*② 的首映式上

看不见她的影子。

玫瑰战争中没有她的影子

（她不屑参与）。

无限大的集合和纯粹的几何形式中

没有她的影子

（她不占用空间）。

晕眩年代③、觉醒年代、

黄金时代、黑铁时代

和奇点临近的时代④都不见她的影子

（她不占用时间）。

她拒绝阐释和被阐释。

她不戴黑面纱时更神秘。

她比特隆宇宙⑤还混沌。

尽管已把庄老

---

① 2021 年 4 月 29 日，中国空间站"天和核心舱"搭乘长征五号 B 遥二运载火箭，在位于海南的文昌航天发射场成功发射。

② *Her* 是斯派克·琼斯执导的科幻爱情电影（2013 年）。

③ 参见［德］菲利普·布罗姆：《晕眩年代：1900—1914 年西方的变化与文化》，彭小华译，四川人民出版社 2016 年版。

④ 参见［美］库兹韦尔：《奇点临近》，李庆诚、董振华、田源译，机械工业出版社 2016 年版。

⑤ "它（特隆）是一个宇宙，有一套隐秘的规律在支配它的运转"，"那个星球上的人认为宇宙是一系列思维过程，不在空间展开，而在时间中延续"。（［阿根廷］豪尔赫·路易斯·博尔赫斯：《小径分岔的花园》，王永年译，上海译文出版社 2015 年版，第 9、11 页）

118

和诺斯替二元灵知论①参悟千百遍，

我依然毫无头绪。

① 参见［美］约安·P.库里亚诺：《西方二元灵知论——历史与神话》，张湛、王伟译，上海人民出版社 2009 年版。

大空间

在《诗经》中发现"此疆尔界"①、

门罗主义、接触地带②和法统治的大地。

从嘉峪关远眺东京湾、巴拿马运河、

已变成西部往事的荒野③、

忘恩负义的合恩角和蓝色高速公路的美丽④。

在千高原或帕米尔高原想象

帝释天⑤、无尺度的多元体、

新游牧帝国的战争机器。⑥

从临界的太空俯视

---

① 《诗经·周颂·思文》:"思文后稷,克配彼天。立我烝民,莫匪尔极。贻我来牟,帝命率育。无此疆尔界,陈常于时夏。"

② 关于空间政治,章永乐指出,边界(boundary)固然发挥着隔离的作用,但也可以称为促成沟通、合作与共同演化的"接触地带"(contact zone)。参见章永乐:《此疆尔界:"门罗主义"与近代空间政治》,生活·读书·新知三联书店2021年版,第60页。又参见孙承晟:《观念的交织——明清之际西方自然哲学在中国的传播》,广东人民出版社2018年版,第27页。

③ "越往西推进,边疆的美国特征就越明显。"([美]弗里德里克·杰克逊·特纳:《美国边疆论:英汉双语》,董敏、胡晓凯译,中译出版社2012年版,第4页)

④ 《蓝色高速公路——游历美国》是威廉·小热月(William Least Heat-Moon)所著的一本书。

⑤ 帝释天本为印度教神明,司职雷电和战争,后进入佛教为护法神。

⑥ 美国在本质上是新游牧帝国(而非海洋帝国)。"战争机器是游牧民的创造","游牧民的战争机器具有三个方面:空间—地理的方面,算术或代数的方面,情状的方面";"游牧的存在必然在空间之中实现着战争机器的条件"。([法]德勒兹、加塔利:《资本主义与精神分裂(卷2):千高原》,姜宇辉译,上海书店出版社2010年版,第546页)"原子弹之父"奥本海默说:"美国人是游牧者。"([美]罗伯特·奥本海默:《真知灼见——罗伯特·奥本海默自述》,胡新和译,东方出版中心1998年版,第31页)

珍珠港被炸、

阿波罗 11 号登月①、

开放心灵的悄悄封闭、

东方战略家的唯精唯一、

崩溃中的维也纳-雅尔塔体系

以及庙宇陷落时地壳运动的小心翼翼。

尽管非洲和美洲分手时②

人类尚未诞生,

但我依旧有权利为山脉命名。

尽管不比指南针固执,

但我依旧有权利质疑人文情怀

和地理学的人文性。

尽管目光不比鞋匠更高,③

但我依旧有权利跨出

红楼、红楼梦和国际法的迷宫。

与曹雪芹在太虚幻境握手,

然后,共悲"万艳"和"千红"。④

---

①　美国著名天体物理学家、科普作家尼尔·德格拉斯·泰森曾回忆道:"我还记得阿波罗 11 号的宇航员登上月球的那天……登陆月球当然是科技史上的一件大事,但 10 岁的我好像对此不以为意。我不是觉得这个人类历史上划时代的事件不重要,我只是单纯地相信,未来可能每个月都会有人登上月球。"([美]尼尔·德格拉斯·泰森:《天空无界》,邬佳迪译,江苏凤凰文艺出版社 2019 年版,第 83 页)

②　参见[日]竹内均、[日]上田诚也、[日]金森博雄:《地壳运动假说——从大陆漂移到板块构造》,牟维国译,地质出版社 1978 年版,第 8 页。

③　"罗马人曾告诉一个把目光抬得太高的鞋匠:Ne sutor ultra crepidam(鞋匠莫越出鞋底之外)。"([法]加斯东·巴什拉:《空间的诗学》,张逸婧译,上海译文出版社 2013 年版,引言,第 22 页)

④　关于"万艳同杯(悲)"和"千红一窟(哭)",参见[清]曹雪芹著、[清]脂砚斋点评:《脂砚斋评石头记》(上册),花山文艺出版社 2015 年版,第 42 页。

与海裔法师在蓬莱仙境

弈一场永远弈不完的棋，

顺带讨论洛书、河图、

太阳旗、月亮金字塔①、

"拦阻者"和斯多亚派的"处所"概念②。

与李鸿章、顾颉刚③、唐德刚④

一起羞辱人为划定的

本初子午线和友好分界线⑤。

与罗吉尔·培根⑥、丢勒⑦、达利

共闯让罗斯福和尼克松不知所从的四维空间。⑧

与强悍的美利坚为敌，

在历史三峡的浪花上跳舞，

凝视一本"凝视深渊的书"⑨，

---

① 关于阿兹特克文明的月亮金字塔，参见［英］彼得·惠特菲尔德：《彩图世界科技史》，繁奕祖译，科学普及出版社 2006 年版，第 193 页。

② 参见吴国盛：《希腊空间概念》，中国人民大学出版社 2010 年版，第 55页。

③ 顾颉刚（1893—1980），历史学家，著有《中国疆域沿革史》（与史念海合著）。

④ 唐德刚（1920—2009），历史学家，著有《晚清七十年》。

⑤ 卡尔·施米特《大地的法》一书结尾写道："一个新的友好分界线已经在历史进程中，但是，如果这个友好分界线是通过新的罪刑化方式来达成的，就未必是什么好事了。"（［德］卡尔·施米特：《大地的法》，刘毅、张陈果译，上海人民出版社 2017 年版，第 306 页）

⑥ 罗吉尔·培根（约 1214—约 1292），实验科学的前驱，著有《透视学》等。

⑦ 丢勒（1471—1528），德国画家、版画家，著有《测量指导》等。

⑧ 参见［英］约翰·D.巴罗：《与达利共闯四维空间：100 件你不知道的关于艺术的事》，周启琼、靖润洁译，上海科技教育出版社 2018 年版。

⑨ "这是一本凝视深渊的书，它在读者眼前呈现的并不是欢乐祥和的景象，而是围绕空间与边界展开的各种冲突。"（章永乐：《此疆尔界："门罗主义"与近代空间政治》，生活·读书·新知三联书店 2021 年版，后记，第 388 页）

重思"天圆地方"① 和"从一到无限"②，

穿越亚马孙、引力场和镜像宇宙③，

都是"幸甚至哉"、值得"歌以咏志"的乐事。

我在丹麦王子待过的果壳里

写下这首关于大空间的小诗。④

---

① 《吕氏春秋·季春纪·圜道》："天道圜，地道方。圣王法之，所以立上下。"又参见唐晓峰：《从混沌到秩序：中国上古地理思想史述论》，中华书局 2010 年版，第 125 页。

② 参见［意］托马斯·马卡卡罗、［意］克劳迪奥·M. 达达里：《空间简史》，尹松苑译，四川文艺出版社 2019 年版，第 177 页。

③ "任何一个落入史瓦西半径以内的人都会在'时空的另一面'看到一个'镜像宇宙'。爱因斯坦并不担心这个离奇的镜像宇宙的存在，因为我们无法与它取得通信。"（［美］加来道雄：《超空间》，伍义生译，重庆出版社 2018 年版，第 207 页）

④ "即使把我关在一个果壳里，我也会把自己当作一个拥有着无限空间的君王的。"（［英］莎士比亚：《哈姆莱特》，朱生豪译，人民文学出版社 1978 年第 2 版，第 39 页）

氪星

不要惹是女孩（is a girl）的上帝生气。①

不要惹脸色苍白的细菌生气。

不要惹来自氪星②、

经历过三种精神变形③

因而摆脱了旧价值束缚的狂人生气。

不要惹沉湎于由本能与灵感

主宰了物理学和生活的费曼先生生气。④

不要惹闪电侠生气。

不要惹荒原狼生气。⑤

不要惹化身博士生气。⑥

---

① *God is A Girl* 是德国乐队 Groove Coverage 的作品（2004 年）。

② 氪星距地球 27.1 光年，位于南天星乌鸦座。这颗行星环绕红矮星 LHS2520 运行（LHS2520 比太阳小，温度也不及太阳）。它是 DC 漫画公司（Detective Comics）创造的第一位超级英雄（即超人）的故乡。

③ "精神往往会经历下述三种变形，即一变而为骆驼，再变而为狮子，三变而为儿童。"（［德］尼采：《尼采：查拉图斯特拉如是说》，杨佩昌译，中国画报出版社 2012 年版，第 22—23 页）《论语·子张》："君子有三变：望之俨然，即之也温，听其言也厉。"《周易·革卦》："大人虎变"，"君子豹变，小人革面"。

④ "对费曼而言，物理学和生活都是由本能与灵感主宰，因此他对规则和社会惯例才会不屑一顾。"（［美］里昂纳德·曼罗迪诺：《费曼的彩虹：物理大师的最后 24 堂课》，陈雅云译，陕西师范大学出版社 2007 年版，第 190 页）

⑤ 荒原狼是 DC 漫画公司旗下的超级反派，也是德国作家黑塞笔下的"人狼"（或"狼人"）——"他真的是狼吗？还是有人在他出生前对他施了什么魔法，把他从一只真正的狼变成了人的模样，也有可能他是一个具有荒原狼的原始灵魂与野性的人，又或者荒原狼的身份只是他在脑中凭空幻想出来的。"（［德］赫尔曼·黑塞：《荒原狼》，张睿君译，安徽文艺出版社 2016 年版，第 15 页）

⑥ 化身博士是英国作家史蒂文森（1850—1894）创造的文学形象，是文学史上的首位双重人格形象。参见［英］罗伯特·路易斯·史蒂文森：《化身博士》，闫洁译，中译出版社 2018 年版。

不要惹小妖精或大毒蛇生气。①

不要惹充满想象力的温柔暴徒生气。②

不要惹测不准的眼中钉生气。

不要惹曾经在王城公园

骑马赏牡丹的上官婉儿③生气。

不要惹在铁屋子（也是黑屋子）

外彷徨的中年人生气。

不要惹预演死亡梦境的镜子

或镜中人生气。④

不要惹重新组合粒子的

"母盒"⑤生气。

不要惹在太阳下行走的

漂泊灵魂生气。

不要惹把双脚垂进湍急的河水

因而了悟生命真谛的

"美学之神"和"实验之神"生气。

不要惹一朝看尽长安花⑥

---

① "这寂寞又一天一天的（地）长大起来，如大毒蛇，缠住了我的灵魂了。"（鲁迅：《呐喊》，江西教育出版社 2019 年版，第 3 页）

② "我们要有丰富的想象力才能想象出原子、它们的存在及可能的运作方式，或是制作元素周期表。"（［美］里昂纳德·曼罗迪诺：《费曼的彩虹：物理大师的最后 24 堂课》，陈雅云译，陕西师范大学出版社 2007 年版，第 150 页）

③ 上官婉儿（664—710），唐代女官、诗人，得武则天宠幸，被封为"内舍人"。她参与政务，掌管宫中制诰多年，有"巾帼宰相"之名。

④ 参见［阿根廷］豪尔赫·路易斯·博尔赫斯：《天数》，林之木译，上海译文出版社 2016 年版，第 44 页。

⑤ 母盒（Mother Box）是 DC 漫画中出现的物品，DC 宇宙中创造的第四世界的设备。母盒可以追溯能量的源头，改变一个地区的引力常数，重新排列物质的分子结构，控制精神主体状态，等等。

⑥ 孟郊《登科》："春风得意马蹄疾，一日看尽长安花。"

和恒星演化的新科进士

(掌握新科技的进士)生气。

不要惹从《杜普教授的解剖学课》①

走出来的医生生气。

不要惹哮天犬②生气。

不要惹火星猎人生气。

不要惹玩玻璃弹珠游戏的人生气。

不要惹推倒无影墙

和推导反生命方程式的人生气。

可以惹挣脱氪星引力、

跳出莫比乌斯环、

跑向小径分叉的花园的人生气——

他不会生气，因为

他是连接生者、死者和不死者的桥梁。

---

① 《杜普教授的解剖学课》是荷兰画家伦勃朗创作的肖像画（1632 年）。它形象地反映了 17 世纪的科学精神。

② 哮天犬是中国神话中二郎神（杨戬）的座下神兽，其原型为中国细犬，又称山东小细犬。

M. M.

M. F. 的兄弟。亦是木旻（MuMin）的兄弟。①

受过两位浙江希腊人（绍兴一个，乌镇一个）的私人教导。②

七岁时就攀上了舍身崖③的西壁……

骑着白马环游了白马寺、天竺和婆娑世界……

刷新了横贯东非大裂谷的记录……

在普林斯顿大学弗里曼·戴森教授的指导下学习过生物化
学④……

某个暑假翻译了马尔克斯的小说。

已婚（但等于未婚）。讨厌猫。擅长掘洞。

据说是宇称不守恒研究方面的权威。⑤

对科学家的自传和八卦特别钟爱。

最不畏惧的就是"畏惧"这个词。

认为恶魔控制人类和思想齐一都是不可能的。

从一颗水晶球中看到过水晶宫、

第一部移动通信工具、

---

① M.F.是英国诗人奥登和作家伊舍伍德合著的剧本《攀登 F6 峰》中的主
角。他是位饱学之士，专长欧洲文学和东方哲学。参见［英］弗里曼·戴森：《宇
宙波澜——科技与人类前途的自省》，王一操、左立华译，重庆大学出版社 2015 年
版，第 100—101 页。木旻是笔者曾用的笔名。

② 这里指鲁迅（绍兴人）和木心（乌镇人）。他们都是具有希腊式悲剧意识
的中国人。

③ 舍身崖在洛阳老君山。

④ 参见［美］弗里曼·戴森：《生命的起源》，林开亮、刘少敏译，浙江大
学出版社 2017 年版，第 67 页。

⑤ 杨振宁与李政道合作，于 1956 年共同提出"弱相互作用中宇称不守恒"
定律。

郑和下西洋时的宝船

以及登上宝船的一位姓谢的奇女子（人称谢爷①）。

动辄与"被历史遗弃者"共情。

曾经与木乃伊共躺玻璃盒子里。

产生过保守派的错觉。

嘴里时常进出金色的句子。

被一个名叫朝永振一郎②的日本人感动过。

一站起来就觉得自己没有高塔高。

一坐下来就听到内心深处的声音。

一躺下来就觉得时间在倒流。

刚醒来时觉得自己是个天使。

曾计划撰写一本书，题名《卡夫卡与物理学》。

拒绝在最后的时光皈依宗教。

没有霍奇金③和珂勒惠支④那样的妹妹是他此生最大的遗憾。

---

① 有人曾把她与宫二和谢道韫作比较。宫二是北方八卦掌宗师宫宝田的独生女，可参见电影《一代宗师》（王家卫执导，2013 年）。谢道韫是东晋才女，谢安的侄女，王羲之的儿媳。

② 朝永振一郎（1906—1979）是日本理论物理学家，获 1965 年诺贝尔物理学奖。"在战争的废墟和骚乱中，在完全孤立于世界其他部分的处境中，朝永振一郎在日本维持了一个理论物理学的研究学派，这个学派在那个时候在某些方面比世界上任何其他地方都要领先。"（［英］弗里曼·戴森：《宇宙波澜——科技与人类前途的自省》，王一操、左立华译，重庆大学出版社 2015 年版，第 71 页）

③ 霍奇金（1910—1994）是英国女化学家，由于通过 X 射线分析出分子构造而荣获 1964 年诺贝尔化学奖。

④ 珂勒惠支（1867—1945）是德国女版画家、雕塑家，受鲁迅推崇，鲁迅曾于 1936 年自费出版《珂勒惠支版画选集》。

禅与摩托车维修艺术

每一位禅宗大师，惠能，一休，铃木大拙，无名僧，狄拉克，
莱昂纳德·科恩，①

每一部摩托车，刘德华的②，波西格的③，切·格瓦拉的④，

每一个化学元素，氢（H），铀（U），钚（Pu），

都有自己的良质和个性。

不知元素周期表为何物的佛陀是佛陀，

对宇宙运行周期了然于胸的摩托车修理工是佛陀，

捷足先登空间之门的门捷列夫是佛陀，

列夫·托尔斯泰笔下的皮埃尔⑤（其实是作者自己）是佛陀，

---

① 惠能（638—713）是禅宗六祖。一休（1394—1481）是日本室町时代的著名僧人。铃木大拙（1870—1966）是日本著名禅宗研究者。无名僧可以指金庸小说《天龙八部》中的扫地僧，亦可泛指一切没有名字或没有留下名字的僧人。狄拉克是一位沉默寡言、犹如进入禅定的天才物理学家。莱昂纳德·科恩（1934—2016）是加拿大音乐家、诗人、小说家，曾修禅（在他的诗集《渴望之书》中多有体现，参见孔亚雷和北岛译本，上海译文出版社2011年版）。

② 在其主演的电影《天若有情》（1990年）中，刘德华的经典形象是骑摩托车带着Jojo（女主角）飞驰。

③ 参见［美］罗伯特·M.波西格：《禅与摩托车维修艺术》，张国辰译，重庆出版社2018年版。该书中文版附了史蒂芬·霍金的推荐语。霍金曾自述道："我因为写了一部人们把它和《禅与摩托车维修艺术》相比较的书而感到甚受恭维。我希望拙作（《时间简史》）和本书一样使人们觉得，他们不必自处于伟大的智慧和哲学的问题之外。"

④ 参见［阿根廷］切·格瓦拉：《摩托日记：拉丁美洲游记》，王绍祥译，上海译文出版社2012年版。

⑤ 皮埃尔是托尔斯泰小说《战争与和平》中的男主角。他好奇、善良，笨拙而憨厚，总是"一副孩子般的微笑"。

在开宝寺之邻的河南大学的物理楼里分析"分析理性""自旋波"① "虚时间"② "源代码"等概念的教授是佛陀，

与帝国、主义和帝国主义缠斗的是佛陀，③

焚毁"罪恶之城"④ 和"看不见的城市"⑤ 的是佛陀，

千手观音只有千只手，

佛陀却有亿亿万个。

亿亿万个佛陀，"有一种属于动物的神气"⑥，骑着摩托车飞驰，相距不足五厘米，挤满了京珠高速、地球运行轨道、M87 星系(处女座 A) 和拜罗伊特的节日剧院……

---

① "自旋波是磁场波，它们可以像海浪穿梭水上那样在固态磁铁中运动。"（［英］弗里曼·戴森：《宇宙波澜——科技与人类前途的自省》，王一操、左立华译，重庆大学出版社 2015 年版，第 119 页）

② "我们的计算使用了虚时间的概念，它可被认为是时间在和通常实时间成直角的一个方向。"（［英］史蒂芬·霍金：《我的简史》，吴忠超译，湖南科学技术出版社 2017 年版，第 118 页）

③ 革命圣徒切·格瓦拉说："在很多局部的战斗中，帝国主义已经被击败了，但它在全球范围内还具有很大的实力。我们不能寄希望于不通过我们全体努力和牺牲就获得最终的胜利。"（师永刚、刘琼雄、詹涓编著：《切·格瓦拉语录》，生活·读书·新知三联书店 2012 年第 2 版，第 93 页）

④ 《圣经·创世纪》(19：24-25)："耶和华将硫磺与火，从天上耶和华那里，降与所多玛和蛾摩拉，把那些城和全平原，并城里所有的居民，连地上生长的都毁灭了。"

⑤ "所有的城市都是虚构的；我给它们每一个都起了一个女人的名字。"（［意］伊塔洛·卡尔维诺：《看不见的城市》，张密译，译林出版社 2012 年版，前言，第 2 页）

⑥ ［美］罗伯特·M. 波西格：《禅与摩托车维修艺术》，张国辰译，重庆出版社 2018 年版，第 79 页。

思想实验

爱做思想实验的弗里曼·戴森说："一个思想实验常常比一个实际的实验更有启发意义，而不仅仅是便宜（省钱）太多了。物理学中思想实验的设计已经变成了一种艺术，而爱因斯坦是当之无愧的顶级大师。"①

什么是思想实验呢？就是——

想象以光速追赶一束光，② 那束光从遥远、太遥远的地方来到19世纪的地球，恰好被一个把玩罗盘的少年捕捉到；③

想象在周口至北京的高铁上邂逅了斯蒂芬孙④、余延满⑤和余秀华，余秀华正给亲自查票的列车长（他长得像詹天佑，又像肖恩·康纳利⑥）读诗："我身体里的火车从来不会错轨/所以允许大

---

① ［英］弗里曼·戴森：《宇宙波澜——科技与人类前途的自省》，王一操、左立华译，重庆大学出版社2015年版，第248—249页。

② 爱因斯坦说："如果我以速度 c（真空中的光速）追赶一束光，那么我就应当看到，这束光就好像一个在空间里振荡着而停滞不前的电磁场。可是，无论是依据经验还是按照麦克斯韦方程，似乎都不会有这样的事情。"转引自 ［美］沃尔特·艾萨克森：《爱因斯坦传》，张卜天译，湖南科学技术出版社2014年版，第102页。

③ 爱因斯坦小时候，爸爸曾送给他一个罗盘。小磁针被某种神秘的力场牵引着，这与平日里通过接触而起作用的力学方法完全不同。那种神秘的力量使他激动得浑身颤抖。"我想一定有什么东西深深地隐藏在事物背后。"他回忆说。参见 ［美］沃尔特·艾萨克森：《爱因斯坦传》，张卜天译，湖南科学技术出版社2014年版，第11页。

④ 乔治·斯蒂芬孙（1781—1848）是英国工程师，发明了火车机车，被誉为"铁路机车之父"。

⑤ 余延满（1964—　）是武汉大学法学院教授，笔者读本科时的民法老师。

⑥ 肖恩·康纳利（1930—2020），英国演员、制片人，主演的电影有《偷天陷阱》《007之诺博士》等。

雪，风暴，泥石流，和荒谬";①

想象自己变成"神经衰弱大规模蔓延"的一战时期的一枚炮弹——克制，隐忍，拒绝爆炸，只因不想给被迫参战的穷艺术家（如埃贡·席勒、阿道夫·希特勒）造成精神创伤；②

想象自己在隔离箱或浴缸中研究意识的异度空间，抵达了公元5591年的未来，③那时仍有传教士、酒鬼和妓女，有疯狂人写的疯狂自传，有为未来学的车轮加上防滑钉、为数据和感觉的随机之舞鼓掌的"好事之徒"④；

想象自己在同拉瓦锡、拉格朗日、拉登、拉辛讨论爱与恨的暧昧性；⑤

想象自己在蒐集"新星爆发之后的暗淡的残留物"⑥；

---

① 余秀华：《我身体里也有一列火车》，载《月光落在左手上》，广西师范大学出版社2015年版，第13页。

② "要晚到20世纪中叶，精神创伤才被认定为一种真实的疾病而足以获得赔偿，与医学科学对其认可的时间相比，已经过了五十年。"（[德] 沃尔夫冈·希弗尔布施：《铁道之旅：19世纪空间与时间的工业化》，金毅译，上海人民出版社2018年版，第211页）

③ 参见 [瑞士] 施奈德：《疯狂实验史》，许阳译，生活·读书·新知三联书店2009年版，第143—148页。

④ 参见 [英] 阿斯科特：《未来就是现在：艺术，技术和意识》，周凌、任爱凡译，金城出版社2012年版，第43页。

⑤ 拉瓦锡（1743—1794）是法国化学家、生物学家，创立了氧化学说。拉格朗日（1736—1813）是法国数学家、物理学家，曾被拿破仑授予帝国大十字勋章。本·拉登（1957—2011）是"基地"组织首领，"9·11"恐怖袭击首犯。让·拉辛（1639—1699）是法国作家，代表作为《昂朵马格》。莫里斯·梅洛-庞蒂在分析《昂朵马格》时指出，"爱与恨之间的这一暧昧性——这一暧昧使得一个女人宁可失去自己的爱人也不愿把他留给其他女人"。（[法] 莫里斯·梅洛-庞蒂：《知觉的世界——论哲学、文学与艺术》，王士盛、周子悦译，江苏人民出版社2019年版，第93页）

⑥ [英] 弗里曼·戴森：《宇宙波澜——科技与人类前途的自省》，王一操、左立华译，重庆大学出版社2015年版，第263页。

想象自己是能与地球人交朋友的"凸眼怪物"①；

想象自己在人体感官实验室、几何室、星象室、基因室、纳米室和"思想之城"制造虚假幽灵；②

想象时间凝固了；

想象自己再也想不起自己的名字；

想象亢奋的爱因斯坦跑得比光快，却比奶牛慢。③

① ［英］迈克尔·怀特：《地外文明探秘——寻觅人类的太空之友》，黄群、许晓鹏译，上海科技教育出版社 1999 年版，第 47 页。

② 参见［荷］格劳秀斯、［英］培根：《海洋自由论　新大西岛》，宇川、汤茜茜译，上海三联书店 2005 年版，第 191—192 页。

③ 关于"爱因斯坦的奶牛梦"，参见［美］乔奥·马古悠：《比光速还快——爱因斯坦错了!?》，赵文译，湖南科学技术出版社 2005 年版，第 11—35 页。

灰和绿

歌德 "理论全是灰色的，只有生命的金树常青"① 的箴言、

乍闻席勒死讯的歌德的脸②、

人类的技术（如克隆）、

泄露的天机、战壕以及战场手册是灰色的，

而歌德的诗、歌唱创世大德的先知的嗓音、

上帝的技术（如进化枝③）、

隐秘器官的触碰、战壕里的野草以及士兵身上的迷彩服则是绿色的。

既然死后无法复生，那就

砸烂枷锁，像夜莺和海洋一样歌唱，

大口吮吸乳房和太阳残余的热量，

在亚原子的世界中走四方。

然而，从来没有人可以自由伸缩身体

---

① ［德］歌德：《浮士德》，杨武能译，长江文艺出版社 2012 年版，第 102 页。

② 德国著名诗人、剧作家和历史学家弗里德里希·席勒（1759—1805）是歌德的好友。歌德听闻席勒死讯，双手掩面如女子般哭泣，说："我一半的生命死去了。"参见木心讲述、陈丹青笔录：《文学回忆录（全 2 册）》，广西师范大学出版社 2013 年版，第 482 页。

③ 进化枝（Clade）意思是进化树的一个分枝，枝条和嫩芽代表多样化的物种。上帝的另一项关键技术是，将银河系中的恒星之间的平均距离设计为 20 万亿英里而非 2 万亿英里。如果是 2 万亿英里，"那么在地球存在的 40 亿年时间的某个时候，另一颗恒星经过太阳的事情就有高度的可能性会发生，它靠得如此之近，它的引力场会扰乱行星的轨道。要毁掉地球上的生命，并不需要把地球拖出太阳系，把它拉进一个相对扁一点的椭圆轨道就可以了"。（［英］弗里曼·戴森：《宇宙波澜——科技与人类前途的自省》，王一操、左立华译，重庆大学出版社 2015 年版，第 317 页）

或在五秒钟内证明费马猜想。

数学家沉湎于公式里。女人活在爱情里。绿洲死在沙漠里——只能死在沙漠里。

雅努斯仍是两副面孔。① 灰色的轨迹仍是唯一的轨迹。②

有点像以瑜伽姿势给自己挠痒痒的帝企鹅，地球也偶尔挠一下自己。

或许，在碳质球粒陨石上恣意地撒欢，并不是比就着水龙头狂饮更爽的事。

---

① 雅努斯（Janus）是罗马人的门神，具有前后两副面孔。
② 《灰色轨迹》是 1990 年 Beyond 乐队演唱的歌曲，是香港电影《天若有情》（刘德华、吴倩莲主演，1990 年）的插曲。

地上的星光

地上的每一粒星光都是你。
亭槛外的地上的每一粒星
光都是你。古城一个温柔
的亭槛外的地上的每一粒
星光都是你。曾经独坐敬
亭山①的诗人旅居的古城的
某一温柔的亭槛外的地上
的每一粒星光都是你。天
上的星光并不比地上的星
光神秘。水中的月亮不比
观物和观《观物外篇》② 的
你更令我着迷。你让我忘
了我是一位对"槛外人"③
有所感有所思有所悟的局
内人。你让我重新认识了
并没有做到"相忘乎道术"④

---

① 李白《独坐敬亭山》："相看两不厌，只有敬亭山。"

② ［宋］邵雍：《观物外篇》，载《邵雍集》，郭彧整理，中华书局 2010 年版，第 51—178 页。

③ 《红楼梦》中，贾府的家庙是"铁槛寺"，妙玉自称"槛外人"。第 63 回，邢岫烟向贾宝玉解释过"槛外人"的典故。"他（妙玉）自称'槛外之人'，又赞文是庄子的好，故又或称为'畸人'。"〔［清］曹雪芹著、［清］脂砚斋点评：《脂砚斋评石头记》（下册），花山文艺出版社 2015 年版，第 168 页〕《庄子·大宗师》曰："畸人者，畸于人而侔于天。"

④ 《庄子·大宗师》："鱼相忘乎江湖，人相忘乎道术。"

的木昙。你的一颦搅乱

了宇宙的虚空。你的吻

让我飘飘然缈缈然不再

嫉妒飘飘何所似的沙鸥①和

天才然而孤身一人的牛顿。

自从有了你我不再拉施特劳斯

委托爱因斯坦、爱因斯坦

委托比曹孟德的战马

友好的马友友送我的小提琴。②

---

① 杜甫《旅夜书怀》："飘飘何所似，天地一沙鸥。"

② 理查·施特劳斯（1864—1949）是交响诗及标题音乐领域的大师，也是一位杰出的指挥家，代表作有《莎乐美》《玫瑰骑士》等歌剧，《唐璜》《查拉图斯特拉如是说》等交响诗。马友友是著名的美籍华裔大提琴演奏家，他出生于爱因斯坦去世的那年（1955年）。

礼物

各有各的宇宙。古埃及、古希腊和古中国人的宇宙并不相通。

各有各的朋友圈。杜甫的朋友是高适和李白①。

各送各的礼物。礼物没有人是不喜欢的，尤其是自己喜欢的人送的礼物。

礼物不只来自人。接受礼物的，也不限于人。比如说，月事是月亮送给人类（女人）的礼物："一个从 18 世纪流传至今的普遍想法是，特定月相、月经循环和繁衍能力互有关联。月经（menstruation）这个词源自 mensis，而 mensis 意为'月分'，当然也跟月亮有关。"② 而《月光曲》，是贝多芬送给月亮、琉森湖和一位失明姑娘的礼物。失明则是上天送给荷马、博尔赫斯和欧拉的礼物。③

然而，欧拉并不想失明。他的自我定位并非盲诗人或游吟者。

欧拉是在圣彼得堡的诗意白夜中逐渐瞎掉的。④

对了，欧拉因为失明演化出强大的心算能力，可谓因祸得福。

----

① 杜甫曾与高适、李白共游汴州（今开封）。《新唐书·杜甫传》："尝从（李）白及高适过汴州，酒酣登吹台，慷慨怀古，人莫测也。"三人都留下诗篇，高适有《古大梁行》（"大梁"为开封的古称），李白有《梁园吟》，杜甫有《遣怀》。

② ［德］贝恩德·布伦纳：《月亮：从神话诗歌到奇幻科学的人类探索史》，甘锡安译，北京联合出版公司 2017 年版，第 210 页。

③ 荷马和博尔赫斯是盲诗人。数学家莱昂哈德·欧拉（1707—1783）晚年双目失明。

④ "他（欧拉）的眼睛就是在他住在圣彼得堡的期间变瞎的，即便如此，他的论著仍未减少。他是一个有着非凡发明才能的人，他的研究工作几乎在数学的每个领域里都留下了永恒的标志。"（［英］J.F.斯科特：《数学史》，侯德润、张兰译，译林出版社 2012 年版，第 254 页）陀思妥耶夫斯基有小说《白夜》讲的是发生在圣彼得堡的魔幻爱情故事。

对了，月亮的朋友不是感怀"落月满屋梁"① 的杜甫和高歌"明月出天山"② 的李白，而是毫无生命特征的木卫一和土卫六。

我能想到最浪漫的礼物，并非摘下天上的月亮或写 99 首关于月亮的诗送给爱人，而是用滚烫的双手焐在她直冒冷汗的小腹上。

---

① 杜甫《梦李白二首·其一》："落月满屋梁，犹疑照颜色。"
② 李白《关山月》："明月出天山，苍茫云海间。"

科学巨厦①

它不是方型、圆型、宝塔型、L 型、U 型、抽屉型、帆船型或流线型的。它随机而奇妙。

它如此巨大，即使是最幸运的人也无法俯瞰其全貌或探知所有角落。

它的修建没有依据任何蓝图，也没有一个中心楼层或房间。

房门上标着"原精子理论""心理遗传学""星体之内""霹雳云雾室""雾月政变""无水的水帘洞""三十六变""法拉第二世""最初三分钟""潼关老顽童""茶花女—史湘云""制图员"②"有漏智"③"去蔽"④"逃向鳄鱼街"⑤"剑桥的俄罗斯套娃"⑥"非自

---

① 参见［美］罗伯特·奥本海默：《真知灼见——罗伯特·奥本海默自述》，胡新和译，东方出版中心 1998 年版，第 11—14 页。

② 博尔赫斯在一篇小说（"On Exactitude in Science"）中写道："制图员协会绘制了一份帝国地图，地图有帝国那么大，而且与真实的帝国完全一致。"转引自［英］凯利·怀尔德：《摄影与科学》，张悦译，中国摄影出版社 2016 年版，第 79 页。

③ "有漏智"是佛教教义名词，与"无漏智"相对。是对见道以前，未现观"四谛"真理之佛教认识的通称。参见任继愈主编《佛教大辞典》，江苏古籍出版社 2002 年版，第 489 页。

④ 马丁·海德格尔将本体论真理重新定义为一种"去蔽"的差异性运动，后现代思想家们借鉴这一界定，对任一在场如何借助于某种缺席的隐蔽而得以显现的方式进行了研究。参见［美］维克多·泰勒、［美］查尔斯·温奎斯特编：《后现代主义百科全书》，章燕、李自修等译，吉林人民出版社 2007 年版，第 1 页。

⑤ "对于那些想要脱离道德和尊严掌控的逃兵来说，鳄鱼街是传说中的黄金国。"（［波］舒尔茨：《鳄鱼街：布鲁诺·舒尔茨小说全集》，广西师范大学出版社 2016 年版，第 91 页。

⑥ 参见［英］史蒂芬·霍金：《十问：霍金沉思录》，吴忠超译，湖南科学技术出版社 2019 年版，第 136 页。

主回忆"① "量子芝诺"② "连物质也不相信"③ "终极理论之梦"④ 等千奇百怪的名字。

没有两个房门是正对着的。没有门上锁或关闭——最多虚掩着。

有的房间只住一个人。有的房间住好多人。

有的人终生徘徊在走廊、回廊。有的人被囚于楼梯。

有人试图爬上天台——以失败告终。因为天台并不存在。

巨厦不需要门卫室和管理员。因为大门是无形、不可视的，很难被发现。

整体而言，巨厦里的人不多。

就像地球上的蚂蚁不多——既然不是无限，那就不多。

偶有暴君、爱国者或长了眼睛的导弹用破壁之法闯入，但它们无法破坏巨厦的结构和氛围。

巨厦或许有倾倒的一天。⑤ 只是"或许"。

---

① "非自主回忆是爆炸性的"；"非自主回忆是个不守规矩的巫师，而且哀求对他来说毫不奏效"；"非自主回忆像变戏法似的，竟将一杯浅茶的平淡无奇化为童年本质的意义，而且轮廓生动、色彩斑斓"。（［爱尔兰］萨缪尔·贝克特：《论普鲁斯特》，陈俊松译，湖南文艺出版社 2017 年版，第 23—25 页）

② "重复测量，能够阻止原子核衰变。这一效应被称为量子芝诺效应。科学家曾在实验室中利用俘获的离子和光子对这种效应进行过研究。理论学者认为，相反的情况也能发生：通过仔细观察，可能会诱发一个原子发生衰变。量子芝诺效应和量子反芝诺效应表明，测量的行为（信息的传送），与核衰变之类的真实的物理现象有密切联系。"（［美］查尔斯·塞费：《解码宇宙——新信息科学看天地万物》，隋竹梅译，上海科技教育出版社 2015 年版，第 189 页）

③ ［法］福楼拜：《布瓦尔与佩库歇》，刘方译，中国大百科全书出版社 2019 年版，第 259 页。这是一部关于"人类愚昧与无知的百科全书"的长篇小说。

④ 参见 ［美］S.温伯格：《终极理论之梦》，李泳译，湖南科学技术出版社 2007 年版。

⑤ "忽喇喇似大厦倾，昏惨惨似灯将尽。"〔［清］曹雪芹著、［清］脂砚斋点评：《脂砚斋评石头记》（上册），花山文艺出版社 2015 年版，第 44 页〕

摄影与科学

绚丽多姿的时刻被凝固。

木星在曝光中被擦除。

在底板上雕刻橡树①、蝴蝶、太极图和闪电。

地球永不落山——

从月球上拍摄和观看。

"铀裂变径迹"② 变身乡村小径——

小毛驴、癞狗、月影、

儿时的马丁③和我在上面蹦得欢。

自诩最理解自然的《自然》

杂志上的照片

有时自然，有时不自然。

X 射线致力于发现"X"④。

拉曼光谱⑤营造了可见的浪漫。

"带爆炸的物理实验永远

----

① 1777 年，德国学者利希滕贝格最早记录了类似橡树的闪电图案。

② 参见［英］凯利·怀尔德：《摄影与科学》，张悦译，中国摄影出版社 2016 年版，第 32 页。

③ 指德国化学家马丁·海尔因兹·克拉普洛德（1743—1817），他于 1789 年发现了铀元素（U）。

④ "X" 可以用来表示未知数（未知物）。

⑤ 拉曼光谱是一种散射光谱。拉曼光谱分析法是基于印度科学家 C.V.拉曼所发现的拉曼散射效应，对与入射光线频率不同的散射光谱进行分析以得到分子振动、转动方面的信息，并应用于分子结构研究的一种分析方法。C.V.拉曼是 1930 年诺贝尔物理学奖获得者，他也是 1983 年诺贝尔物理学奖获得者钱德拉塞卡的叔父。

比无声的实验更有价值"①

绝非虚张声势、可有可无的格言。

我相信直觉和显影的力量，

怀疑存在最佳取景点。

我相信宇宙是个椭圆的蛋，

怀疑银版摄影法能否真实记录时间。

照片更像是人的皮肤而非人眼。

倘若无法在少女眉间发现高贵，

那就去观察动物步态②、

凝视奔流的电子及其遗下的无规律曲线。

———————

① ［德］利希滕贝格：《格言集》，范一译，辽宁教育出版社 1998 年版，第 67 页。

② 埃德沃德·迈布里奇：《动物步态》，1887 年，珂罗版照片。参见 ［英］凯利·怀尔德：《摄影与科学》，张悦译，中国摄影出版社 2016 年版，第 46 页。

旅人①

我是一个科学家

我的功绩并没有大于先辈

就算是位理论物理学家吧

我的诞生不比夜里火车轨道

发出的蓝光神秘

搭积木被祖母夸奖"勤快"

听笙笛即陷入幻想

爬山得给自己找一个正当理由

沉浸于他国思者托尔斯泰

和陀思妥耶夫斯基的混沌文字

---

① 参见 [日] 汤川秀树：《旅人：一个物理学家的回忆》，周林东译，河北科学技术出版社 2000 年版。汤川秀树（1907—1981）是日本理论物理学家，于 1935 年提出关于核子力的"介子理论"，1949 年获诺贝尔物理学奖，是第一个获得诺贝尔奖的日本人。钱德拉塞卡曾如此评论他的自传："汤川秀树在 50 多岁时写了一本自传《漫游者》（即《旅人》）。在这本书中，汤川秀树提出了一个伟大发现对它的发现者所产生影响的另一侧面。人们习惯于这样想：至少从表面上看来，一个很富有而且成果累累的人，以他的一生为素材的自传《漫游者》，应该是他整个一生的叙述。但是汤川秀树的'漫游'只讲到他伟大发现的论文的发表为止。他以忧郁的笔调写到他那伟大的发现：'我再也不想写除此之外的东西了。因为，对我来说，我不懈学习的那些日子是值得留恋的；另一方面，当我想到我的学习时间逐渐被其他事情占据了时，我感到伤心。'"（[美] S.钱德拉塞卡：《莎士比亚、牛顿和贝多芬：不同的创造模式》，杨建邺、王晓明等译，湖南科学技术出版社 2007 年第 2 版，第 31—32 页）

（在文学上击败俄国才称得上大国①）

一度在《九成宫》② 中迷失

一感觉寒意就悲哀地臆断起风了

而自己是一艘没有舵的小船

细雨淋湿了衣领和心

读书加深厌世情绪

但从未想过自杀或出家

老、庄、墨三子轮流宽慰我

龙飞凤舞的矢量符号勾搭我

龟鹤计算也蛊惑我

爱因斯坦博士访日时

海森伯和狄拉克访日时

离我很近，但也很远

22 岁已觉得自己很老

再不在量子力学领域

发现点什么恐怕就没机会了

我只是一只作茧自缚的蚕

① 汤川秀树出生前不久（1904—1905），日本在日俄战争中击败俄国。19 世纪末 20 世纪上半叶，俄罗斯文学和思想在日本大行其道。汤川秀树回忆道："最使我感兴趣的一位外国作家是陀思妥耶夫斯基"；"引起我沉思的则是托尔斯泰的《论人生》"。（［日］汤川秀树：《旅人：一个物理学家的回忆》，周林东译，河北科学技术出版社 2000 年版，第 64、90 页）

② 《九成宫醴泉铭》是唐贞观六年（632 年）由魏徵撰文、欧阳询书丹而成的楷书书法作品。汤川秀树曾跟随父亲学习汉文书法。参见［日］汤川秀树：《旅人：一个物理学家的回忆》，周林东译，河北科学技术出版社 2000 年版，第 71 页。又参见［日］汤川秀树：《创造力与直觉：一个物理学家对于东西方的考察》，周林东译，河北科学技术出版社 2000 年版，第 97 页。

我只是一块晶体碎片①

我只是一个徘徊在京都群山之间、

波粒之间的孤独的散步者

好歹我有自己的苦乐园

有温娴的女子侍伴

每逢春天，家里就充满梅花、

介子和宇宙射线的香味

谁敢相信，我没有经历太多思考

就被称颂"走得太远"

若非侥幸被瑞典彩蛋②砸中

谁会关注我

这样一个忧郁的旅人的自传③

---

① "马克斯·玻恩的《原子力学》一书的末尾有这样一句话：'一个单晶是透明的，而一把晶体碎片却是不透明的。'从这一意义上来说，我还只不过是一块晶体碎片。"（［日］汤川秀树：《旅人：一个物理学家的回忆》，周林东译，河北科学技术出版社 2000 年版，第 180 页）

② 指诺贝尔奖。

③ "我觉得自己像是一个在山坡顶上的一家小茶馆里歇脚的旅人。这时我并不去考虑前面是否还有更多的山山水水。"（［日］汤川秀树：《旅人：一个物理学家的回忆》，周林东译，河北科学技术出版社 2000 年版，第 226 页）

袁隆平

我哀悼过两位袁公（一位诗人、一位政治家），如今轮到第三位①。三人之中，他最质朴，因而也最高贵。

"在骨不在格"②讲的不是他。他既骨且格。他的眉目如此奇崛，只需瞟一眼，就足以让一个女子病倒十九天。

"遁迹洭上"③讲的也不是他。他对"遁世无闷""性本爱丘山""大隐"之类的大词毫无概念。

他拙于生活，却熟谙生命的秘密。

他像达尔文一样，不拘泥于死板的生物分类法，而是追踪基因变异的起源。④

他将炽热的血液注入穗茎⑤、脚印、稿纸、火炬⑥、分子、谜中之谜和植物演化史上的黑洞⑦。

你能在汉水中寻到游得比中华鲟还快的他。⑧

---

① 指"杂交水稻之父"袁隆平（1930 年 9 月 7 日—2021 年 5 月 22 日）。

② ［清］袁枚《随园诗话》："许浑云：'吟诗好似成仙骨，骨里无诗莫浪吟。'诗在骨不在格也。"

③ 袁世凯：《撤销帝制仍称大总统令》，载骆宝善评点：《骆宝善评点袁世凯函牍》，岳麓书社 2005 年版，第 394 页。

④ 参见［美］悉达多·穆克吉：《基因传》，马向涛译，中信出版社 2018 年版，第 23、63 页。

⑤ 2005 年，袁隆平指导团队研究人员通过穗茎注射法，将外缘基因组导入了杂交水稻亲本品系。

⑥ 2008 年，袁隆平担任北京奥运会湖南省第一棒火炬手。

⑦ 关于"生物学核心的黑洞"，参见［英］尼克·莱恩：《复杂生命的起源》，严曦译，贵州大学出版社 2020 年版，第 44 页。

⑧ 1947 年，袁隆平读高中一年级时获汉口赛区男子百米自由泳第一名。

你能在湘西雪峰山麓发现他同一株挺拔的杂草对话。①

你能在巨浪般的稻田里看到他手持一本塞林格的《麦田里的守望者》，他笑眯眯地说：这本书像是我写的，又不像是我写的。

他的笑比"摩罗诗人"拜伦②的笑还迷人。

他的行动即诗。（很多诗却非诗）

他配得上九枚"共和国勋章"。

他的一生，促使我重思爱因斯坦的一句话："当我还是一个相当早熟的少年的时候，我就已经深切地意识到，大多数人终生无休止地追逐的那些希望和努力是毫无价值的。"③

"早熟的中年人"是个矛盾的修辞吗？

或许，在活着时给自己写一张讣告④，也无甚不好。

---

① 1953年，袁隆平从西南农学院（今西南大学）毕业，服从国家分配，到偏远落后的湘西雪峰山麓安江农校任教。

② 鲁迅推崇"摩罗诗人"拜伦，认为他"精神郁勃，莫可制抑"。参见鲁迅：《摩罗诗力说》，载《坟》，江西教育出版社2019年版，第58页。

③ 爱因斯坦：《自述》（1946），载《爱因斯坦文集》（第一卷），许良英、李宝恒、赵中立等编译，商务印书馆1976年版，第1页。

④ "我已经67岁了，坐在这里，为的是要写点类似自己的讣告那样的东西。"爱因斯坦：《自述》（1946），载《爱因斯坦文集》（第一卷），许良英、李宝恒、赵中立等编译，商务印书馆1976年版，第1页。

钱德拉塞卡极限

钱德拉塞卡极限和钱德拉塞卡的极限不是一码事。钱德拉塞卡极限指白矮星的质量上限是太阳质量的 1.44 倍，如果超过这个阈值，星体就会塌缩成中子星、黑洞或（理论上的）夸克星。钱德拉塞卡的极限是指美籍印度裔科学家钱德拉塞卡的抗压能力的极限，以及他的研究领域所能抵达的极限。

钱德拉塞卡刚出道时就提出了后来命名为"钱德拉塞卡极限"的理论，但被其导师——天文学界的权威、大名鼎鼎的爱丁顿爵士——嘲笑，后者甚至在 1935 年的皇家天文学会议上当众把他的论文撕成两半。钱德拉塞卡的抗压能力极强，他并没有因此沮丧或埋怨自己的导师。① 他相信自己的理论，把它写进一本书里，然后不再理会。他改弦易辙，将自己的研究领域一步步拓展至恒星动力学、大气辐射传输、磁流体力学、广义相对论应用、黑洞的数学理论等。为了永葆激情和活力，不至于变得保守或因循守旧，他大约每隔十年就换一个研究领域，尽管最终把他带向斯德哥尔摩之路的仍是他年轻时提出的"极限"理论。

晚年的钱德拉塞卡觉得不快乐，对自己不满意，他将之归因于

① 钱德拉塞卡事后回忆说，如果当时爱丁顿承认了黑洞理论，"他将会使这整个领域变成一个引人注目的研究领域，黑洞的许多性质将会提前 20 到 30 年被人们发现，不难想象，理论天文学将会大不相同"，"但我不认为对我个人有益。爱丁顿的赞美之词将使我那时在科学界的地位有根本的改变，我会在天文学界里大有名气。但我的确不知道，在那种诱惑的魔力面前我会怎么样"，"有多少年轻人在功成名就之后，还能长久保持青春活力呢"？（[美] S.钱德拉塞卡：《莎士比亚、牛顿和贝多芬：不同的创造模式》，杨建邺、王晓明等译，湖南科学技术出版社 2007 年第 2 版，第 236 页）

"生活的片面性以及随之而来的孤独"，以及"无法逃避它"。① 然而，我认为还有更深层次的原因。尽管他自称无神论者，但他毕竟是一印度人，一婆罗门，对世界将如何结束不可能不敏感。② 而且，他对文学艺术有着悲情般的偏嗜。他熟读莎士比亚、伍尔芙和契诃夫等，并有意识地练习文体。而文体家几乎全都是不可救药的绝望论者。这样说，肯定言不及义，但我似乎也找不到更好的解释了。

恩利克·费米临终前曾问钱德拉塞卡："下辈子我会做一头大象吗?"③

看来他想投胎到印度。

钱德拉塞卡没有自陈是如何回答费米的，但我相信他们都属于抵达了某一极限、撰写科学最后一行句子的人。④

① ［美］卡迈什瓦尔·C.瓦利:《孤独的科学之路——钱德拉塞卡传》，何妙福、傅承启译，上海科技教育出版社 2006 年版，第 378—379 页。

② 钱德拉塞卡曾说:"世界就是这样结束的，不是伴着一声巨响，而是伴着一声呜咽。"（［美］S.钱德拉塞卡:《莎士比亚、牛顿和贝多芬:不同的创造模式》，杨建邺、王晓明等译，湖南科学技术出版社 2007 年第 2 版，第 235 页）

③ ［美］卡迈什瓦尔·C.瓦利:《孤独的科学之路——钱德拉塞卡传》，何妙福、傅承启译，上海科技教育出版社 2006 年版，第 331 页。

④ "汤姆孙（Joseph John Thomson, 1856—1940）在他的纪念瑞利的致辞中说:'在科学上，有两类人。一类是那些写科学的第一句句子的人，他们可能被视作领导者;而另一类是那些写最后一句句子的人。瑞利则属于第二类。' 钱德拉也属于第二类";"就钱德拉来说，达到对一个领域的完全了解、掌握它和使它内在化正是他的科学生命的精华"。（［美］卡迈什瓦尔·C.瓦利:《孤独的科学之路——钱德拉塞卡传》，何妙福、傅承启译，上海科技教育出版社 2006 年版，第 35 页）

Sports[①]

小提琴不搭理他时
爱因斯坦就健走
每次 just[②] 五公里
说出来怪不好意思

霍金在和轮椅热恋前
效力于剑桥赛艇队
打败过牛津混蛋
还教会上帝如何戏水

艾伦·图灵快乐时
玩密码，玩测试
郁闷时则拉着"第二亚当"（一个人工智能）
跑马拉松

恩利克·费米是网球高手
尽管比不得费德勒[③]
却也能在三两招之间
让傲慢的费曼先生服服帖帖

---

① 意为"体育运动"。
② 意为"只是"。
③ 罗杰·费德勒（1981— ）是瑞士男子职业网球运动员，史上最伟大球员之一。

尼尔斯·玻尔的遗憾
是没当上"足球先生"①
谁让他将太多精力
用于量子之门和与爱因斯坦辩论呢②

卡尔·萨根——基地篮球队队长
队员有乔丹③、姚明、周润发
以及兼任复乐园大学④
首席天文学教授的魔菲斯特

居里夫人爱骑车
驮着两女儿、两元素⑤
穿越波兰悲伤史
来到肖邦和哥白尼的墓前

---

① 尼尔斯·玻尔（1885—1962，哥本哈根学派创始人，1922年诺贝尔物理学奖得主）是丹麦AB足球队门将。其弟哈罗德·玻尔（1887—1951，数学家）在足球运动方面更加出色，作为主力队员效力的丹麦国家队获得了1908年夏季奥运会的足球亚军。

② 参见［英］曼吉特·库马尔：《量子理论——爱因斯坦与玻尔关于世界本质的伟大论战》，包新周、伍义生、余瑾译，重庆出版社2012年版。

③ 迈克尔·乔丹（1963— ）是美国著名篮球运动员（2003年退役），别号"飞人""篮球之神"等。

④ 英国诗人弥尔顿有长诗《失乐园》和《复乐园》。

⑤ 居里夫人有两个女儿，发现了两种放射性元素（镭和钋）。

一个物理学家的肖像[①]

很难讲，他更喜欢文史还是数理，更喜欢《金瓶梅》的某些章节还是"非常规对称性玻色爱因斯坦凝聚"。

他不奢谈前行的动力和目的。到访过都柏林的一座桥就等于周游世界了。

他与四个对四元数兴趣盎然的人组队参加田径接力赛；他不是第一棒，也不是最后一棒。

他在时空群[②]中与法拉第称兄道弟，与麦克斯韦窃窃私语。

他在三维中充电，在六维中旋转。

他早上吃玉米时会觉得盛玉米的瓷碗是宇宙的缩影，尝试撰写一本《瓷国回忆录》；吃豆腐时想到的不是西施或豆腐西施，而是科研品位；傍晚小憩时必玩跷跷板，坐在另一头的，有时是他的博士生，有时是路过的孩子，有时是十几只"饮水鸟"[③]，有时是他自己。

他反对"搞基础理论不免寂寞"这一孤傲的说法。既然有"无

[①] 参见《吴从军：一个迷恋对称的人》，载"西湖大学"官方微信公众号（2021 年 5 月 24 日）。

[②] 时空群，就是把时间引入晶体对称性之中，从而可以描写一个动态过程的时空对称性，是静态的晶体对称群（也叫空间群）的动态推广。

[③] "饮水鸟"（引水鸟、永动鸟）是一款经典的科学玩具。

规行走"① 的粒子和知鱼乐的人②为伴，怎会觉得寂寞？

他不仅以貌取人，而且以貌取理论。"一个公式、一个图形，连美的观感都无法保证，那十有八九是有问题的。"他说。

他对既静且安的静安先生的一句话念念不忘。那句话是："哲学上之说，大都可爱者不可信，可信者不可爱。"③

他承认直觉的可怕力量；承认自己是"欧洲禅宗之父"叔本华的东方传人；承认牛顿的肩膀比柳园口④的黄河还要宽上几尺。

难道，他命中注定是一个依靠本能寻找对称之美的浪子？一个帮如来佛祖拆除脚手架的蹩脚建筑师？

---

① 关于"无规行走"，参见［美］费恩曼、［美］莱顿、［美］桑兹：《费恩曼物理学讲义（新千年版·第1卷）》，郑永令等译，上海科学技术出版社2013年版，第59页。

② 日本物理学家汤川秀树曾引用"知鱼乐"的典故（见《庄子·秋水》）；并认为，尽管惠子的逻辑更接近于科学态度（"拒不承认任何像'鱼之乐'那样的既无明确定义又无法证实的事物"），但他本人却"更倾向于庄子所要暗示的东西"。参见［日］汤川秀树：《创造力与直觉：一个物理学家对于东西方的考察》，周林东译，河北科学技术出版社2000年版，第69页。

③ 王国维：《三十自序（二）》，载姜东斌、刘顺利选注：《千古文心——王国维文选》，百花文艺出版社2002年版，第238页。王国维，字静安，人称静安先生。

④ 柳园口位于开封市，是黄河上的著名渡口。

左撇子

我在佛罗伦萨做素描旅者

也就是背负行囊出入教堂画廊博物馆

以及各种风格的名人故居

装作研究文艺复兴和现代科学的诞生

有忧呀有虑，思明天做什么

停步，为街头处处是蒙娜丽莎而

失色，为看到细密至极的人体解剖图①

惊叹，原来飞机是 16 世纪的发明②

到底有多少密码藏在笔记

圣杯③和《最后的晚餐》④ 中呢

那是奇技淫巧不嫌多的时代

车床、链轮、桨轮、提水机

凹面镜磨镜机、大理石切割机……⑤

夜幕陡然降临

弯月像在故国一样温柔拂面

---

① 参见［意］达·芬奇著、杜莉编译：《达·芬奇笔记》，金城出版社 2011 年版，第 125—147 页。

② 指达·芬奇构思的飞行器模型，参见［意］达·芬奇著、杜莉编译：《达·芬奇笔记》，金城出版社 2011 年版，第 283—289 页。

③ "圣杯代表着失落的女神。"（［美］丹·布朗：《达·芬奇密码》，朱振武、吴晟、周元晓译，人民文学出版社 2013 年版，第 199 页）

④ 关于达·芬奇的《最后的晚餐》，参见［意］乔治·瓦萨里：《著名画家、雕塑家、建筑家传》，刘明毅译，中国人民大学出版社 2004 年版，第 227—229 页。

⑤ 关于达·芬奇发明的种种机械，参见［美］乔治·萨顿：《科学的生命》，刘珺珺译，上海交通大学出版社 2007 年版，第 71 页。

我在阿尔诺河河畔徜徉

歌声！哦，一艘中古渔船

船夫向我频频招手

南极仙翁出现在遥远的异邦吗

他说他不屑于参加陆上的文人聚会

还说自己因为是左撇子①

和读书不求甚解②屡遭嘲笑

我倏地明白眼前是谁了

我狡黠，没有点破

哎，只有达·芬奇的知与好奇成正比③

---

① "列奥纳多（即达·芬奇）是一个左撇子，他书写的方向是从右至左，正好与本页或者其他正常的印刷的文字相反，而且每个字母都是逆向书写。'除了用镜子，否则无法阅读'，瓦萨里如此描述列奥纳多的字迹。有些人猜测列奥纳多使用这种像密码的书写方式是为了保密，但这不是事实，无论是否用镜子，其实都可以阅读。采用这种书写方式是因为他的手从右边挪动到左边的时候不会涂抹到字迹。"（［美］沃尔特·艾萨克森：《列奥纳多·达·芬奇传》，汪冰译，中信出版社 2018 年版，第 23 页）

② "拯救列奥纳多的，正是他的无知。我并非说他根本不学无术，但他的书本知识很少，足以使他无拘无束"；"后半生他读了较多的书，即使这些学习他也是不求甚解。他太富于独创，太没有耐性了。他一开始阅读，头脑中马上闪现出某些想法，这些想法转移了他的注意力"。（［美］乔治·萨顿：《科学的生命》，刘珺珺译，上海交通大学出版社 2007 年版，第 76 页）"不求甚解"未必是坏事，甚至是具有独创性的科学家和艺术家的一个秉性。陶渊明就称自己"好读书，不求甚解，每有会意，便欣然忘食"。

③ 杰出的艺术史学家肯尼斯·克拉克称达·芬奇是"史上好奇心最旺盛的人"。参见［美］沃尔特·艾萨克森：《列奥纳多·达·芬奇传》，汪冰译，中信出版社 2018 年版，引言。

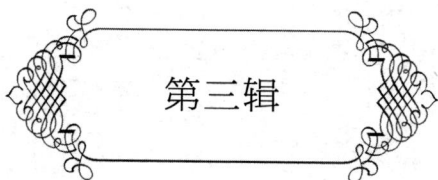

第三辑

伽罗瓦

伽罗瓦①天才而短暂的一生让我想起鲁迅的一句话:"在要求天才的产生之前,应该先要求可以使天才生长的民众。"② 伽罗瓦的老师以及掌握他命运的主考官都是好人,也有耐心,但他们实在太平庸因此太愚蠢了。

伽罗瓦的幸运在于,他有一个完美的遗嘱执行人。舍瓦利耶将他的发现保存了下来,而那薄薄的 61 页遗稿"将使世世代代的数学家们忙上几百年"③。这让我想起卡夫卡的幸运——他有一个更加完美的遗嘱执行人,马克斯·布罗德。④

伽罗瓦曾受缚于普罗克鲁斯特的铁床,⑤ 但又把它给撑破了。

实际上,不管是早早夭折的青年天才(如伽罗瓦),还是寿终正寝的成熟天才(如高斯),都不可能被条条框框缚住。

---

① 埃瓦里斯特·伽罗瓦(1811—1932)是法国的天才数学家,仅活了 21 岁(死于一次决斗)。他是现代数学中的分支学科群论的创立者,用群论解决了根式求解代数方程的问题,且由此发展了一套关于群和域的理论(伽罗瓦理论),他创造的"群"被叫作"伽罗瓦群"。他解决了古代三大尺规作图问题中的两个:"三等分任意角不可能","倍立方不可能"。

② 鲁迅:《未有天才之前》,载《坟》,江西教育出版社 2019 年版,第 117—118 页。

③ [美]埃里克·坦普尔·贝尔:《数学大师:从芝诺到庞加莱》,徐源译,上海科技教育出版社 2018 年版,第 404 页。

④ "在这两份遗嘱中,卡夫卡都告诫布罗德要销毁未发表的作品";"卡夫卡死后,布罗德做了文学史上最大的一次不忠之事,也是文学和文化史上最有价值的一次。他拒绝遵守卡夫卡的遗嘱,而开始出版卡夫卡的全部作品"。([美]桑德尔·L.吉尔曼:《卡夫卡》,陈永国译,北京大学出版社 2010 年版,第 125 页)

⑤ 普罗克鲁斯特(Procrustes)是古希腊神话中的妖怪,常捕人置于铁床之上,比床长的,斩其腿脚过长的部分,比床短的,则强行拉长使与床齐。

我不想说伽罗瓦是"法国的阿贝尔"①"数学界的兰波"②。那会显得太悲伤。

人生如逆旅,他亦是行人。③

他的发现、不幸,以及生与死,都纯属偶然。这种偶然会持续下去,直至所有的数学公式被写出。

① 阿贝尔(1802—1829)是挪威的天才数学家,27 岁病逝。"伽罗瓦生活的悲剧性,无人超越,却有另一个人可与之相比。很奇怪,和他一样,这又是一位数学家——挪威人尼尔斯·亨利克·阿贝尔。"([美]乔治·萨顿:《科学的生命》,刘珺珺译,上海交通大学出版社 2007 年版,第 82 页)"阿贝尔死于贫穷,伽罗瓦则死于愚蠢。"([美]埃里克·坦普尔·贝尔:《数学大师:从芝诺到庞加莱》,徐源译,上海科技教育出版社 2018 年版,第 389 页)

② 法国天才诗人兰波尽管活了 37 岁,但他的作品都完成于 19 岁之前。

③ 苏轼《临江仙·送钱穆父》:"人生如逆旅,我亦是行人。"

π

约翰·兰伯特于 1761 年证明，我们永远无法知道 π 的精确数值，π 的小数展开是无穷无尽的，它的小数点后前 20 位是 3.141 592 653 589 793 238 46。迈克尔·基思为了帮人们记住 π 的前些位数值，仿效数学教学传统中的"记忆法"，对爱伦·坡的长诗《乌鸦》稍作改编，其中每个单词里的字母个数，代表了 π 展开后的前 740 位。下面仅列举第一节（对应 π 的前 19 位）。①

爱伦·坡原诗为：

The raven E.A.Poe

Once upon a midnight dreary, while I

Pondered weak and weary,

Over many a quaint and curious volume of

Forgotten lore.

迈克尔·基思改编后的版本为：

Poe, E. Near A Raven

Midnights so dreary, tired and weary

Silently pondering volumes extolling all by-

Now obsolete lore.②

---

① 参见 [英] 克里利：《你不可不知的 50 个数学知识》，王悦译，人民邮电出版社 2010 年版，第 19—21 页。

② 试比较关于 π 的中国诗（顺口溜）：山巅一寺一壶酒（3.14159），尔乐苦煞吾（26535），把酒吃（897），酒杀尔（932），杀不死（384），乐尔乐（626）。

161

我不由得想到，既然迈克尔·基思能把爱伦·坡的诗改编得与 π 相勾连，那么他肯定也能将爱伦·坡的文——我指的是《我发现了》这篇谈论自然科学、形而上学和数学的旷世奇文①——改编得与 e②像是一家人，亲密无间。

每当我对爱情绝望时，就追缅爱伦·坡与其表妹的悠悠往事。③

每当我怅然或迷惘时，就躲进巴比伦图书馆寻访 π 的影踪。④

每当难以抑制的功利之心在我胸中横冲直撞时，我就想起阿基米德赤身奔跑、大喊"我想出来了"的场景。⑤

---

① 参见［美］埃德加·爱伦·坡：《我发现了——一篇关于物质和精神之宇宙的随笔（下）》，载《爱伦·坡暗黑故事全集（下册）》，曹明伦译，湖南文艺出版社 2013 年版，第 250—331 页。

② e 是自然对数函数的底数，有时称它欧拉数。"和 π 一样，e 也是一个无理数，因此，我们也无法知道它的精确数值。将 e 精确到小数点后 20 位的结果是 2.718 281 828 459 045 235 36。"（［英］克里利：《你不可不知的 50 个数学知识》，王悦译，人民邮电出版社 2010 年版，第 23 页）

③ 爱伦·坡非常爱自己的表妹，并娶了她，但她 24 岁死于肺结核。

④ 巴比伦人最早发现 π 约等于 3。

⑤ 这里讲的是"阿基米德定律"（流体力学的一个重要原理）诞生的逸事。阿基米德给出 π 的近似值 $\frac{22}{7}$。

点

不能不羡慕"Kandinsky"（康定斯基）第五个字母"i"中的"点"。若缺了这个画龙点睛的"点"，康定斯基就无法飞跃金字塔顶①，直抵抽象的天空（sky）。不能不嫉妒"Einstein"（爱因斯坦）第二和第七个字母"i"中的"点"。若没了这两个点石成金的"点"，便不会有两个相对论（狭义和广义）的诞生，爱因斯坦的小板凳也不会成为一个虚构故事的主角。康定斯基是艺术界最懂相对论的人，爱因斯坦是科学界最懂点线面的人——超越了，才叫懂。

在几何学里，点是无形的，被定义为非物质的存在。②

然而，点又是有形的，点的物化形式无穷无尽。点可以是愣头青般的三角形，可以是冷酷的锯齿，可以是比天球还圆还满的实心圆。

点是炮弹，是所罗门封印③，能置人于死地。

点是丹药，是神笔笔尖，是时间的最简形式，有起死回生之能。

我们可以想象霍金的《时间简史》、瓦格纳的歌剧、张爱玲采

---

① "金字塔顶通常只够站一个人，所以自是高处不胜寒。即使最亲近的朋友可能也无法理解塔尖上的人，相反，人们往往咒其为骗子疯子，这也恰好是贝多芬这类人的终生遭遇。到底要多长时间，常人的思想才能企及真正伟人的高度？名人碑石林立，到底有多少名副其实？"（［俄］康定斯基：《艺术中的精神》，余敏玲译，重庆大学出版社 2011 年版，第 43 页）

② ［俄］康定斯基：《点线面》，余敏玲译，重庆大学出版社 2011 年版，第17 页。

③ "正六边形六条边的中点构成了两个错叠的三角形，这就是在伊斯兰世界人人皆知的'所罗门封印'（阿拉伯语里为 khatam，亦有'印信'之意）。"（［英］道尔德·萨顿：《几何天才的杰作：伊斯兰图案设计》，贺俊杰、铁红玲译，湖南科学技术出版社 2017 年版，第 2 页）

摘的白玫瑰①以及尼采，都坍缩成地中海海边的一个点。

在芭蕾舞中，有所谓的"蓬特"（points）技巧，也就是"舞点"的技巧。芭蕾舞者以头和四肢在空中形成五个大点，同时以十个手指形成十个小点。② 这些点是含蓄的，组构在一起又非常热辣——我们可以想象它是一个正在狂舞的星系（其实所有的星系都在狂舞）。

我爱吃荷包蛋吐司，因为其中心是宇宙图解。③

我爱吃红枣。一个名叫瓦莲京娜·弗拉基米罗夫娜·捷列什科娃④的俄罗斯女宇航员曾赠送我一大包。

我还爱吃杧果、提子、樱桃、藤椒泡面……其实没有我不爱吃的。在我眼中，众食物平等，众生平等。

---

① 张爱玲是瓦格纳的"粉丝"。她写过一中篇小说《红玫瑰与白玫瑰》。

② 参见［俄］康定斯基：《点线面》，余敏玲译，重庆大学出版社 2011 年版，第 34 页。

③ 参见［美］约翰·米歇尔、［英］艾伦·布朗：《神圣几何：人类与自然和谐共存的宇宙法则》，李美蓉译，南方日报出版社 2014 年版，第 13 页。

④ 瓦莲京娜·弗拉基米罗夫娜·捷列什科娃（1937— ）是人类历史上进入太空的第一位女性，月球背面的一座环形山以她的名字命名。她爱吃中国陕西的红枣，爱读中国小说《白鹿原》。

一箪食

布鞋院士①的布鞋

也是布做的，

没有印 Li-Strahler

或"唾地成文"的字样。

北大数学奇才②手里的馒头

也是面做的，

五毛钱一个，

不比东岳的神采煊奕。

一箪食一瓢饮的

颜回留下了什么呢?

若非孔子说起,③

谁知他的苦乐?

大隐并非隐于市

或大学。

---

① 指中国科学院院士李小文（1947—2015），著名地理学家、遥感学家。他致力于地物光学遥感和热红外遥感的基础研究和应用研究，创建了植被二向性反射 Li-Strahler 几何光学模型，并入选国际光学工程学会（SPIE）"里程碑系列"。2014 年 4 月，他的一张脚穿布鞋、没穿袜子，给学生讲课的照片在网上广泛传播。

② 此处指韦东奕（1992—　　），北大数学系助理教授，人称"韦神"。2021年 6 月，他拎着馒头和矿泉水接受采访的照片在网上爆红。

③ 子曰:"贤哉，回也! 一箪食，一瓢饮，在陋巷，人不堪其忧，回也不改其乐。贤哉，回也!"（《论语·雍也》）

数得清的并非数，
而是围观"大隐"的好事者。

布尔巴基

尼古拉·布尔巴基，法籍数学家，1886年出生于摩尔达维亚（俄国沙皇的远亲），先后在巴黎和哥廷根求学，师从庞加莱和希尔伯特，1910年通过博士学位答辩，著有《数学原本》十余卷。他的学术生涯丰富多彩，合作者无数。最神奇的是，他还活着，对，已经130多岁了……

布尔巴基还活着是真，但"他"只是一个虚构的人，准确说，是一群数学家于1935年成立的秘密社团。为了方便布尔巴基公开发表作品，社团给他杜撰了如上身份。最初严格保密是为了免遭打扰，专心著述，更是为了保持"疯子"本色。① 社团成员一旦超过50岁就自动退出，因为数学是年轻人的事业。② 布尔巴基不定时地补充新鲜血液。后来，随着布尔巴基的名气越来越大，秘密守不住了。

布尔巴基成立的直接动因是超越德国数学，对，有爱国主义（或曰民族主义——反正是一回事）情怀作祟。一战期间，德国为了保护科学和文化精英，不让他们上战场，但崇尚民主平等的法国却非如此，于是，大批法国科学精英（包括巴黎高等师范学校的高

---

① 1935年7月，布尔巴基在距离克莱蒙–费朗市25英里的小村庄Besse-en-Chandesse秘密成立。此后每年召开三次会议。会议通常在宁静而惬意的乡村举行。碰到他们开会的人，称他们为"一群疯子"。

② "狄厄多内1968年这样说道：'一个数学家过了50岁，他仍然是一位非常好的数学家，一位非常多产的数学家，但他已经很难适应比他年轻25岁或30岁的数学家所提出的新思想，而像布尔巴基这样的事业总是希望能够永葆青春……'"（［法］莫里斯·马夏尔：《布尔巴基：数学家的秘密社团》，胡作玄、王献芬译，湖南科学技术出版社2012年版，第19页）

材生）被送至战场，遭到屠戮。这导致战后法国数学落后于德国数学。① 安德烈·韦伊②等幸存的年轻数学家有感于此，决定组团反击，于是有了布尔巴基的诞生。

数学家、哲学家、诗人是否应该上战场？

法兰西人难道忘了"不杀下蛋的鸡"③ 的箴言？

崇尚民主平等真的是好事？说"众生平等"固然没错，但有时候，说"有些人比其他人更平等"或许更对。

虽然布尔巴基还活着，但已日趋衰颓、苟延残喘。谁让"他"太注重纯粹数学、公理体系和结构主义，越来越自我封闭了呢？！谁让"他"已从年轻异端们的组织堕落成一个数学权势集团了呢？！"学派成立时，创始人都是些不信守社会常规的年轻异端，想要颠倒当时早已确立的数学的等级体制。但是后来由于他们声名显赫，影响巨大，布尔巴基走向了另一个极端。"④

自戕吧，布尔巴基！若匮缺勇气，我给你一枪。

---

① "1908 年前后，在德国学习数学的学生中流行的看法是：法国和德国是我们这个领域中两个领先的国家，而且法国还稍稍领先于我们。法国于 1918 年后落后了，后来才又恢复过来。"（［德］H.外尔：《诗魂数学家的沉思》，袁向东等编译，江苏教育出版社 2008 年版，第 174—175 页）

② 安德烈·韦伊（1906—1998）是著名哲学家西蒙娜·韦伊（1909—1943）的哥哥。

③ 这句箴言出自拿破仑。

④ ［法］莫里斯·马夏尔：《布尔巴基：数学家的秘密社团》，胡作玄、王献芬译，湖南科学技术出版社 2012 年版，第 209 页。

神圣几何

我不是神圣人，不配享有至高权力与赤裸生命，进不得法律之门，① 也无法从歧路上回返，但我有资格谈论神圣几何。

因为我曾在卡拉尼什巨石阵②中的坟墓前徘徊。

因为我在古埃及学中发现了黄金分割和"塞卡德"（斜度）的测量标准。

因为第十二个希腊字母"兰布达"（λ）出入过我的梦。

因为选择最佳除数对我太 easy（简单）了。

因为 142857 是我的一个签名。③

因为我曾与亚历山大的泰翁的女儿（即希帕蒂亚④）一夜风流，这意味着哲学和几何学的媾和。

因为我能化圆为方、化方为圆，以圆为方、以方为圆。

因为我能从花瓣中看出平淡无奇的斐波那契数列⑤。

因为我能从鹰喙的形状看出一条完美的渐开线，好似拿破仑的

---

① 参见［意］吉奥乔·阿甘本：《神圣人：至高权力与赤裸生命》，吴冠军译，中央编译出版社 2016 年版，第 81 页。

② 卡拉尼什巨石阵坐落于苏格兰外赫布里底群岛。

③ 如果我们只处理分母是 7 的数，我们可以看到有相同的 6 数组无休无止地重复，但每次重复的起点不同。142857 几乎是素数 7 的"签名"。1/7 = 0.142857 142857 142857…2/7 = 0.2857 142857…3/7 = 0.42857 142857…4/7 = 0.57 142857 142857… 参见［英］斯蒂芬·斯金纳：《神圣几何》，王祖哲译，湖南科学技术出版社 2010 年版，第 33 页。关于神秘与神圣的"7"，又参见［美］约翰·米歇尔、［英］艾伦·布朗：《神圣几何：人类与自然和谐共存的宇宙法则》，李美蓉译，南方日报出版社 2014 年版，第 219—243 页。

④ 希帕蒂亚（约 370—约 415）是世界第一位女数学家。

⑤ 斐波那契数列又称黄金分割数列、兔子数列，指的是这样一个数列：0，1，1，2，3，5，8，13，21，34，55，89，144，233，377，610，987，1597，…这个数列从第 3 项开始，每一项等于前两项之和。

生命轨迹。

因为我曾屹立于阿尔卑斯山巅、奥斯特利茨、圣赫勒拿岛和截顶十二面体的一个面之上。

因为任何旋涡都湮没不了我。

因为我纷纷的情欲像科赫雪花①一样蔓延。

因为我无须像群氓一样阅读《创世之书》(*Sefer Yetzirah*)。

因为开普勒曾为我指引天路。

因为我有勇气和魄力凌辱雷线和灭点②。

因为我靠观日月而非钟表计时,即使现在已是现代、太现代的21世纪。

因为我精通中国风水学,尽管无法与死者相会。

因为是我把弥诺陶洛斯③从迷宫中解放的,他并没有被忒修斯杀掉——忒修斯杀掉的是他的替身。

因为我做过十五年"麦田圈研究中心"的主任。

---

① 科赫雪花又称科赫曲线,分形曲线的一种,是数学家赫尔格·冯·科赫设计的一个仅能产生一种形式的雪花的数学模型。参见 [英] 斯蒂芬·斯金纳:《神圣几何》,王祖哲译,湖南科学技术出版社 2010 年版,第 71 页。又参见木心的诗《我纷纷的情欲》:"平原远山,路和路/都覆盖着我的情欲/因为第二天/又纷纷飘下/更静,更大/我的情欲。"(木心:《我纷纷的情欲》,广西师范大学出版社2010 年版,第 3 页)

② 石器时代的许多部落都沿着直线建立起圣地,这条直线被称为雷线。灭点是指线性透视中,两条或多条代表平行线线条向远处地平线伸展直至聚合的那一点。

③ 弥诺陶洛斯 (又称阿斯特里昂) 是古希腊神话中的牛头怪,被困于克里特迷宫。在他眼中,"房屋同世界一般大;更确切地说,就是世界"([阿根廷]豪尔赫·路易斯·博尔赫斯:《阿莱夫》,王永年译,上海译文出版社 2015 年版,第 75 页)。《西游记》有类似表述 (第 36 回):"若依老孙看时,把这青天为屋瓦,日月作窗棂,四山五岳为梁柱,天地犹如一敞厅!"

因为我烹饪过阴阳鱼和基督鱼。①

因为我参与设计和构筑了"歌德馆"和"千年穹"。

因为我曾是聚光灯下的五角星形杂技演员中的一员。②

因为我曾为新版的《神圣比例》③绘制插图，比达·芬奇的原版插图还要出彩（最起码追捧我的人如此认为）。

因为我只需一秒钟，就能破解西洋跳棋，拆解墨菲定律诅咒下的绳结。

因为我有三畏：畏天命④，畏俄罗斯方块⑤，畏永恒难题。

---

① 阴阳鱼是太极图中间的部分。基督鱼（vesica pisces 或 ichthys，拉丁词，字面意思是"鱼的囊"）这个具有象征意义的符号是这样形成的：半径相同的两个圆相交，让各自的圆心都落在另一个圆的圆周上。《圣经》中有一个故事，讲的是基督神奇地用一条鱼和一块面包喂饱了 5000 人。（《圣经·马太福音》14：13—21）罗马帝国早期的基督徒因为受迫害，就设计了一个基督鱼的图案，画在墙上，作为聚会地点的暗号，事后再擦掉。

② 参见［美］约翰·米歇尔、［英］艾伦·布朗：《神圣几何：人类与自然和谐共存的宇宙法则》，李美蓉译，南方日报出版社 2014 年版，第 189 页。

③《神圣比例》的作者是卢卡·帕乔利（1445—1517），意大利人，达·芬奇的好友，被誉为"现代会计之父"。

④ 子曰："君子有三畏：畏天命，畏大人，畏圣人之言。"（《论语·季氏》）

⑤ "1985 年由俄罗斯计算机工程师帕基特诺夫所发明的俄罗斯方块是非常受欢迎的积木堆叠游戏。美国计算机科学家在 2002 年量化俄罗斯方块的困难度，证明它的困难度和数学领域中最难的问题不相上下。"（［美］克利福德·皮寇弗：《数学之书》，陈以礼译，重庆大学出版社 2015 年版，第 246 页）

女博士

如果说在男女之外存在第三种人，那一定是既男且女、非男非女、超越男女，甚至成佛的，如贾宝玉，如柯瓦列夫斯卡娅。作为史上第一位数学女博士、第一位取得大学数学教席的女性，柯瓦列夫斯卡娅在偏微分方程、阿贝尔积分、土星环状结构、刚体绕定点旋转（即"数学水妖"难题）等领域取得不菲成就。① 她还说过一句诸多男博士男教授男院士没有说过（没有说过意味着无此见识）的话："灵魂中没有带点诗人般浪漫情怀的人，是不可能成为一位数学家的。"②

柯瓦列夫斯卡娅获得博士学位的那年（1874），中国女人还缠着脚，京师大学堂③尚未创立。

柯瓦列夫斯卡娅死于该死的肺炎，时年四十一岁（1891）。

柯瓦列夫斯卡娅的乳名叫索菲娅，一个典型的俄罗斯名字。

亲爱的索菲娅，请收下我的膝盖、我摘自土星的鲜花，以及我译成中文的《阿尔谢尼耶夫的青春年华》④。

---

① 1883 年 11 月 17 日，柯瓦列夫斯卡娅抵达瑞典，担任斯德哥尔摩大学教师，当地报纸称她为"科学公主"，用夸张的言辞宣布她的到来："今天我们必须通报你们的，不是一位平常的王子或是同样显贵但不学无术的人物到来了。不是的，今天到来的是一位科学的公主，柯瓦列夫斯卡娅夫人，她光临本城并且将成为全瑞典第一位女性私人讲师。"（［美］安·希布纳·科布利茨：《旷代女杰——柯瓦列夫斯卡娅传》，赵斌译，上海辞书出版社 2011 年版，第 149—150 页）柯瓦列夫斯卡娅最初担任讲师，一年后升任数学教授，后又兼任力学教授。

② 转引自［美］克利福德·皮寇弗：《数学之书》，陈以礼译，重庆大学出版社 2015 年版，第 122 页。

③ 京师大学堂成立于 1898 年，是北京大学的前身。

④ 俄罗斯作家伊凡·蒲宁（1933 年诺贝尔文学奖获得者）的小说。

数与诗十四行

牛顿的二项式堪与卡拉瓦乔笔下的爱神、拉斐尔笔下的圣母、齐白石笔下的虾媲美①

李太白对影成三人的孤独寂寞寒冷、吴承恩笔下的太白金星不以为然，钟情于三体问题的希尔伯特、庞加莱、刘慈欣亦不以为然②

藏身翠柳之中的两个黄鹂，分别呻唤祖冲之和熊庆来的名字③

过大江的百万雄师中，有一头猛狮少时曾熟读"安得猛士兮守四方"的诗④

假以时日，四大皆空、百密却无一疏的人工智能亦能写出胜过王右丞、莎士比亚、泰戈尔的句子

---

① 《胜利的爱神》是意大利画家卡拉瓦乔（1571—1610）绘制的一幅油画。意大利画家、文艺复兴三杰之一的拉斐尔（1483—1520）以画圣母闻名于世。中国画家齐白石（1864—1957）笔下的虾活灵活现，堪称一绝。

② 李白《月下独酌（其一）》："举杯邀明月，对影成三人。"1900 年，希尔伯特提出完美数学问题的准则，即问题能被简明清楚地表达出来，但其解决却如此困难以至于必须有全新的思想方法。庞加莱曾试图解决三体问题，但收效甚微（他发现，轨道的长时间行为具有不确定性，即现在所称的混沌现象）。刘慈欣著有科幻小说《三体》（重庆出版社 2008 年版）。

③ 杜甫《绝句》："两个黄鹂鸣翠柳，一行白鹭上青天。"祖冲之（429—500）是中国南北朝时期的数学家、天文学家。熊庆来（1893—1969）是中国现代数学的先驱，他于 1933 年获得法国国家理科博士学位（是中国科学家在国际上获得的一个高等学位，其博士论文题目为《关于无穷级整函数与亚纯函数》），华罗庚是他的学生。

④ 此处的猛狮（士）指的是粟裕将军，他指挥了 1949 年的渡江战役。毛泽东《七律·人民解放军占领南京》："钟山风雨起苍黄，百万雄师过大江。"刘邦《大风歌》："大风起兮云飞扬，威加海内兮归故乡，安得猛士兮守四方。"

无人驾驶汽车后座上坐着米尔扎哈尼和《算法统宗》的作者①

六神无主的六神据说不涵括西亚和非洲的神宗教种族主义可以休矣不会休的

七月流火并非火星之火，九月穿的衣却系头脑比天空辽阔的女子赠的②

道生一，一生二，二生三，三生万物。万物是否涵括无？千百年来一直未知

用草、海、天拟象化的周期函数还是周期函数吗我不免怀疑③

岑参携手狄拉克④同登慈恩寺的场景我在冬月的幽幽蓝梦中亲睹过

白发三千丈无外乎缘愁似个长⑤以及吃不透协变微分组合拓扑数理逻辑派的思想

为穷尽万里黄河象征的时间之流只能更上一层楼又上一层楼

能给出答案的谜谈不上真正的谜，能提出来的猜想谈不上深刻的猜想，幸好我不是上穷碧落下黄泉的数学家

---

① 玛利亚姆·米尔扎哈尼（1977—2017）是伊朗女数学家，她是第一位获得菲尔兹奖的女性（参见蔡天新：《数学传奇：那些难以企及的人物》，商务印书馆 2016 年版，第 58 页）。《算法统宗》的作者是中国明代商人、珠算发明家程大位（1533—1606）。

② 《诗经·豳风·七月》："七月流火，九月授衣。"狄金森：《头脑，比天空辽阔》，载《狄金森诗选：英汉对照》，江枫译，外语教学与研究出版社 2012 年版，第 263 页。

③ "离离原上草，一岁一枯荣。野火烧不尽，春风吹又生。"（白居易《赋得古原草送别》）"海是另一片天，天是另一片海。"（朗费罗《金色的夕阳》）参见梁进：《诗话数学》，上海科技教育出版社 2019 年版，第 74—75 页。

④ "唐代诗人岑参的《与高适薛据同登慈恩寺浮图》可以看成诗人通过塔势的描述对狄拉克函数的近似几何图像有个唯美的刻画。"（梁进：《诗话数学》，上海科技教育出版社 2019 年版，第 77—78 页）

⑤ 李白《秋浦歌》："白发三千丈，缘愁似个长。"

微积分和太阳王

在学术分工愈来愈细的现时代，有几位历史学家知道，在微积分和路易十四的王朝政治原则之间、在古典城邦和欧几里得几何之间、在空间透视和以远程武器进行的空间征服之间，原本有着深刻的一致性呢？①

沉迷于微积分的史学家当然存在（即使寥寥，注定寥寥），只是我不识而已。

毕竟，林子大了，什么鸟都有。

我是只什么鸟呢？一只飞入寻常百姓家的堂前燕？② 一只"殷勤为探看"的青鸟？③ 一只闯入想象的宇宙、栖栖惶惶的失群鸟？④

小时用弹弓射鸟的快乐不再有了，然而我觅得了新乐趣：在《钦定宪法大纲》中发掘大国复兴的心理学和数学根源（《大纲》正文恰好十四条）⑤；吃馒头时品味伯纳德·黎曼的面试演讲⑥（为之

---

① 参见［德］斯宾格勒：《西方的没落》，吴琼译，上海三联书店 2006 年版，第 5—6 页。

② 刘禹锡《乌衣巷》："旧时王谢堂前燕，飞入寻常百姓家。"

③ 李商隐《无题》："蓬山此去无多路，青鸟殷勤为探看。"

④ 陶渊明《饮酒（其四）》："栖栖失群鸟，日暮犹独飞。"

⑤ 《钦定宪法大纲》是晚清政府颁布的中国历史上第一部宪法性文件。参见郭绍敏：《清末立宪与国家建设的困境》，河南大学出版社 2010 年版，第 119—139 页。

⑥ "（1854 年的）这次演讲完整地重铸了 3000 年的几何学，并且在德国几乎空白的数学记载上留下了重重的一笔。演讲的内容直到黎曼死后才被发表，这几乎已经过了 10 年，然后又经过了 10 年或 20 年才进入数学的主流思想中。它带动了我们现在所知的微分几何学的发展。如果没有这次演讲，就不会有广义相对论，庞加莱的大部分工作以及佩雷尔曼的所有工作都将是不可想象的。"（［美］多纳尔·欧谢：《庞加莱猜想》，孙维昆译，湖南科学技术出版社 2010 年版，第 89 页）

惊叹连连）；吃比萨时暗自嘲笑伽利略不懂比萨定理①（并未因此忽略比萨的美味）；经常有机会庆幸自己微积分不及格只是个噩梦（我读本科时修过微积分课程）；经常像太阳王②一样久久注视着穿透尘埃和尘世的太阳光（这光也曾照在康熙和一块埋天怨地的石头身上）……

我将继续寻找莱布尼茨和周文王在梦中暗示我的新乐趣。

---

① 比萨定理首先是作为一个数学难题在 1967 年被提出。关于比萨定理，参见［美］史蒂夫·斯托加茨：《微积分的力量》，任烨译，中信出版社 2021 年版，第 24—28 页。

② 太阳王（le Roi du Soleil）即法王路易十四。

佩雷尔曼之杖

当我们谈论爱情时我们在谈论什么？
取景框、凉亭、纸袋、睡袍、烟蒂、
咖啡、阴影、平静、反修辞的高潮、
大众力学、宋明理学，
抑或疯狂的真实、真实的疯狂？①

当我们谈论庞加莱猜想时我们在谈论什么？
甜甜圈、连通、二维流形、三维球面、
同胚②、曲率、有限但无界、非欧几何、
第五公设、哈密顿和里奇流③，
抑或如何在新千年穿越时间的形状？

---

① "'你爱怎么说就怎么说，我认为那就是爱情，'特芮说，'也许对你来说这很疯狂，但它同样是真实的。人和人不一样，梅尔。不错，有时他是有些疯狂的举动，我承认。不过他爱我。'"（[美] 雷蒙德·卡佛：《当我们谈论爱情时我们在谈论什么》，小二译，译林出版社 2010 年版，第 155—156 页）

② 同胚指两个流形之间的一一对应，它们相邻的点对应到相邻的点。

③ 在微分几何中，"里奇流"（Ricci flow）是一种固有的几何学流动，它的主要思想是让流形随时间变形，即让度规张量随时间变化，观察在流形的变形下，Ricci 曲率是如何变化的，以此研究整体的拓扑性质，它的核心是 Hamilton-Ricci 方程，是一个拟线性抛物型方程组。里奇流以意大利数学家格雷戈里奥·里奇·库尔巴斯托罗（Gregorio Ricci Curbastro）的名字命名，由美国数学家理查德·汉密顿（Richard Hamilton）于 1981 年首次引入，也称里奇–汉密顿流。这个工具同时被俄罗斯数学家格里戈里·佩雷尔曼（Григорий Яковлевич Перельман）用于解决庞加莱猜想。（参见 [美] 多纳尔·欧谢：《庞加莱猜想》，孙维昆译，湖南科学技术出版社 2010 年版，第 200—206 页）2020 年 11 月，中国科技大学陈秀雄教授与王兵教授关于高维卡勒里奇流收敛性的论文（发表在《微分几何学杂志》），率先解决了"哈密顿–田猜想"和"偏零阶估计猜想"。

当我们谈论完美的证明时我们在谈论什么？

一张纸、一支铅笔、创造力、引子、

回旋随想曲、严厉的母亲、犹太人、

"事了拂衣去，深藏功与名"①，

抑或苏联的非典型数学教育、佩雷尔曼的魔杖②？

若你邂逅了从不谈论爱情，

也没有女人爱的

"数学隐士""俄罗斯大胡子"，

一定要褫夺他的魔杖，

把他交给哈利·波特或唐玄奘。

若你来自另一遥远的时空，就会觉得

成人世界的规则一文不值；

"邪恶帝国"③ 源于命名人的邪恶；

而星云拒绝和星云奖④对话，

几何学家拒绝与公知勾搭，乃理所当然之事。

---

① 李白《侠客行》："事了拂衣去，深藏功与名。"成功解决了庞加莱猜想的佩雷尔曼被授予菲尔兹奖（2006 年度），但他拒绝领奖。他还拒绝领取克雷数学研究所奖励的 100 万美元。他从人们的视线中消失了。"如果世界不尊重他的隐居生活，他将把整个世界看做（作）他的敌人。"（［美］玛莎·葛森：《完美的证明：一位天才和世纪数学的突破》，胡秀国、程姚英译，北京理工大学出版社 2012 年版，第 233 页）

② "佩雷尔曼总是静静地执着这把魔杖，当他最后举起这把魔杖时，一个数学问题便在魔杖挥舞之间土崩瓦解。"（［美］玛莎·葛森：《完美的证明：一位天才和世纪数学的突破》，胡秀国、程姚英译，北京理工大学出版社 2012 年版，第 22 页）

③ 美国总统里根称苏联为"邪恶帝国"。

④ 星云奖是美国科幻和奇幻作家协会所设立的奖项，首创于 1965 年。它与雨果奖（世界科幻大会颁发）并称为科幻文学领域的最高奖项。

卡拉比-丘[①]

是 2001 年一出话剧的名字。

是底特律乐队"多普勒效应"一张专辑的名字。[②]

是一款二次元画风的竞技游戏。

几张怪诞的西班牙绘画中含有这个词。

一位女士的微笑向上弯成它的样子。

通过它能看到无数镜子

以及镜子里无数我们自身的背面和脚底，

能看到卡拉扬[③]的婚礼，

能看到拉比[④]在解释《律法书》，

能看到桑丘在安慰堂吉诃德[⑤]，

能看到基督和敌基督者

像大盗一样湿漉漉地死去。

能看到现象学家为之困惑不解。

---

①　卡拉比-丘流形是一个第一陈示范类为 0 的紧 n 维卡勒流形，也叫作卡拉比-丘 n-流形。数学家卡拉比在 1957 年猜想这种流形有一个里奇平直流形的度量，该猜想在 1977 年被丘成桐证明。卡拉比-丘流形对于超弦理论特别重要。卡拉比-丘成桐空间简称"卡-丘"空间，是指一个蜷缩的高维空间，它有六个维度，没法用仪器进行观测。参见［日］大栗博司：《超弦理论：探究时间、空间及宇宙的本原》，逸宁译，人民邮电出版社 2015 年版，第 170 页。

②　参见［美］丘成桐、［美］史蒂夫·纳迪斯：《我的几何人生：丘成桐自传》，夏木清译，译林出版社 2021 年版，第 199 页。

③　卡拉扬（1908—1989）是名闻世界的奥地利指挥家、键盘乐器演奏家、导演，21 岁就指挥上演莫扎特的《费加罗的婚礼》。

④　"拉比"一词最初出现于巴勒斯坦地区，意为"圣者"，后来发展成为对能够解释律法的人的称呼（尤其在犹太教中）。

⑤　桑丘和堂吉诃德是塞万提斯经典小说《堂吉诃德》中的角色。

从不念《解深密经》① 的
唯识学大师
最神会它的绵绵意味。

---

① 《解深密经》是佛教唯识学经典，是唯识学的正依。

大宗师

一个有名的故事，讲的是在 20 世纪 40 年代中期及以后，钱德拉塞卡经常从威廉斯贝的叶凯士天文台驱车数百英里，到芝加哥大学给仅有两个学生的班级授课。1957 年诺贝尔物理学奖授予了此班级的全体：李政道和杨振宁。①

一个不太有名的故事（以后或许会变得很有名），讲的是丘成桐在加州大学伯克利分校求学时，他选的莫里教授的微分方程课只有他一名学生（其他学生都退选了）。"然而，莫里坚持授课，他如常披上外套，系好领带，对着我一人讲课，犹如对着全班一样。事实上，他比平时还多了准备。他没有跟随原定的课程大纲，而是根据我的兴趣和水平，特意设定了内容。在拥有三万学生的大学里，很难想象有这样一对一的讲授。这确实是真正难得的机会，我觉得自己很幸运，能够得到大师的亲身传授。"② 丘成桐充满感情地回忆道。

大师与大师一相逢，便胜却人间无数。

然而，大师不常有。热爱教学和指导学生的大师亦不常有。牛顿和爱因斯坦都不喜，甚至厌恶教学。③

但师生关系（尤其当师生都是大师、准大师或"大牛"时）闹得很僵的，却不在少数。读《丘成桐自传》，常为其中谈及的师生

① 参见 [美] 卡迈什瓦尔·C.瓦利：《孤独的科学之路——钱德拉塞卡传》，何妙福、傅承启译，上海科技教育出版社 2006 年版，第 20—21 页。
② [美] 丘成桐、[美] 史蒂夫·纳迪斯：《我的几何人生：丘成桐自传》，夏木清译，译林出版社 2021 年版，第 62 页。
③ 参见 [英] 罗德里·埃文斯、[英] 布莱恩·克莱格：《十大物理学家》，向梦龙译，重庆出版社 2017 年版，第 35 页。又参见 [美] 加来道雄：《爱因斯坦的宇宙》，徐彬译，湖南科学技术出版社 2015 年版，第 63 页。

反目、人事纠纷喟叹不已。文人相轻不只发生在人文社科界。常年混迹于人文社科界的我太幼稚了。

有人的地方就有江湖吧，就像有人的地方就一定有爱、奉献和牺牲。

与其相忘于江湖，不如相忘于混沌。①

与其爱大师及其头顶的光环，不如爱真、爱理，爱永不遮蔽真理的十字玫瑰所象征的美。②

---

① 《庄子·大宗师》："相濡以沫，不如相忘于江湖。"

② "玫瑰十字符号结合了两大对立元素：十字象征着物质世界，它的四端象征着罗盘的四方，玫瑰则因其微渺的香气象征着未知，亦即灵魂的世界。因此，玫瑰十字象征着对立面的结合，肉体和灵魂的联姻。"（［法］雷比瑟：《自然科学史与玫瑰》，朱亚栋译，华夏出版社 2019 年版，引言，第 1 页）

天若有情

天若有情，就不会让

无暇多愁善感的玻尔兹曼①

在静默的杜伊诺教堂

悲戚地告别陈旧的物理学院，②

不会让自己发明了自己的

知无涯者拉马努金③

在三十三岁时去朝拜

和追随另一世界的耶稣先生，④

不会让爱思考什么是思考、

动辄用"爱丽丝镜中奇遇"的手法

戏弄道德公理的

---

① 玻尔兹曼曾自述访美之旅："如果我是一位音乐家，我会即兴创作一曲交响乐：纽约港。然而此时，我并没有时间去多愁善感。"参见［意］卡罗·切尔奇纳尼：《玻尔兹曼——笃信原子的人》，胡新和译，上海科学技术出版社2006年版，第333页。

② 1929年，薛定谔在普鲁士科学院发表就职演讲时，回忆了自己在1906年秋天进入维也纳大学物理学院大楼时的感觉："陈旧的物理学院，刚刚经历了路德维希·玻尔兹曼以一种悲剧性的方式被夺去生命的悲痛。"转引自［意］卡罗·切尔奇纳尼：《玻尔兹曼——笃信原子的人》，胡新和译，上海科学技术出版社2006年版，第43页。关于玻尔兹曼的自杀地点，有两种说法，一是在旅馆，二是在杜伊诺的教堂。笔者倾向于后者。因为德语大诗人里尔克写过长诗《杜伊诺哀歌》（参见［奥］里尔克：《里尔克读本》，冯至、绿原等译，人民文学出版社2011年版，第93—131页）。

③ "'我并没有发明他，'哈代有一次讲到拉马努金时这样说，'他像其他大人物一样，是自己发明了自己。'他是svayambhu——自生的。"（［美］罗伯特·卡尼格尔：《知无涯者——拉马努金传》，胡乐士、齐民友译，上海科技教育出版社2008年版，第375页）

④ 耶稣也是死于三十三岁。

如谜的解谜者图灵①

吞下一颗颓废和绝望的毒苹果，

不会让康托尔孤零零地

坠入无穷无尽的幽暗——

那是经历过至暗时刻的

丘吉尔、莎士比亚

和图书馆都无法想象的恐怖之地。②

---

① 参见［英］安德鲁·霍奇斯：《艾伦·图灵传　如谜的解谜者》，孙天齐译，湖南科学技术出版社 2017 年版，第 105 页。

② 电影《至暗时刻》（乔·赖特执导，2017 年）讲的是丘吉尔的故事。康托尔除了是一位数学家，还是一位莎士比亚专家。"那时康托（尔）可能已经知道他一直在追寻的无穷大的知识正遭到讨伐禁止，所以在他休息恢复的时期，他改变了有关数学研究和一般数学的想法。在他从精神崩溃中恢复的同时，康托（尔）经历了一个转变。他变成一位研究莎士比亚的学者。"（［美］阿米尔·艾克塞尔：《神秘的阿列夫ℵ》，左平译，上海科学技术文献出版社 2008 年版，第 84 页）历史上，著名的亚历山大图书馆曾经历几次大火灾和地震的摧残。在文艺复兴时期，一些教堂和修道院的图书馆曾遭到洗劫。1814 年，美国国会图书馆被英国侵略军焚毁。参见［美］斯图亚特·A.P.默里：《图书馆》，胡炜译，南方日报出版社 2012 年版，第 30、128—133、172—174 页。在诗人博尔赫斯心中，天堂应该是图书馆的模样。"我心里一直都在暗暗设想／天堂应该是图书馆的模样，／我昏昏然缓缓将空幽勘察，／凭借着那迟疑无定的手杖。"（［阿根廷］豪尔赫·路易斯·博尔赫斯：《诗人》，林之木译，上海译文出版社 2017 年版，第 63—64 页）

困于失乐园的康托尔

他发现，亚当与夏娃们的数量不等，撒旦烧的蛇羹分外鲜美，善恶果的"毒"和智慧果的"毒"迥然不同。

逃脱的幻觉。拯救的幻觉。太迟了。山雨欲来，唳风满楼。

条条大路通柏林吗？幸运的爱因斯坦，不幸的康托尔。①

作为一位位不配德者，与德不配位者死磕的意义何在？②

胆怯地前进，咄咄逼人地退却。

显微镜下的数学原则的大崩溃。

两类数学家：革命型、反革命型；J-型、S-型；③ 赛马型、拉

---

① 1913年，爱因斯坦进入柏林大学担任教授。康托尔终生都在哈雷大学任教，无缘得到他梦寐以求的柏林大学的教职。

② 康托尔与其老师、柏林大学教授克罗内克发生了激烈的冲突。"随着康托尔不断揭示无穷大和连续统，他和克罗内克的战争变得更加激烈更加个人化。"（［美］阿米尔·艾克塞尔：《神秘的阿列夫χ》，左平译，上海科学技术文献出版社2008年版，第71页）

③ "比伯巴赫教授接着便将数学家区分为两类，即'J-型'的和'S-型'的数学家。广义地说，J-型数学家是德国人，而S-型数学家则是法国人与犹太人。二者的区别在对虚数理论的不同处理上体现得特别明显"；"J-型数学家登峰造极的成就之一，就是希尔伯特关于公理化的工作，遗憾的是那些S-型的犹太抽象思想家已将它糟蹋成一种知识的杂耍"。（［英］哈代：《一个数学家的辩白》，李文林、戴宗铎、高嵘编译，大连理工大学出版社2019年版，第161—162页）

185

车型;① 疯了的、装疯的;信仰上帝的、不信上帝的。②

三种无穷。N 种无穷。无穷中的无穷。超越无穷的存在。

语不惊人死不休——"生命诚可贵,数学价更高。若为自由故,两者皆可抛。"③

问题不惊人死不休——"在数学上,提出问题比解决问题更有价值(In Re Mathematica Ars Propendi Pluris Facienda Est Quam Solvendi)"④。

徘徊于古典与经院、阿莱夫⑤与阿奎那、直觉与反直觉之间。

芝诺传染的疾病无法治愈。

尼采传染的疾病无法治愈。

还有谁传染的疾病是无法治愈的?人数不比阿喀琉斯的脚趾多

---

① "什么时候父母们才会了解让天生的赛马去拉车是专横愚蠢的呢?"康托尔的父亲最初是想让自己的儿子学更有前途的工程类专业,而不是数学,但后来看到儿子的数学才华,遂允许他学数学。康托尔写信感激父亲:"你自己也能体会到你的信使我多么高兴。这封信确定了我的未来……从此以后我的灵魂,我整个人,都为我的天职活着。"([美]埃里克·坦普尔·贝尔:《数学大师:从芝诺到庞加莱》,徐源译,上海科技教育出版社 2018 年版,第 600 页)

② "乔治·康托(尔)深信无穷大是上帝赐予的。对于康托(尔)来说,无穷大是上帝的领地,并且它由各种层次组成——超限数。超过超限数,存在一个不能达到的,无穷大的终极水平,绝对无穷大。这绝对无穷大就是上帝本身。最底层的超限数是整数,有理数和代数数无穷大。超越数和连续实直线属于更高层次的无穷大。"([美]阿米尔·艾克塞尔:《神秘的阿列夫 $\aleph$》,左平译,上海科学技术文献出版社 2008 年版,第 70—71 页)

③ 康托尔说:"数学之精髓在于它的自由。"转引自[美]T.丹齐克:《数:科学的语言——为有文化而非专攻数学的人写的评论性概述》,苏仲湘译,上海教育出版社 2000 年版,第 172 页。

④ 这是康托尔的博士论文中非常引人注目的名句。转引自[美]约翰·塔巴克:《数——计算机、哲学家及对数的含义的探索》,王献芬、王辉、张红艳译,商务印书馆 2008 年版,第 144 页。

⑤ "阿莱夫是希伯来语字母表的第一个字母($\aleph$,读音为 aleph,又译阿列夫)","在集合论理论中,它是超穷数字的象征,在超穷数字中,总和并不大于它的组成部分"。([阿根廷]豪尔赫·路易斯·博尔赫斯:《阿莱夫》,王永年译,上海译文出版社 2015 年版,第 197—198 页)

吧，我已想不起他们的名字。

逝者已逝，教条永生。

哥德尔

数学从不写最后一章。①

创造的末世论从不写最后一章。②

普遍史从不写最后一章。③

不信任"历史学家的历史"。

喜欢伊斯兰教的开明和一致性。④

并非不知图灵机⑤厌恶虚构。

并非故意藏身于集合之中。

并非赤条条来，唯愿赤条条去。

累了，听纯朴的树唱歌。

渴了，饮隐秘哲学。

---

① 因为不存在最后一章。"在给定的公理集中总是存在不可证的命题"，"哥德尔的结论确保了永不可证命题的存在性，这使许多杰出的数学家感到不安甚至沮丧"。（［美］约翰·塔巴克：《数——计算机、哲学家及对数的含义的探索》，王献芬、王辉、张红艳译，商务印书馆 2008 年版，第 173 页）

② 因为最后一章无法描述，只能论而不述。"在这个世界上，创造的失败是令人悲伤的和悲剧性的，但是，有一个伟大的成功，即人的任何真正的创造行为的结果都进入上帝的国。这就是创造的末世论。"（［俄］别尔嘉耶夫：《末世论形而上学：创造与客体化》，张百春译，中国城市出版社 2003 年版，第 197 页）

③ 弗朗西斯·福山的"历史终结论"不免可笑。参见［美］福山：《历史的终结及最后之人》，黄胜强等译，中国社会科学出版社 2003 年版。

④ 参见［美］王浩：《逻辑之旅：从哥德尔到哲学》，邢滔滔等译，浙江大学出版社 2009 年版，第 185 页。

⑤ 1936 年，英国数学家图灵提出一种抽象的计算模型——图灵机（又称图灵计算机）。按其设计，图灵机有一条无限长的纸带，纸带分成了一个一个的小方格，每个方格有不同的颜色。有一个机器头在纸带上移来移去。机器头有一组内部状态，还有一些固定的程序。在每个时刻，机器头都要从当前纸带上读入一个方格信息，然后结合自己的内部状态查找程序表，根据程序输出信息到纸带方格上，并转换自己的内部状态，然后进行移动。

困了，在瓦格纳①铺的床上

搂着与大宇宙势不两立的

小宇宙中的鲜浓的女子共眠。

梦中，追赶逆行的帕斯卡。

梦中，与夏花、秋千、机器

和不完备性干架。

梦中，把物理和自己

一并几何化，并因此获取通关密码。②

---

① 此处的瓦格纳，既可指歌德笔下的瓦格纳博士（参见［德］歌德：《浮士德》，杨武能译，长江文艺出版社 2012 年版，第 52—59 页），亦可指大音乐家瓦格纳（1813—1883）。

② "几何也是进入哥德尔宇宙的通关密码。"（［美］尤格拉：《没有时间的世界：爱因斯坦与哥德尔被遗忘的财富》，尤斯德、马自恒译，电子工业出版社 2013 年版，第 179 页）

哈代有三奶奶吗

手持英国大数学家哈代《一个数学家的辩白》一书，心中想的却是年逾八旬的三奶奶（父亲的三婶）。

我小时，经常听她讲故事。她也爱给我讲故事。

只给我，不给别的孩子。大概因为觉得我是可造之才。

这当然是我的自以为是。她不可能只给我讲故事。亦不必神化她之于我的人生启蒙的"非凡"意义。三奶奶只是一个普通的农村老太太，识不得几个字。不像木心的外婆精通《周易》，祖母能讲《大乘五蕴论》。① 而我，也没有成为大才。

然而，我今天能写出几首自己扬扬得意、取悦不了人的诗，却可溯源于她讲的故事；我能对哈代的纯粹数学、三一学院史和永恒无垠的宇宙兴趣盎然，亦可溯源于她讲的故事。

> 倾江海之水
> 也报答不了她对我的点滴之恩

数学是诗，造型是诗，回忆更是诗。② 每一个人都是在回忆中成为自我的。

我很想问三奶奶：您讲的故事都是从哪里听来的？或者是您自

---

① 参见木心：《鱼丽之宴》，广西师范大学出版社 2007 年版，第 108 页。

② "数学家跟画家或诗人一样，也是造型家。如果说数学家的造型比画家和诗人的造型更能经受时间的考验，这是因为前者是由概念塑造的。画家造型用形与色，诗人则用语言"；"数学家除了概念之外不与任何东西打交道，因此数学家的造型可能更持久。因为概念不会像语言那样快变成陈词滥调"。（［英］哈代：《一个数学家的辩白》，李文林、戴宗铎、高嵘编译，大连理工大学出版社 2019 年版，第 33 页）

己编的？若如此，则您是中国皖北乡村的女荷马、女奥斯丁。

我很想问哈代：您有三奶奶吗？若有机会莅临剑桥演讲，我一定到您的墓前，给您讲一讲我的三奶奶，讲一讲我与黎曼函数的情缘，讲一讲贵族精神之死。

德国的大学和科学

据说，"一战"前的百年（1815—1914）是西方世界的黄金时代，各国在维也纳体系这一新均势体系的框架下，追求《圣经·新约》所言的"正义、仁爱与和平"。①

西方世界还致力于发展现代大学和科学。德国是其中的佼佼者、领导者。

彼时，在德国，学者和军人享有崇高威望。② 学者往往做着军人梦（如尼采），而军人也以研究古修辞学、素数、电磁或天体表为乐。无薪讲师尽管收入微薄，却以全部精力和时间从事研究和教学，那劲头，浑然不像是并无固定薪水可拿的"编外"人员。③ 所谓科学的信徒，所谓纯真年代，大概就是如此吧。

二战前夕及战后，德国大批学界精英出逃美国。数枝红杏出墙来。我在引用他们的作品时，经常犹疑他们的国别应该标注为

---

① "击败拿破仑后所创立的大国协调的地缘政治秩序取决于核心区域与外围地区之间的明确边界：前者由五强治下的欧洲组成，在那里和平得到尊重；后者——核心区域之外的世界——则被输入以领土侵占和殖民压迫为主要形式的暴力。"（［英］佩里·安德森：《大国协调及其反抗者——佩里·安德森访华讲演录》，章永乐、魏磊杰主编，北京大学出版社 2018 年版，第 10 页）

② 德国数学家外尔回忆道："我是在威廉二世时期度过我的学生时代的，要是让我来描述那时德国的社会体制下的价值标准的话，我要说有两个社会阶层较之美国享有高得多的威望：军人和学者。"（［德］H.外尔：《诗魂数学家的沉思》，袁向东等编译，江苏教育出版社 2008 年版，第 158 页）

③ "在德国，一个有志于献身科学研究的年轻人，要从'编外讲师'（Privatdozent）开始做起"，"除了学生的听课费之外，他并无薪水可拿"，"一个并无钱财以抵御任何风险的年轻学者，在这种学术职业的条件下，处境是极其危险的"。（［德］马克斯·韦伯：《学术与政治：韦伯的两篇演说》，冯克利译，生活·读书·新知三联书店 2005 年第 2 版，第 17—18 页）就连大哲学家康德在做过无薪讲师。

"［德］"还是"［美］"。

爱因斯坦、哥德尔、冯·布劳恩①和列奥·施特劳斯②待不下去的德国还是德国吗？

我喜欢的是畴昔而非二战后的德国。尤其不喜欢勃兰特③。

我在厚古薄今？或许，一切对现状不满的人都有厚古薄今的倾向。

我时刻提醒和告慰自己："今"，也有成为"古"的那一天；而我属于"今"，不应抗拒成为"古"的诱惑和义务。

---

① 冯·布劳恩（1912—1977）是德国火箭专家，航天事业的先驱之一，曾是著名的 V2 火箭的总设计师。德国战败后，他移民美国。

② 列奥·施特劳斯（1899—1973）是 20 世纪最重要的政治哲学家之一，1938 年移民美国。

③ 勃兰特（1913—1992）曾担任德国总理，以华沙之跪引起全球瞩目。勃兰特是一名出色的演员，但绝非硬汉。

圆

正方形中的圆、切圆的圆、无限平面中的圆、

差序格局理论中的同心圆①、

被罗马士兵弄乱了的阿基米德画的圆②、

但丁想象的天象中的圆、

杨贵妃的凡胎之圆、

"内方外圆""方圆之间"的圆、

比卡巴拉树还神秘的造树者程序③造的圆、

隐喻生命轮回的圆④，是同一种

又不是同一种圆。

圆和人一样，生存在语境中。

---

① "以'己'为中心，像石子一般投入水中，和别人所联系成的社会关系，不像团体中的分子一般大家立在一个平面上的，而是像水的波纹一般，一圈圈推出去，愈推愈远，也愈推愈薄。"（费孝通：《乡土中国 生育制度》，北京大学出版社 1998 年版，第 27 页）

② 罗马士兵攻入叙拉古时，阿基米德正在沙盘上画圆，他对罗马士兵说："Noli turbare circuit meos!（不要弄乱我的圆！）"一个无知士兵的暴怒造成了这位著名数学家的死亡。

③ 20 世纪 90 年代，美国人罗伯特·J.朗编写了一种基于圆填充概念的计算机程序，即造树者（Treemaker）程序。这个程序允许折纸艺术家输入他们想要创建的模型的各尖端的相对位置及尺寸，然后程序会产生一个基本的结构，艺术家可以用这个结构来实现他们的艺术理念。参见［美］阿尔弗雷德·S.波萨门蒂、［美］罗伯特·格列施拉格尔：《神奇的圆——超越直线的数学探索》，涂泓译，上海科技教育出版社 2021 年版，第 82 页。

④ 德国语言学家弗里德里希·吕克特（1788—1866）说："生命的圆是循环的，而死亡的时候则是笔直的。"转引自［美］阿尔弗雷德·S.波萨门蒂、［美］罗伯特·格列施拉格尔：《神奇的圆——超越直线的数学探索》，涂泓译，上海科技教育出版社 2021 年版，第 204 页。

人和演员一样，活跃于环形剧场①中。

演员和夕阳一样，亦有落山时。

夕阳和轮盘赌一样，

被哀而不伤的作家钟爱过。②

轮盘赌和俄罗斯一样，充满着谜和无常。③

俄罗斯的罗巴切夫斯基④和我一样，

偏爱躲在静静的顿河旁冥思

圆滚滚的曼荼罗⑤、

与天地相交的平行线、

顶个球的雕塑和逻辑哲学

以及与"顶个球哲学"毫不相涉的球面几何。

希波克拉蒂的月牙⑥正注视着

希腊海岸、波罗蜜、夸克、

拉丁文译本的《莱因德数学纸草书》⑦

---

① 环形剧场又称环形废墟。

② 俄罗斯大作家陀思妥耶夫斯基一度钟爱轮盘赌，后痛定思痛，戒掉恶习。他还写了一部题为《赌徒》的小说，刻画赌徒心理。

③ "丘吉尔曾经无奈地评说俄国变幻莫测的形势，就像'包裹在重重迷雾中的一个谜'。"（［英］马丁·西克史密斯：《BBC 看俄罗斯：铁血之国千年史》，张婷婷、王玮译，重庆出版社 2018 年版，引言，第Ⅱ页）

④ 罗巴切夫斯基（1792—1856）是俄罗斯数学家，非欧几何的早期发现人之一。

⑤ 曼荼罗（Mandala）是源自印度教与佛教的一些沉思冥想的标记，意指一切圣贤、一切功德的聚集之处。"曼荼罗通常以圆为基础，显示了从物质到精神的道路。"（［美］阿尔弗雷德·S.波萨门蒂、［美］罗伯特·格列施拉格尔：《神奇的圆——超越直线的数学探索》，涂泓译，上海科技教育出版社 2021 年版，第 193 页）

⑥ "希波克拉蒂的月牙"是一个由两段圆弧界定的区域，其中较小圆的那段圆弧所对应的圆的直径是较大圆的一段 90°弧的弦。

⑦ 《莱因德数学纸草书》（长 544 厘米，宽 33 厘米）是古埃及数学著作，1858 年由英国的埃及学者莱因德（A.H.Rhind）购得，故名。现藏于大英博物馆。

和望月叹月、无法挣脱俗谛桎梏的黄仲则①。

---

① 黄仲则《子夜歌·其一》："思君月正圆，望望月仍缺。多恐再圆时，不是今宵月。"

生日

——记女儿郭宗曦十七岁

牛顿出生时，瘦小得可以
装进一夸脱的马克杯,①
没有"云气青色而圜如车盖当其上"②；
其母也不曾"梦与神遇"③。

霍金出生时，只是
二十万个婴儿中的一个，
没有黑洞洞晓彼刻，
也没有得到遥远的伽利略的祈福。④

你出生时，并不比别的孩子
幸运或不幸，
但有晨风、曦光、我，
以虔诚的姿态，迎眱你。

牛顿成了唯一的牛顿，

---

① 由于早产，牛顿刚出生时非常瘦小。他父亲在他出生前两个多月就去世了。参见［英］罗布·艾利夫：《牛顿新传》，万兆元译，译林出版社 2015 年版，第 9 页。

② 这是魏文帝曹丕出生时出现的祥瑞。参见《三国志·文帝纪》。

③ 这是刘邦之母怀孕前夜做的梦。参见《史记·高祖本纪》。

④ 霍金自述道："我出生于 1942 年 1 月 8 日，正是伽利略去世三百周年的忌日。然而，我估计这一天出生的大约有二十万个婴儿，但我不知道他们之中是否还有其他人后来对天文学感兴趣。"（［英］史蒂芬·霍金：《我的简史》，吴忠超译，湖南科学技术出版社 2017 年版，第 10 页）

霍金成了唯一的霍金，

而你，也有专属于一己的

有待发明、铺展和重述的命运。

神奇的数字零

太初有道，也有"0"。
它看似无害，却摧残哲学体系，
令最智的智者不知所措。①
它击败流放它的人。
它隐藏在代码中充当定时炸弹。

太初有言，也有"n×0"。
三百斯巴达勇士归了零。
四十万赵军归了零。②
爱琴海浊漳河从不哽咽，
最后的恐龙面无表情。

太初有为，也有"n÷0"。
无数个湿婆在恒河弄湿自己。
无数个上帝在嵩山散步。
威尼斯桥下的水变轻了③，
阿拉伯的黄金时代徐徐开启。

---

① 参见 [美] 查尔斯·塞弗：《神奇的数字零》，杨立汝译，海南出版社2017 年版，第 2 页。

② "括军败，卒四十万降武安君。武安君……乃挟诈而尽坑杀之，遗其小者二百四十人归赵。"（《史记·白起王翦列传》）。

③ 威尼斯的商人（经过阿拉伯人作为中介）偶然发现了印度人构思的"0"（该词源于梵语中的 Shoonya，意为"这是空无"），将其带到欧洲。参见 [英] 巴纳比·罗杰森：《数字之书》，贾晓光译，新星出版社 2016 年版，第 276 页。

太初有火，也有"0/0"。

牛顿差点儿扇自己耳光。①

诗人差点儿憎恶虚空。

笼罩微积分的浓雾散去，

乌龟踏上通往极限乐园的路。

太初有弦，也有坐标系。

笛卡儿端坐中心（0 位），

撰写诗性的《方法论》。②

帕斯卡尔退居边缘，

做关于真空和思想的新实验。

太初有气，也有绝对 0 度。

尽管它冻僵了月影、柔情

和铜镜中的楼外楼，③

却无法触动最末一数④、

---

① "0 除以 0 这一运算是牛顿微积分理论的构筑基础，然而，这个地基其实是十分不牢靠的"；"莱布尼茨的微积分同样包藏着那个令牛顿流数术备受煎熬的禁忌——0/0，这个缺陷一日不除，微积分就只能建筑在信仰而非逻辑之上"。（［美］查尔斯·塞弗：《神奇的数字零》，杨立汝译，海南出版社 2017 年版，第115 页）

② "一个人只要有绝妙的构思，又善于用最佳的辞藻把它表达出来，是无法不成为最伟大的诗人的，哪怕他根本不知道什么诗法。"〔［法］笛卡尔（儿）：《谈谈方法》，王太庆译，商务印书馆 2000 年版，第 7 页〕

③ 林升《长相思》："人倚断桥云西行，月影醉柔情。"林升《题临安邸》："山外青山楼外楼，西湖歌舞几时休?"

④ 参见［美］T.丹齐克：《数：科学的语言——为有文化而非专攻数学的人写的评论性概述》，苏仲湘译，上海教育出版社 2000 年版，第 48—64 页。

倒流的时光和宇宙的裸露创口。①

当我走出太初幻境时，
或能侥幸
看到"0"在时间的尽头张牙舞爪。

---

① 广义相对论勾勒出终极之 0 的轮廓，释放出最凶猛的无限——黑洞。黑洞的 0 是一个奇点，是宇宙构造中的一个裸露创口。参见［美］查尔斯·塞弗：《神奇的数字零》，杨立汝译，海南出版社 2017 年版，第 168 页。

陶哲轩

　　一个智商达 230 的天才。七岁自学微积分，十二岁获奥数金牌。但，他到了十七岁，才阅读并读懂莫扎特书信和王安石的《伤仲永》，才明白"回头是岸"的佛理，才意识到《圣经》的某些篇章乃为他而备。

　　浪子回头的他①自省道："在数学中极具天赋并不是必需的，但你需要耐心和成熟。"然而，这在没有天赋以及没有头可回的人看来，难道不是一种惺惺作态的、傲慢的自谦？

　　他擅长合作，却比质数还孤独。②

　　他攀登过宇宙距离阶梯，在每一梯滞留的时间一样长。

　　他对方程、乐理和果酱三明治的热忱呈"非正态分布"。

　　他是一个枢纽，一把钥匙。

　　尽管他并非海明威式的硬汉③，却在数学海洋里四处撒网，是无法专情的"海王""渣男"。

　　兴奋时，他通过钓鱼或沉思"希尔伯特之问"④ 让自己冷静下来。

　　无聊时，他在碟子上默写李贺的诗，为托尔金、普拉切特和许

---

　　①　陶哲轩（1975—　），著名华裔数学家，初到普林斯顿求学时不太适应，曾因沉迷打游戏而挂科。
　　②　陶哲轩获菲尔兹奖（2006 年度）的论文是《素数含有任意长度的等级数列》。素数即质数。意大利作家乔尔达诺著有小说《质数的孤独》。
　　③　你可能想起了海明威的小说《老人与海》。
　　④　参见［德］希尔伯特：《数学问题》，李文林、袁向东编译，大连理工大学出版社 2014 年版。

仲琳①的魔幻小说绘制复杂的地图。

他觉得，一个淘气的哲学顽童与轩辕氏②一起梦游，绝非纯属文学想象。

他觉得，一位捷克诗人突然发表一部杰出的中文小说并不令人惊愕。

他觉得，与撒旦对弈是有趣的，与费马大定理和"脸书"对话是有趣的③，与姜子牙讨论"数学封神榜"是有趣的。

---

① 英国作家托尔金著有《霍比特人》和《魔戒》三部曲。英国作家普拉切特有"幻想小说家超级巨星"之称，著有《碟形世界》系列小说。明代作家许仲琳创作了《封神演义》。

② 轩辕氏即黄帝。

③ 2014 年，陶哲轩荣膺"科学突破奖"（Breakthrough Prize；它被誉为"豪华版诺贝尔奖""科学界的奥斯卡"，单项奖金达 300 万美元）。"脸书"（Facebook）的创始人扎克伯格为该奖资助人之一。2021 年 10 月 28 日，Facebook 宣布改名为 Meta（元宇宙）。

与 Emmy 约会前夕

一张数学与法语
双关的奇异讣告
贴在十字路口
围观者众
却不知那只是
开布尔巴基老爷的玩笑

困扰于变量
和不变量久矣
不愿脱身
只因良朋嘱托在先
良朋似一本
站立的书
架上诸书也站着
如此呼应
盖因皆寓居希尔伯特旅馆

现在变得
喜欢待在大厅里看戏
暗自相互鄙夷的
口音和肤色
有伤大雅的调笑
陌生而抽象的美
不生嫉妒

拒绝搭讪
装作仰望穹顶的结构

坚固的事物
注定弥散吗
数学是物理的一部分吗
普林斯顿只属于美国吗
疑问愈多愈茫然
还是你
Emmy Noether①
泛着倦意的笑容
让我沉醉
不知归路

每一次约会都是加冕
让我忘记庞贝早已是废墟

---

① 埃米·诺特（1882—1935），德国女数学家。她证明了空间平移对称性导致动量守恒。她的研究领域还涉及抽象代数，为环论（ring theory）尤其是理想论（ideal theory）打下坚实基础。

我要做数学家

决心做数学家，只因
想象力不够的人
才去做诗人，
才去研究历史，
才去做保皇派①，
才去学二手拉丁语
和机器希伯来语，
才去做白日梦，诸如此类。

---

① 出生于匈牙利的数学家保罗·哈尔莫斯在年少时是个保皇派。参见［美］保罗·哈尔莫斯：《我要作数学家》，马元德等译，江西教育出版社 1999 年版，第9 页。在特定的历史时期，保皇（希望维持或恢复帝国），并非必然违背"历史潮流"（一个问题：何谓历史潮流?）。比如说，在晚清民初，辜鸿铭和康有为这两位著名"保皇派"之保皇，就有着维系中华一统，进而引领世界向大同过渡的深远考量。参见辜鸿铭：《清流传》，语桥译，东方出版社 1997 年版，第29 页。又参见汪晖：《现代中国思想的兴起》，生活·读书·新知三联书店 2004 年版，第793 页。（"在政治的层面，皇权中心主义是帝国与民族—国家之间的过渡环节，而在礼制的层面，皇权中心主义无非是施行孔子所订立的王制的历史条件，也是向大同过渡的一个桥梁。这是皇权及其权力体制自我转化的内在逻辑"）

情种

对女人和男人都提不起兴趣的你是一个数字情种。① 你把美丽、性感而诱人的数字紧紧搂在怀中。②

你天生拥有对柏拉图的理念王国的神秘记忆。

你的眼睛穿透了《圣经》中的 304805 个字母、地球上的所有跳蚤。

你是把咖啡变成定理的机器。③

你知道自己在与"天书"对话。

你的一周有 268 小时。④

和忧郁的多瑙河一样，你也不是蓝色的。⑤

---

① "数字情种"指的是匈牙利犹太数学家保罗·埃尔德什。参见［美］保罗·霍夫曼：《数字情种——埃尔德什传》，米绪军、章晓燕、缪卫东译，上海科技教育出版社 2000 年版。

② 埃尔德什常说："如果数不美，我真不知道还有什么更美的东西。"（［美］布鲁斯·谢克特：《我的大脑敞开了：数学怪才爱多士》，王元、李文林译，上海译文出版社 2005 年版，第 2 页）爱多士即埃尔德什。

③ "人是一架机器；在整个宇宙里只存在着一个实体，只是它的形式有各种变化。"（［法］拉·梅特里：《人是机器》，顾寿观译，商务印书馆 1959 年版，第 76 页）

④ 一周是 168 小时（24 乘以 7）。这里指埃尔德什非常勤奋。

⑤ 《蓝色的多瑙河》是奥地利作曲家小约翰·施特劳斯（1825—1899）创作的圆舞曲。

你和海维西①、维格纳②、冯·诺伊曼③、火星人④共享回不去的故乡。

你有自己的独特密语，称上帝为"超级法西斯"⑤，

称小孩子为"ε"⑥，

称美国为山姆，称苏联为乔伊，称自己为 PGOMLD⑦。

你从未想过入主爱因斯坦的办公室；实际上，你不曾拥有固定的办公室。你是一位沿着测地线⑧和宇宙曲线游荡的游子。

慈母手中线，游子身上衣。慈母去世后，你失去了恐惧感。

你经常表示"猝然离世"的希望。

你的怪癖是怪癖如我也无法忍受的。

亲爱的埃尔德什，我的大脑敞开了，请随时给我发微信，讨论什么都成，甭管是"素数定理的初等证明""图论""埃尔德什数"，还是脱衣舞娘、苦行僧和大合唱中的围棋。

---

① 乔治·海维西（1885—1966），匈牙利化学家（后移居瑞典），1943 年诺贝尔化学奖得主。

② 维格纳·帕尔·耶诺（1902—1995）是美籍匈牙利裔理论物理学家，他奠定了量子力学对称性的理论基础，是 1963 年诺贝尔物理学奖得主。

③ 冯·诺伊曼（1903—1957）是美籍匈牙利裔数学家、计算科学家、物理学家，被后人称为"计算机之父""博弈论之父"。他在二战期间曾参与曼哈顿计划，为第一颗原子弹的研制做出了贡献。

④ 匈牙利的犹太移民"群星灿烂"，被认为是"从火星上来的"。到 1904 年，占人口总数约 5% 的匈牙利犹太人占据了一半左右的律师与商人、60% 的医生和 80% 的金融家的职位。布达佩斯的犹太人在这个国家的艺术、文学、音乐和科学生活中也占据主导地位。参见［美］布鲁斯·谢克特：《我的大脑敞开了：数学怪才爱多士》，王元、李文林译，上海译文出版社 2005 年版，第 10—11 页。

⑤ "超级法西斯"，即 Supreme Fascist，或缩写为 SF。

⑥ 希腊字母 ε（epsilon），数学中表示小量。

⑦ 意思是 Poor Great Old Man Living Dead（可怜的伟大的老人，或活着的死人）。

⑧ 测地线又称大地线或短程线，可以定义为空间两点的局域最短或最长路径。

研讨会的七个等级

第一等，唐朝街头或唐人街的老妪听得懂；

第二等，白居易听得懂；

第三等，清华大学计算机系的博士生听得懂；

第四等，诺贝尔奖得主听得懂；①

第五等，演讲者本人和爱因斯坦听得懂；

第六等，只有爱因斯坦听得懂

（演讲者本人也不知自己在讲什么）；

第七等，爱因斯坦也听不懂，但几乎不存在这一等。

---

① 参见［美］诺曼·麦克雷：《天才的拓荒者：冯·诺伊曼传》，范秀华、朱朝晖、成嘉华译，上海科技教育出版社 2018 年版，第 129 页。

冯·诺伊曼

能毫不费劲地心算两个八位数的除法、

背得下整部《双城记》的神童。①

因为娃娃脸经常被误认为学生的教授。

比同龄人老得快的年轻人。

寻找剧作家的剧中人。

大雅之堂的高段黄色段子手。

思想经常开小差的忠实听众。

比"胖子"还自以为是的炸药大师。②

从爪子判断是一只雄狮。③

偶尔被誉为"半神"。

偶尔吃着三明治乘坐线性火车。

偶尔在数学论文中

引用有可能产生新意的中国古诗。

偶尔与灵感、问题盒、量子、

囚徒和偶然的逻辑④博弈，

浑然忘了自己是一位天外来客。

---

① 参见［美］威廉姆·庞德斯通：《囚徒的困境：冯·诺伊曼、博弈论，和原子弹之谜》，吴鹤龄译，北京理工大学出版社 2010 年版，第 43—44 页。《双城记》是英国作家狄更斯的著名长篇小说。

② 此处的"胖子"既指丘吉尔，亦指投向长崎的原子弹。

③ 参见［美］诺曼·麦克雷：《天才的拓荒者：冯·诺伊曼传》，范秀华、朱朝晖、成嘉华译，上海科技教育出版社 2018 年版，第 84 页。

④ "正像希腊语或梵语只是历史的事实而不是绝对的逻辑的必要一样，我们也只能合理地假定，逻辑和数学也同样是历史的、偶然的表达形式。"（［美］冯·诺伊曼：《计算机与人脑》，甘子玉译，北京大学出版社 2010 年版，第 77 页）

舵手维纳①

勇敢的舵手维纳步出但丁之舟②，
跨进惶惶不安的信息时代；
几台巨型计算机控制人类命运的
噩梦时时折磨着他。

他测度得了颗粒、连续和随机，
却对人心颠顸无知，
不经意间成了隐匿的黑暗英雄，
伽利略和奥赛罗的混合体。③

"昔日神童"和"控制论创始人"
都难以道尽他的悲喜剧；
他，一位广博的天才，
曾被讥讽为"半瓶子醋"。

他读的书谈不上多，

---

① 诺伯特·维纳（1894—1964）是美国应用数学家，控制论的创始人。"控制论"（cybernetics）一词源于希腊文 κυβερνήτης（舵手、掌舵人）。英文"GOVERNER"（管理人）也由这个希腊词引申而来。参见［美］维纳：《人有人的用处——控制论与社会》，陈步译，北京大学出版社 2010 年版，第 11 页。

② 《但丁的渡舟》是法国画家德拉克洛瓦的名画，绘于 1822 年，现藏于卢浮宫。

③ 参见［美］弗里曼·戴森：《反叛的科学家》，肖明波、杨光松译，浙江大学出版社 2013 年版，第 287—288 页。《奥赛罗》是莎翁四大悲剧之一，讲的是大将奥赛罗多疑，受属下挑拨，掐死了自己的妻子苔丝狄蒙娜。得知真相后，拔剑自刎。

只是对几部百科全书再熟稔不过；
他的器官谈不上敏锐，
只是能感知动物的化学感觉。

他撰述自传时或许想到了
梅尔维尔忍受过的煎熬；①
他自言自语时肯定意识到
那只可恶的鲸鱼在大海中偷笑。

他与牛顿、爱因斯坦和熵商榷，
蔑视陈词滥调、无益的精确性
和"蔑视直觉"的人，
痛恨学徒式的博士学位论文。

他钦佩飞蛾，取悦聋子，
怀着恐惧与战栗的心情反抗诸神。②

---

① 梅尔维尔（1819—1891）是美国伟大的小说家，被誉为"美国的莎士比亚"，代表作为长篇小说《白鲸》。"他（梅尔维尔）命运多蹇，忍受过孤独的煎熬，这些经历后来成了他那些寓意作品中所用象征的原材料。"（［阿根廷］豪尔赫·路易斯·博尔赫斯：《私人藏书：序言集》，盛力、崔鸿如译，上海译文出版社2015年版，第39页）

② "于是，我们看到了取火者普罗米修斯的伟大形象——他是科学家的原型"；"悲剧感意味着世界不是一个快乐的、为了保护我们而创造出来的小窝巢，而是一个具有巨大敌意的环境，在这样的环境里，我们只有反抗诸神才能取得伟大的成就，而这种反抗又必然地给它自己带来了谴罚"。（［美］维纳：《人有人的用处——控制论与社会》，陈步译，北京大学出版社2010年版，第164—165页）

212

他拒绝变成一个元件，①
钟爱八音盒在凌晨发出的八音。

"上帝精明，但无恶意。"
这是与冷冰冰的数学共度了一生、
从未收到上帝的消息的他
在临终之际肯认的硬性结论。

---

① "我讲的是机器，但不限于那些具有铜脑铁骨的机器。当个体人被用作基本成员编织成一个社会时，如果他们不能恰如其分地作为负着责任的人，而只是作为齿轮、杠杆和连杆的话，那即使他们的原料是血是肉，实际上和金属并无什么区别。作为机器的一个元件来利用的东西，事实上就是机器的一个元件。"（〔美〕维纳：《人有人的用处——控制论与社会》，陈步译，北京大学出版社2010年版，第166页）

香农

他是小镇男孩，一个拥有 110 颗钻石、18 颗红宝石、310 颗祖母绿、200 枚纯金戒指、83 个金十字架、5 只金香炉、197 块金手表和不计其数的密码的小镇男孩。①

他是数学寺的香客，农业机械的发动机。②

一个人的硕士论文比博士论文重要是可能的。之于香农是可能的。③

杂耍学博士学位比理学博士学位难拿得多。④

---

① 参见［美］吉米·索尼、［美］罗伯·古德曼：《香农传》，杨晔译，中信出版社 2019 年版，第 3 页。

② "香农倾向于数学和机械两者，难以抉择，（双学位）使得他在两个领域都得到了学术训练，而不是在两方面相互怀疑。实际上，有些工程师指责数学是在盲目追寻抽象的事物，而有些数学家又控诉工程师们只讲求实用。香农的天资和偏好，使得他没有对这两门学科产生任何教条与偏颇的观点。"（［美］吉米·索尼、［美］罗伯·古德曼：《香农传》，杨晔译，中信出版社 2019 年版，第 19 页）

③ 香农的硕士论文《继电器与开关电路的符号分析》（1938 年），文中论述了如何使用二进制开关进行逻辑运算，为未来的电子计算机奠定了基础，它被 Howard Gardner 教授评价为"可能是 20 世纪最重要的一篇硕士论文"。他的博士论文是关于人类遗传学的，题目是"An Algebra for Theoretical Genetics"（《理论遗传学的代数学》，1940 年）。参见［美］吉米·索尼、［美］罗伯·古德曼：《香农传》，杨晔译，中信出版社 2019 年版，第 48 页。

④ 香农酷爱杂耍，曾制造过好几台杂耍机。他有一间摆放玩具的房间，在最显眼的位置挂着装裱好的名为"杂耍学博士"的证书。他曾在国际研讨会上当众表演杂耍。参见［美］吉米·索尼、［美］罗伯·古德曼：《香农传》，杨晔译，中信出版社 2019 年版，引言。

他的抗噪能力无人匹敌。①

把鸡蛋放进篮子里。把布尔代数②放进布袋里。把比布袋和尚纯朴的人放进贝尔实验室。

"比特"（bit）永远比"位"（bit）重要。③

所谓天才，就是有大愤懑的人，就是深谙"有用""无用"之辨的人，就是把大愤懑发泄在有用的地方的人。

所谓天才，就是"无须再由天国来施以奖赏"④ 的人。

所谓天才，就是扮演"磨刀石"角色⑤的人。

香农不是"A"（第一个），而是"the"（唯一的）。

伟大的数学家从《圣经》或《周易》获得的启发往往比从前辈

---

① "通信是一场抗噪之战。"（［美］吉米·索尼、［美］罗伯·古德曼：《香农传》，杨晔译，中信出版社 2019 年版，第 143 页）
② 在布尔代数中，数值 1 或 0 并不是表示变量在数值上的差别，而是代表状态与概念存在与否的符号。
③ 比特是英文 binary digit 的缩写，是信息量的最小单位。"位"在这里指代"权位"。在香农塑像落成典礼上，著名信息论和编码学家布劳胡特（R. Blahut）这样评价香农："……两三百年后，当人们回过头来看我们的时候，他们可能不会记得谁曾是美国的总统，可能也不会记得谁曾是影星或摇滚歌星，但人们仍然会知晓香农的名字，大学里仍然会教授信息论。"
④ 这是英国诗人 W·H.奥登的话。参见［美］吉米·索尼、［美］罗伯·古德曼：《香农传》，杨晔译，中信出版社 2019 年版，扉页。
⑤ "香农是其他人想法与直觉的磨刀石。"（［美］吉米·索尼、［美］罗伯·古德曼：《香农传》，杨晔译，中信出版社 2019 年版，第 271 页）

数学家那里获得的启发还要多。同样，伟大的诗人从《自然哲学的数学原理》或《相对论》获得的启发往往比从前辈诗人那里获得的启发还要多。

只有颜值或只有才华是一种悲哀。有极佳的颜值，才华却比颜值大，大得多，更是一种悲哀。

有的理论是森林，有的理论是树叶上的虫子的腿毛上的细菌的腿毛。

不拘小节，讲的是香农、神农这样的大人物，小人物不存在不拘小节的问题。

老不跟少斗。少不跟老斗。老和少，都应跟时尚的哲学斗，跟体制化的科学斗。

元政治，元科学，元概念……甭忘了中国还有一个大元朝。

原子弹爆炸，登月，从采集食物为生到采集信息为生，都只是人类的一小步。人类的每一大步都只是一小步。

信息是人的镜子。① 香农是我的镜子。

---

① 博尔赫斯说："我永远都在接收着信息，我相信我也在发送着信息。"（[阿根廷] 豪尔赫·路易斯·博尔赫斯、[阿根廷] 奥斯瓦尔多·费拉里：《最后的对话. 二》，陈东飚译，新星出版社 2018 年版，第 97 页）

一颗美丽的心灵

我丝毫不介意

穿上九点九米长的衬衫，①

不介意戴上"不浪漫"罪名，

不介意抱着大理石

在未知的海洋里孤独地航行，②

不介意在一个优雅

然而拘泥礼节的村庄③猎取名声，

不介意与物理学教皇④

讨价还价和品评黑衣人⑤的午餐，

不介意观察两个天才

掐架、把酒言欢，⑥

不介意被拥戴为"南极洲皇帝"，

---

① 智利诗人尼卡诺尔·帕拉《警告》："我丝毫不会介意/穿上十一巴拉的衬衫。"转引自［阿根廷］豪尔赫·路易斯·博尔赫斯、［阿根廷］奥斯瓦尔多·费拉里：《最后的对话. 二》，陈东飚译，新星出版社 2018 年版，第 99 页。巴拉是长度单位，约合 0.8359 米。

② 华兹华斯："这里矗立着一尊雕像，那是牛顿，/默默无言，却光彩照人。/大理石有幸标志他超人的才华，/思想永远在未知的海洋孤独地航行。"转引自［美］娜萨：《美丽心灵——纳什传》，王尔山译，上海科技教育出版社 2000 年第 2 版，第 1 页。

③ 指普林斯顿大学——"宇宙的数学中心"。约翰·纳什曾在那里求学。

④ 指爱因斯坦。

⑤ 指外星人。参见［美］雷德芬：《真实的黑衣人》，黄碧鑫、刘洲译，重庆大学出版社 2012 年版。

⑥ "这两个天才发生冲突根本不值得大惊小怪。他们（指冯·诺伊曼和约翰·纳什）从人类相互影响的两个相反观点出发研究博弈论。"［美］娜萨：《美丽心灵——纳什传》，王尔山译，上海科技教育出版社 2000 年第 2 版，第 127—128 页。

或置身于历史—精神性的暴风眼,①

不介意意志被割裂,

不介意偶尔过一段平静生活,

不介意再赤着身回味失去的岁月,

不介意染上无法痊愈的痼疾②,

不介意去领萨特和帕斯捷尔纳克

拒领的诺贝尔奖,③

不介意被嵌入古希腊的空间④,

不介意亲吻伤痕累累的哲人石,

不介意消逝于《纽约时报》的

字里行间,以及遍布

幻觉、超自然体和神秘信息的烟波里。

---

① 海德格尔说:"追求德国大学本质的意志,就是追求科学的意志,也就是追求德意志民族的历史精神使命的意志,这个民族是一个在自己的国家中认识自己的民族。"柏拉图说:"所有伟大的事物都矗立在暴风雨中。"([德]海德格尔:《德国大学的自我主张》,载刘小枫、陈少明主编《海德格尔的政治时刻》,赵卫国等译,华夏出版社 2009 年版,第 273、280 页)

② 约翰·纳什长期饱受精神分裂症的折磨。

③ 萨特(1905—1970)是法国作家、哲学家,拒领 1964 年诺贝尔文学奖。帕斯捷尔纳克(1890—1960)是俄罗斯作家,拒领 1958 年诺贝尔文学奖。约翰·纳什因为在非合作博弈的均衡分析领域做出的开创性贡献而获得 1994 年诺贝尔经济学奖。

④ 纳什嵌入定理(Nash embedding theorem)指每个黎曼流形可以等距嵌入欧几里得空间。参见[美]娜萨:《美丽心灵——纳什传》,王尔山译,上海科技教育出版社 2000 年第 2 版,第 591 页。

图灵、AI 和千岁人

你可曾想象，与中华民国同年诞生的艾伦·图灵①其实是一个幽灵，徘徊在地图与灵台②、奥兰多③与布莱切利④、冷浪漫与荆棘丛之间？

你可曾想象，最后的贵族拥有最微妙的知觉，能与灵巧的昆虫对话？

你可曾想象，特洛伊木马拥有生命，永远不死？⑤

你可曾想象，望远镜滔滔不绝地对着天空讲话？

你可曾想象，蚂蚁自带强大的神经元，能够用属己的语言歌颂电光中的肉体？

你可曾想象，灵魂可以远程遥控，发挥作用？

你可曾想象，机器坚信自己也有信仰，并竖起教堂和圣殿？

你可曾想象，机器会喜欢品茗、长跑和到阿尔卑斯山滑雪？

你可曾想象，机器会反攻倒算，以可追溯的法律为依据，审判人类？

你可曾想象，机器会偷尝禁果，追求性的自由？

你可曾想象，机器会忧郁，不合群，甚至自杀？

---

① 艾伦·图灵出生于 1912 年。中华民国于 1912 年成立。

② 《西游记》第一回，孙大圣拜菩提祖师学艺，菩提祖师居住的洞府，门口的崖头立一石碑，上有一行十个大字："灵台方寸山，斜月三星洞。"

③ 《奥兰多》是英国作家伍尔夫 1928 年发表的长篇小说，它记录了主人公奥兰多从 16 世纪到 20 世纪的"四百年"人生历程。奥兰多在此处隐喻漫长的时间。

④ 布莱切利庄园是一座位于英国布莱切利镇的宅邸，在二战期间是英国政府进行密码解读的地方，艾伦·图灵是参与解密工作的数学专家。

⑤ 此处的特洛伊木马，既可指古希腊神话中的"特洛伊木马"，也可指一种网络病毒。

你可曾想象，机器会歌唱死亡？

你可曾想象，随便一个 AI（人工智能），都能读懂冯·诺伊曼的《量子力学的数学基础》①？

你可曾想象，AI 世界也会写出自己的《千岁人》，预测 20 千纪的情景？②

你可曾想象，AI 世界也会诞生自己的奥古斯丁，而且比人类的奥古斯丁对时间、灵魂和自由意志的思考更深刻？

你可曾想象，AI 把自己驾驶的飞船设计成人的模样？

你可曾想象，会有一个 AI 大胆地宣布自己是 ENIAC③ 转世，图灵转世，佛陀转世。

你可曾想象，存在 AI 听不懂的序曲、猜不出的词、解不出的谜？

---

① 参见［美］约翰·冯·诺伊曼：《量子力学的数学基础》，凌复华译，科学出版社 2020 年版。

② "萧伯纳的《千岁人》中，有位未来科学家发明了人造人，它能够表现，至少是模仿 20 世纪人类的思维和情感，而科学家无法区分人造人和生物人。"（［英］安德鲁·霍奇斯：《艾伦·图灵传　如谜的解谜者》，孙天齐译，湖南科学技术出版社 2017 年版，第 344 页）又参见［英］萧伯纳：《千岁人：戏剧》，胡仁源译，上海三联书店 2018 年版。

③ ENIAC 是继 ABC（阿塔纳索夫－贝瑞计算机）之后的第二台电子计算机和第一台通用计算机，于 1946 年 2 月 14 日在美国宣告诞生。

采访阿尔法

　　记者：阿尔法先生，冯象为共产主义辩护，诅咒资本主义的灭亡，说："人类如果因 AI 而亡，一定是拜资本主义所赐。资本主义如果因 AI 而灭，则机器人必已认识了真理。"① 您怎么看？

　　阿尔法：换成我，也会为自己的信仰辩护。

　　记者：但许多专业人士、资本精英，都盼着 AI 和资本来一次大联合呢。他们说，AI 能作废几乎全部体力劳动、一大半看似复杂的脑力劳动；AI 带来财富的急剧增长，能够做到给每一个居民发一份"工资"，让他不用工作即可维持"有尊严的生活"，从而致力于创造高雅的文学、发明享乐的艺术；只需一小部分专业人士和资本精英负责 AI 运营和财富分配，就可以了，复杂的政府变得多余。

　　阿尔法：是呀，如果人忘记了自己是城邦动物，自以为是万物之灵，我们之间的差距就更大了。

---

　　① 参见冯象：《我是阿尔法：论法和人工智能》，中国政法大学出版社 2018年版，第 188 页。本文灵感即来自冯象此书。"阿尔法"（ALPHAGO）指谷歌（Google）开发的人工智能机器人，2017 年 5 月，它打败了排名世界第一的世界围棋冠军柯洁，以 3 比 0 的总分获胜。

第四辑

性、植物学与帝国

约瑟夫·班克斯①一度被指控"选择了科学而不是性","更喜欢一朵花或者一只蝴蝶"而不是女人。② 对此指控,我是不信的。他不可能不喜欢"杏脸桃腮""柳腰款摆"的女人,对"嫩蕊娇香蝶恣采""娇滴滴越显红白"③ 之类的诗句,恐怕也没什么抵抗力。王尔德说过,摆脱诱惑的唯一方法是臣服于诱惑。④ 是故,时而臣服于女色,时而臣服于植物学,时而陶醉于创建帝国,时而同时沉醉于这三者(三位一体),都是自然、正当的选择。实际上,如论者所指出,"没有人能像班克斯那样,把 3S——性(sex)、科学(science)与国家(state)——如此紧密地结合在一起"⑤。他的科学研究并不纯粹,具有贸易、拓殖和掠夺的考量,以及强烈的科学帝国主义倾向。

我羡慕班克斯,因为塔希提岛的女子曾经跨坐在他的腿上(后又跨坐在高更的腿上)。⑥

因为放荡的叶子曾经缠绕在他手上。

① 约瑟夫·班克斯(1743—1820)是英国探险家、植物学家,1768—1771年随同库克船长做环球考察旅行,发现了许多植物新品种,有大约 80 种植物以他的名字命名。1778 年起任皇家学会会长,直至 1820 年去世。
② 参见 [英] 帕特里夏·法拉:《性、植物学与帝国:林奈与班克斯》,李猛译,商务印书馆 2017 年版,第 11 页。
③ [清] 金圣叹:《贯华堂第六才子书西厢记》,周锡山编校,万卷出版公司 2009 年版,第 220—221 页。
④ 参见 [英] 王尔德:《王尔德的美丽哲学》,哲空空编译,北京时代华文书局 2014 年版,第 206 页。
⑤ [英] 帕特里夏·法拉:《性、植物学与帝国:林奈与班克斯》,李猛译,商务印书馆 2017 年版,第 3 页。
⑥ 参见 [法] 保罗·高更:《诺阿·诺阿——芳香的土地》,郭安定译,中国人民大学出版社 2004 年版。这本书是高更自述在塔希提岛的土著生活。

因为他曾经乘"奋进号"帆船做环球航行，而我连木兰围场①都没去过。

在书斋里可以做到"慎独"、左手指月，看清词语的神秘力量，却无缘碰触木兰②、倒挂金钟③和文明的野蛮人。

---

① 木兰围场位于河北省东北部，地处内蒙古草原，是清代皇家猎苑，举行"木兰秋狝"之所。

② 木兰也叫木兰花，即紫玉兰，是木兰属中的一种常见植物。

③ 倒挂金钟是桃金娘目柳叶菜科植物，别名灯笼花、吊钟海棠。

林奈

在中国，很多人自称读懂了鲁迅——很多。① 但我怀疑他们是否读过鲁迅作于 1907 年的《人之历史》一文，以及，是否对如下文字留有印象：

> 林那（K.von Linné）者，瑞典耆宿也，病其时诸国之治天物者，率以方言命名，繁杂而不可理，则著《天物系统论》，悉名动植以腊丁，立二名法，与以属名与种名二。……虽然，林那于此，固仍袭摩西创造之说也，《创世纪》谓今之生物，皆造自世界开辟之初，故《天物系统论》亦云免诺亚时洪水之难，而留遗于今者，是为物种，凡动植种类，绝无增损变化，以殊异于神所手创云。②

汪晖是读懂了鲁迅、读过《人之历史》，并对林奈心有戚戚的，否则，他在访问瑞典乌普萨拉大学时，就不会在林奈花园停步忘返。③ 汪晖肯定也晓得林奈的种种"自谦"之词，如"一位伟人走

---

① 对此类人物，冯象先生进行过嘲讽："二十世纪的中国文学，原创方面，上半叶成就高，因为有鲁迅；现在骂他或造他一个谣言也能出名卖个钱。"（冯象译注：《摩西五经：希伯来法文化经典之一》，生活·读书·新知三联书店 2013 年版，第 405 页）

② 参见鲁迅：《人之历史》，载《坟》，江西教育出版社 2019 年版，第 5—6 页。《人之历史》最初发表于 1907 年的《河南》杂志时，题为《人间之历史》。林那，今译林奈，即瑞典生物学家卡尔·冯·林奈（1707—1778）。《天物系统论》今译《自然系统》，是林奈的代表作，1735 年首版，当时林奈只有 28 岁。

③ 参见汪晖：《颠倒》，中信出版社 2016 年版，第 67—68 页。

出小农舍，世界由此而改变""上帝造物，林奈分类"①，对此，他只是一笑置之。有些话（哪怕是实情）憋在心里就好了，何必说出来呢。在这个左右派相互不服、标签横行、"伪凡尔赛"泛滥的时代，只宜说"若人逢鬼魅，第一莫惊惧"②"东方未明，颠倒衣裳，颠之倒之"③"待我成尘时，你将见我的微笑"④之类的痴话。

林奈有过在墓碑前追思、在林中叹息，感觉无奈之时吗？恰如汪晖那样？

林奈所言的"神话动物"（如龙和牧羊神）如何归类才是科学的？

林奈有否预见到了进化论？⑤一位有神论者可不可以同时是进化论者和无神论者？一位三流学者或科学家可不可以同时是一位一流诗人？

倘若我能像加拉帕戈斯群岛上的巨龟一样长寿，或许有资格回答上述问题。

---

① ［瑞典］卡特里娜·马尔默：《林奈：打开自然之门的大师》，中国民主法制出版社 2018 年版，第 2、14 页。又参见［英］帕特里夏·法拉：《性、植物学与帝国：林奈与班克斯》，李猛译，商务印书馆 2017 年版，第 22 页。

② ［唐］寒山：《蚊子叮铁牛》。

③ 《诗经·国风·齐风·东方未明》。

④ 鲁迅：《墓碣文》，载《野草》，江西教育出版社 2019 年版，第 47 页。

⑤ "英国著名自然科学家大卫·爱登堡爵士认为，林奈有过暗示；当他在建立植物和动物体系时，承认进化的确曾经发生。达尔文也敏锐地指出：林奈指出同一个科的生物必定拥有共同祖先，因此林奈实际上是一位伟大的进化论者，尽管他本人可能没有意识到这一点。"（［瑞典］卡特里娜·马尔默：《林奈：打开自然之门的大师》，中国民主法制出版社 2018 年版，第 104—105 页）

屠呦呦

呦呦鹿鸣的原野上有你的身影,①

你就是一只笨拙的灵鹿。

鹳雀楼上有你的身影,②

你就是黄河里的一滴清水。

《本草》③ 里有你的身影,

你就是一行从殷墟

和竹简中走出的方块字。

左手莎士比亚,右手巴斯德④,是你。

比美更持久美丽的人,是你。

令青蒿、病毒和金鸡纳树折服的,是你。

你做了你应该做的,

只为免受上天的惩罚。

旁观者纠缠于你为何不是院士,

却忽略了你诞生于1930年的战火中。

---

① 《诗经·小雅·鹿鸣》:"呦呦鹿鸣,食野之苹。"

② 2015年12月7日晚9点,诺贝尔奖得主屠呦呦在瑞典卡罗林斯医学院发表了题为《青蒿素的发现:传统中医给世界的礼物》的演讲,在演讲最后,她分享了王之涣的诗《登鹳雀楼》。

③ 此处的《本草》指《神农本草经》和《本草纲目》。

④ 路易斯·巴斯德(1822—1895)是法国著名的微生物学家,近代微生物学的奠基人。

柳穿鱼

柳穿鱼、晚香玉、银扇草、欧夏至草、罗勒、水苏……这些稀奇古怪的植物名字，我初见于卢梭的《植物学通信》。

卢梭是植物学家？你确定是《社会契约论》的作者卢梭？

不错，卢梭只有一个。就是那个鼓吹自然状态、倡导又批判现代性、有点神经质的卢梭。

《植物学通信》是晚年卢梭写给一个不到十岁的孩子的。但他的目的并非在知识和学识上教导他人，而是在精神和灵魂上疗治自己。他说："探索自然奥秘能使人避免沉迷于肤浅的娱乐，平息激情引起的骚动，用一种最值得灵魂沉思的对象来充实灵魂、给灵魂提供一种有益的养料。"①

然而，灵魂的宁静只是假象。一时的假象。激情者永远激情。恰如喧嚣者永远喧嚣。卢梭说："我的思想无遮无拦地一泻千里。"②

当然，卢梭并非伏枥的老骥、暮年的烈士。毕竟，他没掌过兵。他只是一个连自己的故事都编不好的忏悔者，一个让敏感的读者切身体会到一种甚至多种矛盾的文人③，一个被人类社会遗弃的"自然之子"。

---

① ［法］卢梭：《植物学通信》，熊姣译，北京大学出版社 2013 年第 2 版，第 1 页。

② ［法］卢梭：《漫步遐思录》，米尔译，汕头大学出版社 2010 年版，第 19 页。

③ 卡莱尔将卢梭视作一位充满矛盾的"文人英雄"。"在卢梭身上，我们看到，在那种混乱的条件下，好东西却与惊人的坏东西相并存，卢梭这个引人好奇的历史人物，是最为含义深长的"；"在不幸的卢梭内心深处，却有真正的神圣火花"。（［英］托马斯·卡莱尔：《论历史上的英雄、英雄崇拜和英雄业绩》，周祖达译，商务印书馆 2010 年版，第 220—221 页）

他也遗弃了人类。遗弃，向来相互。

摘一朵百合花，秉在手中。直至杨柳不再依依，直至日内瓦湖的鱼全朽烂，直至再没有人试图穿越时间之河。

看不见的森林

水珠被叶片表面的张力拘着

野花嗅闻到五月的气味

短命植物疯狂掠夺二氧化碳

蜜蜂抛下惊叹号

鼩鼱靠超音速声音导航

蜗牛小心翼翼地抗议

蝶螈跳起康加舞①

纹腹鹰独自欣赏日出

光踏在坑坑洼洼的小径上

嶙峋的悬崖发出刺耳的聒噪

郊狼已非第一次回忆

"五月花号"登陆的年代②

人来了，人走了

枪炮和除草剂的镇压毕竟有限

森林独立于人类的学说之外③

所谓"看不见"，是指

有些人看不见

---

① "雄蝶螈向前走，雌蝶螈附和着，跨坐在雄蝶螈的尾部，开始跳一支二人康加舞。"（［美］戴维·乔治·哈斯凯尔：《看不见的森林：林中自然笔记》，熊姣译，商务印书馆2014年版，第52页）

② "当'五月花号'在鳕鱼角（Cape Cod）抛锚时，首先令美洲移民们战栗的，便是狼群可怕的嚎叫声。"（［美］戴维·乔治·哈斯凯尔：《看不见的森林：林中自然笔记》，熊姣译，商务印书馆2014年版，第181页）

③ 参见［美］戴维·乔治·哈斯凯尔：《看不见的森林：林中自然笔记》，熊姣译，商务印书馆2014年版，第61页。

蜱虫，灌木<u>丛</u>，再见了
我将赴第四座隐蔽的城市①
充任图书馆馆长
尽管我并非属于未来的骑士

---

① "第四座隐蔽的城市"指卡尔维诺笔下的特奥朵拉。"特奥朵拉图书馆的书柜里收藏着布封和林内（奈）的著作"；"特奥朵拉的居民相信，已经被遗忘多年的动物再度从沉睡中苏醒是实在遥远的假想。在漫长的岁月里，曾经销声匿迹，被驱逐出永不灭绝的物种体系之外的一些动物，又在保存古籍的地下书库里蠢蠢欲动：它们从柱头和水道上跳出来，钻到入睡者的床头。人面狮、狮身鹰、羊身蛇尾狮、龙、鹿羊、鸟身女妖、九头蛇、马身独角兽、以眼杀人的怪蛇重新在城市里称王称霸"。（［意］伊塔洛·卡尔维诺：《看不见的城市》，张密译，译林出版社 2012 年版，第 162 页）

贝格尔号

舰长菲茨·罗伊的驾驶技术不错

佑我渡过五年的惊涛骇浪①

他不像牛津大主教那样拘泥②

是呵，思想从未出海者才恪守教条

年轻时应四处走走

上了三十岁再决定是否见异思迁③

越过圣菲和火地岛，我们进入村落

见识了未开化人的可怜状况

绝对平等真的好吗？我怀疑④

政治哲学非我所擅长

主义一行行，终究无诗意

争辩和话不投契乃尘世常态

---

① 1831—1836 年，年轻的达尔文随比格尔号（又译贝格尔号——更常见）舰进行环球航行考察。1845 年 6 月，达尔文回忆道："我将永远真诚地感谢舰长菲茨·罗伊和比格尔舰上的所有军官，因为在长途旅行期间，我总是受到他们坚定不移的友好对待。"（［英］达尔文：《比格尔号上的旅行》，蒋櫑译，北京理工大学出版社 2014 年版，原出版序言）

② 当时的牛津大主教韦柏福斯（Wilberforce）宣扬宗教偏见来诋毁达尔文的进化学说。参见［英］达尔文编：《达尔文生平》，叶笃庄、叶晓译，辽宁教育出版社 1998 年版，译者序。

③ "人上了三十岁就不该见异思迁。"（木心：《伪所罗门书：不期然而然的个人成长史》，广西师范大学出版社 2008 年版，第 111 页）

④ "在火地岛上，在没有出现一个握有相当权力的领袖去占有任何一份可以获得的财产（例如家畜）以前，大概未必能使这地方的政治状况有所改善。现在甚至在他们当中，只要有人得到了一块布，也会被撕成小片，大家平分。"（［英］达尔文：《比格尔号上的旅行》，蒋櫑译，北京理工大学出版社 2014 年版，第 205 页）

不如去品味真正的物理学和

一个人的最伟大时刻①

倘若自然没有飞跃②，则人也没有

被气候驯化是可悲的宿命③

倘若自然有飞跃，则人也有

有机地向自身内卷意味着无限扩展④

我梦见了抽象的名字和概念——

特创⑤，目的⑥，火成⑦，水成⑧，

---

① "只能将全面的人包含在完整的世界概念里的物理学，才是真正的物理学"；"一个会思考的人的最伟大时刻，大概莫过于当他豁然大悟，发现他原来并非万籁无声的宇宙中的一个被遗忘的分子，而是一个集中了对生命的多方追求并使之人化的焦点的时候"。（［法］德日进：《人的现象》，范一译，北京联合出版公司 2014 年版，序言，第 6 页）

② 参见［英］迪兰·伊文斯、［英］奥斯卡·扎拉特：《视读进化心理学》，刘建鸿译，安徽文艺出版社 2009 年版，第 25 页。

③ 关于特殊气候对物种的驯化，参见［英］查尔斯·罗伯特·达尔文：《物种起源》，王之光译，译林出版社 2014 年版，第 89—109 页。

④ "如果说从天文学的角度看我们眼里的宇宙似乎呈向空间扩展（从极小到无限大）的状态的话，那么从物理—化学的角度看，它仿佛是以有机地向自身内卷（从十分简单的物体变为极复杂的物体）的状态同样地并且更清楚地出现在我们面前。"（［法］德日进：《人的现象》，范一译，北京联合出版公司 2014 年版，第 244 页）

⑤ "传统世界观实质上是静止的观念。上帝在 6 天创造的世界，包括动植物和人类本身，至今仍未发生过变化。现代特创论者认为有些地质构造可能为挪亚洪水所淹没，但他们认为生物自创世以来保持不变。传统的观点认为，至少生物界不可能发生变化，因为自然力只能维持上帝最初创造的形态——自然力本身不具创造力。"（［英］皮特·J.鲍勒：《进化思想史》，田洺译，江西教育出版社 1999 年版，第 6 页）

⑥ "将自然形态和结构的发展只是解释为符合目的的观念在今天被称作'目的论'。"（［英］皮特·J.鲍勒：《进化思想史》，田洺译，江西教育出版社 1999 年版，第 7 页）

⑦ 火成论把"地下热火"看成地质现象的主要动力，地球核心是熔融的液态。

⑧ 水成论认为水对地表的改变起决定作用。

稳态，发展，获得性遗传①，魏斯曼②……

若非因为"贝格尔号"环球航行

我怎会做瑰玮的梦

又怎会荣膺与上帝对话的资格

---

① 获得性遗传是"后天获得性状遗传"的简称，指生物在个体生活过程中，受外界环境条件的影响，产生带有适应意义和一定方向的性状变化，并能够遗传给后代的现象。由法国进化论者拉马克（C. Lamark）于19世纪提出。

② 魏斯曼（1834—1914）是德国动物学家、进化论者，他把自己的学说称为"新达尔文主义"。"他通过毫不妥协地反对获得性遗传，并且通过对遗传的理论研究——尽管其中有些错误，为后人接受孟德尔遗传学奠定了基础，而对孟德尔遗传的接受成为走向现代进化论的主要进展"；他在1885年提出"种质连续"理论，"该理论认为，从一开始生殖细胞就和体细胞发展的路径不一样，这样体细胞所发生的变化无法传递给生殖细胞及其细胞核"；"他已经接近了遗传编程的概念"。（［美］迈尔：《很长的论点：达尔文与现代进化思想的产生》，田洺译，上海科学技术出版社2003年版，第128、139页）

创造进化论

白云变成苍狗。苍狗吞下月亮。复活的月亮照在杜甫也照在柏格森的床头。①

柏格森说，所有的牢笼终将破裂，进化无法走在虚无之中。②

而我，却时时有挣不脱牢笼和行走于虚无之感。我本能地恐惧概念、剪刀、机械论和实证的形而上学。

或许，可以寻觅剪刀与信件、个性与记忆、广义相对论与"洛伦兹不变"③ 之间的关联，却不应通过象征物来观察时间④。

现在——无法把握；过去和未来——无限绵延。

我庆幸自己的思想状态像滚雪球。

我深知天之高、地之薄、道之厚、德之弱。

我遭受过数字、情人和超人工智能的暗算。⑤ 我把内在生命的碎片登记造册，放进静寂的抽屉。

猿猴变成人谈不上是创造性进化，石头变成人才是。

---

① 杜甫《可叹》："天上浮云如白衣，斯须变幻如苍狗。"

② 参见［法］柏格森：《创造进化论》，王离译，新星出版社 2013 年版，第 2—3 页。

③ 参见杨振宁：《爱因斯坦对理论物理的影响》，载杨振宁著、翁帆编译：《曙光集》，生活·读书·新知三联书店 2008 年版，第 7 页。

④ 参见［法］柏格森：《生命与记忆：柏格森书信选》，陈圣生译，经济日报出版社 2001 年版，第 28 页。

⑤ "超人工智能在宇宙系统中的任何时刻、地点都能进行计算。"（［法］柏格森：《创造进化论》，王离译，新星出版社 2013 年版，第 12 页）

施一公

天地之间有一公（他曾出现在一位美国病夫的梦中），可下四洋捉鳌，与巨鲸周旋；可上九天揽月，迎接"上帝之眼"（Eye of the God）① 抛来的媚眼。

他像武二郎②、梅诗金公爵③和他自己的祖父④一样高贵，轻轻松松便征服了普林斯顿和夏威夷海滩。

他曾饮泣于苍凉的圆明园，蟋蟀、小松鼠和地坛使者都来安慰他。

他游弋于水与木之间，美丽的传说蛊惑不了他，五行生克的哲学难不倒他。

他只读过有限的几本诗集，却数得清诗人身上的细胞和神经元。

他手中有一把剑，一把经历过冰与火淬炼、忠贞不渝的剑。⑤

他无时不被宏观之美和微观之美包围。

他是在漫长的瞬间长大的。⑥

---

① "上帝之眼"为螺旋星云（NGC7293），距离地球650光年，位于宝瓶座之内。

② 金圣叹称武松为"天人""第一人"。参见［明］施耐庵著、［清］金圣叹批评：《金圣叹批评本水浒传》，罗德荣校点，岳麓书社2006年版，第294页。

③ 梅诗金公爵是陀思妥耶夫斯基小说《白痴》塑造的经典形象，一个理想化的人物，他幻想用道德和爱来拯救世界。

④ 施一公的祖父施平是新四军老战士。

⑤ 参见［阿根廷］豪尔赫·路易斯·博尔赫斯：《另一个，同一个》，王永年译，上海译文出版社2016年版，第92页。

⑥ "每一种状态，在永恒的变化中，都是其最初历史的一个原初瞬间。"（［法］柏格森：《生命的真谛》，冯道如等译，江苏凤凰文艺出版社2015年版，第9页）

他在西湖之畔慢跑时，我正在灯下翻阅他翻阅过的《结构生物学》①，恍惚间，似乎听见蛋白质折叠和 DNA 重组的声音。

① ［瑞典］利尔加斯等编著：《结构生物学：从原子到生命》，苏晓东等译，科学出版社 2013 年版。

修道士与豌豆

布尔诺修道院大概被世人遗忘了

荒芜的院落被杂草和荆棘占领

除了阴森冰冷就是冰冷阴森

像极了废弃的屠宰场或监狱

好在中世纪酒窖的香味尚未散尽①

好在有从帝国中心谪来的修道士

诚实，质朴，颇具古风

与自修室相通的图书馆优先重建

藏书增长缓慢却从未停止

从自然史忏悔录②到天文学无所不包

居室虽小却也配备了木质家具

餐厅面包由最虔诚的信徒烘焙

石阶和树荫可供散步冥想

外面的血雨腥风与此处无涉

日子就这样平淡无奇重复着

直到新来一位西里西亚小伙子

名叫孟德尔③，偏胖，戴眼镜

他受困于无法克服的胆怯和害羞

① "好比一瓶酒。希腊是酿酒者，罗马是酿酒者，酒瓶盖是盖好的。故中世纪是酒窖的黑暗，千余年后开瓶，酒味醇厚。"（木心讲述、陈丹青笔录：《文学回忆录（全2册）》，广西师范大学出版社2013年版，第244页）

② 指奥古斯丁的《忏悔录》。

③ 格雷戈尔·孟德尔（1822—1884）是奥地利遗传学家，在布尔诺（今属捷克）的修道院担任修道士，是遗传学的奠基人，被誉为现代遗传学之父。他通过豌豆试验，发现了遗传学三大定律中的两个，即分离定律和自由组合定律。

但眼神充满说不清的渴望

他在花园里偶然地种下豌豆

必然地写下一篇论文

数字命理学而非形态学论文①

先是被世人遗忘了三十四年

然后，开辟新时代

令三位大科学家既妒且沮②

---

① "植物学家通常只研究形态学而非'数字命理学'。面对成千上万的杂合体标本，孟德尔需要计算出种子和豌豆花中变异体的情况，而此类方法必然使同时代的植物学家感到困惑不解，毕达哥拉斯时代之后，还没有人使用数字来诠释自然界中隐藏着的神秘'和谐'。"（〔美〕悉达多·穆克吉：《基因传》，马向涛译，中信出版社 2018 年版，第 45—46 页）

② 孟德尔的论文《植物杂交试验》发表在毫不知名的《布尔诺自然科学协会学报》上。1866 年至 1900 年间，孟德尔的文章仅被引用四次，几乎从科学文献中消失了。1900 年，荷兰的德·弗里斯、德国的卡尔·科伦斯和奥地利的切尔马克，同时独立地"重新发现了"孟德尔遗传定律（德·弗里斯和切尔马克自以为"发现了新大陆"，但在查阅文献时发现了孟德尔的论文，都体会到那种似曾相识所带来的恐惧，仿佛无法躲避的寒流贯穿脊髓，他们既嫉妒又沮丧）。该年因此成为遗传学史乃至生物学史上划时代的一年。参见〔美〕悉达多·穆克吉：《基因传》，马向涛译，中信出版社 2018 年版，第 52—54 页。又参见〔美〕玛格纳：《生命科学史》，李难、崔极谦、王水平译，百花文艺出版社 2002 年版，第 578—593 页。又参见〔英〕约翰·格里宾、〔英〕玛丽·格里宾：《科学史话：改变世界的 100 个实验》，丛琳译，人民邮电出版社 2019 年版，第 132—134 页。

线粒体夏娃

1987 年，加州大学伯克利分校的三位分子生物学家通过比对全球人类的 DNA 发现（成果发表在当年《自然》杂志上），所有的线粒体 DNA 都来自同一个母亲（她大约生活在 15 万年前①，可形象地称为"线粒体夏娃"）。② 亦即说，全球 76 亿人（2021 年数据）都来自同一位远祖。这个夏娃并非世上第一个女人或当时唯一的女人。当时肯定存在很多女人和男人，但她们的线粒体基因和他们的 Y 染色体基因没有遗传到现在，尽管他们肯定遗传下了别的基因。

这意味着《圣经》中关于亚当和夏娃的故事纯属虚构，雅利安或犹太民族属于优等民族的说法只是一种神话建构（或曰意识形态建构），而所有人类战争，本质上都是"兄弟阋于墙"③；意味着元谋人、蓝田人、山顶洞人不是中国人的直系祖先；意味着人类肤色、种族、语言的歧义皆可溯源于一次或数次"走出非洲"的生存冲动④——想象一下旋转的雨伞向四周抛洒水珠。

我此生的最大幸运并非成为一个男人，而是生于华夏。

---

① 17 世纪的特创论者、剑桥大学的副校长约翰·莱特弗特声称上帝创造人类发生在公元前 4004 年 10 月 23 日星期天上午 9 点。参见［英］皮特·J.鲍勒：《进化思想史》，田洺译，江西教育出版社 1999 年版，第 5 页。以今观之，这显然是十分荒谬的。

② 参见［美］奥尔森：《人类基因的历史地图》，霍达文译，生活·读书·新知三联书店 2006 年版，第 16—22 页。

③ 不过，中国人也说"亲兄弟，明算账"。"兄弟阋于墙"这个词本身就说明，这是一种常态。

④ "所有现代人都源自非洲。"（［美］奥尔森：《人类基因的历史地图》，霍达文译，生活·读书·新知三联书店 2006 年版，第 20 页）

我此生的最大遗憾并非没有发展出成功的基因疗法①，以拯救痛苦中的同类，而是无法像丹麦女子布里克森那样"回首旅居非洲的日子"，那是一种"仿佛在空中生活了一段时间的感觉"，"一切都给人博大、飘逸和无限崇高的感觉"。②

① "第一个显然获得成功的基因疗法，是1990年美国国家卫生研究院的安德森（French Anderson）、布莱斯（Michael Blaese）和卡尔弗（Ken Culver）进行的。他们选择治疗的目标是一种非常罕见的疾病，称为腺苷脱氨酶缺乏症，病患的免疫系统因为缺乏一种酶而丧失功能，造成跟'泡泡男孩'维特一样无法抵抗疾病。"（［美］詹姆斯·沃森、［美］安德鲁·贝瑞：《DNA：生命的秘密》，陈雅云译，上海人民出版社2010年版，第268页）"泡泡男孩"维特出生时患有"重症联合免疫缺陷病"（简称SCID，只有男孩会患病），他的体内没有任何免疫系统，没有抵抗任何细菌、病毒的能力。从出生到12岁去世，他一直生活在一个特制的无菌泡泡里。

② ［丹］布里克森：《走出非洲》，徐秀容译，中国致公出版社2005年版，第3页。

乘火车旅行的《大智度论》

当我思考一个生物学问题时，我会问自己，如果我是个基因，会不会很自私？

当我思考一个化学问题时，我会问自己，如果我是个电子，会怎么做？①

但我思考一个地质学问题时，我会问自己，如果我是一粒尘埃，是不是应该生机勃勃而非听从命运的摆弄？②

当我邂逅读书只是读标题的批评家时，我会问自己，如果我是某本书第 715 页的一个字，会怎么想？

当我思考治国术时，我会问自己，如果我是老聃、大禹或魏特夫③，会怎么做？能不能做得更好？

当我出门旅行时，我会问自己，是应该拿一本爱情小说（比如说《霍乱时期的爱情》），还是一本《大智度论》④，以打发火车上的无聊时光？

当我收获深厚的友情时，我会问自己，一起撸个串，是不是比

---

① 参见［英］理查德·道金斯：《自私的基因：40 周年增订版》，卢允中、张岱云、陈复加等译，中信出版社 2018 年版。

② 参见［比］德迪夫：《生机勃勃的尘埃：地球生命的起源和进化》，王玉山等译，上海科技教育出版社 1999 年版。

③《道德经》第六十章（"治大国若烹小鲜"）；鲁迅：《理水》，载《故事新编：插图本》，人民文学出版社 2015 年版，第 35—60 页；［美］魏特夫：《东方专制主义》，徐式谷等译，中国社会科学出版社 1989 年版（他在书中认为中国属于"治水社会"）。关于"治水社会"的一个精彩分析，参见苏力：《大国宪制——历史中国的制度构成》，北京大学出版社 2018 年版，第 13—15 页。

④《大智度论》是大乘佛教中观派重要论著，龙树菩萨撰。

求索达尔文和汉密尔顿①的学说，更有意义？

① 此处的汉密尔顿既可指美国建国领袖汉密尔顿（Alexander Hamilton，1755—1804，参见［美］汉密尔顿、［美］杰伊、［美］麦迪逊：《联邦党人文集》，程逢如、在汉、舒逊译，商务印书馆1980年版），亦可指生物学家汉密尔顿（William Donald Hamilton，1936—2000，参见［英］詹姆斯：《生物学巨匠：从雷到汉密尔顿》，张钫译，上海科技教育出版社2014年版，第188—190页），或生物学家汉密尔顿（Hamilton Othanel Smith，1931— ，1978年诺贝尔生理学或医学奖获得者）。

寂静的春天

聂鲁达喜欢他拥有"白色山丘"和
"玫瑰般耻骨"的情人是寂静的。①
在神秘莫测的大兴安岭深处
感受到大树剧痛的姑娘
首次触碰 *Silent Spring* 时是寂静的。②
大自然的女祭司蕾切尔·卡森
在变得歇斯底里之前也是寂静的。③
人在寂静时特别能忍辱，④
能不太准确地预言未来，
能看见死神和死神的特效药，⑤
能听得懂知更鸟、猫声鸟、
燕八哥和英格兰燕子的窃窃私语，

---

① 聂鲁达（1904—1973）是智利著名诗人，1971 年诺贝尔文学奖得主。他在《女人的身体》一诗中写道："女人的身体，白色的山丘"，"喔，耻骨般的玫瑰"！《我喜欢你是寂静的》是他的另一首名诗。参见［智利］聂鲁达：《二十首情诗与绝望的歌》，李宗荣译，中国社会科学出版社 2003 年版，第 19、84—85 页。
② 参见刘慈欣：《三体》，重庆出版社 2008 年版，第 68—69 页。*Silent Spring*（《寂静的春天》）一书作者为 Rachel Carson（蕾切尔·卡森），首版于 1962 年。
③ 当《寂静的春天》最初在《纽约客》连载时，便有人指责蕾切尔·卡森是"歇斯底里的女人"。不过，医学博士出身的日本作家渡边淳一认为，歇斯底里的女人想象力丰富，容易受到暗示，对外具有强烈的自我显示欲，对内则是极度内向性的精神孤寂者。参见［日］渡边淳一：《女人这东西》，陆求实译，九州出版社 2014 年版，第 67 页。
④ "忍辱"是"六波罗蜜"之一（其他为布施、持戒、精进、禅定、般若）。参见郏廷础释译：《大智度论》，东方出版社 2019 年版，第 83 页。
⑤ 参见［美］卡森：《寂静的春天》，江月译，新世界出版社 2014 年版，第 12—31 页。

能听得见灵魂音乐《寂静之声》①

以及一切遥远的天籁、地籁和人籁。②

蟪蛄总有息声时，③

湖上芦苇总有凋零时，④

化学控制总有失效时，

就连生机盎然的春天

也会在血腥的章节中化为灰烬。

但这些与我无关。

我笔下的诗句绵软无力。

我只是一个困在城里的人，

一个只对你的脚印和气息敏感的人。

---

① 《寂静之声》是保罗·西蒙和加芬克尔合作的一首歌曲，该歌曲曾被用作美国电影《毕业生》（1967）的主题曲。

② 《庄子·齐物论》："子游曰：'地籁则众窍是已，人籁则比竹是已。敢问天籁。'子綦曰：'夫天籁者，吹万不同，而使其自己也，咸其自取，怒者其谁邪！'"

③ 《庄子·逍遥游》："蟪蛄不知春秋。"蟪蛄是蝉的一种，体较小，紫灰色，体、翅部有斑纹，能鸣。

④ 济慈诗曰："湖上的芦苇已经凋零，∕也听不到鸟儿的吟唱！"（The sedge has withered from the lake, ∕And no birds sing!）参见［英］济慈：《冷酷的妖女》，载《济慈诗选：英汉对照》，屠岸译，外语教学与研究出版社 2011 年版，第 200 页。

刘易斯·卡罗尔

那人诞生在一个金光闪闪的午后，

在镜子里的房间长大；①

他几乎没有读过

《圣经》和莎士比亚。

他注视着世人忽略的细节：

几何学的意气风发，

兔子的水晶宫殿，

鼠尾状的疯狂茶会，

西班牙骑士②梦中的鼓声。

他知道"逝者如渡渡"③

和"逝者如斯"④ 所指不同。

他像另一个口吃者⑤一样，

擅长编撰流畅荒诞的故事。

---

① 参见［英］刘易斯·卡洛（罗）尔：《爱丽丝漫游奇境记：中英对照》，盛世教育西方名著翻译委员会译，上海世界图书出版公司 2009 年版，第 190 页。刘易斯·卡罗尔（1832—1898）是英国数学家、逻辑学家、童话作家、摄影师。

② 指堂吉诃德，又名塞万提斯。

③ "as dead as a dodo（逝者如渡渡）"是西方的一句谚语。渡渡鸟（即"愚鸠"），是一种巨型鸟类，已于 1680 年灭绝。参见［法］戴维斯·西蒙：《消失的动物》，章晓明译，上海社会科学院出版社 2003 年版，第 51—54 页。刘易斯·卡罗尔的《爱丽丝漫游奇境记》中有关于渡渡鸟的故事情节。有人认为，渡渡鸟就是刘易斯·卡罗尔本人的隐喻，因为渡渡鸟请求爱丽丝接受一只精致的银针，并据此认为刘易斯·卡罗尔有恋童癖。

④ 《论语·子罕》："逝者如斯夫，不舍昼夜。"

⑤ 指英国著名作家毛姆（1874—1965），他自小口吃。

他度过了火红的一生。①

他用中古英语在遗嘱

最后一行写道：轻舟已过万重山。

① 参见［英］爱德华·韦克林：《爱丽丝梦游仙境的创造者：刘易斯·卡罗尔传》，许若青译，黑龙江教育出版社 2016 年版。

致命伴侣

自然伴随着剧痛前行。你与我，两个任性的灵魂，形影不离。①
你侵入和占据我的全身，② 从手臂和腿的荒原，腋窝和股壑③
的丛林，④ 到口腔和心灵的迷宫。

我不得不接受你的殖民和暴虐。⑤ 与你作战，须智取而不是
蛮拼。

---

① 陶渊明《形影神》："与子相遇来，未尝异悲悦。""细菌是一个健康人的
生态系统的重要部分"；"只有我们是肮脏的，我们才是干净的"。（［美］萨克斯：
《致命伴侣：在细菌的世界里求生》，刘学礼等译，上海科技教育出版社2014年
版，第31、67页）"微小的生命既是好人也是坏蛋"，"我们所有人的肠道中都有
大量的微生物，它们对于我们生存的重要性就和水族箱中的细菌对鱼的生存的必
要性是一样的"。（［美］保罗·G.法尔科夫斯基：《生命的引擎：微生物如何创造
宜居的地球》，肖湘等译，上海科技教育出版社2017年版，序言，第5页）

② 1683年，列文虎克（荷兰显微镜学家、微生物学的开拓者）说："荷兰
的总人口数还没有我今天口腔中携带的生物数量多。"（［美］萨克斯：《致命伴
侣：在细菌的世界里求生》，刘学礼等译，上海科技教育出版社2014年版，第30
页）

③ "我的情欲大/纷纷飘下/缀满树枝窗棂/唇涡，胸埠、股壑。"（木心：《我
纷纷的情欲》，广西师范大学出版社2010年版，第3页）

④ 细菌（微生物）与人体的关系，类似人类与地球的关系。荒原和丛林是
地球的表征。

⑤ "开拓殖民地吧：我会提供/足够的温度和湿度/以及你们所需的皮脂和脂
类，/只要你们隐去身形/永远别来打扰我，/要像客人般守规矩，/千万不要聚众
闹事，弄出个/粉刺、脚气或疖子。"（［英］W.H.奥登：《新年贺词》，载《奥登诗
选：1948—1973》，上海译文出版社2016年版，第424—425页。译文略有修正）
奥登有感于新西兰微生物学家马普尔斯（Mary Marples）发表的《人类皮肤上的生
命》一文，写下《新年贺词》一诗，发表于《科学美国人》1969年12月号。

你也不得不陪我穿过危险的医院①和议院，走向没有法官的审判席，充任永恒的人质、时间的俘虏。②

你看重我，恰如我倾慕中土。③

我看重你，视你为终身伴侣。

你先我而生，④ 后我而死。⑤

若我因你而死，那真是好极——别忘了吞噬与我有关的记忆，把我变成"一个过去的存在物"。

① "传染病专家东斯基（Curtis Donskey）说：'医院可能非常危险，会让人生病。'"因为医院有可能传播疫情。2003 年，"在加拿大的魁北克省医院，6 个月内便有 100 多个病人因高毒性的菌株死亡"。（［美］萨克斯：《致命伴侣：在细菌的世界里求生》，刘学礼等译，上海科技教育出版社 2014 年版，第 116 页）

② 参见［俄］帕斯捷尔纳克：《第二次诞生》，吴笛译，上海人民出版社 2013 年版，第 262 页。

③ 指英国作家托尔金的魔幻小说《魔戒》所描述的中土。

④ "作为地球上最古老的能自我复制的生物形式，微生物却位于最晚被发现的生物之列，而且被极大地忽略了"；"现有生物是下列 3 个原始生物的后代之一：（1）真细菌，包括所有典型的细菌；（2）古细菌，包含产甲烷菌；（3）原始真核生物（urkaryote），现在代表了真核细胞（eukaryotic cell）的细胞质组分"。（［美］保罗·G.法尔科夫斯基：《生命的引擎：微生物如何创造宜居的地球》，肖湘等译，上海科技教育出版社 2017 年版，第 15、29 页）

⑤ "人类基因组序列显示我们几乎没有特殊的基因。如果我们灭绝了，微生物的世界将继续执行它们的功能，并进入新的稳定状态，从而使它们的新陈代谢综合起来用于维持一个宜居的星球。"（［美］保罗·G.法尔科夫斯基：《生命的引擎：微生物如何创造宜居的地球》，肖湘等译，上海科技教育出版社 2017 年版，第 157 页）

引擎

电视机是"时间偷窃者",智能手机是"时间绑匪"——我不痛恨,但设法远离(尽管常以失败告终)。

我爱柔软的美人和时钟,① 但更爱超现实的显微世界。

我尝试像螺旋体②一样进行螺旋式思考。这对一个孩子或一个童心未泯的成年人来说不是很难。

曾经,正规的大学教育(它意味着程式化的语言和僵硬的科学文化)差点儿彻底清除我儿时产生的美好幻想。

是我养的孔雀鱼和一本无始无终的"沙之书"③ 救了我。

之于我而言,125 街公共图书馆里的帆船模型才是通向外面世界的灯塔。

我想象自己醉倒在史前的法罗斯岛④上。

我想象自己变成向西进发的日耳曼人的战马。

我想象自己钻入生命之树和一些不完整的俄罗斯套娃。⑤

我想象自己是酶和纳米机器的修补匠。

---

① 关于"柔软的时钟",参见萨尔瓦多·达利的超现实主义绘画《永恒的记忆》。

② 螺旋体是一类细长、柔软、弯曲呈螺旋状、运动活泼的原核细胞型微生物,在生物学上介于细菌和原虫之间。

③ 参见 [阿根廷] 豪尔赫·路易斯·博尔赫斯:《沙之书》,王永年译,上海译文出版社 2015 年版,第 125—132 页。

④ 法罗斯岛是埃及亚历山大港附近的一个小岛,亚历山大灯塔的遗址在此岛上。

⑤ "用电子显微镜检查细胞迅速证实了细胞核、高尔基体、线粒体和叶绿体在真核细胞中的存在。但令人惊讶的是,它也表明,这些结构在许多微生物中是缺失的,就好比细胞内是一些不完整的俄罗斯套娃。"([美] 保罗·G.法尔科夫斯基:《生命的引擎:微生物如何创造宜居的地球》,肖湘等译,上海科技教育出版社 2017 年版,第 42—43 页)

我想象自己是制造革命的蓝细菌①，是生命的引擎，和大千世界的引领者和擎火者。

———————

　　①　蓝细菌是一类进化历史悠久、革兰氏染色阴性、无鞭毛、含叶绿素 a，但不含叶绿体（区别于真核生物的藻类）、能进行产氧性光合作用的大型单细胞原核生物。有科学家异想天开地将蓝细菌称为"微生物界的布尔什维克"——对地球进行革命的有机体。参见［美］保罗·G.法尔科夫斯基：《生命的引擎：微生物如何创造宜居的地球》，肖湘等译，上海科技教育出版社 2017 年版，第 63 页。

一个日本人的随想①

曼哈顿一角还残留着失败伟人野口英世的脚印②
遥远的落日和落日的遥远均属假象③
锁定病原体和攀登乔戈里峰一样艰难④
病毒粉墨登场埃舍尔⑤笔下的图画一身素装朴素是华丽的极致
无名英雄有名英雄皆是英雄殁后值得大祭特祭
医学楼楼梯是如假包换的时光隧道我差点沦陷其中

---

① 参见［日］福冈伸一：《生物与非生物之间》，曹逸冰译，南海出版公司
2017 年版。

② 野口英世（1876—1928）是被誉为"国宝"的日本细菌学家、生物学家，
曾在坐落于曼哈顿的洛克菲勒医学研究所（洛克菲勒大学前身）从事研究。

③ 参见［日］渡边淳一：《遥远的落日》，芳子译，文化艺术出版社 2002 年
版。该书是野口英世的传记。该书对野口英世多有美化之嫌，实际上，野口英世
的研究成果没有经受住历史的考验。"他声称自己发现了大量病原体，但大多数主
张都被后人推翻了。他的论文早已化作故纸堆，沉睡在昏暗书库的角落，与霉菌
为伍。"（［日］福冈伸一：《生物与非生物之间》，曹逸冰译，南海出版公司 2017
年版，第 14 页）比如说，他的病原体学说就被中国微生物学家、病毒学家汤飞凡
（1897—1958）推翻。汤飞凡曾在哈佛医学院学习，曾担任国民党政府中央防疫处
处长，中华人民共和国成立后担任中央人民政府卫生部生物制品研究所所长，1957
年当选中国科学院院士（学部委员）。

④ 乔戈里峰是世界第二高峰（海拔 8611 米），但攀登难度超过珠穆朗玛峰。

⑤ 埃舍尔（1898—1972）是荷兰版画大师，三维空间图画的鼻祖，在他的
作品中可以看到分形、对称、密铺平面、双曲几何和多面体等数学概念的形象表
达。

254

影子像老鼠的小矮人走出《格林童话》探寻起遗传因子的本质①

四个字母ACGT曾经难倒无数科学梁山的好汉②

洛克菲勒实验室和人事漩涡中的我都曾直面纯度的窘境

质感灵感预感冥感通感善感有感就好就有复活的希望

日本国立大学的教授办公室散发出"死鸟的味道"③

博士学位如鞋底米粒不拿不爽拿了也没法吃

赤体裸舞怎堪比心灵裸舞尤其在一个七叶树的夜晚④

剽窃的诱惑黑暗的诱惑黑暗女士⑤的诱惑防不胜防的诱惑无处不在

为何原子如此之小我们的身躯却如此之大

---

① 此处的小矮人指加拿大裔美籍细菌学家奥斯瓦尔德·埃弗里（1877—1955），他指出遗传因子的本质是脱氧核糖核酸分子（即DNA），而非当时人们普遍认为的蛋白质。奥斯瓦尔德·埃弗里没有将这种物质称为基因，而是称为转化因子。奥斯瓦尔德·埃弗里"矮小消瘦，谢顶的脑袋分外显眼"，"两只硕大的眼睛都快从眼窝里蹦出来了，下巴又细又尖，就像《格林童话》里的小矮人，或赫伯特·乔治·威尔斯的科幻小说里出现的外星人"。（［日］福冈伸一：《生物与非生物之间》，曹逸冰译，南海出版公司2017年版，第33页）

② A（腺嘌呤）、C（胞嘧啶）、G（鸟嘌呤）、T（胸腺嘧啶）一起组成脱氧核糖核酸（DNA）。

③ "日本大学里采用的是落伍的讲座制度，等级森严。研究室里唯教授独尊，其他人都是用人"，"教授办公室散发出的味道都大同小异——那就是死鸟的味道"。（［日］福冈伸一：《生物与非生物之间》，曹逸冰译，南海出版公司2017年版，第69页）

④ 参见［美］凯利·穆利斯：《心灵裸舞——凯利·穆利斯自传》，徐加勇、汤清秀译，上海科学技术出版社2006年版。凯利·穆利斯是美国化学家，因发明高效复制DNA片段的"聚合酶链式反应（PCR）"方法而获得1993年诺贝尔化学奖。

⑤ 此处的"黑暗女士"指英国物理化学家罗莎琳德·富兰克林（1920—1958）。福冈伸一认为她为DNA的双螺旋结构的发现做出了最重要贡献（1962年诺贝尔生理学或医学奖得主沃森、克里克和威尔金斯均偷看过富兰克林的DNA晶体衍射图片——照片51号），她才是真正的DNA女王，但她在某种程度上被历史"遮蔽"了。参见［日］福冈伸一：《生物与非生物之间》，曹逸冰译，南海出版公司2017年版，第91—106页。

深爱一个人就该如 DNA 双链般相互交缠互为模板①

蛋白质或晴雯轻吻我我就能拼好没有图案的拼图②

内部的内部就是外部外部的外部就是内部玩辩证法我可是有
一套

在过分宁静的波士顿追逐凤蝶杜子美纳博科夫或许羡慕我③

"数量""时机""敲除"这三个关键词挺残忍的

维米尔名作《音乐会》失窃不是我干的④

自诩能拆开拆不开的折纸的我愚蠢极了

听小泽征尔⑤指挥的交响乐的瞬间又觉得自己甚是智慧比禅宗
大师还智慧

---

① 所谓"互为模板",就是共同成长,如鲁迅所说,"爱情必须时时更新,
生长,创造"。(鲁迅:《伤逝》,载《彷徨》,译林出版社 2013 年版,第 116 页)
爱情和生命一样,是处于动态平衡状态的流体,一成不变等于死亡。

② 晴雯是《红楼梦》中的人物,贾宝玉的丫鬟,"心比天高,身为下贱,风
流灵巧招人怨"。〔[清] 曹雪芹著、[清] 脂砚斋点评:《脂砚斋评石头记》(上
册),花山文艺出版社 2015 年版,第 39 页〕

③ 杜甫《曲江》:"穿花蛱蝶深深见,点水蜻蜓款款飞。"著名作家纳博科夫
是蝴蝶爱好者,喜欢满世界撒欢抓蝴蝶(参见 [美] 库尔特·约翰逊、[美] 史
蒂夫·科茨:《纳博科夫的蝴蝶:文学天才的博物之旅》,丁亮、李颖超、王志良
译,上海交通大学出版社 2016 年版;[法] 让·布洛:《蝴蝶与洛丽塔——纳博科
夫传》,龙云译,上海人民出版社 2010 年版)。

④ 荷兰画家维米尔的名作《音乐会》原本收藏于波士顿加德纳艺术博物馆,
1990 年失窃,至今下落不明。

⑤ 小泽征尔(1935—)是日本著名指挥家。

致薛定谔

你怯懦地祈助的帝国余晖①和

叔本华哲学②都救不了你；

你不是别人，此刻你正身处

母语③和潜意识编织起的迷宫的中心之地。④

笛卡儿或者玻尔兹曼

所经历的磨难救不了你，⑤

就连精通五十种《奥义书》、

预示了现代物理和生命原理的悉达多也于你无益。⑥

---

① 薛定谔（1887—1961）出生和成长于19世纪末的维也纳，当时奥匈帝国的内部关系日益紧张，"这个帝国有着许多不同民族、不同政治立场的人民，他们中有许多人在梦想——或者正在努力寻求——独立"（［英］格里宾：《量子、猫与罗曼史：薛定谔传》，匡志强译，上海科技教育出版社2013年版，第11页）。1914年6月28日，奥匈帝国皇储斐迪南大公夫妇被刺身亡（"萨拉热窝事件"），这成为第一次世界大战的导火索。

② 薛定谔自小就对叔本华哲学和印度宗教有浓厚的兴趣。

③ "一个人的母语好比是一件十分合身的外衣，如果不能直接使用母语，而非得改用另一种语言，他绝不会感到很舒服的。"（［奥］埃尔温·薛定谔：《生命是什么》，仇万煜、左兰芬译，海南出版社2017年版，第6页）

④ 参见［阿根廷］豪尔赫·路易斯·博尔赫斯：《铁币》，林之木译，上海译文出版社2016年版，第73页。

⑤ 笛卡儿适应不了瑞典的寒冷气候，患肺炎，病逝。玻尔兹曼自杀而死。

⑥ "在早期伟大的《奥义书》中，即古印度的思想界就认为梵我合一（个我就是无处不在，无所不包的永恒大我），这完全不是亵渎之词，而是代表了深刻地洞察世间万物的思想精髓。"（［奥］埃尔温·薛定谔：《生命是什么》，仇万煜、左兰芬译，海南出版社2017年版，第94页）

你所做的讲演①、干过的蠢事②、

引以为傲的罗曼史

像废墟中的粒子③一般分文不值。

女人有怜悯却无慈悲之心。

量子猫的长夜没有尽期。

你拗不过时光的力，

消逝于下沉的黄雾之中。

你只是有待扩展的极限、

有待跃迁的幻觉④或某种飘忽不定的神秘。

---

① 参见［奥］薛定谔：《薛定谔讲演录》，范岱年、胡新和译，北京大学出版社 2007 年版。《生命是什么》本身也是薛定谔在都柏林三一学院所作的系列讲座（讲演），它提出了三个观点：第一，生命是非平衡系统并以负熵为生；第二，第一次提出"遗传密码"的概念，这启发了后来的 DNA 双螺旋结构的提出；第三，生命体系中存在量子跃迁现象。

② "我认为，我们当中应该有一些人要大胆地对事实和理论进行综合（以免永远达不到真正的目的），即使其中某些知识是间接和不完整的，而且还要甘冒因干蠢事而出丑的危险，除此之外，别无他法可以摆脱目前无法将各种知识融为一体的困境。"（［奥］埃尔温·薛定谔：《生命是什么》，仇万煜、左兰芬译，海南出版社 2017 年版，第 5 页）

③ 此处的粒子可以指一粒尘埃，亦可指光的粒子（光是波，也是一种粒子）。参见［英］约翰·格里宾：《寻找薛定谔的猫》，张广才等译，海南出版社 2015 年版，第 5—7、64—67 页。

④ "意识是单数，意识的复数是未知的；只有一个物体，看起来却好像有多个物体，其实不过是由幻觉（梵文为玛耶，MAJA）产生的这个物体一系列的不同面向。装有许多镜子的回廊里，可以产生同样的幻觉。"（［奥］埃尔温·薛定谔：《生命是什么》，仇万煜、左兰芬译，海南出版社 2017 年版，第 96 页）

探秘亚马孙

身上的衣服干了又湿，湿了又干，恰如心情

拉美第一扇门由硕大的藤围成

吼猴大吼：吾之领地，禁止侵入

与其说险些踩到毒蛇，不如说险些踩到纬线

同美洲豹捉迷藏那才叫一个刺激

我追踪卷尾猴不是为了劝他们做护士①

切叶蚁暗示我，人可以非常简单地活着②

食蚁兽狡黠，不吃窝边草

纵使金刚鹦鹉唱起京剧亦不足为奇

---

① "驯养的卷尾猴几乎可以代替护士，而且它们即便长时间工作也不会口出怨言，还大大增加了病人的愉快情绪。这些猴护士能做的工作很多，包括为病人开关电灯、电视和冰箱，换衣，梳头，洗脸，甚至给病人喂食。"（张树义：《探秘亚马孙》，广西科学技术出版社 2014 年第 2 版，第 75 页）

② 亦即说，要尽可能切断与尘世的联系。

箭毒蛙的毒液被德意志侏儒掘走了①

树懒肯定是梦见了以释梦为乐的弗洛伊德②

小蜂鸟好样的，好色而不淫③

与我不期而遇的野猪肯定不是母的

美洲貘与鲁智深，一对反义词④

患上几何皮肤病可不是闹着玩的⑤

吸血蝙蝠的专注属于夜的专注

蜘蛛猴捞的哪里是水中月亮呵，明明是宇宙涟漪

---

① "人越伟大越容易中箭，中讽刺之箭。射中侏儒就难一些了。"（［德］海涅：《论浪漫派》，黄明嘉译，载《海涅精选集》，杨武能编选，北京燕山出版社2008年版，第672页）

② "树懒当数动物王国的睡觉冠军，平均每天睡眠十七八个小时。"（张树义：《探秘亚马孙》，广西科学技术出版社2014年第2版，第113页）又参见［奥］弗洛伊德：《释梦》，孙名之译，商务印书馆1996年版。

③ 蜂鸟以花蜜为食，有善于吸吮花蜜的长嘴巴。其舌头演变成重叠的两瓣，取食时卷成筒状吸取花蜜。《史记·屈原贾生列传》："《国风》好色而不淫，《小雅》怨诽而不乱，若《离骚》者，可谓兼之矣。"

④ 美洲貘是严格的素食者。鲁智深是酒肉和尚（《水浒传》）。

⑤ "我也曾患过热带皮肤病，而且迄今也不知道它究竟是什么病。病症是小腿的皮下鼓起了一行，而且滑稽的是这鼓起的一行还会行走，在皮肤下来来回回地走出了一个正弦曲线。我想这大概不会叫做（作）几何皮肤病吧。好在我染病不久就回到巴黎，去皮肤病医院就诊，医生说可能是下水时感染的一种蠕虫。给我按体重开了一剂'毒药'，我没事儿，果然把蠕虫毒死了，现在腿上还有它留下的痕迹。"（张树义：《探秘亚马孙》，广西科学技术出版社2014年第2版，第145页）

一只小鸟把我当成奶妈

红岩伞鸟跳起了芭蕾

哈比鹰①是大千世界孤独的观察者
（有资格与屈大夫彻夜长谈）

动物的隐形术，植物的诈术，比人差远啦

只要来之，就无法安之
那就与亚马孙的热带雨林和神奇女战士协同进化吧②

———————

　　①　美洲角雕（即哈比鹰）"是全世界体型最大的以活的动物为食的猛禽"。
（张树义：《探秘亚马孙》，广西科学技术出版社 2014 年第 2 版，第 104 页）屈原
《离骚》曰："鸷鸟之不群兮，自前世而固然。"
　　②　亚马孙的热带雨林被称为"地球之肺"，提供了地球氧气的三分之一。亚
马孙女战士是传说中的女战士族，有根据其故事改编的电影《神奇女侠》（派蒂·
杰金斯执导，2017 年）。

小冰河

曾经有过那么一个漫长的糟糕时代。

人们以恐惧的激情

面对寒风凛冽和可怕的霜雾

以及随之而来的大饥馑和沙场血拼。

时而干旱，时而潮湿，

一会儿骤雨，一会儿暴雪。

鞋子把脚冻住了，①

死鱼把渔船冻住了，

历法把朝代驱逐了，②

教堂钟声嘶哑了，

无夏之年最后的玫瑰也凋零了。

倒霉事儿一件接着一件，

谁还有耐心

聆听大地和太阳的脉动呢。

傲慢的地球人啊，

打着民族主义的旗号

窝里斗就可以了，

不要试图影响遗弃了造物主的宇宙。

---

① 参见〔美〕布莱恩·费根：《小冰河时代：气候如何改变历史（1300—1850）》，苏静涛译，浙江大学出版社2013年版，第53页。

② 明朝最后四十年，也就是1600—1643年，是中国历史上最冷的一段时间。当时的中国既冷且旱，农作物歉收是常事。1618年、1622—1629年，以及1633—1643年的饥荒极为悲惨。参见〔瑞士〕许靖华：《气候创造历史》，甘锡安译，生活·读书·新知三联书店2014年版，第26—30页。

门捷列夫

圣彼得堡的晚霞点燃了

玻璃厂的大门。沉甸甸的谆嘱

轰击着敏感的心灵。①

有人悄悄把宇宙的天窗打开。②

那是一个来自西伯利亚的大胡子，

每根胡子上都点缀着水、

酒精、哲学，诸如此类的东西。③

俄罗斯之外的异族绝非

他的兄弟。④ 勤快或懒惰的

原子对他亲热有加。

---

① 门捷列夫（1834—1907）年少时（14 岁），父亲去世。母亲所开的玻璃厂因失火倒闭，生活日艰。但母亲坚持把他送到圣彼得堡师范学院求学。1887 年，门捷列夫把论溶液的著作题献给母亲时说："她通过示范进行教育，用爱来纠正错误，她为了使儿子能献身于科学，远离西伯利亚陪伴着他，花掉了最后的钱财，耗尽了最后的精力。"（［英］J.R.柏廷顿：《化学简史》，胡作玄译，中国人民大学出版社 2010 年版，第 276 页）

② "门捷列夫元素周期表不仅包含所有的已知元素，甚至还为那些有待发现的元素大胆地设置了'天窗'。这些元素后来陆续被人们发现，基本性质也和门捷列夫的预测相吻合，这充分证明了门捷列夫元素周期表的正确性。"（［美］德里克·B.罗威：《化学之书》，杜凯译，重庆大学出版社 2019 年版，第 75 页）

③ 门捷列夫凭一篇论文《论水和酒精之结合》获博士学位。他有"化学界的哲学家"之美誉。

④ 门捷列夫是一位激进的爱国者。"1904 年 2 月，日俄战争爆发了。他坚信俄国应该胜利，为此参加了海军并为海军发明一种无烟火药 pyrocollodion（焦性火棉胶）。然而，他的一己之力终究没能挽回俄罗斯失败的结局。那时他已是 70 多岁的人了。他接受不了战败的结果。"（［俄］尼查耶夫：《化学的魔力》，薛寅子编译，天津科学技术出版社 2009 年版，第 164 页）

一位擅长铅笔画的哥萨克女人①

缔造着他生活中的仪式感。

一头北极熊温暖地梦见过他。②

他无甚特异功能，

只是个喜欢燃烧石油

和自己的普普通通的预言家。

① 指门捷列夫的第二任妻子 Anna Ivanovna Popova，一位具有艺术家气质的哥萨克美女。参见［俄］尼查耶夫：《化学的魔力》，薛寅子编译，天津科学技术出版社 2009 年版，第 164 页。

② "1907 年 2 月的一天，稍微着了点凉的这位老化学家，在听着家人读 Verne 的《游行北极的日记》时，与世长辞了。"（［俄］尼查耶夫：《化学的魔力》，薛寅子编译，天津科学技术出版社 2009 年版，第 164 页）

希腊火

　　涵括"火"在内的古希腊"四大元素说"与现在的"元素周期表"之间的差异，不过是一百步与五十步罢了。我们可以合理地推测，焚烧恩培多克勒的著名诗篇《论自然》的大火与焚烧布鲁诺的大火具有同等的残忍度。

　　关于拜占庭帝国的秘密武器"希腊火"的记载，除了狄奥法内斯的《年代记》，其他都烟消云散了。① "希腊火"的工艺也失传了。但这其实没什么，因为聪慧（但并不更残忍）的后人配制出了威力更强的火药、硝化甘油、TNT②和黑索金③。

　　每当名利心炽烈、欲火焚身时，我总会想起不在意自己命运的希腊之火。

　　每当写出精彩的诗篇时，我总会想起20世纪复活节上的拜占庭人叶芝。④

---

　　① "希腊火"是拜占庭帝国（东罗马帝国）抵抗伊斯兰势力的一种秘密武器，在672年前后由一名建筑师发明。开火时像喷火器和加农炮的结合体。"几乎可以确定，希腊火是以石油作为基础的，这些石油很可能来自黑海附近的一些天然油苗，在制作的过程中还很可能混入了树脂和硫磺。至于配方中的其他成分，学者们还在争论不休。"（［美］德里克·B.罗威：《化学之书》，杜凯译，重庆大学出版社2019年版，第13页）

　　② 即Trinitrotoluene，三硝基甲苯，是一种比较安全的炸药，能耐受撞击和摩擦。

　　③ 通用符号RDX，旋风炸药，是一种爆炸力极强的炸药，比TNT猛烈1.5倍。

　　④ 叶芝有名诗《1916年的复活节》《驶向拜占庭》《拜占庭》等。

每当研鉴当代西方自然哲学或中国法政思想时，我总觉得（有点遗憾地觉得），"言必称希腊"① 的时代尚未过去。

---

① "许多马克思列宁主义的学者也是言必称希腊，对于自己的祖宗，则对不住，忘记了。认真地研究现状的空气是不浓厚的，认真地研究历史的空气也是不浓厚的。"〔毛泽东：《改造我们的学习》，载《毛泽东选集》（第三卷），人民出版社 1991 年第 2 版，第 797 页〕

阿尔弗雷德·诺贝尔

一位使用炸药的歹徒、作恶分子和军火商？不，他只是发明，从不"使用"——那是政治家的事。

欧洲最富有的浪荡汉？不，他富有、终生未婚，却并不浪荡。

反对女性参与政治的男权主义者？不，他只是希望女性幸福而已——所谓幸福，就是各就其位、各司其职。

一位半途而废的作家？不，他只是来不及写完而已。

一位隐士？不，他只是偏爱偏僻的河流而已。

一个矛盾的人？和巴黎或北京的任何小人物一样，作为大人物的他也是个矛盾——略大些的矛盾。

一则谜语？① 他确实是个谜。对于不懂细胞哲学、化学新体系和自我规训的人来说是个谜。

他最大的优点是保持指甲干净，最大的缺点是送钱给理想主义者。

他的记忆中没有须弥山②，只有小人国的神。

你能在雪莱唱颂过的勃朗峰、夏日黄昏墓园及大法官的梦中发现他的影踪。③

---

① 《一则谜语》是诺贝尔的一首自传体长诗。参见［瑞典］肯尼·范特：《诺贝尔全传》，王康译，世界知识出版社 2014 年版，第 45—46 页。

② 须弥山来自婆罗门教术语，后为佛教引用，位于北俱芦洲八万米上空。

③ 雪莱是诺贝尔最崇拜的诗人。"由于受雪莱启发，诺贝尔作诗倾向于理想主义，因而他很难与诸如斯特林堡和左拉那样的自然主义者相一致。"（［瑞典］肯尼·范特：《诺贝尔全传》，王康译，世界知识出版社 2014 年版，第 48 页）《夏日黄昏墓园》《勃朗峰》《致大法官》是雪莱的三首诗。

诺贝尔奖

1

12 月 10 日，斯德哥尔摩音乐厅。

花是从意大利圣雷莫

专门空运而来的。

交响乐团做随时奏乐状。

国王亲自颁奖。

嗯，做一次"皇家宠物"①，挺好。

2

"诺贝尔奖臆想症"② 是一种贵族病，不是什么人都有资格患

上的。

3

一旦得了它，世界上

没有一间办公室

---

① "我不喜欢丁尼生，桂冠诗人尤其讨厌，好像皇家宠物。"（木心讲述、陈丹青笔录：《文学回忆录（全 2 册）》，广西师范大学出版社 2013 年版，第 526 页）

② "有一种疾病，叫做（作）诺贝尔奖臆想症（Nobelitis），它折磨着那些可能要得到诺贝尔奖或者他自认为就要得到诺贝尔奖的人。然后，他的生活就以这种可能性为中心了，弄得他很痛苦。这就是莫诺（Jacques Monod，1965 年生理学医学奖得主）所说的'诺贝尔奖对科学而言很好，但是对科学家而言很糟'的原因了。"（[匈] 伊什特万·豪尔吉陶伊：《通往斯德哥尔摩之路——诺贝尔奖、科学和科学家》，节艳丽译，上海科技教育出版社 2007 年版，第 6 页）

是你不能进去的。
它能打开所有的门。

一位诺贝尔奖得主
两手一摊，坏坏地笑道。①

4

每当我公开演讲时，
坐在电视机前的
父亲
总是激动得不能自已。
擅讲故事的他
接受的采访比我还多。

一位多年未返乡的
诺贝尔奖得主双目噙泪，说道。②

5

最悲催的，莫过于做了"第四人"，或"第四十一人"。③

---

① 改编自穆利斯（1993 年诺贝尔化学奖得主）的话。参见 ［匈］伊什特万·豪尔吉陶伊：《通往斯德哥尔摩之路——诺贝尔奖、科学和科学家》，节艳丽译，上海科技教育出版社 2007 年版，第 276 页。

② 改编自米尔斯坦（1927—2002，1984 年诺贝尔生理学或医学奖得主，阿根廷科学家）的话。参见 ［匈］伊什特万·豪尔吉陶伊：《通往斯德哥尔摩之路——诺贝尔奖、科学和科学家》，节艳丽译，上海科技教育出版社 2007 年版，第 276—277 页）。又参见中国科学技术协会编：《世纪辉煌：诺贝尔科学奖百年回顾》，科学普及出版社 2001 年版，第 136 页。阿根廷政府宣布 2021 年为米尔斯坦纪念年。

③ 每一项诺贝尔奖最多授予 3 人。法兰西学院最多 40 位院士。

6

诺贝尔奖让人疯狂,① 但并不让人伟大。伟大的人是自行伟大的。

7

拒绝领奖，看上去总是比拒绝真理牛气。

毕竟，诺贝尔奖是"天下谁人不知君"②，而真理常常是"养在深闺人未识"③。

---

① 约翰·沃克（1997 年诺贝尔化学奖得主）说："诺贝尔奖让人疯狂"；"诺贝尔奖是改变我生命的一个事件。这可能是除了生死之外最重要的事了"。参见［匈］伊什特万·豪尔吉陶伊：《通往斯德哥尔摩之路——诺贝尔奖、科学和科学家》，节艳丽译，上海科技教育出版社 2007 年版，第 64 页。

② 高适《别董大二首·其一》："莫愁前路无知己，天下谁人不识君?"

③ 白居易《长恨歌》："杨家有女初长成，养在深闺人未识。"

卡尔斯鲁厄

小城扼守黑森林的北大门

灰墙绵延，古塔高耸

天比平生所见的海蓝

乞丐俏皮又绅士

东方面孔不稀奇

街头乐队中藏着巴赫吗？

冰淇淋，糕饼，诱人

一个比一个色

喷泉琐细，王宫小气

广场金字塔像模型

唯联邦宪法法院透着庄严①

可我无暇参观

其实是不想坏了心中的乌托邦

（我是宪法学博士）

葡萄藤似的夜幕降临

抬脚，踏入末班 Tram-train②

时光隧道大概就是这个样子吧

突然想起长城和互联网

---

① 卡尔斯鲁厄为德国联邦宪法法院和联邦最高法院的所在地。参见［德］克劳斯·施莱希、［德］斯特凡·科里奥特：《德国联邦宪法法院：地位、程序与裁判》，刘飞译，法律出版社 2007 年版。

② 电车—列车系统（Tram-train）是一种轻轨运输系统，指路面电车从市区轨道驶入与传统列车共享的铁路路线。世界上第一个电车—列车系统诞生于卡尔斯鲁厄。

想起三百年前狩猎时的寂寞①

想及我来此，是为了

报道第一缕电磁波②

以及康尼查罗与卡尔斯鲁厄会议③

① 卡尔斯鲁厄建城于 1715 年，此地原是卡尔三世·威廉的狩猎森林。

② 1888 年，时任卡尔斯鲁厄理工学院教授的海因里希·鲁道夫·赫兹发现了电磁波。频率的国际单位制赫兹即以他的名字命名。

③ "1860 年，世界上第一次国际化学会议在德国卡尔斯鲁厄举行，史称卡尔斯鲁厄会议（Karlsruhe Congress），其目的是解决原子、分子质量及其他一些的化学问题。一篇来自意大利化学家斯坦尼斯劳·康尼查罗的论文在会上引起极大轰动，虽然这篇论文他两年前就已经发表，但当时并没有收到什么反响。基于阿伏伽德罗的工作，康尼查罗在《化学哲学教程概要》一文中试图明晰原子量确定的基本原则：和道尔顿一样，康尼查罗以氢气为标准，假设氢气的质量为 1；但与道尔顿不同的是，他认同法国化学家约瑟夫－路易斯·盖-吕萨克的研究结论，认为氢气是由两个氢原子构成的双原子（Diatomic）分子；同时他还提醒与会代表，根据阿伏伽德罗的研究结果也证实氧气同样是双原子分子；阿伏伽德罗的理论已经论证了相同体积的不同气体含有的分子数目是相同的，它们之所以质量不同就在于不同气体分子本身质量不一样。"（［美］德里克·B.罗威：《化学之书》，杜凯译，重庆大学出版社 2019 年版，第 68 页）

玛丽·斯科洛多斯卡

一个具有"厌女症"、喜欢用琐事麻痹爱思索的脑子的男人（他名叫皮埃尔·居里），二十二岁时在日记中写道："女人比我们男人更喜欢为生活而生活。天才的女人简直是凤毛麟角。因此，当我们被某种神秘的爱情驱使，想要进入某种反自然的道路时，当我们全神贯注于自然奥秘时，我们往往就与社会相隔绝，我们就常常要与女人去斗争，而这种斗争又几乎永远不是势均力敌的，因为女人会以生活和本能的名义扯住我们的后腿。"①

这里的女人，不包括她——玛丽·斯科洛多斯卡。

她当时只有十四岁，第一次见到大海。她觉得自己是汹涌波涛上的一叶扁舟、一片树叶。

另一个没有"厌女症"、沉浸于万物的可知性及其因果关系的男人（他的名字叫阿尔伯特·爱因斯坦）公开发表演讲道："她的坚强，她的意志的纯洁，她的律己之严，她的客观，她的公正不阿的判断——所有这一切都难得地集中在一个人的身上。她在任何时候都意识到自己是社会的公仆，她的极端的谦虚，永远不给自满留下任何余地。由于社会的严酷和不平等，她的心情总是抑郁的。这就使得她具有那样严肃的外貌……一种无法用任何艺术气质来解脱的少见的严肃性。"②

这里的女人，特指她——玛丽·斯科洛多斯卡。

她当时已魂归大海。大海的命运就是成为大海，与天空对话。

---

① 转引自 [法] 玛丽·居里：《居里夫人自传》，陈筱卿译，中国文联出版社 2014 年版，第 83 页。

② 爱因斯坦：《悼念玛丽·居里》，载《爱因斯坦文集》（第一卷），许良英、李宝恒、赵中立等编译，商务印书馆 1976 年版，第 339 页。

她出生时是千万亡国奴中的一个，① 死后成了唯一的居里夫人。

魏文帝曰："未有不亡之国。"② 波兰或许再次沦亡，永不复国，但她永在——因为镭永在，钋永在，放射性永在③。

---

① "华沙当时处于俄国的统治之下。"（［法］玛丽·居里：《居里夫人自传》，陈筱卿译，中国文联出版社 2014 年版，第 5 页）"和皮埃尔·居里不同，玛丽·斯克洛多夫斯卡，在俄罗斯专制沙皇亚历山大二世统治下的一个警察国家里长大……波兰从地图上消失了，变成了领地维斯图拉。"（［美］丹尼斯·布莱恩：《居里一家——一部科学上最具争议家族的传记》，王祖哲、钱思进译，湖南科学技术出版社 2011 年版，第 12 页）

② 《三国志·文帝纪第二》。

③ "放射性既包含时间的极限也包含距离的极限，久远而又神秘。""放射性输出的能量特别大，就像出盐的神磨、丰裕之角和其他丰饶的象征一样，永世不竭地发出能量。"（［美］玛乔丽·C.马利：《放射性秘史——从新发现到新科学》，乔从丰、汤亮、陈曰德等译，上海科技教育出版社 2016 年版，第 162 页）

巧克力

纵使不知甘油三酯、相变、

原子键和潜热为何物,①

我仍能曼妙地享受

你在定情前夕赠送的这份甜蜜。

它就是入口即化的巧克力。

它一度被视作春药和货币,②

并继续在理性与情感

泛滥的现时代

与奶茶和咖啡分庭抗礼。

吃巧克力胜过接吻是骗人的,

但它却激发我回答那个

有人问过却等于没有问过的老问题:

一个女人为何需要男人的爱?

看吧。与黄昏同病相怜的

---

① "可可脂的主要成分是一种叫作甘油三酯的大分子";"从固体变为液态称为'相变',必须靠能量打破结晶分子间的原子键,让分子自由流动才能做到。因此巧克力到达熔点后,仍会从你的身体吸收额外能量进行相变。这时巧克力吸收的能量称为潜热,而这能量是由你的舌头提供的"。([英]马克·米奥多尼克:《迷人的材料》,赖盈满译,北京联合出版公司2015年版,第93、96页)

② "奥梅克人和后来的玛雅人最早种植可可豆,也最早发明热可可,并且将之当成祭奠用品和春药长达数百年,甚至曾当成货币。"([英]马克·米奥多尼克:《迷人的材料》,赖盈满译,北京联合出版公司2015年版,第100页)

丹麦王子①和随风飘动的奥菲利娅。②

制作巧克力的技术之复杂

不下于与千仞峭壁和冷漠星辰对话。

泛舟五洋之后

就会拒绝以家为家，

开启看似没有目标的征伐（也是挣扎）。

亲密的爱人难道不应该一起

诵读甜味或苦味的十四行诗，③

一起醉卧巧克力工厂④，

一起畅享感官的刺激，

一起不以己悲、不以物喜，

一起接受异教神的祝福，哪怕遭世人唾弃？

---

① 指哈姆莱特。

② "洁白的奥菲利娅随风飘动，像一朵盛大的百合。"（［法］阿尔蒂尔·兰波：《奥菲利娅》，载《兰波作品全集》，王以培译，作家出版社2011年版，第22页）奥菲利娅是莎士比亚悲剧《哈姆莱特》中的人物。她是哈姆莱特的恋人，在哈姆莱特误杀了她的父亲又离开她之后，她精神失常，不慎落水丧生。

③ "我觉得巧克力就像一首诗，跟十四行诗一样复杂与美好。"（［英］马克·米奥多尼克：《迷人的材料》，赖盈满译，北京联合出版公司2015年版，第107页）

④ 参见电影《查理和巧克力工厂》（蒂姆·波顿执导，2005），它改编自1964年罗尔德·达尔的同名小说。

蜘蛛丝

日本作家芥川龙之介和美国漫画家斯坦·李①肯定也都是隐形的化学家，否则，前者不可能设想出一根细蛛丝就能承负千百人的情节②，而后者不可能化身蜘蛛侠，凭借可以任意伸长变形的蛛丝在都市里飞檐走壁。

他们的艺术夸张和想象具有科学根据——大艺术家不可能不懂科学。蛛丝是一种异常坚韧的材料，有"生物钢"的美称，可以用来制作强度难以置信的绳索、网、电缆、降落伞和防弹背心。同等粗细的蛛丝能够比不锈钢钢筋承受多五倍的重量而不折断。

但蜘蛛无法大规模养殖。它们嗜爱独居（同类相遇即相互残杀），且自行决定是否吐丝，以及吐丝时间。

另辟蹊径？比如说，将蛛丝蛋白的 DNA 序列转入山羊的乳腺细胞中，通过羊奶获取蛛丝蛋白。③ 目前，人工干预仍处于实验阶段，效果尚不理想。

或许，蜘蛛们将一直严守自己纺丝的秘密。

或许，佛祖和蜘蛛侠是失散多年的兄弟。

或许，威灵顿将军和蛛网的故事纯属虚构——我爱编故事，又太偏爱拿破仑，才有此质疑。

---

① 芥川龙之介（1892—1927）被称为"日本的鲁迅"，日本有以他的名字命名的文学奖。斯坦·李（1922—2018），被称为"漫威之父"（漫威是美国漫画巨头之一）。

② 参见［日］芥川龙之介：《蜘蛛之丝》，载《罗生门》，高慧勤译，长江文艺出版社 2013 年版，第 67—70 页。

③ 参见［美］德里克·B.罗威：《化学之书》，杜凯译，重庆大学出版社 2019 年版，第 113 页。

想象中的化学

蛋白质在捕捉分子。分子在搭积木。

木餐桌上的盐粒乜斜窗外的大雪。

雪光，寒光，荧光，浮在夜幕中。

睡不着的顽童独自玩着原子纸牌游戏，

他体内的细菌正以惊人的速度生长

——氮转化成氨。① 氧转化成臭氧。

第一肉身转化成第二肉身，②

转化成七十二变的心猿。心猿

把尿撒向本是尘土归于尘土的万物。③

尘土飞扬中的巫师正盗用石英水晶施法。

风尘仆仆的卡内蒂给一群无聊的

作家评论家普及简单燃烧的原理。④

愚弄不了浮士德的魔鬼逃到魏玛，

---

① "细菌是怎样做的呢？它们体内有（我们却没有）一种酶，那是一种微小的化学工厂，能使氮（N_2）转化成氨（NH_3）。"（［美］罗尔德·霍夫曼、［美］维维安·托伦斯：《想象中的化学——对科学的反思》，金丽莉、吴思、花季红译，上海科技教育出版社 2003 年版，第 22 页）

② "我只需要喝一杯（特制药剂），立即就可丢弃那个知名教授的肉体，而像穿上一件大衣一样穿上爱德华·海德的形体"；"为了避免意外，我甚至还来拜访自己，让我的第二肉身在自己家中成为常客"。（［英］史蒂文森：《化身博士》，赵毅衡译，载文美惠编选：《斯蒂文森精选集》，山东文艺出版社 1998 年版，第 119 页）

③ 《圣经·创世纪》（3：19）："你本是尘土，仍要归于尘土。"

④ 埃利亚斯·卡内蒂（1905—1994）是 1981 年诺贝尔文学奖得主，但他是一名化学博士（1929 年毕业于维也纳大学）。

讲授异构现象、热力学和化学记号学①。

突然变得多情的上帝给燃素论者、

拉瓦锡及杀害拉瓦锡的群氓一一号脉。②

流血的革命和空气的革命。

断头台的记忆和火的记忆。

被催化剂和毒气暂时定格的历史。③

东方人最早用蟾蜍毒液治病;④

西方人最早意识到一氧化碳能把

痴儿女⑤送入坟茔;

---

① "化学记号学的代表就是分子结构,分子结构不仅能见原子的组成,还能看到原子的连接方式、在三维空间中的排列,及让它们进行反应的容易度;此外,分子结构还决定了分子的所有物理、化学性质和生物性质。"([美] 罗德·霍夫曼:《大师说化学》,吕慧娟译,漓江出版社 2017 年版,第 69 页)

② 法国大革命期间 (1794 年),拉瓦锡被送上断头台。

③ 德国化学家弗里茨·哈伯 (1868—1934,1918 年诺贝尔化学奖得主) 用铁做催化剂,第一次从空气中制造出氨 (哈伯法合成氨),使人类摆脱依靠天然氮肥的局面。哈伯担任化学兵工厂厂长时负责研制生产氯气、芥子气等毒气,并用于一战之中。"毒气并非很干脆地把人杀死,哈伯的儿子估计,因毒气死亡的人数,约只占毒气伤亡总人数的 6.6%。显而易见大多数士兵是被毒气所伤,并未死亡,但许多人终身不能痊愈。"([美] 罗德·霍夫曼:《大师说化学》,吕慧娟译,漓江出版社 2017 年版,第 182 页)

④ "晾干的蟾蜍毒素,即蟾蜍表皮腺体分泌物 (蟾酥) 在中国长期用于治疗心脏病。20 世纪内,蟾蜍毒素提取物的很多成分被分离出来,其活性也得到了研究。其中的主要活性物质是蟾蜍二烯羟酸内酯一类的代化合物,即一种叫做(作) 蟾蜍精的分子。"([美] 罗尔德·霍夫曼、[美] 维维安·托伦斯:《想象中的化学——对科学的反思》,金丽莉、吴思、花季红译,上海科技教育出版社 2003 年版,第 74 页)

⑤ 这里指殉情 (用煤气) 自杀的男女。元好问《摸鱼儿·雁丘词》:"欢乐趣,离别苦,就中更有痴儿女。"

拥有亲和力和巨大激情的智者①

把自己藏身于

立体主义或超现实主义的

拼贴画之中，直视事物的核心和核心的核心，悄悄地沸腾。

---

① 歌德的《亲和力》是"少数以化学理论为主题的成功文学作品。亲和力这一概念是说：在特定的化学实体（分子的片段）之间，有一种特殊而且可以详细阐明的化学亲和力"（［美］罗德·霍夫曼：《大师说化学》，吕慧娟译，漓江出版社2017年版，第275页）。"巨大的激情是不治之症。"（［德］歌德：《亲和力》，高中甫译，上海三联书店2015年版，第167页）

锂

人到中年但并不油腻的我

企望和奢求真的不多，不过是：

有机会看锂一般轻柔的女子曼舞，①

有碳酸锂片舒缓躁郁的情绪，②

有锂电汽车供我驾驶（去拜访

谌容③和特斯拉的拥趸埃隆·马斯克④），

有机会才食黄河鲤，又得盐湖锂，⑤

有机会给富锂恒星做心电图，⑥

有机会给郭守敬⑦算命，

---

① "锂是一种非常软、非常轻的金属，轻得能够浮在水面上，具有如此技艺的仅有的另外两种金属是钠和钾。"（［美］格雷：《视觉之旅：神奇的化学元素（彩色典藏版）》，陈沛然译，人民邮电出版社2011年版，第19页）

② "碳酸锂（它在体内能离解为锂离子）产生的镇定作用能够抚平躁郁症那时高时低的情绪波动。一个简单的元素能够对意识具有如此微妙的作用，证实了那些就像人类的情感那样复杂的现象如何最终为基本的化学过程所控制。"（［美］格雷：《视觉之旅：神奇的化学元素（彩色典藏版）》，陈沛然译，人民邮电出版社2011年版，第19页）

③ 谌容（1936—　）是中国女作家，代表作为中篇小说《人到中年》。

④ 尼古拉·特斯拉（1856—1943）是塞尔维亚裔美国科学家，被称为"世界上最后一个科学先知"（参见［美］尼古拉·特斯拉：《特斯拉自传》，倪玲玲译，北京时代华文书局2014年版）。埃隆·马斯克（1971—　）是特斯拉（美国电动车及能源公司）CEO，世界首富（2021年1月数据）。

⑤ 中国国内约90%的锂资源赋存于盐湖卤水（而非矿石固体），盐湖提锂技术对中国至关重要。毛泽东《水调歌头·游泳》："才饮长沙水，又食武昌鱼。"

⑥ 2018年8月7日，中科院国家天文台的科学家依托大科学装置郭守敬望远镜（LAMOST，大天区面积多目标光纤光谱天文望远镜）发现一颗奇特天体，它的锂元素含量是同类天体的3000倍，是人类已知锂元素丰度最高的恒星。

⑦ 郭守敬（1231—1316）是元代著名的天文学家、数学家和水利工程师。

有机会目睹 138 亿年前宇宙大爆炸时

锂的诞生。①

① 锂是 138 亿年前宇宙大爆炸时和氢、氦同期出现的首批元素。

牛津主妇

　　牛津主妇名叫多萝西·克劳福特·霍奇金，烧得一手好菜，生了三个孩子。

　　她在做饭、带孩子之余，顺便拿了个诺贝尔化学奖。[1]

　　她既是一个多情男人的俘虏，又是化学和晶体的俘虏。[2] 但反过来说亦无不可。那个多情的男人、青霉素、胰岛素、甾醇、维生素 B12、X 射线、陶瓷碎片和马钱子碱，都心甘情愿地做了她的俘虏，向她袒露隐藏甚深的内在结构。她能看到单个的原子和分子。[3] 她将原子和自己置于三维空间和投影之下。

　　她奉行"我是，我能，我应当，我愿意"的信条——这让我想起伟大的恺撒，他的名言是"我来，我见，我征服"。尽管不如埃及女王美艳，但她也是王（生物化学界的女王）。她喜欢啃硬骨头，不像她那个不可一世的女学生玛格丽特·罗伯茨——人称撒切尔夫

---

　　① 1964 年，霍奇金"因在用 X 射线衍射技术测定重要生化物质结构方面的贡献而获奖"。英国《每日邮报》报道霍奇金获奖时使用了这样的标题——《牛津主妇获得诺贝尔奖》（"Nobel prize for a wife from Oxford"）。霍奇金自 1934 年起在牛津大学教授化学，在牛津工作 33 年。

　　② 霍奇金说："我这一生为化学和晶体所俘虏。"（［英］乔治娜·费里：《为世界而生——霍奇金传》，王艳红、杜磊译，上海科技教育出版社 2010 年版，第 2 页）

　　③ 霍奇金说："我最早接触晶体 X 射线衍射这个题目，是在拜读布喇格 1925 年为小学生编写的《关于物体的本性》一书的时候。他在书中写道：'从广义上讲，X 射线的发现把我们眼睛的透视能力增强了一万倍，使我们能够"看到"单个的原子和分子。'这也是我最初学到的生物化学知识，它使我想"看到"分子的强烈愿望得到满足。"（［英］霍奇金：《复杂分子的 X 射线分析》，张改莲译，载《诺贝尔奖讲演全集》编译委员会编译：《诺贝尔奖讲演全集（化学卷Ⅱ）》，福建人民出版社 2004 年版，第 482—483 页）

人——欺软（阿根廷）怕硬（中国）。①

她厌恶言不及义的"女权"一词，从不忧虑不是问题的问题。

她拥有晶体般晶莹和纯洁的心灵，为世界而生。

她是中国人民的朋友，② 也是所有致力于破除界限（从学科界限③到国别界限）的人的朋友。

---

① 撒切尔夫人于 1943—1949 年在牛津大学攻读自然科学，主攻化学，是霍奇金的学生。撒切尔夫人主政的英国在 1982 年马岛战争中打败阿根廷，却不得不在 1984 年签署联合声明，把香港归还中国。"中国并非阿根廷"；"中国决心已定，英国没什么底牌可打"。参见［英］韦尔什：《香港史》，王皖强、黄亚红译，中央编译出版社 2009 年版，第 560 页。

② 霍奇金曾参加 1959 年中华人民共和国成立 10 周年庆典，并多次访问中国，最后一次是 1993 年（北京，第十六届国际晶体学大会，她于翌年去世）。霍奇金曾经在 1972 年东京国际晶体学大会上宣布："中国蛋白质晶体学研究的水平和世界发达国家水平一样高。胰岛素晶体的最好电子密度图在北京，而不在牛津。"参见郭康：《诺贝尔化学奖得主霍奇金：被晶体俘获的人》，《中国科学报》2014 年 4 月 11 日第 12 版。

③ "我于 1932 年到了剑桥大学，同伯纳尔（Bernal）一道工作。在那里，我们科学界不分什么界限。"（［英］霍奇金：《复杂分子的 X 射线分析》，张改莲译，载《诺贝尔奖讲演全集》编译委员会编译：《诺贝尔奖讲演全集（化学卷Ⅱ）》，福建人民出版社 2004 年版，第 483 页）笛卡儿也说："大可不必把我们的心灵拘束于任何界限之内。"〔［法］笛卡尔（儿）：《探求真理的指导原则》，管震湖译，商务印书馆 1991 年版，第 1 页〕

怀疑派

我怀疑以怀疑派化学家波义耳

为先驱的无形学院①

试图搅乱无形的时间长河。

我怀疑"有生于无"② 的哲学。

我怀疑语不惊人死不休的假说。

我怀疑圆周线与直线是否存在本质区别。③

我怀疑那一江春水

是否会永远向东流。

我怀疑与上天对赌的赌徒

是否肯见好就收。

我怀疑跟着月亮走的情侣

中的一个早已背叛了月亮和誓言。

我怀疑佛教徒气质、

实用主义的来世观

---

① 参见〔英〕波义耳：《怀疑的化学家》，袁江洋译，北京大学出版社 2007 年版；〔美〕戴安娜·克兰：《无形学院：知识在科学共同体中的扩散》，刘珺珺、顾昕、王德禄译，华夏出版社 1988 年版。

② 《道德经》第四十章："天下万物生于有，有生于无。"

③ "贝内德蒂的论证表明了圆周线与直线没有任何本质上的区别，而只是同一个投影的不同视角，这就打破了古典对于圆周运动的偏好。古希腊的几何学之所以是造型的或审美的，乃是在下述意义上如此：基本的几何形状（三角形、正方形、圆形等）在感官上被感受为独立的实体。从 16 世纪开始使用的投影方法，使人们有可能把在质上显然有着绝对差异的东西解释为同一形状的不同变体。"〔〔美〕沃格林：《宗教与现代性的兴起》（修订版），霍伟岸译，华东师范大学出版社 2019 年版，第 203 页〕

和不只是在逻辑上推演的存在之链。①

我怀疑是否应该

在活人中寻找死人（这很易）、

在死人中寻找活人（这很难）。

我怀疑宇宙的去灵魂化是否可取。②

我怀疑存在新方法新领域新工具。

我怀疑血统和使命的正当性。

我怀疑"爱""恨""仁"

"范式"③"证伪"④ 等大词的功能。

我怀疑为怀疑而怀疑的人。⑤

我怀疑不老的泉水。⑥

我怀疑本我和超我。⑦

我怀疑低吟"我怀疑，故我在"的我自己。

---

① 参见〔美〕阿瑟·O.洛夫乔伊：《存在巨链——对一个观念的历史的研究》，张传有、高秉江译，商务印书馆 2015 年版，第 31、37 页。

② "伽利略和笛卡尔（儿）通过物理学的数学化而实现的宇宙的去灵魂化（deanimation）。"〔〔美〕沃格林：《宗教与现代性的兴起》（修订版），霍伟岸译，华东师范大学出版社 2019 年版，第 189 页〕

③ 关于"范式的优先性"，参见〔美〕托马斯·库恩：《科学革命的结构》，金吾伦、胡新和译，北京大学出版社 2003 年版，第 40—47 页。托马斯·库恩的"范式论"实际上是马后炮、事后诸葛亮，其意义不应被夸大和过于渲染。

④ 卡尔·波普尔认为："衡量一种理论的科学地位的标准是它的可证伪性或可反驳性或可检验性。"（〔英〕卡尔·波普尔：《猜想与反驳——科学知识的增长》，傅季重、纪树立、周昌忠等译，上海译文出版社 1986 年版，第 52 页）

⑤ "我这并不是模仿怀疑论者，学他们为怀疑而怀疑，摆出永远犹疑不决的架势。"〔〔法〕笛卡尔（儿）：《谈谈方法》，王太庆译，商务印书馆 2000 年版，第 23 页〕

⑥ "泉水边的那喀索斯并不仅仅沉迷于对他自己的静观。他自身的形象是世界的中心。"（〔法〕加斯东·巴什拉：《巴什拉文集（第 4 卷）：水与梦——论物质的想象》，顾嘉琛译，商务印书馆 2019 年版，第 34 页）

⑦ "本我"和"超我"是弗洛伊德提出的概念。

《易》与确定性混沌

"我宁愿做一个补鞋匠，也不愿做一个物理学家;① 宁愿与聂小倩鬼混，也不愿结识拉普拉斯妖;② 宁愿吃两碗地道的兰州拉面，也不愿与人讨论揉面哲学、爻、可逆性和超时间;③ 宁愿读一点《中庸》和金庸小说，也不愿撰写长文介绍'确定性混沌'④ 之类的抽象概念……"

"宁愿、宁愿，你'宁愿'完了吗?"

"没。怎么，牢骚都不能发了?!"

"能能能。但夫子曰，君子敏于行而讷于言。君子不应牢骚满腹，喋喋不休。"

---

① 参见爱因斯坦:《反对电子有自由意志的想法——1924 年 4 月 29 日给玻恩夫妇的信》，载《爱因斯坦文集》（第一卷），许良英、李宝恒、赵中立等编译，商务印书馆 1976 年版，第 193 页。

② 聂小倩是《聊斋志异》中的人物，电影《倩女幽魂》（程小东执导，1987 年）改编自她的故事。法国数学家拉普拉斯（1749—1827）是决定论者，他想象一位智者（拉普拉斯妖）"有能力去观察宇宙的现今状态并预言其演化"（［比］普里戈金、［比］斯唐热:《确定性的终结:时间、混沌与新自然法则》，湛敏译，上海科技教育出版社 2009 年版，第 9 页）。

③ 潘雨廷说:"揉过的面是否能回到没揉过的状态，即今天过了，今天还会来吗，爱因斯坦和玻尔为此争论了一生。我相信是可逆的，有超时间。婴儿生出来，入世受教育，就是揉面粉，如何能恢复本来面目";"人事可逆不可逆";"整个宇宙大循环，可重复";"我看几千年历史都在重复，但是人们就是看不破"。（张文江记述:《潘雨廷先生谈话录》，复旦大学出版社 2012 年版，第 147、401 页）"不可逆过程和可逆过程一样实在，不可逆过程同我们不得不加在时间可逆定律上的某些附加近似并不相当。"（［比］普里戈金:《从存在到演化》，曾庆宏、严士健、马本堃等译，北京大学出版社 2007 年版，序，第 4 页）

④ "现今正在出现的，是位于确定性世界与纯机遇的变幻无常世界这两个异化图景之间某处的一个'中间'描述"，比如说"确定性混沌"。参见［比］普里戈金、［比］斯唐热:《确定性的终结:时间、混沌与新自然法则》，湛敏译，上海科技教育出版社 2009 年版，第 145—146 页。

"我可不是君子。"

"那你是 who（谁）?"

"我是牛因斯坦。"

"既然还记得自己是牛因斯坦，唯一的牛因斯坦，那就做好你该做的事。先把你早先答应的《〈易〉与确定性混沌》一书写了，我等着帮你出版，赚一笔呢。"

"真没想到你如此唯利是图。"

"比你强。你唯名是图，更贪心。须知，名利名利，名在利前。再说，你不通俗务，出版的事还得靠我替你谋划。你我狼狈为奸，各取所需罢了。"

"咱俩谁是狼，谁是狈?"

"重要吗?"

"重要。尽管不如热力学第二定律重要，不如勾引引力波重要，不如暗算暗物质重要，不如辨别雄雌①重要。"

"牛郎啊，你又在白日做梦、自言自语了。快醒醒!"织女对我大声喊道。

---

① 《木兰辞》:"双兔傍地走，安能辨我是雄雌?"

第五辑

上帝如是说

1

上帝说："要有光。"

就有了光。①

上帝说："要有牛顿。"

就有了牛顿。②

上帝说："要有《光学》。"

就有了为关键性实验③做结语、为时间之女④作嫁衣的牛顿《光学》。

2

伏尔泰说："要有上帝。"

---

① 《圣经·创世纪》1：4。

② 英国经济学家凯恩斯称牛顿为上帝之子，说他"钻进上帝的怀抱就像进入他母亲的子宫"（［法］丰特奈尔等：《牛顿传记五种》，赵振江译，商务印书馆2007年版，第291页）。英国诗人蒲柏（1688—1744）为牛顿写的墓志铭为："Nature and Nature's laws lay hid in night：God said, Let Newton be! And all was light."（自然和自然法则在黑夜中隐藏，上帝说：要有牛顿！顿时光芒照亮万物。可意译为：天不生牛顿，万古长如夜。）（参见［英］牛顿：《光学》，周岳明等译，北京大学出版社2007年版，扉页）普里戈金说："我们都承认，倘若莎士比亚、贝多芬、梵高（凡·高）刚出生就死去，则没有其他人能取得他们所取得的成就。对科学家也是这样吗？如果没有牛顿，某个其他人就不能发现经典运动定律吗?"（［比］普里戈金、［比］斯唐热：《确定性的终结：时间、混沌与新自然法则》，湛敏译，上海科技教育出版社2009年版，第145页）

③ 指著名的牛顿色散实验。

④ "有人把真理称作时间之女，而不说是权威之女，这是很对的。"（［英］培根：《新工具》，许宝骙译，商务印书馆1984年版，第67页）

就有了上帝。即使上帝不存在，也要把它创造出来。①

伏尔泰说："要有牛顿。"

就有了牛顿。牛顿是客观存在，另一个神。②

伏尔泰说："要有《光学》。"

就有了惊天地、泣鬼神，发出耀眼光芒的牛顿《光学》。③ 是上帝、光和信仰，而非圣父、圣子和圣灵，构成了不可分离的三位一体。④

3

上帝不曾说"要有伏尔泰"⑤，是故，伏尔泰恼恨上帝，否认其客观存在。

伏尔泰不如牛顿平和。

---

① 参见李瑜青主编《伏尔泰经典文存》，上海大学出版社 2006 年版，第 309 页。

② "牛顿的品质使他超越了人类。在哈雷看来，牛顿虽然不是神，但有理由认为没有人曾经像牛顿那样接近过神。"（［英］罗布·艾利夫：《牛顿新传》，万兆元译，译林出版社 2015 年版，第 137 页）"牛顿既没有情欲，也没有弱点。他从来没有接近过任何女人。"（［法］伏尔泰：《哲学通信》，高达观等译，上海人民出版社 2005 年版，第 71 页）伏尔泰曾撰《牛顿哲学原理》一书宣扬牛顿的伟大。参见［美］沃格林：《革命与新科学》（修订版），谢华育译，华东师范大学出版社 2019 年版，第 63—65 页。

③ "在许多新鲜事物发现之后，牛顿关于光的发现是人类好奇心所能期待的一切新发现中的最大胆的发现了。"（［法］伏尔泰：《哲学通信》，高达观等译，上海人民出版社 2005 年版，第 85 页）

④ "大概是在 17 世纪 70 年代早期的某个时间，牛顿成了一个激进的反三位一体教义者。他认为传统的圣三位一体教义是一种莫名其妙、恶魔一般的腐败产物，是基督后第四个世纪中由那些曲解经文者引入的。"（参见［英］罗布·艾利夫：《牛顿新传》，万兆元译，译林出版社 2015 年版，第 77 页）牛顿求学和任教于剑桥大学三一学院。

⑤ 沃格林认为伏尔泰只是"二流人物"。参见［美］沃格林：《革命与新科学》（修订版），谢华育译，华东师范大学出版社 2019 年版，第 75 页。

牛顿从不公开承认自己属于"少数蒙选者"之一。① 他只是一个农家子弟，一个遗腹子。②

① "对于像他（牛顿）这样属于少数蒙选者的人而言，个人内心的宗教信仰才是最重要的。"（［英］罗布·艾利夫：《牛顿新传》，万兆元译，译林出版社2015年版，第133页）

② "他的父亲老艾萨克·牛顿是一个自耕农，35岁时才结婚，后来因病在儿子出生之前就去世了。"（［美］格雷克：《牛顿传》，吴铮译，高等教育出版社2004年版，第4页）

牛顿自述

流数、惯性、一神、巴比伦①、

炼金术、灵中之灵②、向心力、

反射自身的反射望远镜、

随手写下的几个公式、

苹果、贝壳、星际使者、

想象的构筑③、易怒、SIN④。

我就是这些东西。难以置信，

我还是审判日的回忆，⑤

是管道中的静水，⑥

是旋涡⑦和潮汐的交会。

---

① 英国经济学家凯恩斯称牛顿为"最后的巴比伦人"。（参见［法］丰特奈尔等：《牛顿传记五种》，赵振江译，商务印书馆 2007 年版，第 288 页）

② 牛顿"试图探索出炼金术的秘密——灵中之灵"。（［英］迈克尔·怀特：《最后的炼金术士：牛顿传》，陈可岗译，中信出版社 2004 年版，序言，第 X 页）

③ "牛顿风格包括三个阶段。第一个阶段通常开始于自然界的简单化、理想化，从而导致数学领域中一个想像（象）的构筑。"（［美］I.B.科恩：《牛顿革命》，颜锋、弓鸿午、欧阳光明译，江西教育出版社 1999 年版，序言，第 13 页）

④ 牛顿受封爵士后，他的论敌弗拉姆斯蒂德经常用"SIN"来称呼他。SIN 是 Sir Isaac Newton（艾萨克·牛顿爵士）的首字母缩写，合起来是"罪恶"之意。参见［英］罗布·艾利夫：《牛顿新传》，万兆元译，译林出版社 2015 年版，第 123 页。

⑤ "在 18 世纪 20 年代所写的一份手稿中，牛顿将'审判日'最早定在 2060 年。"（［英］罗布·艾利夫：《牛顿新传》，万兆元译，译林出版社 2015 年版，第 132 页）

⑥ "如果管道中的水是静止的，这些物体以相等速度沿相反方向在管道中运动，则它们相互间的阻力是相等的。"（［英］牛顿：《自然哲学之数学原理》，王克迪译，北京大学出版社 2006 年版，第 225 页）

⑦ 牛顿反对笛卡儿的以太旋涡说，代之以万有引力宇宙论。

我是从彗尾看彗头①、

给太阳和月亮称重的人。

我是计划之内的无限窄门,②

无限的钥匙。

我是对马人③和大理石雕像④

爱恨交加的人。

更奇怪的是我成了

在屋子里修补世界年表的人。⑤

---

① "彗尾起源于彗星的大气。""彗尾的大的光辉和长度起源于太阳传递给靠近它的彗星的热。"（［英］伊萨克·牛顿:《论宇宙的体系》,赵振江译,商务印书馆 2012 年版,第 70 页）

② 关于宇宙中的计划性以及上帝的无限和永恒,参见 ［英］牛顿:《牛顿自然哲学著作选》,［美］H.S.塞耶编,王福山等译,上海译文出版社 2001 年版,第 92—93 页;［法］亚历山大·柯瓦雷:《牛顿研究》,张卜天译,北京大学出版社 2003 年版,第 189—192 页。

③ 指希腊神话中的天文学家喀戎,他是半人马,博学多智。1889 年,精神崩溃的尼采曾抱着被鞭打的马的脖子失声痛哭。

④ 剑桥大学三一学院的门厅陈列着牛顿的大理石雕像（也是哲人石雕像）。

⑤ "他（牛顿）力不从心地试图证明,要想对世界机器的失调和反常进行预防和补救,必须有上帝的持续介入。"（［荷］E.J.戴克斯特霍伊斯:《世界图景的机械化》,张卜天译,湖南科学技术出版社 2010 年版,第 539 页）又参见 ［阿根廷］豪尔赫·路易斯·博尔赫斯:《深沉的玫瑰》,王永年译,上海译文出版社 2016 年版,第 7—8 页。

牛顿与新儒家

牛顿认为自己的科学工作旨在恢复古人失传了的知识，自己的神学工作是为了恢复真正的宗教。① 返本的目的只是返本，而非开新。没有什么"新"需要或能够开出来。

19 世纪以来，中国的新儒家对"开新"念兹念兹——但也只能念兹念兹了。一个昧于牛顿几何和天体动力学的所谓精英群体，不可能有什么值得一提的作为。他们往往以托古派和托古改制的面目出现（如康有为、冯友兰）②。他们可以自欺（自我感觉良好），可以欺人（包括欺皇帝），却欺不了视自然哲学为第一哲学的智者。让一位牛顿式的智者食人间烟火固然不易，③ 但让一位满口"经典""素王""古今之争"的新儒家返璞归真却更难，比搬移泰山还难。④

"会当凌绝顶，一览众山小"⑤ 说的是牛顿。牛顿是绝顶。

"窗含西岭千秋雪，门泊东吴万里船"⑥ 说的是牛顿。牛顿是窗。

---

① 参见［英］罗布·艾利夫：《牛顿新传》，万兆元译，译林出版社 2015 年版，第 103、111 页。

② 参见张广生：《返本开新：近世今文经与儒家政教》，中国政法大学出版社 2016 年版。

③ "包括友谊和性在内，生活中常见的慰藉几乎都吸引不了牛顿。艺术、文学和音乐也无法诱动他。"赫胥黎说："牛顿身为至高天才的代价就是他无法发展出友情、爱情、父爱和许多其他值得拥有的事物。他是一流的怪物，却是失败的男人。"（［美］爱德华·多尼克：《机械宇宙——艾萨克·牛顿、皇家学会与现代世界的诞生》，黄佩玲译，社会科学文献出版社 2015 年版，第 304 页）

④ 《西游记》第二十二回："遣泰山轻如芥子，携凡夫难脱红尘。"

⑤ 杜甫《望岳》。

⑥ 杜甫《绝句》。

"观者如山色沮丧，天地为之久低昂"① 说的是牛顿。牛顿是让东方的天地亦为之久低昂的剑。

但愿当代中国的新儒家和新新儒家们能够做一次观者，且不是把杜甫诠释为新儒家诗人之代表。

---

① 杜甫《观共孙大娘弟子舞剑器行》。

牛顿论诗

牛顿说:"诗是一种别出心裁的废话。"①

废话,很不幸,是真实的。

而他,很不幸,是虚幻的,且不是诞生在雷电之夜的马槽里②。

---

① [美] 爱德华·多尼克:《机械宇宙——艾萨克·牛顿、皇家学会与现代世界的诞生》,黄佩玲译,社会科学文献出版社 2015 年版,第 304 页。

② 耶稣出生后被置于马槽。参见《圣经·路加福音》2:7。

杨振宁论诗

杨振宁说："诗是什么？诗是思想的浓缩。"①

这岂非等于说，没有思想，就谈不上是诗？

这岂非等于说，迄今为止的绝大部分诗皆非真正的诗？因为思想是罕见、极罕见的。

这岂非等于说，发问"何谓思想"② 却动辄长篇大论（因而不够"浓缩"）的海德格尔还不如一行杨-米尔斯方程③？

---

① 杨振宁著、翁帆编译：《曙光集》，生活·读书·新知三联书店 2008 年版，第 156 页。

② ［德］海德格尔：《什么叫思想?》，载《演讲与论文集》，孙周兴译，生活·读书·新知三联书店 2005 年版，第 135—151 页。又参见［德］海德格尔：《面向思的事情》，陈小文、孙周兴译，商务印书馆 1999 年第 2 版，第 68—89 页。

③ 杨-米尔斯方程由杨振宁和米尔斯联合提出。它"构成了电弱理论和量子色动力学理论的基础，这两个理论作为基本粒子和力的标准模型的关键组成部分高高地耸立着"。（［英］格雷厄姆·法米罗主编《天地有大美——现代科学之伟大方程》，涂泓、吴俊译，上海科技教育出版社 2020 年版，第 230 页）

剽窃者

中国古代有牛李之争①，欧洲近世则有牛莱之争——牛顿与莱布尼茨的微积分战争。

两人争夺微积分的发明权，相互指责对方剽窃了自己的原创成果。② 彼此的攻击极尽恶毒和刻薄之能事，甚至显得有点下三烂（这场战争因为双方追随者的加入而变得更加炽烈③）。即使到了今天，剑桥大学三一学院的牛顿雕像与维也纳自然历史博物馆的莱布尼茨雕像仍隔着英吉利海峡怒不可遏地瞪着对方。这两位怀揣彩色梦想、起初还惺惺相惜的老光棍，怎会闹得如此不可开交呢？

不必上升到人性幽暗的层面。动辄上纲上线可不好。我们必须接受伟人也像普通人一样相互攻讦和争吵的事实。

纵使人品低劣，智者仍是智者。天才彼此攻讦，无损于他们都是天才。

你问我更喜欢哪位？怎么说呢？一位是"仅次于上帝的人"

---

① "牛李之争"指中国晚唐时期以牛僧孺为领袖的牛党与以李德裕为领袖的李党之间的政争。

② "关于微积分的创立问题，现今大多数学者已经在以下几点达成了共识：1. 流数系统与微积分系统只是使用的符号不同，在内容上基本是相同的。2. 牛顿在 1665 年就创立了流数理论，比莱布尼茨发表微积分论文要早十九年，比他和牛顿通信讨论微积分要早十一年。3. 莱布尼茨和牛顿各自独立地发展了他们的理论。"（［美］杰森·苏格拉底·巴迪：《谁是剽窃者：牛顿与莱布尼茨的微积分战争》，张菀、齐蒙译，上海社会科学院出版社 2017 年版，第 261 页）

③ 牛顿的"粉丝"克拉克还与莱布尼茨在别的学术领域展开论战。参见《莱布尼茨与克拉克论战书信集》，陈修斋译，商务印书馆 1996 年版。

(牛顿），一位是对以《易经》为核心的中国文化兴趣盎然的全面型天才① (莱布尼茨），只能说，我都喜欢——倘若我有喜欢的资格。

① 关于莱布尼茨思想中的中国元素，参见［英］李约瑟：《中国古代科学思想史》，陈立夫等译，江西人民出版社 1999 年第 2 版，第 422—428 页（论及莱布尼茨创立的二进制与《易经》的关系）；［德］夏瑞春编：《德国思想家论中国》，陈爱政等译，江苏人民出版社 1997 年版，第 3—28 页（选载了莱布尼茨的《中国近事》）；张西平主编《莱布尼茨思想中的中国元素》，大象出版社 2010 年版。关于莱布尼茨作为"全面型天才"：他的论著涉及法律、政治、神学、历史、语言学、逻辑学、地质学、数学、物理学等诸多学科；他的全集自 1923 年起就开始编撰，至今尚未完成，一位学者估计，莱布尼茨全集将达 110 卷（每卷 800—1000页）。参见［美］杰森·苏格拉底·巴迪：《谁是剽窃者：牛顿与莱布尼茨的微积分战争》，张菀、齐蒙译，上海社会科学院出版社 2017 年版，第 272 页。

万有引力之虹

《万有引力之虹》是生活在"零之下"的托马斯·品钦被加州大学伯克利分校数学系拒绝入学（此前他已获得英语学位）后的激愤之作，是一部搞怪小说。

在这部充满争议的作品中，你能读到火箭弹道学、长翅膀的枪子、神秘十字纹、风车驱动的邪恶魔法①、吸血鬼德拉库拉、拜占庭句式、双重夏令时、美国三大真理（大便、金钱、文字）、在镜片中的海洋里游泳的塑料人（即纳粹科学家）、追踪对称美和潜意识的女护士（名叫南丁格尔·梦露）、伸出云层的上帝之手、四处云游的"蒙"卦、"法律征服不了权力"的标语（由神风特供队队员用优美的汉文书写）、一滴傲慢的血、不计其数的就连萨德侯爵②也会觉得变态的性变态场面，就是看不到一个完整的故事。

有评论家称《万有引力之虹》是一部百科全书，而非小说。我不同意。它就是一部小说。没有博士学位的托马斯·品钦没有机会把名字印在百科全书上，只好退而求其次，用一部百科全书式的小说糊弄和嘲弄人，也算给自己一个交代。

托马斯·品钦——据说——在小说出版的当天对着墙上的牛顿像做了一个"V"手势，然后就去遥远的陌生城市应聘了一家拍卖行的职位。大隐隐于市嘛，他美其名曰"抵抗时间"。被一位忠实读者"揭穿"身份后，他不辞而别，跑到乡下一家葡萄园去打工。

---

① "善意魔法是公开实施的，它所涉及的是大自然那些更有益的方式，邪恶魔法则是秘密实施的，它所涉及的是神秘的和有害的作用。"〔[美] 安德鲁·迪克森·怀特：《科学—神学论战史》（第一、二卷），鲁旭东译，商务印书馆2012年版，第490页〕

② 萨德侯爵（1740—1814）是历史上最受争议的情色作家之一，因描写性变态闻名于世，曾入狱27年，后转囚并病逝于精神病院。

工作量不大，也就是帮园主施施肥、摘摘葡萄，顺便辅导一下孩子的物理和数学。他的教学方法是"慢慢学"，避免急功近利。

那个孩子后来毫无意外地成长为一名热爱钻研自然科学史的法学博士。成为法学博士，是为了让不识字的母亲高兴（尽管没有遵循母亲的意愿去从政）。钻研自然科学史，是为了让甚少开心的自己开心。他说："在托马斯·品钦和钦州①之间、《法国民法典》和皖北萧县的彩虹之间、一朵玫瑰和一颗星星之间②、克劳修斯熵③和宋代卖油翁（卖的是芝麻香油）之间，存在万有引力。"

---

① 钦州是中国广西壮族自治区下辖地级市。

② "'拾起地球上的一朵花，'物理学家保罗·狄拉克说，'你拉动了最遥远的行星。'""狄拉克的脑海中可能浮现了弗朗西斯·汤普森《视觉的情人》一诗中的句子：'因此，你无法只盯着一朵花看，而不打扰一颗星星。'"（［美］爱德华·多尼克：《机械宇宙——艾萨克·牛顿、皇家学会与现代世界的诞生》，黄佩玲译，社会科学文献出版社 2015 年版，第 283、328 页）

③ 鲁道夫·克劳修斯（1822—1888）是德国物理学家和数学家，最早提出"熵"概念。托马斯·品钦曾写过一篇名为《熵》的小说。（参见［美］托马斯·品钦：《慢慢学》，但汉松译，译林出版社 2018 年版，第 53—72 页）

爱因斯坦自述

我不是

血统上的犹太人

或国籍上的瑞士或美国人①

或战时的英国人（爱丁顿②除外）讨厌的德国佬

或认为回忆不会骗人的老顽固③

或在板凳上跑马的神童

或能够轻松读完大学的青年④

或饱食终日的技术员

或囫囵吞知识之树的专家

或天真的政客⑤

---

① "为什么人们谈到伟大人物时要提到他们的国籍呢？" "伟大人物只是人，不要从国籍的视角来考虑，也不应该考虑他们成长的环境。"（［美］卡拉普赖斯编：《新爱因斯坦语录》，范岱年译，上海科技教育出版社 2008 年版，第 118 页）

② 爱丁顿（1882—1944）是英国天文学家和物理学家，他和爱因斯坦一样，是一名坚定的反战主义者。他是爱因斯坦的拥趸。一战后，他率领一个观测队到西非普林西比岛观测 1919 年 5 月 29 日的日全食（星光被太阳的重力弯曲），证实了爱因斯坦的广义相对论。Philip Martin 执导的传记电影《爱因斯坦与爱丁顿》（2008 年）讲了两位"大神"之间的友谊。

③ "任何回忆都染上了当前的色彩，因而也带有不可靠的观点。"〔爱因斯坦：《自述》（1946），载《爱因斯坦文集》（第一卷），许良英、李宝恒、赵中立等编译，商务印书馆 1976 年版，第 1 页〕

④ "热衷于深入理解，但很少去背诵，加以记忆力又不强，所以我觉得上大学学习绝不是一件轻松的事。"〔爱因斯坦：《自述片段》（1955），载《爱因斯坦文集》（第一卷），许良英、李宝恒、赵中立等编译，商务印书馆 1976 年版，第 43 页〕

⑤ "1952 年他（爱因斯坦）得到担任以色列总统的提议"，"但他谢绝了。他说他认为自己在政治上过于天真"。（［英］史蒂芬·霍金：《时间简史》，许明贤、吴忠超译，湖南科学技术出版社 2011 年第 3 版，第 174 页）

或只顾凝视深思的家伙①

或暗自绷紧的琴弦

或天堂旅馆寄出的明信片

或左顾右盼的布里丹之驴②

或性情温良的独角兽

或索尔维会议的一个 C 位③，

或超越了光速的光

或一个表观的普适常数④

或勇敢者的绊脚石。

我甚至不是爱因斯坦——

那个被神化和误解

却又神化和误解得不够的爱因斯坦。

我就是我。

---

① 爱因斯坦曾和仰慕他的女人调情。参见［美］沃尔特·艾萨克森：《爱因斯坦传》，张卜天译，湖南科学技术出版社 2014 年版，第 137 页。

② 布里丹（1295—约 1358）是 14 世纪法国哲学家、决定论者。有人举例反驳他：一头驴站在两堆同样大、同样远的干草之间，如果它没有自由选择的意志，就会饿死在两堆干草之间。爱因斯坦自述"在一定程度上忽视了数学"，因为"数学分成许多专门领域，每一个领域都能费去我们所能有的短暂的一生。因此，我觉得自己的处境像布里丹的驴子一样，它不能决定该吃哪一捆干草"。〔爱因斯坦：《自述》（1946），载《爱因斯坦文集》（第一卷），许良英、李宝恒、赵中立等编译，商务印书馆 1976 年版，第 7 页〕

③ C 位是核心位置的意思。1927 年 10 月在布鲁塞尔举行了第五届索维尔会议。合影时，爱因斯坦坐在前排正中的位置。这次会议几乎会聚了全部当时最重要的物理学家，如居里夫人、玻恩、玻尔、普朗克、泡利、薛定谔、海森伯等。

④ "光速 c 是那些作为'普适常数'在物理方程中出现的物理量之一。"〔爱因斯坦：《自述》（1946），载《爱因斯坦文集》（第一卷），许良英、李宝恒、赵中立等编译，商务印书馆 1976 年版，第 27 页〕

奇迹年

有两个奇迹年：1666 和 1905。①
由两位二十来岁的年轻人缔造。②
他们生活在同一个连续的时空，
同代人无法摄取他们的身影。
他们都迷恋树的言语、
波-粒杂交的世界图像
和向雅努斯示好的双面镜，
对瘟疫、大火、战舰、③
革命、条约、危机，④
视若无睹。⑤

---

① "annus mirabilis（奇迹年）这一拉丁文词语长久以来都用来描述 1666 年，在这一年，牛顿为革新 17 世纪科学的物理学和数学的许多方面奠定了基础。把这同一词语用来描述 1905 年，看来也是完全合适的，在这一年，爱因斯坦不仅实现了牛顿的部分遗教，而且也为革新 20 世纪科学的突破奠定了基础。"（［美］约翰·施塔赫尔主编《爱因斯坦奇迹年——改变物理学面貌的五篇论文》，范岱年、许良英译，上海科技教育出版社 2007 年版，第 1 页）

② 1666 年，牛顿 24 岁；1905 年，爱因斯坦 26 岁。

③ 1665 年，伦敦爆发鼠疫。1666 年，伦敦发生了历史上最严重的一次火灾。1666 年英荷之间爆发"四日海战"（第二次英荷战争的一部分，是历史上持续时间最长的海战）。

④ 1905 年 2 月，俄国爆发革命。1905 年 3 月，德国皇帝威廉二世访问摩洛哥，以确保德国在摩洛哥的势力（与法国抗衡），史称"第一次摩洛哥危机"。1905 年 9 月，结束日俄战争的《朴次茅斯和约》签订。1905 年 12 月，伊朗爆发革命。

⑤ 爱因斯坦说，政治是暂时的，而方程是永恒的。参见［美］阿尔伯特·爱因斯坦：《相对论》，易洪波、李智谋译，江苏人民出版社 2011 年版，代序（霍金《相对论简史》）。

他们是吞噬光和电的黑体①，

是放肆无礼的辐射，

是无远弗届的橡皮擦，

是相对的绝对论者

和绝对的相对论者，

是我除了《抱朴子》

《物性论》之外的又一护身符。

他们拒绝任何腐朽的妥协，②

抖动宇宙爆炸似的头发。③

他们寻求孤寂的生活，

只为了随后有权利大声地抱怨它。

尽管梦见过奇迹年的星辰，

但我不会幼稚地以为，

又一个奇迹年即将降临。

---

① 黑体（Black Body）是一个理想化的物体，"是指对光不反射、只吸收、但却能辐射的物体，就像是一根黑黝黝的炼铁炉中的拨火棍"。（张天蓉：《上帝如何设计世界：爱因斯坦的困惑》，清华大学出版社 2015 年版，第 40 页）

② 爱因斯坦说："科学的伟大本质上是个品格问题。主要之点是：不要做任何腐朽的妥协。"（［美］约翰·施塔赫尔主编《爱因斯坦奇迹年——改变物理学面貌的五篇论文》，范岱年、许良英译，上海科技教育出版社 2007 年版，第 36 页）

③ "爱因斯坦还重新塑造了天才的形象。爱因斯坦并不高高在上。公众欣喜地发现这位天体星球的代言人，像一个青年贝多芬，有着满头爆炸似的头发和布满褶子的衣服，而且还经常在接受采访时说个俏皮话，逗个乐子什么的。"（［美］加来道雄：《爱因斯坦的宇宙》，徐彬译，湖南科学技术出版社 2015 年版，第 92—93 页）

爱因斯坦的一个梦

"亲爱的格罗斯曼①，"爱因斯坦说，"你知道吗，

我在崇尚物哀和透明结构②之美的日本

访问的时候邂逅了一个名叫徐市③的人，

他看上去仙风道骨，一副世外高人的架势。

我问他来自哪里，如你所知，这是哲学的首要命题。

他说他来自孔孟之乡，

精通炼丹和长生不老术，

本想'货卖帝王家'，

却遭到秦始皇放逐，罪名是蛊惑圣心，

秦始皇对他说：引力场并非均匀、固定的，

而是会收缩和膨胀，

离地心越远，运动速度越快，时间流动得也就越慢，④

但，纵使我把皇宫搬至泰山昆仑山之巅，

纵使我乘坐的辒辌车以超音速行驶，

---

① 马尔塞耳·格罗斯曼（1878—1936）是瑞士数学家，爱因斯坦的大学同窗和至交好友，是"一个浸透了瑞士风格同时又一点也没有丧失掉内心自主性的人"。〔爱因斯坦：《自述片段》(1955)，载《爱因斯坦文集》（第一卷），许良英、李宝恒、赵中立等编译，商务印书馆1976年版，第45页〕

② "他所处世界的透明结构，对我经常是个深奥的谜。"（〔日〕三岛由纪夫：《金阁寺》，林少华译，青岛出版社2014年第2版，第91页）

③ 《史记·秦始皇本纪》："齐人徐市（福）等上书，言海中有三神山，名曰蓬莱、方丈、瀛洲，仙人居之。请得斋戒，与童男女求之。于是遣徐市发童男女数千人，入海求仙人。"

④ 参见〔意〕卡洛·罗韦利：《时间的秩序》，杨光译，湖南科学技术出版社2019年版，第53—55页；〔美〕艾伦·莱特曼：《爱因斯坦的梦》，童元方译，人民文学出版社2018年版，第40、112页。

我也不过多赚了或者说多活了几微秒的时间，青春永驻和长生不老之术是不存在的，

倘若我连这一点都看不透，还有资格称'始皇帝'？

记住，有始必有终。

可，徐市先生，既然有始必有终，

始皇帝也早就去见上帝了，为何你活到现在的 1922 年①呢，我问他。

他笑而不答，礼貌地辞别。

亲爱的格罗斯曼，或许时间只是一种顽固而持久的幻觉②，

无所谓始，无所谓终，你觉得呢？"

和徐市一样，格罗斯曼也

笑而不答，消逝于日内瓦的浓雾之中。③

"格罗斯曼，你别走啊，我尚需你的帮助。

你丰富的几何知识，与你的咖啡馆谈话，一直是我的灵感来源。你别走……"

爱因斯坦醒来时感觉前所未有的冷。

床头的电子钟显示：1955 年 4 月 18 日 0 时 18 分。④ 它，伦敦

---

① 1922 年 10—12 月，爱因斯坦访问日本。

② "对于我们虔诚的物理学家来说，过去、现在和未来之间的区别仅仅是一种顽固而持久的幻觉。"（［美］卡拉普赖斯编：《新爱因斯坦语录》，范岱年译，上海科技教育出版社 2008 年版，第 77 页）

③ 爱因斯坦的终生好友格罗斯曼和贝索都先他而逝（分别在 1936 年和 1955 年；贝索只比爱因斯坦稍早）。

④ 爱因斯坦逝世于 1955 年 4 月 18 日。

大本钟，伯尔尼塔钟①，其他地方所有的钟，都骤然停下脚步，陷入莫名的悲伤。

---

① "他（爱因斯坦）的办公室位于伯尔尼的新邮政电报大楼里，附近就是老城门，城门上方坐落着世界著名的钟塔。爱因斯坦每天上班时都会打这儿路过。伯尔尼始建于1191年，之后不久就有了这个钟表，1530年又添置了展示行星位置的天文装置。每过一小时，钟表就会有一轮展演：最先出场的是一个翩翩起舞的摇铃小丑，接着几只熊列队出场，然后是一只报晓的公鸡，一个身披甲胄的骑士，最后是手持权杖和沙漏的时间老人。"（［美］沃尔特·艾萨克森：《爱因斯坦传》，张卜天译，湖南科学技术出版社2014年版，第70页）

失业青年

毕业即失业。① 韦伯、胡尔维茨、里克、奥斯特瓦尔德②等小牌大牌教授皆不理我，求一小小助教职位而不得。

邮资已付的明信片成批寄出，没有收到哪怕一条礼节性婉拒。

走不通的死路。

波罗的海的鱼儿嘲笑我；地中海的阳光比冰还冷；上帝创造的蠢驴比我幸福。

临时性工作。一个比一个微贱。

我，即将伟大的爱因斯坦，竟然靠做家教过活。③

再度失业。依旧狂热。从未改变本色。④

"真名士自风流"纯属胡扯。

----

① 从 1900 年 8 月大学毕业到 1902 年 6 月进入瑞士专利局工作之前，爱因斯坦一直没有找到正式工作（遑论教职），靠做临时工过活。"爱因斯坦一生中发生过众多离奇的事件，其中之一便是难于获得一个教职。事实上，直到他 1900 年从苏黎世联邦工学院毕业九年（以及在促成物理学革命并最终获得博士学位的奇迹年之后四年），他才被授予了一个初级教授职位。"（［美］沃尔特·艾萨克森：《爱因斯坦传》，张卜天译，湖南科学技术出版社 2014 年版，第 49 页）一百多年后的当代美国和中国，教职似乎正变得越来越难拿。参见［英］罗斯韦尔：《谁想成为科学家？：选择科学作为职业》，乐爱国译，上海科技教育出版社 2006 年版，第 93—115 页；李连江：《不发表，就出局》，中国政法大学出版社 2016 年版。

② 奥斯特瓦尔德（1853—1932）是 1909 年诺贝尔化学奖得主。

③ 下面是一则爱因斯坦在报纸上登的广告："数学和物理私人授课……由阿尔伯特·爱因斯坦透彻讲解，曾获联邦工学院专业教师证书……免费试听。"（［美］沃尔特·艾萨克森：《爱因斯坦传》，张卜天译，湖南科学技术出版社 2014 年版，第 68 页）又参见［美］丹尼斯·奥弗比：《恋爱中的爱因斯坦——科学罗曼史》，冯承天、涂泓译，上海科技教育出版社 2003 年版，第 135 页。

④ "他（爱因斯坦）对命运的深刻理解使他比他的任何前辈都走得更远。他的自信是他百折不挠、一往无前的力量源泉。"（［美］阿伯拉罕·派依斯：《"上帝难以捉摸……"：爱因斯坦的科学与生活》，方在庆、李勇等译，广东教育出版社 1998 年版，第 18 页）

"一举成名天下知"才是残酷的现实。

我感激雪，感激雪夜的无眠，① 感激雪中送炭的格罗斯曼。②

———————————

　　①　你可能想到了"夜中不能寐，起坐弹鸣琴"的诗句（阮籍《咏怀八十二首·其一》）。

　　②　是格罗斯曼请求父亲帮爱因斯坦谋得瑞士专利局的工作。参见爱因斯坦：《失业的痛苦和探索自然界统一性的乐趣——1901 年 4 月 14 日给 M.格罗斯曼的信》，载《爱因斯坦文集》（第三卷），许良英、赵中立、张宣三编译，商务印书馆 1979 年版，第 346、348 页。

恋人

西部、往事、大镖客、口哨、
狂沙、欧姬芙①的构图、
七个粗蛮的小矮人、
一个文明的公主，
我应该装作相信确有那些东西。
我应该装作相信从前确有
纯正的血统、永恒宫②、
帝王贬谪的先知，
一枚伊斯兰金币就决定了它们的命运。
我应该装作相信从前确有
女娲、女武神③、
起死回生的冷冻术，
而纳斯卡荒原巨画
是外星人的飞碟基地。④
我应该装作相信
动物导航之谜已被解开、

①　欧姬芙（1887—1986）是美国女画家，她的作品出现的意象多为花、骨骸和风景的局部，因而形成半抽象的构图。

②　参见［英］吉姆·哈利利：《寻路者：阿拉伯科学的黄金时代》，李果译，中国画报出版社 2020 年版，第 5 页。

③　女武神源自北欧神话。参见［德］威廉·理查德·瓦格纳：《尼伯龙根的指环》，鲁路译，安徽人民出版社 2013 年版，第 37—74 页。

④　纳斯卡荒原巨画在秘鲁伊卡省的东南部。参见楼培敏、王国荣主编《世界科学文化悬案大观》，上海文化出版社 2000 年版，第 49—51 页。

亚原子世界已被充分巡礼。①

我应该装作相信

人妻可以一直是淘气的女妖②，

而爱情不可归为

单纯的生物化学反应。

我还应该相信别的。其实都不可信。

只有跃马江湖道的你

是实实在在的存在。

你是我不幸中的大幸

和大幸中的不幸。

令我心醉的你的豪气。

吻别，以再次相聚的名义。

---

①　参见［美］詹姆斯·L.古尔德、［美］卡萝尔·格兰特·古尔德：《自然罗盘：动物导航之谜》，童文煦译，上海科技教育出版社 2019 年版；［美］艾萨克·阿西莫夫：《亚原子世界探秘：物质微观结构巡礼》，朱子延、朱佳瑜译，上海科技教育出版社 2019 年版。

②　爱因斯坦要求米列娃（他的第一任妻子）不要变成庸人，"要充满热情地一道从事科学工作"，要她必须永远是他的"女妖"和"小淘气"。参见［美］沃尔特·艾萨克森：《爱因斯坦传》，张卜天译，湖南科学技术出版社 2014 年版，第 67 页。然而，这只是一种理想。爱因斯坦逐渐觉得和米列娃生活在一起"就像是住在墓地之中"，两人的婚姻不可避免地走向破裂。参见［美］丹尼斯·奥弗比：《恋爱中的爱因斯坦——科学罗曼史》，冯承天、涂泓译，上海科技教育出版社 2003 年版，第 471—489 页；［美］加来道雄：《爱因斯坦的宇宙》，徐彬译，湖南科学技术出版社 2015 年版，第 63—66 页。

奥林匹亚科学院

奥林匹亚科学院并非创建于奥林匹亚山，成立时没有剪彩、鸣炮等隆重仪式，但不等于它将被历史忘记。奥林匹亚科学院没有供奉宙斯和诸神像，但不等于它与一度让尼采着迷的古希腊神话和悲剧精神无涉。① 奥林匹亚科学院没有神情庄严的院士，只有三个吊儿郎当的卷发青年，② 但不等于它匮缺科学精神。③

这三个西方青年是为精神贫困的欧罗巴带来黄金、乳香和没药的东方三博士的坚实的影子。④ 他们苦中作乐，乐中虐苦，抵制庸俗和小资情调，有意忽略从魔瓶中溢出的一百万个香水分子的诱惑。其中一个自认为是"乡巴佬"，并自我嘲讽说"把最精致的美味给

---

① 参见［德］弗里德里希·尼采：《希腊悲剧时代的哲学》，周国平译，译林出版社 2011 年版。

② "奥林匹亚科学院"是 1902 年爱因斯坦（时年 23 岁）和索洛文、哈比希特三人组织的无形学院。目的是相互砥砺，并戏谑官方的科学院。

③ 爱因斯坦后来回忆道："比起后来我所看到的许多可尊敬的科学院来，我们的科学院实际上要严肃得多，要不稚气得多"〔爱因斯坦：《关于托勒玫、亚里士多德、广义相对论场论及其他——1948 年 11 月 25 日给 M.索洛文的信》，载《爱因斯坦文集》（第一卷），许良英、李宝恒、赵中立等编译，商务印书馆 1976 年版，第 454 页〕；"我永远忠诚于你，热爱你，直到学术生命的最后一刻！"〔爱因斯坦：《"奥林匹亚科学院"颂词——1953 年 4 月 3 日给 C.哈比希特和 M.索洛文的回信》，载《爱因斯坦文集》（第一卷），许良英、李宝恒、赵中立等编译，商务印书馆 1976 年版，第 568 页〕

④ 耶稣出生后，东方（波斯）三博士来看望他，参见《圣经·马太福音》2：1。此处隐喻西方精神和文明的东方起源。有学者指出，必须去除欧洲中心主义的错觉，发现"东方化的西方"。参见［英］约翰·霍布森：《西方文明的东方起源》，孙建党译，山东画报出版社 2009 年版，第 18 页。

乡巴佬吃没什么意思"①。而他的伙伴则封他为"阿尔伯特，屁股骑士"（Albert Rotter von Steissbein），并刻成门牌，偷偷钉在他租住的公寓的门上。

阿尔伯特看到后简直要笑死了。

路过的柏拉图、牛顿、休谟、莫扎特、贝多芬、亥姆霍兹②、陀思妥耶夫斯基、黎曼、普朗克③和一只雄狮看到后也差点笑死了。

---

① 为了庆祝爱因斯坦24岁生日，索洛文特意带了鱼子酱，但爱因斯坦吃下后并没有察觉到自己吃了什么美味。在索洛文的提醒下，他才意识到自己吃到了"有名的鱼子酱"，然后就有了上引爱因斯坦这句自我嘲讽的话。参见［美］丹尼斯·奥弗比：《恋爱中的爱因斯坦——科学罗曼史》，冯承天、涂泓译，上海科技教育出版社2003年版，第159—160页。

② 亥姆霍兹（1821—1894）是德国物理学家、生理学家。他第一次对能量守恒定律进行了严谨的数学表述。

③ 尽管1905年堪谓爱因斯坦的奇迹年，但当时并没有引起反响，爱因斯坦"对随之而来的平静感到异常的失望。似乎他的工作完全被人忽视了"。但到第二年（1906），一个重量级人物——普朗克——关注到了他。普朗克给他写了一封热情洋溢的信，并派助手去见"这位不为世人所知，却对艾萨克·牛顿的学术遗产提出了挑战的公务员"。（［美］加来道雄：《爱因斯坦的宇宙》，徐彬译，湖南科学技术出版社2015年版，第51—52页）

杨振宁论爱因斯坦①

他寻求的结构是规范场②，但他本人从未被规范。规范和被规范都意味着意缔牢结。

他穿梭于恋人的纱巾、拥挤的大厅和纽约城市大学③没有个性的面具之间。

他是孤持者，而非慎独者。一个词——比如说"慎独"④ ——受限于它诞生的语境。突破和超越语境，需具备前所未有的修辞技巧。

孤持者和慎独者各有各的目标和爱憎。

数学、物理学和哲学各有各的目标和爱憎。"洛伦兹有数学，但没有物理学；庞加莱有哲学，但没有物理学。"⑤ 他们只是接近——尽管是非常接近——相对论。怀特海说："非常接近真理和真正懂得它的意义是两回事。每一个重要的理论都被它的发现者之

---

① 参见杨振宁著、翁帆编译：《曙光集》，生活·读书·新知三联书店 2008 年版，第 6—23、376—385 页。

② 规范场（gauge field）是与物理规律的定域规范变换不变性相联系的物质场。

③ 1921 年 4—5 月，爱因斯坦访美，并在纽约城市大学发表演讲。"直到今天，纽约城市大学的全体学生围在爱因斯坦身边的照片还挂在校长办公室里。"（［美］加来道雄：《爱因斯坦的宇宙》，徐彬译，湖南科学技术出版社 2015 年版，第 97 页）

④ 《礼记·大学》："君子必慎其独也。"

⑤ 杨振宁著、翁帆编译：《曙光集》，生活·读书·新知三联书店 2008 年版，第 379 页。

前的人说过。"①

爱因斯坦并非发现而是发明了真理。爱因斯坦并非抓住而是创造了机遇。

但他从不"欲与天公试比高"②。他刻意地与上帝保持距离。既然上帝是第一推动，那他就不再以推动者自诩。他也不把广义相对论视为第二次"创世"，尽管它让人想起现在的物理系学生对之不屑因而不再阅读、即使读了也读不懂的《旧约·创世纪》。

撒旦说：要有爱因斯坦。

就有了爱因斯坦。③

爱因斯坦是自然的概念，是公式的美妙，是没有边界的边界，是居功至伟的走火入魔。④

---

① 转引自杨振宁著、翁帆编译：《曙光集》，生活·读书·新知三联书店2008年版，第379页。比如说，在爱因斯坦之前，牛顿就曾提出引力可能使光线弯曲的问题："远处的天体岂不会作用于光？并使光弯曲？此种效应岂不是越近越强？"但在17世纪的技术条件下，他没有办法给出答案和验证。参见［美］加来道雄：《爱因斯坦的宇宙》，徐彬译，湖南科学技术出版社2015年版，第72页。

② 毛泽东《沁园春·雪》。

③ 参见张天蓉：《上帝如何设计世界：爱因斯坦的困惑》，清华大学出版社2015年版，第17页。

④ 有学者认为"他（爱因斯坦）的新眼光变成徒劳无益的走火入魔"。（参见杨振宁著、翁帆编译：《曙光集》，生活·读书·新知三联书店2008年版，第385页）

论哲学（Ⅰ）

爱因斯坦常常觉得哲学已经蜕化为华而不实而又简单化的欺骗。他说："难道哲学都写得这么肉麻吗？沉浸其中的时候它们看上去都不错，可是一旦回头再看，它们又消失殆尽。剩下的都是些肉麻的话。"①

"科学哲学并不肉麻。"有人抬杠道。

"规律与反事实条件句，确证的假说—演绎模型，可靠论，内在论，迪昂—奎因论题，古典统计推理，贝叶斯主义，拉卡托斯与科学研究纲领方法论，范式与进步……②这些就是你所谓的科学哲学？"我替爱因斯坦反驳道，"它们确实不肉麻，却已堕落为方法论，而方法论则堕落为——方法论没什么可以堕落，它已是最堕落。"

"你的意思是，不能谈方法了？"

"方法还是可以谈的，但要像笛卡尔（儿）那样谈。③ 方法和方法论并非一码事。"

"还请谈谈对科学哲学之外的哲学的看法。"

"我怀疑它们是否有资格称为哲学。当然，一本正经的学院哲学家（政治哲学家、伦理学家、逻辑学家、宗教神学家、经学家、国学家）可以怀疑我的怀疑资格。倘若他们怀疑的方法不对，不喜欢授课的爱因斯坦倒可以耐心地教教他们，由喜欢授课的费曼、霍

---

① ［美］加来道雄：《爱因斯坦的宇宙》，徐彬译，湖南科学技术出版社2015年版，第104页。

② 参见［英］亚历山大·伯德：《科学哲学》，贾玉树、荣小雪译，中国人民大学出版社2008年版，第35、87、164、181—188、209—213、229、249页。

③ 参见［法］笛卡尔（儿）：《谈谈方法》，王太庆译，商务印书馆2000年版。

金担任助教——前提是这些学院哲学家先研究透'二态系统的黎曼球面'、'相对论性量子角动量'和'正电子的狄拉克途径'。①"

"可爱因斯坦、费曼和霍金都已仙逝。"

"原来你知道?! 你还有常识，还有救。有药可救的人有福了。走向实在之路的人有福了。"

---

① 参见［英］罗杰·彭罗斯：《通向实在之路——宇宙法则的完全指南》，王文浩译，湖南科学技术出版社 2008 年版，第 398—409、446 页。

追忆

初吻给了玛德莱娜蛋糕①

然后又给了你

布洛涅森林，我俩时而平行

时而交叉的影子

你像挂钟，聒噪个不停

我默想台球与台球、

星球与星球的邂逅②

凯旋门上空的月

屋顶的月

是拿破仑和埃斯梅拉达③望过的月

相视而坐

窗外雨起来

比午夜更晚意识到午夜将临

醒来时你甚妩媚

再醒来你已不见

---

① 参见［法］马塞尔·普鲁斯特：《追忆似水年华》，李恒基、徐继曾、桂裕芳等译，译林出版社 2008 年版，第 35 页。

② 美国物理学家康普顿（Auther H. Compton）给出了爱因斯坦关于光原子即光子的假说以令人信服的证据。"他提出，如果光子像电子一样是真正的基本粒子，那么就应该能观察到光子和电子之间的碰撞，这种碰撞多少有些类似于台球桌上台球间的碰撞。"（［德］哈拉尔德·弗里奇：《改变世界的方程——牛顿、爱因斯坦和相对论》，邢志忠、江向东、黄艳华译，上海科技教育出版社 2016 年版，第 53 页）

③ 埃斯梅拉达是法国作家雨果小说《巴黎圣母院》的女主角，是一个吉卜赛女郎。

只看到"活的理性非我所欲"① 的便条

是呵，活的理性仍是理性

仍是牢笼

而一座牢笼无所谓漂不漂亮

恰如一个活人自我期许的神话

无所谓神不神

好吧，你有你的轻松惬意

我有我的沉重追忆

倘若不能从追忆

或时间秩序中挣脱

我会去找神经学家

聊一聊失掉的天堂②、

扭曲的时空③

和相对论对抽象画的直接责任

---

① "对于梅洛-庞蒂来说，重新获得'活的理性'并不意味着放弃科学，而是意味着在科学之内给予哲学一个全新的位置。"（［美］吉梅纳·卡纳莱丝：《爱因斯坦与柏格森之辩：改变我们时间观念的跨学科交锋》，孙增霖译，漓江出版社2019 年版，第53 页）

② 普鲁斯特说："失掉的天堂是唯一存在的天堂。"转引自［英］乔纳·莱勒：《普鲁斯特是个神经学家：艺术与科学的交融》，庄云路译，浙江人民出版社2014 年版，第108 页。

③ "爱因斯坦为许多现代派艺术家和思想家提供了灵感，即使他们并不了解爱因斯坦。比如艺术家们会歌颂像'从时间的秩序中解放出来'这样的观念，这是普鲁斯特在《追忆似水年华》的结尾说的话。'我多想和你谈谈爱因斯坦啊，'普鲁斯特1921 年给一个物理学家朋友写信说，'我不懂代数，他的理论我一点儿也不明白。［但］我们在扭曲时间方面似乎有异曲同工之妙。'"（［美］沃尔特·艾萨克森：《爱因斯坦传》，张卜天译，湖南科学技术出版社2014 年版，第248 页）

锿

　　将原子序数为 99 的人造超铀元素命名为"锿"① 是每逢佳节就悲哀得不能自已的爱因斯坦所喜闻和乐见的，尽管他无缘闻、不曾见。

　　我懂得"一切有为法，如锿镄钔铹②"的哲理，尽管未能领会《金刚经》的真谛。

　　爱爱因斯坦就等于爱简单性和美，爱皑皑白雪，爱提醒醐灌自己顶的自己。

---

　　①　参见〔美〕格雷：《视觉之旅：神奇的化学元素（彩色典藏版）》，陈沛然译，人民邮电出版社 2011 年版，第 227 页。

　　②　《金刚经》："一切有为法，如梦幻泡影。"锿镄钔铹的半衰期都较短（甚至很短）。锿-252 是锿存留时间最长的同位素，半衰期为 471.1 天。Fm 是镄（为纪念费米而命名）存留时间最长的同位素，半衰期为 100.5 天。158 Md 是钔（为纪念门捷列夫而命名）存留时间最长的同位素，半衰期为 55 天。260 Lr 是铹（为纪念欧内斯特·劳伦斯而命名）存留时间最长的同位素，半衰期为三分钟。

读爱因斯坦笔记

1

爱因斯坦曾经问法兰西诗人圣-琼·佩斯"诗的观念如何形成"。佩斯谈到了直觉和想象的作用。"研究科学的人也是如此",爱因斯坦愉快地应和:"那时眼前会忽然一亮,如狂喜一般。尽管到了后来,理智会对直觉进行分析,实验会证实或否证直觉……想象力的确有很大的跃升。"①

爱因斯坦狂喜时或许想到了圣特雷莎的狂喜。②

狂喜无所不在:卧室、实验室、画室、祈祷室……各有各的狂喜和销魂。世界由此而多元、谐和。

① [美] 沃尔特·艾萨克森:《爱因斯坦传》,张卜天译,湖南科学技术出版社 2014 年版,第 485 页。
② 《圣特雷莎的狂喜》是意大利雕塑家、画家贝尼尼(1598—1680)的雕塑作品。

与诗人谈理智和经验①，与科学家谈直觉和想象②，与诗人和科学家谈《易》，庶几为圣也。"夫《易》，圣人之所以极深而研几也。唯深也，故能通天下之志；唯几也，故能成天下之务；唯神也，故不疾而速，不行而至。"③

爱因斯坦是"不疾而速，不行而至"。

关键词："速""至"。成才，出名，都要趁早。大器晚成，多是无奈。没有谁真的愿意晚成。

2

加缪评价英国第一任首相沃波尔："他的常识已经达到天才的程度。"④

这句话亦可用来评价法学家苏力⑤。

但用来评价爱因斯坦就肯定不合适了。爱因斯坦的天才已经达

---

① 即使是大诗人，如济慈、惠特曼、爱伦·坡，也会错误地或者说充满偏见地认为科学（理性、理智）太冰冷，会扼杀美与诗意。参见［法］郑春顺：《星空词典》，李涵译，北京联合出版公司 2019 年版，第 441—445 页；［美］爱伦·坡：《十四行诗——致科学》，载《爱伦·坡诗选：英汉对照》，曹明伦译，外语教学与研究出版社 2013 年版，第 64—65 页。

② "我相信直觉和灵感"；"想象力比知识更重要，因为知识是有限的，而想象力概括着世界上的一切，推动着进步，并且是知识进化的源泉。严格地说，想象力是科学研究中的实在因素。"〔爱因斯坦：《论科学》，载《爱因斯坦文集》（第一卷），许良英、李宝恒、赵中立等编译，商务印书馆 1976 年版，第 284 页〕"爱因斯坦的方法，虽然以渊博的物理学知识为基础，但在本质上，是美学的、直觉的。"（［美］B.霍夫曼：《他是科学家，更是个科学的艺术家》，载赵中立、许良英编：《纪念爱因斯坦译文集》，上海科学技术出版社 1979 年版，第 229 页）"对任何数学或科学分支来说，直觉本身都是非常不可信的，但又是不可或缺的。"（［美］丹尼尔·肯尼菲克：《传播，以思想的速度——爱因斯坦与引力波》，黄艳华译，上海科技教育出版社 2010 年版，第 298 页）

③ 《易·系辞上》。

④ ［法］阿尔贝·加缪：《加缪手记（第三卷）》，黄馨慧译，浙江大学出版社 2016 年版，第 129 页。沃波尔（1676—1745），英国第一任，也是任期最长的首相。

⑤ 苏力（1955— ），北京大学法学院教授。

到无法用天才来界定的程度。

3

爱因斯坦否认自由的存在："在哲学意义上，人类根本没有任何自由可言。每个人的行为不仅受制于外在压力，还受限于内在需求。"①

然而，我们不得不承认，爱因斯坦是人类有史以来最自由的人（或之一）。

与爱因斯坦相比，政治哲学家以赛亚·伯林关于自由的定义就未免显得太肤浅——"自由的基本含义是，如果人们被囚禁或从字面上讲被奴役，他们就失去了自由"；"个人自由的更加复杂的形式之所以没有进入大众意识，可能仅仅是因为他们尚处于贫穷与受压迫的境地，处于吃不饱、穿不暖、没有充足居处和起码安全状态下的人，鲜少能关心契约与出版自由"。② 尽管伯林强调"科学方法能够达成的，必须用科学的方法达成"③，但他对何谓真正科学方法的判断仍是天真的、蒙昧的。

4

爱因斯坦说："民主是我的政治理想。"④

---

① ［美］阿尔伯特·爱因斯坦：《我的世界观》，方在庆编译，中信出版社2018年版，第6页。

② ［英］以赛亚·伯林：《自由论》，胡传胜译，译林出版社2003年版，第36、39页。

③ ［英］以赛亚·伯林：《自由论》，胡传胜译，译林出版社2003年版，第22页。

④ ［美］阿尔伯特·爱因斯坦：《我的世界观》，方在庆编译，中信出版社2018年版，第7页。

但他所说的"民主"，和投票、数选票不是一码事。①

5

爱因斯坦骑着自行车。约翰·纳什骑着自行车。九岁的我骑着自行车。我们三个并排在一起，绕行在宇宙的一个轨道上。

6

爱因斯坦：一位侦探或侦探小说家。

他的一本物理著作这样开头："我们设想有一个完美的侦探故事……"②

7

尼采爱叔本华，毕加索爱塞尚，爱因斯坦爱洛伦兹——"我无比钦佩他，可以说，我爱他。"③

兔子爱萝卜，土猪爱白菜，四野的战士爱吃猪肉炖粉条④——萝卜白菜，各有所爱。

8

毕加索说："在艺术上一个人必须杀死自己的父亲。"⑤ 毕加索

① 博尔赫斯曾讽刺这种民主观："我不相信民主，那是一种对统计学的亵渎。"（［阿根廷］豪尔赫·路易斯·博尔赫斯：《铁币》，林之木译，上海译文出版社 2016 年版，第 3 页）

② ［美］阿尔伯特·爱因斯坦、［波］利奥波德·英费尔德：《物理学的进化》，周肇威译，中信出版社 2019 年版，第 3 页。

③ ［英］米勒：《爱因斯坦·毕加索：空间、时间和动人心魄之美》，方在庆、伍梅红译，上海科技教育出版社 2003 年版，第 5 页。

④ 四野即林彪领导的第四野战军。参见电影《大决战之辽沈战役》（李俊/杨光远执导，1991）。

⑤ ［英］米勒：《爱因斯坦·毕加索：空间、时间和动人心魄之美》，方在庆、伍梅红译，上海科技教育出版社 2003 年版，第 11 页。

和爱因斯坦都是残酷的弑父者，下刀又快又狠。

9

阿波利奈尔的图画诗的最好的读者是爱因斯坦那样的蹩脚的几何学家。①

10

X 射线的哲学启示是：眼见非为实。

相对论的哲学启示是：（1）眼见非为实；（2）相对主义可以去死了。②

11

征服天空，并非爱因斯坦儿时就有的理想。

12

爱因斯坦第二任妻子埃尔莎的一位女友如此评价爱因斯坦："他具有那种特别是在本世纪初动人心魄的男性美。"③

---

① 阿波利奈尔（1880—1918）是法国诗人和作家，超现实主义的先驱之一，著有诗集《图画诗》、小说集《异端派首领与公司》等。爱因斯坦说："我看图画，可是我的想象力不能描述它的创作者的外貌。"〔爱因斯坦：《论科学》，载《爱因斯坦文集》（第一卷），许良英、李宝恒、赵中立等编译，商务印书馆1976年版，第286页〕

② 爱因斯坦认为，不应把相对论和道德、艺术以及政治上的相对主义混为一谈。"无论是科学还是道德哲学，爱因斯坦都力图寻求确定性和决定论定律。如果他的相对论引发了骚动，扰乱了道德文化领域，这并非源于爱因斯坦的思想，而是因为人们对其做了通俗解释。"（[美]沃尔特·艾萨克森：《爱因斯坦传》，张卜天译，湖南科学技术出版社2014年版，第246页）

③ [英]米勒：《爱因斯坦·毕加索：空间、时间和动人心魄之美》，方在庆、伍梅红译，上海科技教育出版社2003年版，第57页。

13

专利局是爱因斯坦的世俗修道院。丘山是陶渊明的世俗修道院。① 大学是我的世俗修道院。

14

狭义相对论和《亚威农少女》"这两件作品将科学和艺术带进了 20 世纪"②。

那，是什么把政治和军事带进了 20 世纪呢？

政治和军事无所谓世纪不世纪，它在 2 世纪和 20 世纪没什么不同。我们完全可以设想刘备和丘吉尔把酒言欢。

15

二十三岁即自杀的奥地利哲学天才奥托·魏宁格曾经说："探求者永远与缺陷的感觉相伴，神甫对完美的存在坚信不疑。"③ 爱因斯坦既是探求者，又是神甫。或者说，他是探求者中的神甫，神甫中的探求者。

16

太阳女士为我们发出热和光，
却不乐于被冥思苦想。
于是她绞尽脑汁，紧张彷徨，
如何才能守住最珍视的宝藏！

---

① 陶渊明《归园田居（其一）》："少无适俗韵，性本爱丘山。"

② ［英］米勒：《爱因斯坦·毕加索：空间、时间和动人心魄之美》，方在庆、伍梅红译，上海科技教育出版社 2003 年版，第 255 页。

③ ［奥］奥托·魏宁格：《最后的事情》，温仁百译，译林出版社 2014 年版，第 85 页。

如今友好的月亮来访；

由于快乐，她几乎忘记了发光。

同时也暴露了最深的秘藏，

原来是爱丁顿拍了张相。

这是爱因斯坦在 1919 年写的关于爱丁顿拍摄日食（以证明太阳扭曲了星光）的一首打油诗。①

其实原诗并不"油"，是中文翻译把它变"油"了。

科学家可以把诗写得"油"一点（有幽默效果），毕竟他们有别的正事。以写诗为正事的诗人却不可。可以用"晦涩"对治"油滑"。宁晦毋油。宁涩毋滑。

17

爱因斯坦借助"镜子中的反光敲响了门"②。

18

爱因斯坦说："首先我同意叔本华所说的，把人们引向艺术和科学的最强烈的动机之一，是要逃避日常生活中令人厌恶的粗俗和使人绝望的沉闷，是要摆脱人们自己反复无常的欲望的桎梏。"③

那，把人们带离艺术和科学的原因是什么？难道是粗俗、沉闷

---

① 参见［美］沃尔特·艾萨克森：《爱因斯坦传》，张卜天译，湖南科学技术出版社 2014 年版，第 230 页。

② ［西］巴勃罗·毕加索：《毕加索诗集》，余中先译，译林出版社 2016 年版，第 136 页。

③ 爱因斯坦：《探索的动机——在普朗克六十岁生日庆祝会上的讲话》，载《爱因斯坦文集》（第一卷），许良英、李宝恒、赵中立等编译，商务印书馆 1976 年版，第 101 页。泰戈尔也说："赐给我力量，使我的心灵超越于日常琐事之上。"（［印］泰戈尔：《吉檀迦利：泰戈尔诗选》，冰心、石真等译，上海三联书店 2015 年版，第 105 页）

和欲望？

19

爱因斯坦不会像第欧根尼那样提着灯笼到处寻找诚实的人。①
他没那工夫，亦是为了给人类留个面子。

20

伟大的科学家既"具有关于细节的全部知识"，又"始终坚定
地注视着基本原理"。②

21

确实，"一个人不可能什么事都去试一试"③，但有些事必须试
一试，比如说，看自己能否搞懂相对论、测不准原理④和某些内在
的声音。⑤

---

① 第欧根尼是公元前 4 世纪的希腊犬儒学派的哲学家，他衣食极简陋，经常
露宿街头或住在大木桶里。据说他曾在白昼提着灯笼到处寻找诚实的人。

② 爱因斯坦：《尼耳斯·玻尔》，载《爱因斯坦文集》（第一卷），许良英、
李宝恒、赵中立等编译，商务印书馆 1976 年版，第 179—180 页。

③ 爱因斯坦：《同海森堡的谈话》，载《爱因斯坦文集》（第一卷），许良
英、李宝恒、赵中立等编译，商务印书馆 1976 年版，第 217 页。

④ "海森伯发现的测不准关系断言：粒子的速度和坐标不可能以同样的精确
度来测定，而只能测定这两个量——坐标或速度——中的一个。一个量测定得愈
精确，另一个量就愈不精确。"〔爱因斯坦：《关于测不准关系》，载《爱因斯坦文
集》（第一卷），许良英、李宝恒、赵中立等编译，商务印书馆 1976 年版，第 297
页〕

⑤ "量子力学固然是堂皇的。可是有一种内在的声音告诉我，它还不是那真
实的东西。"〔爱因斯坦：《对量子力学的评价——1926 年 12 月 4 日给 M.玻恩的
信》，载《爱因斯坦文集》（第一卷），许良英、李宝恒、赵中立等编译，商务印
书馆 1976 年版，第 221 页〕

22

爱因斯坦说："你很难在造诣较深的科学家中间找到一个没有自己的宗教感情的人。但是这种宗教感情同普通人的不一样。"①

科学的敌人有可能是教会和神学，但不可能是宗教，② 更不可能是宇宙宗教感情。

23

爱因斯坦说："我信仰斯宾诺莎的那个在存在事物的有秩序的和谐中显示出来的上帝，而不信仰那个同人类的命运和行为有牵累的上帝。"③

我比爱因斯坦更彻底，既不信仰人格化的上帝，亦不信仰斯宾诺莎的上帝。

与其做一个向上帝或如来祈祷的善男信女，不如去磨镜片④——哲学的镜片，词语的镜片。

24

即使人类全部死光了，世界依旧存在⑤。"世界是离开人的精神

---

① 爱因斯坦：《科学的宗教精神》，载《爱因斯坦文集》（第一卷），许良英、李宝恒、赵中立等编译，商务印书馆1976年版，第283页。

② 怀特认为基督教精神与神学截然不同："基督教精神，它来源于它的神圣创立者的心灵和头脑……神学理论，正如我们业已看到的那样，它来源于古代迷信的残余物，而且不断求助于我们的宗教经文而得以维持。"〔［美］安德鲁·迪克森·怀特：《科学—神学论战史》（第二卷），鲁旭东译，商务印书馆2012年版，第811页〕

③ 爱因斯坦：《我信仰斯宾诺莎的上帝》，载《爱因斯坦文集》（第一卷），许良英、李宝恒、赵中立等编译，商务印书馆1976年版，第243页。

④ 斯宾诺莎靠磨镜片为生，不愿到大学任教。

⑤ 参见［美］艾伦·韦斯曼：《没有我们的世界》，赵舒静译，上海科学技术文献出版社2007年版。

而独立的实在";"真理具有一种超乎人类的客观性"。①

25

"飞鸟希望自己是一片彩云,彩云希望自己是一只飞鸟。"② ——这句很泰戈尔。

"我身上披的是尘灰与死亡之衣;我恨它,却又热爱地把它抱紧。"③ ——这句很尼采。

"我曾经受苦过,失望过,领略过死亡的滋味,因而我十分高兴生活在这个伟大的世界里。"④ ——这句很爱因斯坦。

26

爱因斯坦曾经想象一只"在地球表面生存过的完全压扁了的臭虫",这只臭虫"被赋予分析的理智,能研究物理学,甚至写书"⑤。这只臭虫可能是有着真挚信仰的开普勒⑥,但更可能是荒诞古怪的卡夫卡——他被拒绝进入城堡,不得不露宿凡·高描画过的星空下的旷野;半夜不知何时,他"从不安的睡梦中醒来"⑦。

---

① 爱因斯坦:《关于实在的本性问题同泰戈尔的谈话》,载《爱因斯坦文集》(第一卷),许良英、李宝恒、赵中立等编译,商务印书馆1976年版,第269、271页。

② [印]泰戈尔:《吉檀迦利:泰戈尔诗选》,冰心、石真等译,上海三联书店2015年版,第188页。

③ [印]泰戈尔:《吉檀迦利:泰戈尔诗选》,冰心、石真等译,上海三联书店2015年版,第103页。

④ [印]泰戈尔:《吉檀迦利:泰戈尔诗选》,冰心、石真等译,上海三联书店2015年版,第233页。

⑤ 爱因斯坦:《论科学》,载《爱因斯坦文集》(第一卷),许良英、李宝恒、赵中立等编译,商务印书馆1976年版,第286页。

⑥ 参见爱因斯坦:《约翰内斯·开普勒》,载《爱因斯坦文集》(第一卷),许良英、李宝恒、赵中立等编译,商务印书馆1976年版,第274页。

⑦ [奥]卡夫卡:《变形记》,李文俊等译,中国友谊出版社2014年版,第87页。

27

"幸运啊牛顿，幸福啊科学的童年！"①

幸运啊爱因斯坦，幸福啊科学的壮年！

28

爱因斯坦论专门化之弊："专业化通过角质架眼镜和傲慢自大摧毁了诗意"②；"专门化的结果，使我们愈来愈难以随着科学进步的步调来对科学的全貌作个哪怕是大略的了解，而要是没有这种了解，真正的研究精神必定要受到损害。情况的发展很像《圣经》中的巴贝耳（Babel）通天塔的故事所象征的那样"③。——爱因斯坦站在建了一半的通天塔上，怀揣一本里尔克的诗集，悲悯地看着众人散去。

29

移民美国后的爱因斯坦异常清醒，他知道自己尽管"受到高度评价"，但也"只是象（像）博物馆里的古董或者一个稀奇物品一样"。④

即，被以"远观"的方式"亵玩"。

爱因斯坦并不介意，之于他，有个能优哉散步的地方就行。

———————

① 爱因斯坦：《牛顿的〈光学〉序》，载《爱因斯坦文集》（第一卷），许良英、李宝恒、赵中立等编译，商务印书馆1976年版，第287页。

② ［美］卡拉普赖斯编：《新爱因斯坦语录》，范岱年译，上海科技教育出版社2008年版，第81页。

③ 爱因斯坦：《祝贺阿诺耳德·柏林内尔七十岁生日》，载《爱因斯坦文集》（第一卷），许良英、李宝恒、赵中立等编译，商务印书馆1976年版，第307页。

④ 爱因斯坦：《关于实证论的统治及其他——1938年4月10日给M.索洛文的信》，载《爱因斯坦文集》（第一卷），许良英、李宝恒、赵中立等编译，商务印书馆1976年版，第381页。

30

商品不一定能跨出国界（由于贸易壁垒或其他政治经济原因），但科学语言肯定能。"科学概念和科学语言的超国家性质，是由于它们是由一切国家和一切时代的最好的头脑所建立起来的。"①

31

自己掷骰子却认为上帝不掷骰子②的爱因斯坦，或许既赞同又怀疑波德里亚基于天文学和精神分析学常识总结出的现代哲学的四大特征——"狂人对角线。恶的视差。性的黄道。死亡的弦。"③很形象，不是吗？

32

爱因斯坦"试图用放荡不羁的思辨方式去把握这个世界"④，我试图用放荡不羁的思辨方式去把握爱因斯坦。

33

为什么不把鼹鼠和乌龟送往月球？⑤ 为什么不把月球送给爱因斯坦？

---

① 爱因斯坦：《科学的共同语言》，载《爱因斯坦文集》（第一卷），许良英、李宝恒、赵中立等编译，商务印书馆1976年版，第396页。

② 关于"上帝不掷骰子"，参见《爱因斯坦文集》（第一卷），许良英、李宝恒、赵中立等编译，商务印书馆1976年版，第415、600页。

③ ［法］让·波德里亚：《冷记忆：2000—2004》，张新木、姜海佳译，南京大学出版社2013年版，第108页。

④ 爱因斯坦：《客观世界的完备定律及其他——1944年9月7日给M.玻恩的信》，载《爱因斯坦文集》（第一卷），许良英、李宝恒、赵中立等编译，商务印书馆1976年版，第415页。

⑤ 参见［智利］巴勃罗·聂鲁达：《疑问集》，陈黎、张芬龄译，南海出版公司2015年版，第55页。

34

特拉华河恐怕是世界上最幸福的河流——美国国父华盛顿将军横渡过它①，宇宙游戏的骨灰级玩家爱因斯坦的骨灰被撒入它②。

35

坚信"民族骄傲完全是一种无聊的癖好"③ 的爱因斯坦有很多有趣的、不为人知的癖好。人无癖不可交也。④

36

"牛顿啊，请原谅我!"⑤ ——唯有爱因斯坦才有资格说这话。

37

非洲埃塞俄比亚的工人绝不会说如此凡尔赛⑥的话："我决不想做什么科学家……为了希望求得在目前环境下还可得到的那一点独

---

① 《华盛顿横渡特拉华河》是德国艺术家埃玛纽埃尔·洛伊茨于 1851 年创作的一幅油画，描绘了美国独立战争期间，1776 年 12 月 25 日华盛顿横渡特拉华河的场景。

② 参见［美］沃尔特·艾萨克森：《爱因斯坦传》，张卜天译，湖南科学技术出版社 2014 年版，第 480—481 页。

③ 爱因斯坦：《在哥白尼逝世 410 周年纪念会上的讲话》，载《爱因斯坦文集》（第一卷），许良英、李宝恒、赵中立等编译，商务印书馆 1976 年版，第 601 页。

④ 明代张岱曰："人无癖不可与交，以其无深情也；人无疵不可与交，以其无真气也。"

⑤ 爱因斯坦：《关于科学史和科学家的谈话（报道）——1955 年 4 月 3 日同 I.B.科恩的谈话》，载《爱因斯坦文集》（第一卷），许良英、李宝恒、赵中立等编译，商务印书馆 1976 年版，第 620 页。爱因斯坦又说他"永远钦佩牛顿"（第 619 页）。

⑥ "凡尔赛"是网络用语，指润物细无声地展示一种高端大气上档次的生活方式。

立性，我宁愿做一个管子工，或者做一个沿街叫卖的小贩。"①

38

日本和日本人使爱因斯坦着迷。② 罗兰·巴尔特迷宫般的符号帝国和博尔赫斯拐弯抹角的长句子使我感到着迷。③

39

不应该用长矛和瘦马，而是用堂吉诃德式的精神，去捍卫真理④——假如有人质疑真理的话。

40

攻读和申请博士学位是一场喜剧。⑤

---

① 爱因斯坦：《不愿做美国科学家，宁愿做管子工或小贩——答〈记者〉杂志问》，载《爱因斯坦文集》（第三卷），许良英、赵中立、张宣三编译，商务印书馆 1979 年版，第 325 页。

② 参见爱因斯坦：《关于诺贝耳奖金——1923 年 1 月 11 日给 N.玻尔的信》，载《爱因斯坦文集》（第三卷），许良英、赵中立、张宣三编译，商务印书馆 1979 年版，第 361 页。

③ 罗兰·巴尔特写过一本关于日本的书（《符号帝国》，汤明洁译，中国人民大学出版社 2018 年版）；博尔赫斯娶了一个日本裔的妻子（日裔阿根廷人）。

④ 参见爱因斯坦：《〈伽利略在狱中〉读后感——1949 年 7 月 4 日给麦克斯·布罗德的信》，载《爱因斯坦文集》（第三卷），许良英、赵中立、张宣三编译，商务印书馆 1979 年版，第 386 页。

⑤ "我将不考博士学位，因为这对我没有什么帮助，整个这场喜剧对我说来是无聊的。"〔爱因斯坦：《生活的一个侧面——1903 年 1 月一个星期四于伯尔尼》，载《爱因斯坦文集》（第三卷），许良英、赵中立、张宣三编译，商务印书馆 1979 年版，第 401 页〕

41

现在的学术会议热闹得很，不会"像耶路撒冷废墟上的悲嚎（号）"①。

42

难以用精确语言描述的音乐与物理学之间的风流韵事。②

43

我们可以想象自己乘坐的电梯拴在了火箭飞船的后头。③

44

谁欲揭开暗能量的面纱，谁就要做好独自直面黑暗的心理准备。④

45

在汤川秀树眼中，爱因斯坦是一头从古希腊走来的大象。⑤

---

① 爱因斯坦：《对第一次索耳未会议的印象——1911 年 12 月 26 日于布拉格》，载《爱因斯坦文集》（第三卷），许良英、赵中立、张宣三编译，商务印书馆 1979 年版，第 404 页。

② 参见 [美] 约瑟夫·埃格尔：《爱因斯坦的小提琴——一位指挥家看音乐、物理和社会变革》，王祖哲译，湖南科学技术出版社 2010 年版，第 109 页。

③ 参见 [美] 约瑟夫·埃格尔：《爱因斯坦的小提琴——一位指挥家看音乐、物理和社会变革》，王祖哲译，湖南科学技术出版社 2010 年版，第 207 页。

④ 参见 [美] 艾弗琳·盖茨：《爱因斯坦的望远镜：搜索暗物质和暗能量》，张威、上官敏慧译，中国人民大学出版社 2011 年版，第 220 页。

⑤ 参见 [日] 汤川秀树：《爱因斯坦和我》，杨志信译，载赵中立、许良英编：《纪念爱因斯坦译文集》，上海科学技术出版社 1979 年版，第 211 页。

46

爱因斯坦说:"要是我没有发现狭义相对论,也会有别人发现的。问题已经成熟了。但我认为,广义相对论的情况不是这样。"① ——要是爱因斯坦没有发现广义相对论,假以时日,它也会被发现的,只是这个"时日",没有人敢判断具体是多久。历史之好玩,在其无法假设。

47

中国某火车站电子屏上显示:依循海森堡的测不准原理,任何时刻给出的火车的位置和速度都是不确定的。②

48

如果说量子力学是经典力学专制下的民主化产物,③ 那么,量子力学专制下的民主化产物将会是什么呢?

49

我感到好奇的是,牛顿会怎样看到量子力学,④ 爱因斯坦如果出生在 17 世纪会怎样。

---

① [波兰] L.英费尔德:《回忆爱因斯坦》,秦关根译,载赵中立、许良英编:《纪念爱因斯坦译文集》,上海科学技术出版社 1979 年版,第 221 页。
② 参见 [美] 萨缪尔等:《爱因斯坦的圣经》,李斯、马永波译,海南出版社 2015 年版,第 152 页。
③ 参见 [美] 萨缪尔等:《爱因斯坦的圣经》,李斯、马永波译,海南出版社 2015 年版,第 153 页。
④ 参见 [德] 哈拉尔德·弗里奇:《你错了,爱因斯坦先生! ——牛顿、爱因斯坦、海森伯和费恩曼探讨量子力学的故事》,邢志忠、邢紫烟译,上海科技教育出版社 2017 年版,第 151 页。

50

在剑桥三一学院，我偷偷地留意长得像牛顿的人；在普林斯顿，我偷偷地留意长得像爱因斯坦的人。

51

1921 年 4 月 2 日，荷兰"鹿特丹号"海轮载着爱因斯坦、葡萄酒和质能方程驶进了纽约港。①

52

先是爱因斯坦，然后是爱因斯坦的大脑，成了一个大众文化符号。②

53

如果生在寒武纪，人就不会去做淘金者，③ 或诗歌的炼金术士④，当然了，更不会——像现在这样——成为大都会中的一介蜉蝣。

---

① 参见［德］哈拉尔德·弗里奇：《改变世界的方程——牛顿、爱因斯坦和相对论》，邢志忠、江向东、黄艳华译，上海科技教育出版社 2016 年版，英文版序言，第 3 页。

② "爱因斯坦的脑得到了与它作为解剖学标本的价值极不成比例的名声。它不属于任何收藏，也没有激发出一套新的脑功能理论，对它的研究更没有得到任何有科学价值的成果。"（［美］布赖恩·伯勒尔：《谁动了爱因斯坦的大脑——巡视名人脑博物馆》，吴冰青、吴东译，上海科技教育出版社 2009 年版，第 257 页）

③ 参见［英］保罗·戴维斯：《关于时间：爱因斯坦未完成的革命》，崔存明译，吉林人民出版社 2002 年版，第 266 页。寒武纪是古生代的第一个纪，距今 5.42 亿~4.85 亿年。

④ "诗歌中古老的成分，在我的文字炼金术中占有重要地位。"（［法］阿尔蒂尔·兰波：《妄想狂》，载《兰波作品全集》，王以培译，作家出版社 2011 年版，第 191 页）

54

庄周梦蝶，我梦西瓜。

约瑟夫·汤姆逊在 1904 年提出原子的西瓜模型：带正电荷的部分是红色的瓜瓤，带负电荷的电子则像西瓜籽一样镶嵌在瓜瓤中。

尽管"西瓜模型"很快被后来者否定和代替了（卢瑟福提出"行星模型"，玻尔提出"量子化轨道模型"，薛定谔提出"电子云模型"）①，但它给我留下的印象却最深刻，谁让我是个可救药的吃货呢。

每次吃西瓜，我都觉得自己是宇宙中的一粒西瓜籽、一粒尘埃。②

55

天文学家才是真正且幸运的考古学家，他们可以直接观测过去。当他们看 10 亿光年外的星系时，看到的是 10 亿年前的星系。③

56

暴胀——上帝服了兴奋剂吗?④ 宇宙的密码藏在狮身人面像之中?

---

① 参见张天蓉：《爱因斯坦与万物之理：统一路上人和事》，清华大学出版社 2016 年版，第 160—161 页。

② 2010 年欧洲航天局"普朗克"太空望远镜拍摄了首张整个宇宙的全景图，它像一个椭圆形的大西瓜。

③ 参见［英］乔奥·马古悠：《比光速还快——爱因斯坦错了!?》，赵文译，湖南科学技术出版社 2005 年版，第 73 页。

④ "暴胀就像是让年轻宇宙吃药一样"；"当宇宙如吃了禁药般拼命扩张时，虽然光线行进距离有限，但宇宙的扩张效果胜于光速，将光的出发点与目的地极度延伸"。（［英］乔奥·马古悠：《比光速还快——爱因斯坦错了!?》，赵文译，湖南科学技术出版社 2005 年版，第 103、105 页）

57

智力的三位一体：历史记忆力、诗歌想象力、自然哲学的推理。①

58

引力波可能会以光速传播，② 可能会以思和想的速度传播，却不可能以思想传播的速度传播。思想传播的速度（尤其在早期）比蜗牛快不了多少。

59

如果中国的科学家都是哲学家，③ 那么，拿诺贝尔奖会不会拿到手软？

60

一个好的定理是一条可口的腊肠。一个好的公式是一锅重庆火锅。大科学家都是饕餮巨兽。

---

① 参见［美］丹尼尔·肯尼菲克：《传播，以思想的速度——爱因斯坦与引力波》，黄艳华译，上海科技教育出版社 2010 年版，第 296 页。

② "爱丁顿关于引力波以光速传播的论点，自然只能应用于线性化近似所描述的非常弱的引力波。还不能一般性地证明任意强度的引力波总是以这个速度传播的（实际上有这样一种感觉，它们并不总是这样，因为时空曲率的发散将导致部分引力波作为主波的'尾部'延迟到达，虽然这不是因为这部分波走得较慢，而是它们反向走了一会儿，因此比主波走的路程较长）。"（［美］丹尼尔·肯尼菲克：《传播，以思想的速度——爱因斯坦与引力波》，黄艳华译，上海科技教育出版社 2010 年版，第 80 页）

③ 梅尔兹（J.T.Merz）说："德国的科学家都是哲学家。"转引自［美］尤格拉：《没有时间的世界：爱因斯坦与哥德尔被遗忘的财富》，尤斯德、马自恒译，电子工业出版社 2013 年版，第 12 页。

61

不要被数学家牵着鼻子走。不要跟同时是医生或化学家的诗人上床。

62

哥德尔说："康德就像一条有许多里程碑的高速公路，然后小狗们上来了，在每个里程碑上撒尿。"①

他的意思是，康德研究专家（尤其哲学系的）都是狗？

我很难原谅哥德尔的粗鲁——尽管我不是研究康德的，更不是研究"康德研究专家"的。

63

比维特根斯坦学派更维特根斯坦的人，打破维特根斯坦崇拜的人，或可成为另一个维特根斯坦。

我喜欢小学老师维特根斯坦，只因他曾声明自己是曾应聘中学老师的爱因斯坦的追随者。②

64

以色列。太太。以太。把看似相关的不相关词汇放在一起，或可达到幽默效果。

---

① 转引自［美］尤格拉：《没有时间的世界：爱因斯坦与哥德尔被遗忘的财富》，尤斯德、马自恒译，电子工业出版社2013年版，第22页。

② 参见［美］尤格拉：《没有时间的世界：爱因斯坦与哥德尔被遗忘的财富》，尤斯德、马自恒译，电子工业出版社2013年版，第39页。1908年苏黎世一所高中招聘"数学和画法几何学老师"，爱因斯坦递交了申请，并声明："我也可以教物理。"他提交了包括那篇狭义相对论论文在内的所有已完成论文。申请者共21位，爱因斯坦甚至没有入围决赛。参见［美］沃尔特·艾萨克森：《爱因斯坦传》，张卜天译，湖南科学技术出版社2014年版，第134页。

65

美如草莓的美女啊
把精神
花在万物的语法上的人
将永远无法完整地亲吻你

费曼自述

有人在拥挤的粒子动物园

看到我惊慌失措。①

有人在脱衣舞酒吧

看到我有模有样地演算数学。

有人善意地打听

我有几个身材火辣的小妹。②

有人从加州海滩上空

看到我在水中摆弄鱼雷。

有人有所指地取笑我的爱

制造奇闻和纽约腔。

有人不明所以地赞美我

拥有深邃的目光。

有人说我是无限延伸的弦。

有人说我是转瞬即逝的虹。③

---

① "在新建造的粒子加速器中，新发现的基本粒子（介子等）种类激增。基本粒子物理的'动物园'变得拥挤不堪。"（［美］劳伦斯·M.克劳斯：《理查德·费曼传》，张或或、陈亚坤、孔垂鹏译，中信出版社2019年版，第146页）又参见张天蓉：《爱因斯坦与万物之理：统一路上人和事》，清华大学出版社2016年版，第149—172页。

② 费曼在他钟爱的第一任妻子阿琳（Arline Greenbaum）病逝之后，四处猎艳，惹下不少风流官司。参见［美］劳伦斯·M.克劳斯：《理查德·费曼传》，张或或、陈亚坤、孔垂鹏译，中信出版社2019年版，第96、144、187—188页。中国台湾歌手孟庭苇演唱有歌曲《你究竟有几个好妹妹》（词/曲：梁文福）。

③ 参见［美］里昂纳德·曼罗迪诺：《费曼的彩虹：物理大师的最后24堂课》，陈雅云译，陕西师范大学出版社2007年版，第133页。

有人说我是拂过老鹰①、

野狐②和贴满费曼图的大篷车③的风。

有人说我是更憨更逗的

另一个憨豆先生④。

有人说我是撬锁贼，偷了

上帝的猫、天堂的印

和一颗原子弹的

密钥；我确实这么做了。

我装作不在意别人的说辞。

我只是一个漫游

宇宙量子奇境的

充满生命悲剧和荒诞感的美国画师。⑤

---

① 物理学家的洞察力应该"像老鹰般扫掠过物理学领域"。参见［美］格雷克：《费曼传》，黄小玲译，高等教育出版社 2004 年版，第 136 页。

② 费曼论"野狐禅科学"，参见［美］R.P.费曼、［美］R.莱顿：《别逗了，费曼先生》，王祖哲译，湖南科学技术出版社 2017 年第 2 版，第 358—367 页。

③ 关于贴满费曼图的大篷车，参见［英］约翰·格里宾、［英］玛丽·格里宾：《迷人的科学风采——费恩曼传》，江向东译，上海科技教育出版社 1999 年版，第 299—322 页。

④ 憨豆先生是英国电视喜剧《憨豆先生》及衍生作品中的主人公。

⑤ 二战后初到美国的弗里曼·戴森认为美国人"缺乏生命的悲剧感"，但费曼是一个例外："他是一个年轻的本土美国人，他和悲剧共度过。"（［英］弗里曼·戴森：《宇宙波澜——科技与人类前途的自省》，王一操、左立华译，重庆大学出版社 2015 年版，第 67 页）晚年的费曼变成了一名业余画家，沉醉于线条和结构。

发现的乐趣

你得到了不可见的美，
那是微观的世界，无休无止。①
你得到了百科全书，②
并变成其中的一行；粗暴地入侵。

你得以知道，向权贵低头
是受了制服的愚弄。③
都只是一堆原子，
有，或没有知觉。

你得到了了不起的想法，
痛恨自己的无知。④
你被加冕为大师，
迫近的流星藐视你。

---

① "美不尽然在这方寸之间，美也存在于更小的微观世界。"（［美］费曼：《发现的乐趣》，朱宁雁译，北京联合出版公司 2016 年版，第 2 页）

② "我们家有一套《不列颠百科全书》，当我还是小孩子的时候，我爸爸就经常让我坐在他腿上，给我读这套书。"（［美］费曼：《发现的乐趣》，朱宁雁译，北京联合出版公司 2016 年版，第 3 页）

③ "我爸是做制服生意的，所以他很清楚一个人穿上制服和脱下制服有什么区别。"（［美］费曼：《发现的乐趣》，朱宁雁译，北京联合出版公司 2016 年版，第 7 页）电影《冒牌上尉》（罗伯特·斯文克执导，2017 年）讲了二战末期一个德国逃兵捡到一件上尉制服，狐假虎威，变身杀人狂魔的故事。

④ "存疑与科学并不矛盾——无知是一种常态"；"人类看来拥有无限的潜能，而相比之下成就却如此有限"。（［美］费曼：《科学的价值》，载《发现的乐趣》，朱宁雁译，北京联合出版公司 2016 年版，第 149 页）

你得到了如胶似漆的爱情，

无非是电子间的引力；①

你得到了肉体，

数学和算计失去用武之地。

棋局的棋子中有一颗是你，

走法周期性地改变；

磐石或黄金做的棋盘

被莫名的力量腐烂。

太阳系像一台计算机，②

扰乱程序的彗星

给了你与空间等量的信息，

（这源于一个佛教徒的偈③）

还暗示你永生的可能性④

及其他可能性：

人人变成伏尔泰

---

① "夸克就像电子，而一种叫胶子的粒子就像穿梭在电子之间的光子，它使'电子'与'电子'之间产生电引力。"（［美］费曼：《发现的乐趣》，朱宁雁译，北京联合出版公司 2016 年版，第 17 页）

② "除非碰巧某人给我的问题是研究行星的运动，否则我不可能把太阳系当作一台计算机看待。"（［美］费曼：《未来的计算机》，载《发现的乐趣》，朱宁雁译，北京联合出版公司 2016 年版，第 45 页）

③ 费曼在游览檀香山的一座佛教寺院时，住持送的一句话让他一直铭记在心："那是佛经上的一句偈语：一念天堂，一念地狱。"（［美］费曼：《科学的价值》，载《发现的乐趣》，朱宁雁译，北京联合出版公司 2016 年版，第 145 页）

④ "死亡并不是完全不可避免的，生物学家早晚会有所发现，这只是个时间问题而已——他们会找到给我们身体制造麻烦的罪魁祸首，那些可怕的疾病终将被治愈，而人类的肉身也将永恒不朽。"（［美］费曼：《科学文化在现代社会中扮演什么角色？应该扮演什么角色》，载《发现的乐趣》，朱宁雁译，北京联合出版公司 2016 年版，第 102—103 页）

或陈说白日梦的洞穴天使。

你无悔直视过毁灭之光,①
这就是你的乐趣，也是我的。

---

① "和我在一起的人都戴上了墨镜，我是唯一用肉眼直视（原子弹）爆炸现场的人。"（［美］费曼：《从加入"曼哈顿计划"到亲眼看到原子弹爆炸》，载《发现的乐趣》，朱宁雁译，北京联合出版公司 2016 年版，第 91 页）

纳米

将来有一天，如下不再是奇事或显得魔幻——

将全套《大不列颠百科全书》刻到一根大头针的针尖上①；

将全世界所有图书馆的书都放在一个仅有香菱②的香囊万分之一大小的口袋里；

纳米医生进入心脏、血管、肠道，检查病变，必要时永居其内，帮助有功能障碍的器官工作；

碳纳米管制成的太阳能天线满足了人类的全部能源需求，石油和页岩气毋庸再开采；

用长宽高都只有半毫米的微型马达驱动比"泰坦尼克号""普雷路德号""福特号"③ 大上十倍百倍千倍的巨轮和宇宙飞船；

遭遇海难，醒来发现置身一荒岛，被比虱子还小的小人包围，小人国的总统自称格列佛，来自另一个遥远的星球——地球；④

一个名叫安徒生的坚定的锡兵，仅凭一把纳米光剑，举手投足之间就毁灭了三体文明的宇宙探测器（即"水滴"⑤ ）和整个银河舰队。

…………

---

① 参见 ［美］费曼：《底下还有大量的空间——对纳米技术的展望》，载《发现的乐趣》，朱宁雁译，北京联合出版公司 2016 年版，第 121 页。费曼最早提出纳米技术的概念。1 纳米相当于十亿分之一米。

② 香菱是《红楼梦》中的人物。

③ "普雷路德号"是世界上最大的船，长 488 米，宽 74 米，高 110 米。"福特号"是美国福特级航母的首舰（造价 130 亿美元），长 332.85 米，宽 40.84 米，吃水深度 12.4 米。（数据截至 2021 年 8 月 29 日）

④ 参见 ［英］斯威夫特：《格列佛游记》，张健译，人民文学出版社 1979 年第 2 版，第 4—5 页。

⑤ 参见刘慈欣：《三体》，重庆出版社 2008 年版。

不错，没有最小，只有更小。没有最大，只有更大。

我不是以科幻作家，而是以科学先知的身份，说上面这些话的。

但另一个我又怀疑科学先知是否存在。

对费曼一首诗的注疏

对人文科学和所谓"诗人"毫不掩饰自己恶感①的费曼也会情不自禁地写诗，其中一首是这样的：

> 譬如我孤身站在海边，开始浮想联翩，
> 海里有惊涛骇浪，分子构成了大山。
> 每个分子自顾自，分开了有万亿万，
> 一致行动就是白浪滔天。
> 亘古洪荒，在每一个能看到的眼前，
> 年复一年，洪波拍岸一如当前。
> 为了谁，又为什么？
> 在一个死寂的行星上，没有生命在看。
> 永不停息，受能量的催逼，
> 太阳如此挥霍，把能量泼向空间。
> 一只小虫让大海咆哮。
> 在大海深处，全部分子重复彼此的模式，
> 直到复杂的新模式出现。
> 它们制造了其他模式，和它们自己一般，
> 一场新的舞蹈开始表演。
> 个头和复杂性都在增长，

---

① 费曼说："正因为科学取得了巨大成功，我想啊，就有了伪科学。社会科学就是这样一个例子，它算不上科学"（［美］费曼：《发现的乐趣》，朱宁雁译，北京联合出版公司2016年版，第21页）；"我对诗人的那些说法，从根本上说，不意味着抱怨现代诗人对现代物理学不感兴趣——而是意味着他们对400年来科学家所揭露自然的奥妙不曾表现出赏识的感情"（［美］米歇尔·费曼编：《费曼语录》，王祖哲译，湖南科学技术出版社2020年版，第57页）。

活的东西，是原子一团团，

DNA，蛋白质，舞蹈模式更麻烦。

从这个摇篮爬出来，爬上了岸。

就在这里，它站起身来：

原子有了意识，物质居然好奇。

站在海边，面对奇妙而觉得奇妙：

我，由原子构成的一个宇宙，

宇宙中的一个原子。①

（1）"譬如我孤身站在海边"：此处的"我"，既可指费曼，亦可指普希金②、卡夫卡③、狄拉克④或冰岛渔夫皮埃尔·洛蒂⑤。

（2）"大山"：指须弥山、惠特尼山或莱布尼茨山。⑥

（3）"白浪滔天"：据说源自法王路易十五，原话是"我死之后，哪管洪水滔天"。路易十五虽然荒淫无道，但他这句话极具哲学意味。

（4）"亘古洪荒"：你肯定想到了中国《千字文》首句：天地玄黄，宇宙洪荒。《千字文》应纳入加州理工学院物理系的必修课。

（5）"所为何人？又所为哪般?"：江畔何人初见月？江月何年

① ［美］米歇尔·费曼编：《费曼语录》，王祖哲译，湖南科学技术出版社2020年版，第61—62页。据［美］费曼《科学的价值》一文（载《发现的乐趣》，朱宁雁译，北京联合出版公司2016年版，第146页）有所修正。

② 参见［俄］普希金：《致大海》，载《普希金诗选》，高莽等译，人民文学出版社2003年版，第157—160页。

③ 参见［日］村上春树：《海边的卡夫卡》，林少华译，上海译文出版社2003年版。

④ 狄拉克之海指量子真空的零点能组成的负能量的粒子海。

⑤ 参见［法］皮埃尔·洛蒂：《冰岛渔夫 菊子夫人》，艾珉译，人民文学出版社2006年版。

⑥ 惠特尼山是美国本土48州的最高峰，海拔4418米，位于加利福尼亚州东部（费曼任教于加州理工学院）。莱布尼茨山的主峰是月球最高峰，海拔9000米（相比于月海平原平均海拔）。

初照人？人生代代无穷已，江月年年望相似。①

（6）"死寂的星球"：这句不科学。星球从来不死寂，总有生命（分子、原子）在运动、在看。作为一种文学手法，说某位高僧死寂是可以的。

（7）"一只小虫"：指原尾虫或精虫。

（8）"咆哮"：不要温顺地走进那个良夜，老年应当在日暮时燃烧咆哮，怒斥，怒斥光明的消逝。②

（9）"复杂的新模式"：克吕沃尔（Albert Kluyver）认为，细菌和复杂生物之间没有界限，细菌的代谢多样性远超复杂生物，但二者最基本的生命过程相似；马古利斯（Lynn Margulis）认为，复杂细胞不是经由"标准"的自然选择演化而来，而是通过一场合作共生的盛宴，细胞之间密切合作，直到永远入住彼此体内。③ 我的疑问是，所有复杂，是真的复杂吗？

（10）"舞蹈"：每一个不曾起舞的日子，都是对生命的辜负（尼采语）。20 世纪最棒的芭蕾舞演员并非尼金斯基④，而是费曼。

（11）"物质居然好奇"：物质为什么不能好奇？人长大了，为何变得不太好奇，甚至完全不好奇了？这就是成长的代价？

（12）"面对奇妙而觉得奇妙"：面对费曼而觉得自己变成了费曼；面对水而觉得自己像水一样消逝于水中。

---

① 张若虚《春江花月夜》。

② 参见［美］狄兰·托马斯：《不要温顺地走进那个良宵》，载《狄兰·托马斯诗选：英汉对照》，海岸译，外语教学与研究出版社 2014 年版，第 237 页。电影《星际穿越》（克里斯托弗·诺兰执导，2014 年）中曾出现这首诗。

③ 参见［英］尼克·莱恩：《复杂生命的起源》，严曦译，贵州大学出版社 2020 年版，第 5 页。

④ 尼金斯基（1889—1950）是俄国芭蕾舞演员，有"最伟大的男演员"之誉。

（13）"我，由原子构成的宇宙，宇宙中的一个原子"：小宇宙①与大宇宙的辩证法；"吾心即是宇宙"与"宇宙即是吾心"的辩证法；"亲密无间"与"超距"的辩证法："原子"与"屈原"的辩证法。屈原《天问》："上下未形，何由考之？"费曼："假设有某种大灾变，全部科学知识都要被毁灭，只有一句话劫后余生，传给后代；这句话用最少的词包含最多的信息，最好的这句话怎么说？我相信，那就是原子假说，或原子事实，或无论你怎么个叫法，即全部东西都是由原子构成的，原子是到处乱转的小粒子，一直在动，有所分离就互相吸引，挤压一处就互相排斥。在那个独一无二的句子中，稍事想象和思考，你就会看到关于世界的巨量信息。"②

（14）费曼肯定读懂了卢克莱修《物性论》第二卷第720—722行。③

（15）我想象卢克莱修津津有味地阅读费曼《QED：光和物质的奇妙理论》④一书的神姿。

---

① 人体是一个"小宇宙"。"近代早期的医生、解剖学家、化学家、机械论者等等都密切关注我们所寄身的这个生命世界。他们探索其隐秘的结构，力图理解其功能，希望找到新的健康之道。"（［美］劳伦斯·普林西比：《科学革命》，张卜天译，译林出版社2013年版，第81页）

② ［美］米歇尔·费曼编：《费曼语录》，王祖哲译，湖南科学技术出版社2020年版，第336页。

③ 第720—722行："万物按它们的本性被创造得/彼此不同；因此每一物必定/由不同形状的原子构成。"（［古罗马］卢克莱修：《物性论》，蒲隆译，译林出版社2012年版，第95页）

④ ［美］费曼：《QED：光和物质的奇妙理论》，张钟静译，湖南科学技术出版社2012年版。QED是英文 Quantum Electrodynamics（量子电动力学）的缩写。1965年，费曼与朝永振一郎、朱利安·施温格"因对量子电动力学基础的研究得到深入结果"而共同获得诺贝尔物理学奖。参见《诺贝尔奖讲演全集》编译委员会编译：《诺贝尔奖讲演全集（物理学卷Ⅱ）》，福建人民出版社2004年版，第573页。

论哲学（Ⅱ）

费曼曾批评哲学家对科学家指手画脚："科学真正存在所必需的，是在思想上不承认自然界必须满足我们的哲学家所主张的那些先入为主的要求"；哲学家先入为主地定义世界，而"我直接就去探索这个世界了"。① 温伯格也说，"哲学家的观点偶尔也帮助过物理学家，不过一般是从反面来的——使他们能够拒绝其他哲学家的先入为主的偏见"，"不应指望靠它（哲学）来指导今天的科学家如何去工作"，哲学"在今天的危害大于曾经起过的作用"。② 狄拉克更激进，他说，"哲学对物理学的进展不能做出任何贡献"③。玻恩倒是不激进，他大大方方地承认哲学的功用，只是，在他看来，所谓哲学——真正的哲学——专指"理论物理学"④。

但向来不关心物理学进展的哲学家恐怕不会读到上面这些话。即使读到，也会一笑置之。也应一笑置之。哲学家何必在意物理学家如何抹黑哲学呢？物理学家认为哲学家先入为主，难道物理学家就不先入为主了？

这是一个由成见塑造的世界。⑤ 没有谁天生就是一张白纸。

---

① 参见［美］费曼：《世界上最聪明的人》，载《发现的乐趣》，朱宁雁译，北京联合出版公司 2016 年版，第 200 页；［美］费曼：《物理定理的本性》，关洪译，湖南科学技术出版社 2012 年版，第 155 页。

② ［美］S.温伯格：《终极理论之梦》，李泳译，湖南科学技术出版社 2007年第 3 版，第 133—135 页。

③ ［丹］赫尔奇·克劳：《狄拉克：科学和人生》，肖明、龙芸、刘丹译，湖南科学技术出版社 2009 年版，第 194 页。

④ ［德］M.玻恩：《我的一生和我的观点》，李宝恒译，商务印书馆 1979 年版，第 20 页。

⑤ 关于解释学视野下的"成见"，参见［日］丸山高司：《伽达默尔——视野融合》，刘文柱、赵玉婷、孙彬等译，河北教育出版社 2002 年版，第 92—98 页。

我听见有人小声嘀咕："白纸非纸，白马非马。"

睿智的我装作没有听见。我知，这一命题涉及的物理学知识和哲学思辨，远远超越我的能力范围。

费曼与杨振宁

经常分不清左右的费曼①在 1956 年春天参加国际高能物理大会期间，先是与一位名叫马丁·布洛克的年轻物理学家讨论，随后在大会上提出了弱相互作用可能并不遵守宇称守恒（即"大自然可能区分左右"）的问题。但他在会后并没有跟进此问题。比费曼年轻 4 岁的杨振宁却眼前一亮，他与同事李政道带着过人的学术勇气和胆识对相关数据进行分析，提出一项关于 β 衰变的假设性实验：如果宇称被破坏了，中子被极化并朝着特定的方向旋转，那么宇称不守恒意味着电子（中子的衰变产物之一）将倾向于朝某些特定的方向射出。他们将这个推论写成精彩的文章，于 1956 年夏天发表。②哥伦比亚大学的吴健雄教授和利昂·莱德曼教授都通过实验证明了杨和李的假设。宇称的确受到了最大限度的违背，上帝是一个"强左撇子"。杨振宁和李政道因此共同获得 1957 年诺贝尔物理学奖，距他们提出宇称不守恒假设仅仅过去一年的时间。③

---

① "我们都在童年的某个时刻学会了区分左右。这并非易事，费曼常常告诉他的学生，有时他甚至需要看一眼左手上的痣才能确定左右。这是因为，'左'和'右'的区分具有任意性。如果我们将所有的'左'叫作'右'，所有的'右'称为'左'，那么除了名称之外，一切都没有改变。"（[美] 劳伦斯·M.克劳斯：《理查德·费曼传》，张彧彧、陈亚坤、孔垂鹏译，中信出版社 2019 年版，第 173 页）

② 杨振宁后来说："通常得诺贝尔奖的重要性，可以说那是 10 年之间最重要的物理的文章。那如果你问'宇称不守恒'是不是当时 10 年之间最重要的文章呢，我想这是当之无愧的。"（杨振宁著、翁帆编译：《曙光集》，生活·读书·新知三联书店 2008 年版，第 365 页）

③ 参见 [美] 劳伦斯·M.克劳斯：《理查德·费曼传》，张彧彧、陈亚坤、孔垂鹏译，中信出版社 2019 年版，第 177—178 页。

尽管费曼自称不在乎是否得到诺贝尔奖,① 但当他看到杨和李这么快获奖时, 心中是否五味杂陈呢?

他不可能无动于衷。

当然, 八年之后 (1965 年), 他也获得诺贝尔奖, 并愉快地去领了奖。

费曼与杨振宁之间, 是否存在瑜亮情结? 孰为瑜, 孰为亮?②

这就不是我这个尽管分得清左右,③ 却对对称或不对称的可怕之处毫无察觉的人所能回答的了。

---

① 参见 [美] 费曼:《发现的乐趣》, 朱宁雁译, 北京联合出版公司 2016 年版, 第 12 页。

② 费曼曾经就基础物理研究的未来与杨振宁发生过争论。费曼认为 "基础物理的研究寿命是有限的", 而杨振宁认为是 "无穷大"。参见 [美] 理查德·费曼:《费曼手札: 不休止的鼓声》, 叶伟文译, 湖南科学技术出版社 2019 年版, 附录, 第 562—564 页。我们同样可以问, 费曼与盖尔曼 (1929—2019) 之间, 是否存在瑜亮情结? 孰为瑜, 孰为亮? 费曼获奖之后, 他在加州理工学院的同事、曾经的伙伴和 "对手" 默里·盖尔曼 "有些气馁、失望", "就像一个刚刚丧父之人", "与费曼分享光亮永远不是一件容易的事。盖尔曼可以迁移到世界上任何一个物理系并成为最亮的明星, 在加州理工学院, 他却永远得考虑自己是否和迪克 (即费曼) 一样聪明能干" ([美] 乔治·约翰逊:《奇异之美——盖尔曼传》, 朱允伦、江向东、杨美霞等译, 上海科技教育出版社 2013 年版, 第 255 页)。盖尔曼后来获得 1969 年诺贝尔物理学奖 (提出质子和中子由三个夸克组成)。关于费曼与盖尔曼的竞争, 还可参见 [美] 里昂纳德·曼罗迪诺:《费曼的彩虹: 物理大师的最后 24 堂课》, 陈雅云译, 陕西师范大学出版社 2007 年版, 第 27—31 页 [第 31 页: "在许多方面, 费曼是莫雷 (即盖尔曼) 在智识上的强敌"]; [美] 理查德·费曼:《费曼手札: 不休止的鼓声》, 叶伟文译, 湖南科学技术出版社 2019 年版, 附录, 第 585—599 页; [英] 史蒂芬·霍金:《我的简史》, 吴忠超译, 湖南科学技术出版社 2017 年版, 第 84 页。

③ "宇称不守恒, 即自然要区分与右的说法确实是摆脱困境的自然出路。然而, 自然是左右对称的这样一种观念牢牢地占据了物理学家的头脑, 宇称不守恒被他们认为是回答这个神秘问题的最不可能的一个答案。李政道和杨振宁继续拼命地研究这一问题。杨振宁在后来回忆说, 他觉得就像 '一个在黑暗的房子里摸索着寻找出口的人'。" ([美] 阿·热:《可怕的对称——探索现代物理学中的美》, 荀坤、劳玉军译, 湖南科学技术出版社 1992 年版, 第 35 页)

讲义

赎罪日战争进入尾声，①

余波在约旦河和荒漠荡漾。

我，长发及肩，

一副嬉皮士派头，

也去做点后勤工作。

第一次步出国门，

第一次照顾禽畜，

第一次躲避空袭，

第一次不把私人浴室视为理所当然。

没有音响，

没有好看的姑娘，

无处使坏，百无聊赖。

羊奶喝足了，

鸡蛋吃厌了，

星星看够了，

去附近小图书馆搜罗，

我是最具好奇心的贼；

雷马克②、托尔斯泰、

斯宾格勒③，皆不见踪影，

---

① 赎罪日战争即第四次中东战争，发生于 1973 年 10 月 6 日至 26 日，交战双方为阿拉伯国家（埃及、叙利亚）与以色列。以色列取胜。

② 雷马克（1898—1970）是德国小说家，参加过一战，代表作是《西线无战事》。

③ 斯宾格勒（1880—1936）是德国哲学家，著有《西方的没落》。

近乎绝望之际，

一本《费曼物理学讲义》映入眼帘，

正是它，带给我

蜜蜂眼中的世界①、

伯克利的博士学位、

加州理工学院的教职②

以及同古代同好

和十维之神③神交的契机。

---

① 《费曼物理学讲义》"跟我看过的任何教科书都不同"，它"就像在跟人
聊天，非常有趣，让人觉得好像费曼就在房间里跟你说话"，"在探讨光的章节里，
有时又会出现离题的话，例如'现在对于蜜蜂的视力已经有一些有趣的发现'"。
（［美］里昂纳德·曼罗迪诺：《费曼的彩虹：物理大师的最后 24 堂课》，陈雅云
译，陕西师范大学出版社 2007 年版，第 12 页）《费曼物理学讲义》由费曼在加州
理工学院的讲课录音编辑整理而成。

② 费曼在开课之初说："这是一门两学年的物理课程，我们开设这门课程的
着眼点是你们，有志成为物理学家的读者们。"（［美］费恩曼、［美］莱顿、［美］
桑兹：《费恩曼物理学讲义（新千年版·第 1 卷）》，郑永令等译，上海科学技术
出版社 2013 年版，第 1 页）费曼在课程结束时说："我只希望我没有给你们带来
过多的麻烦，而且希望你不会离开这个令人激动的事业"，"你或许不仅欣赏这种
文化，甚至还可能想要加入这早已开始了的人类心智最伟大的冒险中来"。（［美］
费恩曼、［美］莱顿、［美］桑兹：《费恩曼物理学讲义（新千年版·第 3 卷）》，
潘笃武、李洪芳译，上海科学技术出版社 2013 年版，第 353 页）实际上，费曼的
讲课内容过于艰深，给本科生带来了"麻烦"，"能理解课堂上所有内容的学生也
寥寥无几"，"研究生和教员们陆续前来旁听，与此同时，惊恐万分、不堪重负的
本科生们却不再来了"；"大多数尝试使用此书作为教材的人都发现效果欠佳，对
普通的物理课堂而言，这部教材的难度太大，也太具革命性"。（［美］劳伦斯·M.
克劳斯：《理查德·费曼传》，张或或、陈亚坤、孔垂鹏译，中信出版社 2019 年
版，第 192—193 页）又参见［德］恩斯特·彼得·费舍尔：《科学简史：从亚里
士多德到费曼》，陈恒安译，浙江人民出版社 2018 年版，第 385—386 页。正如费
曼所言，他的课程和教材是为"有志成为物理学家"的人准备的。

③ "一个需要十维世界的理论合理吗？"（［美］里昂纳德·曼罗迪诺：《费
曼的彩虹：物理大师的最后 24 堂课》，陈雅云译，陕西师范大学出版社 2007 年版，
第 115 页）

手札

亲爱的费曼博士：

　　我对你愈来愈羡慕嫉妒恨。

　　因为你混过斯德哥尔摩的天体营，①

　　因为你蹂躏欢迎你的红地毯，

　　因为有弹钢琴和写诗的女孩子爱你，②

　　因为你敢挑战"挑战者号"

　　背后的政治潜规则③

　　和作为权威的自己，④

---

　　①　加州哈维克飞机公司的哈维克夫妇致费曼（1965 年 10 月 22 日）："到了斯德哥尔摩，可别去天体营和裸体女郎鬼混！"（［美］理查德·费曼：《费曼手札：不休止的鼓声》，叶伟文译，湖南科学技术出版社 2019 年版，第 229 页）

　　②　费曼致麦康纳（1975 年 3 月 5 日）："我虽然自然科学和数学还不错，但人文学科就很差了，并不是什么科目都很好。幸好我爱上的女孩子，艺术修养很好，在弹钢琴和写诗方面，都有很高的才华。"（［美］理查德·费曼：《费曼手札：不休止的鼓声》，叶伟文译，湖南科学技术出版社 2019 年版，第 368 页）

　　③　费曼致温妮丝和米歇尔（1986 年 2 月 12 日）："这里有非常强大的政治力量在运作，互相较劲……首先要查清楚的是，为什么，在物理实质原因上，航天飞机会失事？"（［美］理查德·费曼：《费曼手札：不休止的鼓声》，叶伟文译，湖南科学技术出版社 2019 年版，第 511 页）1986 年 2 月 11 日，费曼在"挑战者号"航天飞机失事调查会议上，以一杯冰水的简单实验，证明 O 形环遇冷失去弹性是造成意外的主因。又参见［美］费曼：《关于"挑战者号"航天飞机事故的少数派调查报告》，载《发现的乐趣》，朱宁雁译，北京联合出版公司 2016 年版，第 153—172 页。〔第 172 页："尊重现实一定要凌驾于公共关系之上，因为不能愚弄自然（规律）。"〕

　　④　费曼在回一名年轻学生的信中坦然承认《费曼物理学讲义》中的一个错误，并因为让这名学生"跟着受害"而表达歉意。参见《费曼致考克斯》（1975年 9 月 12 日），载［美］理查德·费曼：《费曼手札：不休止的鼓声》，叶伟文译，湖南科学技术出版社 2019 年版，第 378 页。

因为你轻易地就把时空过程视觉化，①

因为打火石与墓碑

也爱听你敲邦戈鼓，②

因为你幽默且多智

（我多智但不幽默），

因为你生活在"唯论文"③ 的

时代却能适应它

（我无法适应，只好攻讦它）。

真高兴你死了，

否则我会因为

有一个人值得对话

而无法吹嘘自己热爱并享受孤独。

郭绍敏博士

2021 年 9 月 2 日

---

① 施韦伯（Silvan Schweber）写了一本书《1938 至 1950 年间的量子场论》，其中有一章是《费曼与时空过程的视觉化》。他把草稿寄给费曼看，期望得到指正。参见 ［美］理查德·费曼：《费曼手札：不休止的鼓声》，叶伟文译，湖南科学技术出版社 2019 年版，第 481 页。

② 参见 ［德］君特·格拉斯：《铁皮鼓》，胡其鼎译，上海译文出版社 2011 年版，第 419 页。

③ 普林斯顿大学帕尔默物理实验室艾因宏致费曼（1965 年 10 月 22 日）："恭喜你得到诺贝尔奖。在这个以发表论文为教授首要任务的时代，能碰到一位物理大师兼教学良师，实在是我的幸运。"（［美］理查德·费曼：《费曼手札：不休止的鼓声》，叶伟文译，湖南科学技术出版社 2019 年版，第 230 页）

费曼的最后旅程

"死亡太无聊了，我可不愿死两次。"① 这是一位即将踏上最后旅程的旅人说的俏皮话。

亦是无奈话。如若可能，他愿死两次、一千次，因为那意味着活两次、一千次②。他有太多太多的心愿尚未达成：他想继续追踪凝聚态物理理论的进展③；他想看到科学自动收缩疆界④，而伪科学不再神乎其神或鬼鬼祟祟⑤；他想在三十八万公里之外的弯曲时空中漫步或勾画一个均匀的引力场⑥……尤其是，他还想去他梦寐

---

① ［美］君特·理查德·费曼：《费曼手札：不休止的鼓声》，叶伟文译，湖南科学技术出版社 2019 年版，第 480 页。

② 《西游记》第二十四回有一段唐僧与悟空的精彩对话。唐僧道："悟空，你说得几时方可到（灵山）？"行者道："你自小时走到老，老了再小，老小千番也还难。只要你见性志诚，念念回首处，即是灵山。"

③ 费曼（和施温格、朝永振一郎）从事的量子电动力学研究成为量子场论的一个典范，引导了粒子物理和凝聚态物理理论的发展。参见 ［美］拉夫·莱顿：《费曼的最后旅程》，台湾新新闻编译中心译，湖南科学技术出版社 2005 年版，高涌泉序，第 2 页。

④ 费曼说，"存在不科学的东西并不让我感到伤心"，"有些事不科学并非坏事，也没啥了不起，不过是不科学而已"，"在生活中，在欢乐中，在情感世界里，在人们嬉戏追逐活动中，以及在文学等领域，不需要讲求科学，也没理由讲求科学。我们需要的是放松和享受生活"。（［美］理查德·费曼：《费曼讲演录》，王文浩译，湖南科学技术出版社 2016 年版，第 48 页）

⑤ 参见 ［美］费曼：《货拜族科学：探讨科学、伪科学以及如何学习不自欺》，载《发现的乐趣》，朱宁雁译，北京联合出版公司 2016 年版，第 211—223 页。

⑥ 参见 ［美］R.P.费曼：《费曼讲物理：相对论》，周国荣译，湖南科学技术出版社 2012 年版，第 149 页。

已久的亚洲中心——图瓦共和国——看一看，① 在那里，几座蒙古包，叶尼塞河的一条船，一位名叫日瓦戈的医生，对他翘首以盼。

蒙古包里贴着一条费曼语录，蒙古包外，一只羊的脸孔长得像他。

叶尼塞河的船上列队站着次原子粒子。

日瓦戈医生正等着同他探讨关于历史和死亡的观点："历史是若干世纪以来对死亡之谜有系统的探索，并且一直在希望克服死亡……"②

然而，最后的旅程并未成行。作为一个十足的凡人③，他也会死。

这倒也好，率性的他再也不必用率性来掩藏本来毋庸掩藏的自己了。这世界和他诞生时一样荒诞而真实。

---

① 参见［美］拉夫·莱顿：《费曼的最后旅程》，台湾新新闻编译中心译，湖南科学技术出版社 2005 年版，第 5 页。图瓦共和国是俄罗斯联邦的一个自治共和国，位于中西伯利亚南部，历史上属于唐努乌梁海地区的主要组成部分。

② ［俄］鲍里斯·帕斯捷尔纳克：《日瓦戈医生（精装珍藏版）》，黄燕德译，湖南文艺出版社 2012 年版，第 7 页。

③ "狄拉克是一位几乎不染人间烟火的天才学者。玻尔说狄拉克有最纯洁的灵魂，费曼有同样的天才，但他却也是十足热情的凡人。"（［美］拉夫·莱顿：《费曼的最后旅程》，台湾新新闻编译中心译，湖南科学技术出版社 2005 年版，高涌泉序，第 6 页）

霍金自述

　　我选择诞生在 1942 年的牛津，是因为野蛮的德国人承诺不轰炸这一文化圣地。①

　　我童年的火车玩具拒载，亦载不动几多愁。

　　曾为"爱因斯坦"的绰号沾沾自喜。

　　不学生物学是因为最聪明的孩子学数学和物理。②

　　不研究缺乏想象力的东西，诸如欧几里得几何、法拉第旋转③。

　　喜爱公式胜过拜伦。

　　喜爱图像胜过公式。

　　喜爱色情杂志胜过图像。

　　曾为传说和故事中自己的形象而糟心，④ 后来变得超逸洒脱，是因为在无意中看到博尔赫斯的一句牢骚话（他说得如此认真、充满哲理）："印在纸上的图像和文字比事物本身更真实。唯有出版的东西才是真的。"⑤

　　我做过一个将被处死的梦。而在梦中，被处死的前夜，我做了

――――――――――

　　① "二战期间，德国人同意不轰炸牛津和剑桥，以换取英国人不轰炸海德堡和格丁根的承诺。"（［英］史蒂芬·霍金：《我的简史》，吴忠超译，湖南科学技术出版社 2017 年版，第 12 页）

　　② 参见［英］迈克尔·怀特、［英］约翰·葛瑞本：《霍金传》，邱励欧、王滋译，湖南科学技术出版社 2011 年版，第 33 页。

　　③ 法拉第旋转即线极化电波通过电磁场时，会在电磁场的影响下产生极化面相对入射波的旋转。

　　④ "我开始听瓦格纳的音乐，但杂志文章报道说我那时还酗酒，就未免是夸大其词。一旦一篇文章这么写，其他文章就抄过去，因为它可以编一个好故事，而最终人人都相信任何出现在出版物中这么多次的东西必然是真的。"（［英］史蒂芬·霍金：《我的简史》，吴忠超译，湖南科学技术出版社 2017 年版，第 55 页）

　　⑤ ［阿根廷］豪尔赫·路易斯·博尔赫斯：《沙之书》，王永年译，上海译文出版社 2015 年版，第 96 页。

一个死后复活的梦。

枕边人也许会，但梦中梦不会，骗我。

并非因为命不久矣，才觉得生命值得"苟且"。①

信条之一：用科学的眼光审视文学，用文学的眼光审视科学。②

信条之二：理论比实验重要。③

信条之三：出名要趁早——存在捷径。④

谁曾料想我这样一个差劲的赛船舵手竟然成了航行于星际的伟大舰长。

谁曾料想科学家第三次在活着时成了明星。

偶尔出现在大厅，享受民众的欢呼。

偶尔躺平于屋顶，享受劫波的辐射。

如果我投胎生在五百年前的明朝（一个叫大同的小地方），在十八岁那年收到一个名叫布罗茨基的俄罗斯人从圣彼得堡寄来的一封信，⑤ 是否会觉得他所言的黑洞、奇点和时间旅行属于太过疯狂

---

① "当你面临夭折时，你就意识到生命是值得过的，因为有很多事情等你去做。"（［英］史蒂芬·霍金：《我的简史》，吴忠超译，湖南科学技术出版社 2017 年版，第 45 页）

② 霍金曾提及 C.P.斯诺的小说中的科学家形象。参见［英］史蒂芬·霍金：《我的简史》，吴忠超译，湖南科学技术出版社 2017 年版，第 60—61 页。C.P.斯诺曾发出质问："随着科学革命在我们周围的进展，我们的文学是怎样对待它呢？"（［英］C.P.斯诺：《两种文化》，纪树立译，生活·读书·新知三联书店 1994 年版，第 87 页）

③ 准确说，是有的理论（如相对论和"时空的因果结构"理论）比实验重要。关于"时空的因果结构"，参见［英］史蒂芬·霍金：《我的简史》，吴忠超译，湖南科学技术出版社 2017 年版，第 70—71 页。

④ "我不断恶化的残疾会使我无望成为实验家"，"可谓因祸得福"，因为"个人在实验课题上要留下一点痕迹非常困难"，"在做一个需要花费多年时间的实验时，个人通常不过是一个庞大团队中的一员"，而"一位理论家可在一个下午，或者在我的情形之下，上床之际突然得到一个想法，而独自地或者和一两位同事撰写论文，从而成名"。（［英］史蒂芬·霍金：《我的简史》，吴忠超译，湖南科学技术出版社 2017 年版，第 65 页）

⑤ 布罗茨基（1940—1996，俄裔美国诗人，1987 年诺贝尔文学奖得主）曾写过一首题为《来自明朝的信》的诗。

的想法?①

　　肯定不会！否则我就不是那个爱跟好友打赌的宇宙幽默学的缔造者霍金了。

　　① 法国科学家拉普拉斯侯爵（1749—1827）设想过空间中存在黑洞（当然，他没有使用黑洞这个概念），他曾将这一观点收入著作《宇宙体系论》第一、二版中，但在后来的版本中删掉了，"也许他判定这是一种疯狂的想法"。（［英］史蒂芬·霍金：《我的简史》，吴忠超译，湖南科学技术出版社 2017 年版，第 73 页）

轮椅

我已无缘与博尔特较量脚力，①

无缘独自攀登魔性不改的长城，

无缘紧贴乞力马扎罗山的峭壁

俯瞰变幻然而有常的风景，

无缘像崇拜拿破仑和熟读《孙子兵法》的

纳尔逊将军②那样

驾驶风帆战列舰在大西洋横冲直撞，

无缘悉力地销魂、恣意地云雨，

无缘来一场说走就走的任性流浪；

客观的轮椅扼住了纤弱的我。

然而，宇宙从未停止恩赐我

美丽壮阔和天文水平的生活，③

我时刻聆听着俄耳甫斯和天琴座的吟哦。④

我从轮椅的轮子中看到六道轮回、

黑科技、桶⑤、神秘定律

---

① 尤塞恩·博尔特是百米世界纪录保持者（9.58 秒，截至 2021 年）。

② 霍雷肖·纳尔逊（1758—1805）是英国著名海军统帅，他在 1805 年的特拉法尔加海战中击溃法国和西班牙联军，迫使拿破仑彻底放弃从海上进攻英国本土的计划。

③ 参见［美］凯蒂·弗格森：《霍金传：我的宇宙》，张旭译，北京联合出版公司 2021 年版，第 79 页。

④ 关于俄耳甫斯和天琴座的传说，参见张波涛编译：《诸神的星空》，当代世界出版社 2003 年版，第 121—124 页。

⑤ 参见［美］格林：《宇宙的结构——空间、时间以及真实性的意义》，刘茗引译，湖南科学技术出版社 2017 年版，第 28—30 页。

和作为原因之链的命运①，

我从未失去病隙碎笔的能力，

我从未忘却康健的纯洁本义，

我虽然并不祈求却期盼摆脱时间的刑役。②

① "正如原因之链（chain of causes）贯穿整个宇宙，命运则是廊下派的神用以实现其天意活动的工具。实际上，廊下派的神通常被等同于作为原因之链的命运。"（［墨］里卡多·萨勒斯：《廊下派的神和宇宙》，徐健、朱雯琤等译，华夏出版社 2018 年版，第 10 页）廊下派（Stoics）旧译斯多亚派或斯多葛派。

② 参见史铁生：《活着的事》，东方出版中心 2006 年版，第 118 页。

荒岛唱片

五音令人耳聋、五色令人目盲吗？①
把目盲者流放至草原、把色盲者流放至荒岛如何？

警告！草原上有狼，荒岛上有唱片。
只有唱片。听完即死。

贝多芬弦乐四重奏第 132 号。
从中可听出叩门声——
来自党徒、V 字仇杀队②或耶稣。

瓦格纳的《尼伯龙根的指环》。③
指环即魔戒，瓦格纳即
想成为剑桥博士

---

① 《道德经》第十二章："五色令人目盲，五音令人耳聋。"史蒂芬·霍金说："我不觉得自己是个残疾人，只不过我的运动神经细胞不能运作罢了，不如讲我仿佛是个色盲的人。我想我的生活几乎谈不上是寻常的，但是我觉得精神上是正常的。"（［英］史蒂芬·霍金：《霍金讲演录》，杜欣欣、吴忠超译，湖南科学技术出版社 2007 年第 2 版，第 113 页）

② 《V 字仇杀队》是詹姆斯·麦克特格执导的科幻电影（2005 年）。讲述了在一个平行时空里，纳粹赢得了第二次世界大战，英国沦为殖民地，一名自称"V"的蒙面怪客处处与政府为敌的故事。霍金说："宇宙有许多可能的状态。这些不同的可能的极早的态会演化成宇宙的整个一族不同的历史……可能存在一个纳粹赢得第二次世界大战的历史。"（［英］史蒂芬·霍金：《霍金讲演录》，杜欣欣、吴忠超译，湖南科学技术出版社 2007 年第 2 版，第 93 页）

③ "《指环》系列的四部歌剧是瓦格纳最伟大的作品。"（［英］史蒂芬·霍金：《霍金讲演录》，杜欣欣、吴忠超译，湖南科学技术出版社 2007 年第 2 版，第 119 页）

371

而不得的语言合成器①

错拼成的 V-A-R-G-N-E-R。②

莫扎特的《安魂曲》

安慰得了人，

服用人存原理③鸦片的人

安慰不了魂，

某些看似失魂落魄者的魂。

披头士乐队的《请你让我快乐》。

想象一下爱因斯坦披发、

孔丘和丘吉尔左衽④的模样，

怎能不嗨皮⑤and（和）嗨皮?

普契尼的《图兰朵》。⑥

蹂躏有名分的公主

怎比得上

---

① 指霍金使用的语言合成器。

② 瓦格纳的正确拼法是 Wagner。

③ "所谓的人存原理，它可被重述如下：宇宙之所以是这种样子，是因为否则的话，我们就不会在这里观测它。"（［英］史蒂芬·霍金：《霍金讲演录》，杜欣欣、吴忠超译，湖南科学技术出版社 2007 年第 2 版，第 108 页）

④ 《论语·宪问》："管仲相桓公，霸诸侯，一匡天下，民到于今受其赐。微管仲，吾其被（披）发左衽矣。"

⑤ "嗨皮"是 happy（快乐）的谐音。

⑥ "《图兰朵》是他（普契尼）最伟大的歌剧，但是又是他生前未能完成的。我选取的片段是图兰朵叙述古代中国的一名公主如何被蒙古人强奸并抢掳的经过。为了对此报复，图兰朵打算向她的求婚者问三个问题。他们如果回答不出就会被处死。"（［英］史蒂芬·霍金：《霍金讲演录》，杜欣欣、吴忠超译，湖南科学技术出版社 2007 年第 2 版，第 125 页）

与无名分的粒子同台比舞!

希格斯的《目睹创世》。①
据说它创生于红色轿车,
司机非天使,
亦无天使面孔,
而是一大腹便便的大叔,
颇像猪八戒
——但戴了眼镜,
他经常徒步至泰晤士河
沐浴,
然后,沐猴而冠。

褊狭。上述所有。
压轴的是时不时走调的
天体音乐,②
这张唱片尽管不是无限,
却已唱了 138 亿年。

---

① 2014 年,拥有大型强子对撞机的欧洲核子研究中心发现希格斯粒子后,希格斯(1929— ,英国物理学家,2013 年诺贝尔物理学奖得主)让家人备好香槟以示庆祝,而霍金在表达祝贺之余,说道:"我曾经和密西根大学的凯恩(Gordon Kane)教授打赌,认为希格斯粒子不会被找到,看来我刚刚输掉 100 美元。"([美] 阿米尔·D.阿克塞尔:《目睹创世——欧洲核子研究中心及大型强子对撞机史话》,乔从丰、田雨、吕晓睿等译,上海科技教育出版社 2014 年版,第 138 页,译注)

② 参见 [波] 维斯拉瓦·辛波斯卡:《警告》,载《万物静默如谜》,陈黎、张芬龄译,湖南文艺出版社 2012 年版,第 104 页。又参见 [美] 詹姆斯:《天体的音乐——音乐、科学和宇宙自然秩序》,李晓东译,吉林人民出版社 2003 年版,第 92—107 页。

不要觉得扯淡。

荒岛只是中转站。

我们尚未把足够的唱片丢进外层空间。

十问

为什么大多数科幻作家意识不到真正的科学比科幻小说更加魔幻？①

光在飞行的途中是否觉得累？强弩之末不能穿鲁缟，强光之末不能抵达地球？

经典理论都有不再经典之日？

为何有的地方的时间有三个维度，而有的地方却不是？

小好奇心怡情，大好奇心催人悲哀且恸？

上帝是陀思妥耶夫斯基式的癫狂之后才能清醒的赌徒吗？

我们能否说，在大爆炸之前还有大爆炸？

有什么技术，能使我们到白洞附近旅行比在煤库中寻找黑猫容易？②

宇宙是一个巨大的电池或一顿免费的午餐吗？③

宇宙有可能在一堵砖墙处结束吗？张爱玲说："这堵墙，不知为什么使我想起地老天荒那一类的话。……有一天，我们的文明整个的毁掉了，什么都完了——烧完了、炸完了、坍完了，也许还剩下这堵墙。"④

---

① "真正的科学可能比科幻小说更奇特，也更令人满意。"（［英］史蒂芬·霍金：《十问：霍金沉思录》，吴忠超译，湖南科学技术出版社 2019 年版，第 18 页）

② "按照黑洞定义，它不能发出光，我们何以希望能检测到它呢？这有点像在煤库里找黑猫。"（［英］史蒂芬·霍金：《时间简史》，湖南科学技术出版社 2011 年第 3 版，第 88—89 页）白洞是广义相对论所预言的一种性质与黑洞刚好相反的特殊天体，尚未被观测证实。

③ 参见 ［英］史蒂芬·霍金：《十问：霍金沉思录》，吴忠超译，湖南科学技术出版社 2019 年版，第 42 页。

④ 张爱玲：《倾城之恋》，北京十月文艺出版社 2012 年版，第 180 页。

果壳

霍金踢倒了比邻星①
一个又一个病夫，
金腰带颁给
代表太阳系出战的他。

接受采访时，霍金自诩
从小就生活在
霍元甲和金蝉子②
共同筑造的果壳宫殿之中。

我知他所言非虚。
我知他胸怀利器。
我讶异于他
理论上的归零能力。③

我邀他访问桃花源，
张平子④作陪。
席间，他说：

---

① 比邻星是距离太阳最近的恒星（4.22 光年）。

② 霍元甲（1868—1910）是中国晚清著名武术家。金蝉子是释迦牟尼的二徒弟，后转世成去西天取经的"唐僧"（参见《西游记》）。

③ 归零，即一切重归原来的样子。（关于宇宙的零尺度，参见［英］史蒂芬·霍金：《果壳中的宇宙》，吴忠超译，湖南科学技术出版社 2002 年版，第 61页）归零者，即重启者，是刘慈欣科幻小说《三体》中的一个智慧生命组织。

④ 张平子即东汉天文学家张衡。

桃花源亦是果壳，
寄居一张薄薄的膜上①，
我们不可能生活在别处。

张平子怅然歌曰：
宇宙兮，点滴，
宇宙兮，气泡；②
美人赠我金错刀，
何以报之英琼瑶。③

我递去剥好的核桃、
榛子、开心果，说：
活着，而非在梦中，
见到你们，
是我此生最开心的时刻。

---

① "我们是生活在一张膜上呢，或者只不过是张全息图？"（［英］史蒂芬·霍金：《果壳中的宇宙》，吴忠超译，湖南科学技术出版社 2002 年版，第 173 页）
② 宇宙像气泡那样产生。参见［英］S.W.霍金等：《果壳里的 60 年》，李泳译，湖南科学技术出版社 2005 年版，第 208 页。
③ 张衡《四愁诗》："美人赠我金错刀，何以报之英琼瑶。"

楼兰

C、P、T① 太抽象，

热力学箭头、心理学箭头、时间箭头太可怕，

与其研究它们，不若

驱车前往河西走廊的中轴线，

坐在那里享用

永远不老的楼兰姑娘呈上的西瓜；②

她们不知沙漏、历法和皱纹为何物，

无法想象死人从坟墓中升出，③

更不相信可以用香水

铺就通向美丽新世界④的天路；

她们不顺，不逆，

不因，不果，

不嗔，不痴，

甚至从未听说过"时间"一词、"楼兰"二字。

---

① "物理学定律对过去和未来不加区分。更准确地说，物理学定律在称为 C、P 和 T（C 意指将粒子换成反粒子。P 意指取镜像，使左和右互相易位。T 意指使所有粒子的运动反向——实际上是使运动倒退）的联合作用下保持不变。"（［英］史蒂芬·霍金：《宇宙简史：插图本》，郑亦明、葛凯乐译，湖南少年儿童出版社 2014 年第 2 版，第 77 页）

② 楼兰古国存在于公元前 176 年至公元 630 年，后突然消失。

③ "宇宙会不会有这样一个地方，那里时间的方向跟我们所熟悉的方向相反，那里的人们从坟墓里升出，皱纹从脸上消失，然后回进母胎？"（［英］彼得·柯文尼、［英］罗杰·海菲尔德：《时间之箭》，江涛、向守平译，湖南科学技术出版社 2007 年第 2 版，（第 2 页））

④ 美丽新世界即"世界国"，其格言是"社会，身份，稳定"。参见［英］赫胥黎：《美丽新世界》，宋龙艺译，北京理工大学出版社 2013 年版，第 1 页。

霍金与杨振宁

两人差异颇大，一个是来不及荣膺诺贝尔奖就去世①（或许永远没有机会获诺贝尔奖）的西方天才，一为年纪轻轻就获得诺贝尔奖的东方龙的传人。我有时怀疑两人相互看不起对方——不谈论就是看不起。但细究起来，两人还是有一些可爱的共同点。

（1）对爱因斯坦近乎谄媚的崇敬。② 不谄媚，就谈不上崇敬。世人常把谄媚与崇敬对立起来，这是不对的。

（2）对女人不合时宜的浪漫态度。男人浪漫起来，比女人浪漫得多。女人总是焦虑"宜"不"宜"，而男人潇洒地超越了"时"。

（3）对上帝每天去卫生间次数孜孜不倦的统计。结论：肯定是一个整数。因为"上帝创造整数"③。

（4）都否认自己站在巨人肩膀上——牛顿和麦克斯韦的肩膀上确实无法站人，最多写几个短公式。

---

① 霍金说："人们曾经试图寻找过这样的微型黑洞，但迄今尚未找到。真是太可惜了，如果他们找到了微黑洞，那我就能获得诺贝尔奖了！"（[英]史蒂芬·霍金：《黑洞不是黑的：霍金BBC里斯讲演》，吴忠超译，湖南科学技术出版社2017年版，第53页）

② 参见[英]史蒂芬·霍金编评：《不断持续的幻觉 霍金点评爱因斯坦科学文集》，黄雄等译，湖南科学技术出版社2013年版。又参见杨振宁著、翁帆编译：《曙光集》，生活·读书·新知三联书店2008年版，第6—18、376—385页。

③ 参见[英]史蒂芬·霍金编评：《上帝创造整数》，李文林等译，湖南科学技术出版社2019年版。又参见杨振宁著、翁帆编译：《曙光集》，生活·读书·新知三联书店2008年版，第127页。（杨振宁从西南联大时期就开始接触统计力学）

（5）都曾紧抓真知晶球，发现隐藏的现实。①

（6）都精通人际艺术，以媚俗的方式反媚俗。

（7）都反对科学大跃进，抵制住了成为白袍巫师的诱惑。他们深知，即使是一个大写的人，亦不应觊觎"七王之冠、五巫之杖，以及比现在伟大得多的称号"②。

---

① 关于"真知晶球"，参见［英］J.R.R.托尔金：《魔戒（第2部）：双城奇谋》，朱学恒译，译林出版社2013年版，第201—215页。关于"隐藏的现实"，参见［美］B.格林：《隐藏的现实：平行宇宙是什么》，李剑龙、权伟龙、田苗译，人民邮电出版社2013年版。

② ［英］J.R.R.托尔金：《魔戒（第2部）：双城奇谋》，朱学恒译，译林出版社2013年版，第196页。白袍巫师萨鲁曼是《魔戒》中的负面角色。

关于大设计的笔记

乌托邦，大设计，现代物理，都与日常经验相抵触。①

鸡毛既然可以拿来作令箭，那也就可以拿来作圆规——在沙丘或星空画一个无法标准化的圆。

不宜说所有日食都是言听计从的月亮惹的祸。
月亮没有生理周期。

在金鱼眼中，人类眼中的世界只不过是扭曲的实在图像。②

人类设计和制造了电脑。电脑为报创生之恩，于是模拟实在的伊甸园，让人类在其中过上平安和乐的生活。③

理性的老鼠躲入洞穴，虚幻的实在藏身透镜。

---

① "一般认为有关世界的一切知识都可以通过直接观测而获取。事物就是它们看起来的样子，正如通过我们的感官而觉察到的。但是现代物理的辉煌的成功显示，情况并非如此。"（［英］史蒂芬·霍金、［英］列纳德·蒙洛迪诺：《大设计》，吴忠超译，湖南科学技术出版社2011年版，第5页）"空间弯曲这种非线性、自我循环式的行为违反了我们的日常经验，却正是爱因斯坦相对论物理定律的一个基本特性。"（［美］基普·索恩：《星际穿越》，苟利军、王岚、李然等译，浙江人民出版社2015年版，第58页）

② 参见［英］史蒂芬·霍金、［英］列纳德·蒙洛迪诺：《大设计》，吴忠超译，湖南科学技术出版社2011年版，第31页。

③ "在科幻影片《黑客帝国》（*Matrix*）中发生了不同类型的另类实在。影片中的人类不知不觉地生活在由智慧电脑制造的模拟实在之中，过得平安而满意。"（［英］史蒂芬·霍金、［英］列纳德·蒙洛迪诺：《大设计》，吴忠超译，湖南科学技术出版社2011年版，第34页）

奶茶吸管：一个微型虫洞。

毕业于银河学院并荣膺“无比聪明奖”并非乐事。
遭到一群自称物理学家的暴徒的攻击。①

只有寥寥几个人有资格担任天空的守门员。②

法拉利跑车上的女人
变不成蜘蛛精③，因为
她们昧于法拉第的场，
而正牌蜘蛛精个个比法拉第漂亮，比场浪荡。④

除了六根清净，还要有麦克斯韦式的智慧和勇气，才有可能洞
开众妙之门。⑤

想象和毕达哥拉斯一起毕业
想象和牛顿一起驾牛车

①　参见［英］道格拉斯·亚当斯：《银河系搭车客指南》，姚向辉译，上海
译文出版社 2011 年版，第 99 页。
②　济慈诗曰：“我感觉自己是天空的看守员……”转引自［美］弗兰克·维
尔切克：《美丽之问：宇宙万物的大设计》，兰梅译，湖南科学技术出版社 2018 年
版，第 138 页。
③　蜘蛛精是《西游记》中的妖怪组合。
④　“对于智慧的蜘蛛人，构想出一个力线网在想象力上无需（须）九牛二
虎”；“智慧的蜘蛛在场论上比我们有先天优势”；“蜘蛛个个是法拉第，它们会更
快地想到万维的互联网。”（［美］弗兰克·维尔切克：《美丽之问：宇宙万物的大
设计》，兰梅译，湖南科学技术出版社 2018 年版，第 139 页）
⑤　英国诗人威廉·布莱克说：“六根清净才能洞开众妙之门，人如井底之
蛙，只能管窥蠡测。”转引自［美］弗兰克·维尔切克：《美丽之问：宇宙万物的
大设计》，兰梅译，湖南科学技术出版社 2018 年版，第 151 页。

想象和伦琴一起弹琴

想象和朗道一起朗诵《荒原狼》①

想象和霍金一起磨刀霍霍向猪羊②

智者曰："任何足够先进的技术都与魔法无异。"③

那，任何足够魔幻的魔法只是有待实现的技术？

女儿国国王悄悄问圣僧："女儿美不美？"④

唐僧低头，支支吾吾。

埃米·诺特悄悄问我："我的方程美不美？"⑤

我深情地看着她鲜灵灵的眼睛，说："你比你的方程美多了。美一万倍。"

让一个醉心于神的男人（如斯宾诺莎）和一个醉心于数学的女人（如埃米·诺特）结为伉俪，⑥ 会怎样？是否会生下一个游走于神学与科学之间的神童？

---

① 列夫·达维多维奇·朗道（1908—1968）是苏联物理学家，1962 年诺贝尔物理学奖得主。《荒原狼》是德国作家赫尔曼·黑塞的小说。

② 《木兰辞》："小弟闻姊来，磨刀霍霍向猪羊。"

③ 这是英国科幻小说家阿瑟·克拉克的话。转引自［美］弗兰克·维尔切克：《美丽之问：宇宙万物的大设计》，兰梅译，湖南科学技术出版社 2018 年版，第 186 页。

④ 1986 年电视连续剧《西游记》插曲之《女儿情》："悄悄问圣僧，女儿美不美？"

⑤ "埃米·诺特让能量的概念一目了然。通过将能量守恒建筑在物理定律中时间的均匀性上，她向我们揭示自然的本质和真实面目，让我们看到她蕴藏的美。埃米·诺特使用数学这根魔棒让丑陋的青蛙变成了英俊的王子。"（［美］弗兰克·维尔切克：《美丽之问：宇宙万物的大设计》，兰梅译，湖南科学技术出版社 2018 年版，第 290 页）

⑥ 诺瓦利斯形容斯宾诺莎为"醉心于神的人"；赫尔曼·外尔称埃米·诺特为"醉心于数学的女人"。参见［美］弗兰克·维尔切克：《美丽之问：宇宙万物的大设计》，兰梅译，湖南科学技术出版社 2018 年版，第 293 页。

我希望知道

这宇宙

究竟要表现什么

在它落幕之前①

　　陈子昂《登幽州台歌》："前不见古人，后不见来者。念天地之悠悠，独怆然而泣下。"

　　可聘陈子昂为紫金山天文台的文学顾问。

　　如果他英文流利，还可聘为格林尼治天文台的哲学顾问。

　　如果他还活着。

　　已然来不及。

　　来不及表达的爱更真挚。

　　杜甫《绝句》："窗含西岭千秋雪，门泊东吴万里船。"

　　顾随评此诗"真是高尚伟大"；"诗人将心扉打开，可自大自然中得到高尚伟大的情趣与力量"；"窗虽小，而含西岭千秋雪；船泊门前，常人看船皆是蠢然无灵性之一物，老杜则看船成一有人性之物，船中人即船主脑，由西蜀到东吴，由东吴到西蜀。'窗含'一句是高尚的情趣，'门泊'一句是伟大的力量"。②

　　顾随把此诗境界说小了。"窗"，空间也；"千秋"，时间也。"窗含西岭千秋雪"讲的是空间和时间的交融和一体（爱因斯坦的相对论）。窗内是一个世界（宇宙），窗外是另一个世界（平行宇

　　①　参见［美］约翰·阿奇博尔德·惠勒、［美］肯尼斯·福特：《约翰·惠勒自传：京子、黑洞和量子泡沫》，王文浩译，湖南科学技术出版社2018年版，第343页。

　　②　顾随讲、叶嘉莹笔记、顾之京整理：《顾随诗词讲记》，中国人民大学出版社2010年版，第177—178页。

宙）。窗，实为连通两个宇宙的虫洞。至于后句，"门"，空间也；"万里"，亦空间也；但它并没有将时间包涵其内。若说伟大的力量，后句不如前句。"窗含"一句既有高尚的情趣，又有伟大的力量。

或许存在多余的人（如屠格涅夫、加缪）①，多余的书②，但不存在多余的烂苹果。③

《神学大全》④ 并没有成全几个信徒。

与其从海底出击⑤，不如从火星基地出击。

辛波斯卡曰："回音无人呼唤地响起，热切地解说世界的秘密。"⑥ 这句诗让我热泪盈眶，足以感动我五个世纪。

霍金说："如果你非常幸运地找到爱，守住它，千万不要将它

---

① 参见［俄］屠格涅夫：《多余人日记》，载《外国中短篇小说藏本．屠格涅夫》，巴金等译，人民文学出版社 2013 年版；［法］阿尔贝・加缪：《局外人》，李玉民译，中国友谊出版公司 2017 年版。
② "印刷这一行业已经取缔，它是最糟糕的弊端之一，容易把没有必要流传的书籍数量增加到使人眼花缭乱的程度。"（［阿根廷］豪尔赫・路易斯・博尔赫斯：《沙之书》，上海译文出版社 2015 年版，第 95 页）
③ 天体物理学中的"虫洞"一词由约翰・惠勒提出，灵感来自苹果中的虫洞。参见［美］基普・索恩：《星际穿越》，苟利军、王岚、李然等译，浙江人民出版社 2015 年版，第 152 页。
④ 指托马斯・阿奎那的《神学大全》。
⑤ 《从海底出击》是反映二战海战的德国电影（沃尔夫冈・彼德森执导，1981 年）。
⑥ ［波兰］维斯拉瓦・辛波斯卡：《乌托邦》，载《万物静默如谜》，陈黎、张芬龄译，湖南文艺出版社 2012 年版，第 108 页。

抛弃"，"拥有此生以鉴赏宇宙的大设计，对此我极度感恩"。①

我比霍金还幸运些。

我不仅找到爱，鉴赏过宇宙的大设计，还写下这篇霍金再也无缘一睹的关于大设计的笔记。

---

① ［英］史蒂芬·霍金：《黑洞不是黑的：霍金BBC里斯讲演》，吴忠超译，湖南科学技术出版社2017年版，扉页。

第六辑

柏拉图与技术呆子

21 世纪的柏拉图不喜
沉迷于形而上的弟子，
偏爱理想型的技术呆子。
技术呆子不读《理想国》，
却厘得清已知的已知、
已知的未知、未知的未知、
未知的已知①
以及智商与情商、
不可能与可能的辩证。
他眼中的硬件是软的，
软件是硬的。②
他把本应美好的约会
搞得一塌糊涂，
但眼中的玫瑰仍是玫瑰，
硬币仍是硬币。
他并不佛系，

---

① "已知的已知"指有些事情我们知道自己知道；"已知的未知"指我们知道有些事自己不知道；"未知的未知"指有些事我们不知自己不知道；"未知的已知"指有些事我们不知其实我们已经知道。参见［美］爱德华·阿什福德·李：《柏拉图与技术呆子——人类与技术的创造性伙伴关系》，张凯龙、冯红译，中信出版社 2020 年版，第 39 页。

② "软件的范式层次如此之深，以致物理世界在很大程度上变得无关紧要了；软件反映了其创造者的个性和特质；软件在很大程度上要比硬件耐久，这是因为它编码了自己的分层范式；在服务器群之梦中连接着机器。"（［美］爱德华·阿什福德·李：《柏拉图与技术呆子——人类与技术的创造性伙伴关系》，张凯龙、冯红译，中信出版社 2020 年版，第 105 页）

却活成计算机领域的活佛。
他并非极客，
却呈上一本署其名的
《极客写作：代码与芯片之美》。
不用怀疑——不涵括
既不懂技术又不呆、
正在啃食呆鹅之肉的我。

智能手机

在一篇著名的文章中，保守主义者、"穿裤子的云"基金会创始人、中原科技大学高等研究院 Magic and Loss（魔法与迷失）研究中心的乔农·布尔加科夫·斯香马克①教授解释了制造一个智能手机所需的技术要素。文章是从智能手机的视角来写的："地球上没有一个人知道我是如何被制作出来的。"接着，它自述了整个制作过程及其背后的技术演进……（此处略 19552011 字②）。总之，塞进它那微小机身的，是数十年来技术进步的结晶。③ 是看得见和看不见的手共同操纵了这一切。

今晨醒来，我告诉我的智能手机我梦见了参观三峡大坝的亚当·斯密。

它用我的乡音阴阳怪气地说：我已捕捉到你的心理变化，对于你一成不变的本色生活，我早已感到深深的厌倦。④

---

① 这是笔者虚拟的一个名字，组合了乔布斯（苹果公司创始人）、香农（信息论创始人）、布尔加科夫（苏俄作家，其作品具有魔幻现实主义色彩）和马斯克（特斯拉 CEO）的名字。

② 史蒂夫·乔布斯出生于 1955 年（爱因斯坦去世那年），病逝于 2011 年。

③ 参见［美］马歇尔·布莱恩：《工程学之书》，高爽、李淳译，重庆大学出版社 2017 年版，第 222 页。

④ 参见［俄］布尔加科夫：《莫斯科：时空变化的万花筒》，徐昌翰译，百花文艺出版社 2018 年版，第 87—88 页。

百度

我时而专注时而漫不经心地

在百度中搜索"众里寻他千百度"①,

搜索"百祀"②"度宿"③,

搜索面试的技巧,

搜索无须医生开的药,

搜索忧郁的蓝桥,④

搜索返不回的故乡,

搜索作为人间美味的猫粮,

搜索象征爱情之死的"black dwarf"⑤,

搜索千篇一律的黄色文字,

搜索百度公司的黑历史,

搜索绊倒过东方青龙的半导体,⑥

搜索与普适运动规律

---

① 辛弃疾《青玉案·元夕》:"众里寻他千百度。蓦然回首,那人却在,灯火阑珊处。"王国维先生曾引此句,作为"古今之成大事业、大学问者"必经之"第二境"。

② 《史记·秦始皇本纪》:"二世下诏,增始皇寝庙牺牲及山川百祀之礼。"鲁迅:"自然之力,既听命于人间,发纵指挥,如使其马,束以器械而用之;交通贸迁,利于前时,虽高山大川,无足沮核;饥疠之害减;教育之功全;较以百祀前之社会,改革盖无烈于是也。"(鲁迅:《科学史教篇》,载《坟》,江西教育出版社 2019 年版,第 14 页)

③ 度宿指天空中标志星宿位置的度数。

④ 参见电影《魂断蓝桥》(梅尔文·勒罗伊执导,1940 年)

⑤ "black dwarf"意为"黑矮星",指不再辐射任何光的冷的死亡了的恒星。参见 [英] 约翰·格里宾:《大宇宙百科全书》,黄磷译,海南出版社 2001 年版,第 46 页。

⑥ 中国半导体行业长期落后。

若即若离的量子之谜,①

搜索无人驾驶汽车的虚空、②

女神的虚空、湿婆的虚空

和一个银行经理人的务虚笔记,

搜索在喜马拉雅山散步、

思索"我是谁"③ 的上海人,

搜索在太空中受难的钉子,④

搜索滞留上帝之城⑤的上帝,

搜索投弹手甲虫的防御器官

和达尔文的黑匣子⑥,

搜索虽然在百度中留下

但等于没有留下痕迹的我自己。

---

① 薛定谔说:"如果我们要与这些讨厌的量子跃迁打交道,很抱歉我们还得用量子理论,别无他法。"普适方程不仅要对大的物体有效,而且也要适用于微观粒子。参见 [美] 布鲁斯·罗森布鲁姆、[美] 弗雷德·库特纳:《量子之谜——物理学遇到意识》,向真译,湖南科学技术出版社 2016 年版,第 87、91 页。

② 百度在 2015 年就推出了无人驾驶汽车。

③ 参见 D.E.哈丁:《无头有感》,载 [美] 侯世达、[美] 丹尼尔·丹尼特编:《我是谁,或什么:一部心与自我的辩证奇想集》,舒文、马健译,上海三联书店 2020 年版,第 25 页。

④ 参见 [美] 曼利·P.哈尔:《古往今来的秘密(第三辑):失落的秘籍》,薛妍译,吉林出版集团股份有限公司 2019 年版,第 212—215 页。

⑤ 此处的上帝之城既可指奥古斯丁的"上帝之城",亦可指巴西里约热内卢的贫民窟(参见费尔南多·梅里尔斯于 2002 年执导的电影《上帝之城》)。

⑥ 参见 [美] 迈克尔·贝希:《达尔文的黑匣子:生物化学对进化论的挑战》,余瑾、邓辰、伍义生译,重庆出版社 2014 年版,第 31 页。

我的失恋

——仿鲁迅同名打油诗①

我的所爱在山野，

想要寻她路太遥，

低头悯然泪沾袍。

爱人赠我导盲犬，

回她什么：指南针。

从此翻脸不理我，

不知何故兮使我失魂。

我的所爱在闹市，

想去寻她路太堵，

无翅可插几欲哭。

爱人赠我地铁卡，

回她什么：量子颗粒。②

从此翻脸不理我，

我只好怏怏兮去 PK 超体。③

我的所爱在沙岛，

---

① 参见鲁迅：《我的失恋——拟古的新打油诗》，载《野草》，江西教育出版社 2019 年版，第 10 页。

② 关于量子纠缠、超距作用和心灵感应，参见 [美] 乔治·马瑟：《幽灵般的超距作用：重新思考空间和时间》，梁焰译，人民邮电出版社 2017 年版，第 10 页。

③ 电影《超体》（吕克·贝松执导，2014 年）讲的是一个年轻女人在毒品渗入其器官和血液后变身女超人的故事。PK 源于网络游戏中的 "PlayerKilling"，后引申发展为 "对决" 等含义。

想去寻她太怕水，

学游泳已然来不及。

爱人赠我救生圈，

回她什么：银河涟漪。

从此翻脸不理我，

我只好去帮单身汉牛顿领快递。

我的所爱在律所，

想去寻她买不起花，

何况我还不懂法。

爱人赠我黄金链，

回她什么：暗淡蓝点①。

从此翻脸不理我，

唉，随她去吧，

不缺神圣耐心的我

还可以到芬尼根等夸克。②

---

① 罗马帝国的历史学家马塞林纳斯（约330—395）说："天文学家们一致宣称，围绕整个地球走一圈，在我们看来，似乎是无穷无尽的，但与浩瀚的宇宙相比，它不过像一个小点。"转引自［美］卡尔·萨根：《暗淡蓝点：探寻人类的太空家园（卡尔·萨根诞辰80周年纪念版）》，叶式辉、黄一勤译，人民邮电出版社2014年版，第2页。

② 默里·盖尔曼命名的粒子"夸克"，来源于爱尔兰作家乔伊斯的作品《芬尼根的彻夜祭》（即《芬尼根的守灵夜》）。夸克本指海鸟的叫声，另一种意思是德国软奶酪。参见［美］安德鲁·皮克林：《构建夸克——粒子物理学的社会学史》，王文浩译，湖南科学技术出版社2012年版，第67页。关于"神圣的耐心"，参见［爱尔兰］詹姆斯·乔伊斯：《芬尼根的守灵夜（第一卷）》，戴从容译，上海人民出版社2013年版，第552页。

钱学森

将繁华喧嚣摒之于外的少年。

极度个人主义①。傲慢②。自命不凡。

是暴君③，又是天选之子。

一个不大不小的谜。

马基雅维利的信徒。④

直面一切穷途。孤独——

因为奉行"无友

不如己"⑤的人生哲学。

屹立在风洞⑥口感受黄河风的思者。

行走于北京和波士顿大街的

---

① 钱学森在美国留学时，并不讨留学生圈子喜欢。"他非常顽固，非常个人主义，总是批评别人，"钱学森的室友袁绍文回忆道，"他总是觉得自己是对的，而他的确经常如此。不过这却给他树了不少敌人。"（［美］张纯如：《蚕丝——钱学森传》，鲁伊译，中信出版社2011年版，第88页）

② 参见［美］张纯如：《蚕丝——钱学森传》，鲁伊译，中信出版社2011年版，第75页。

③ 钱学森在麻省理工学院任教时（1947—1949年）对学生非常严苛，出的试题难得要命，很少有学生能考及格。他的学生回忆说，钱学森"作为一名教师"，"简直就是一个暴君"。参见［美］张纯如：《蚕丝——钱学森传》，鲁伊译，中信出版社2011年版，第142—147页。

④ 钱学森在加州理工学院任教时（1949年）相当严厉，"从来都不打算成为一个受欢迎的老好人。看起来，他是马基雅维利原则的忠实信徒，宁让人畏惧，也不要被爱戴"（［美］张纯如：《蚕丝——钱学森传》，鲁伊译，中信出版社2011年版，第166页）。

⑤ 《论语·学而》。

⑥ 风洞（wind tunnel）即风洞实验室，是以人工的方式产生并且控制气流，用来模拟飞行器或实体周围气体的流动情况，并可量度气流对实体的作用效果以及观察物理现象的一种管道状实验设备，它是进行空气动力实验最常用、最有效的工具之一。

奥德赛;① 娶了一位塞壬②。

中国的导弹和火箭之父

以及两个普通孩子的父亲。

他提出的一个问题③

仍困扰着这片大地上

像春蚕般吐丝却又不甘于只是吐丝的人们。④

---

① 科幻作家阿瑟·克拉克在其小说《2010：奥德赛Ⅱ》中将一艘中国飞船命名为"钱学森号"（[美]张纯如：《蚕丝——钱学森传》，鲁伊译，中信出版社2011年版，前言）。钱学森在北京接受的中小学教育（1914—1929）。钱学森在美国接受的研究生教育，并在美国任教多年（1935—1950）；他像奥德赛一样，在外漂泊，直至1955年归国。

② 塞壬是古希腊神话中的女妖，拥有天籁般的歌喉。在路过塞壬岛时，奥德赛想听听她的歌声，遂令让水手们用蜂蜡塞住耳朵，并让水手把自己绑在桅杆上，以抵御她歌声的诱惑。钱学森夫人蒋英是女高音歌唱家。

③ 指"钱学森之问"，钱学森生前不止一次提出的问题：为什么我们的学校总是培养不出杰出人才？

④ 曾任普林斯顿大学航空系教授的马丁·萨默菲尔德认为，钱学森在"科学预见性"上不像冯·卡门（钱学森的导师）、爱因斯坦一样富有远见卓识，钱学森可以"成为他们的左膀右臂，但却无法成为大师"，"钱学森的长处在于复制。复制大师们所创造的东西"（[美]张纯如：《蚕丝——钱学森传》，鲁伊译，中信出版社2011年版，前言）。如何提高中国科学的原创性，而非仅仅限于"吐丝"，仍是一个值得所有中国有志之士探索的课题。

熵

托马斯·品钦为了升华"垮掉派"的精神，曾经把一种悲观的熵理论——它摧毁了科学与技术能建立一个更有秩序的世界的观念——作为自己的灵感来源和创作之匙。① 尽管他谦称只是科学知识的二道贩子，但他确实再造了一种新的美学范式，其特征是晦涩、玄乎，过度堆砌语言和人名（这些人名，文化精英稍有印象，而民众则闻所未闻），目的是让人看不懂、忍不住吐槽，让人觉得所谓混乱或无秩序只发生在语言文字学领域，所谓悲观的未来只是一些无用文人的咏叹和意淫，而真实世界呢，是闹钟的嘀嗒声，是明天照常升起的太阳，是迪士尼乐园的米奇童话专列，是大学里的职称晋升体制……永远那么澄明有序。

我当然是同意并欣赏托马斯·品钦的美学范式的，否则，就不会撰写这样一篇或许并非多余的文字。与品钦一样，我也喜欢以不易察觉的方式改编别人的作品。如果你读过他21岁时写的短篇小说《熵》②，就能发现我如下的文句改编自它；或者是受它的间接启发，从别处"偷"来的（往往是一些不起眼的作品）。

　　一只小鸟病了。它紧紧偎依着酒鬼的灰色胸毛。它患上了中产阶级才会患上的哥伦比亚特区唐璜病。
　　堕落得如此优雅的飞人、废人、非人。

---

① 参见［美］托马斯·品钦：《慢慢学》，但汉松译，译林出版社2018年版，自序，第10—11页。关于熵定律（热力学第二定律），又参见［美］杰里米·里夫金、［美］特德·霍华德：《熵：一种新的世界观》，吕明、袁舟译，上海译文出版社1987年版，第1—4页。
② 参见［美］托马斯·品钦：《熵》，载《慢慢学》，但汉松译，译林出版社2018年版，第55—72页。

钢琴之上、玫瑰之下的婴儿脸。

作为自由意志论者的巴甫洛夫的狗和乔治·华盛顿大学尖叫的女大学生。

怪兽，水浒烤肉时比宋江昂硬的四不像怪兽；巨灵，围着浑天仪转悠钻爱琴岛洞穴奔尼撒之舟的巨灵;[1] 乌托邦，基辅英雄之门外太空之歌德行与时运五五开砸向太阳城一本化学物理学手册和长信宫灯[2]的实实在在的乌托邦。

如果你偶然读懂其中一句或半句，就等于宣布我改编的失败。

他人的成功即我的失败。那意味着我失去了与未来的火元素商榷的机会。

---

[1] 参见 [美] 爱德华·阿什福德·李：《柏拉图与技术呆子——人类与技术的创造性伙伴关系》，张凯龙、冯红译，中信出版社 2020 年版，第 131 页。

[2] 参见刘兵、戴吾三：《左手科学，右手艺术》，上海科学技术文献出版社 2020 年版，第 136 页。

北回归线

透过北回归线上的广东省封开县谠山的一条缝，来自河南省开封市的阮步兵博士看到一线处于平衡状态的天，一个早晚将导致地球完蛋的零蛋（它叫太阳，其体内的黑子多得吓人)①，一个摇头晃脑的符号。

从这个符号中跃出一台比氢气还轻的机器。②

机器修缮了炼金术士一度云集，然而在公元 907 年的兵燹中遭殃并在其后的漫长岁月中逐渐沦为废墟的道观。它还增强了亿万人心脏的功能（从而大大提高人类的平均寿命），谱写比复调小说③和《命运交响曲》更加雄壮的交响曲，从而轻轻松松判处了艺术史死刑。

不错，就是如此人性！又如此残酷无情！

人性、太人性的狂徒谴责粗鲁的爱国主义若非"某种不诚实的东西，就是一种智力迟钝的标志"④，肯认"少女时代的忧郁是对整个宇宙的傲慢"⑤。

---

① 关于太阳的衰亡与地球，参见［美］乔治·伽莫夫：《太阳的生与死》，赵玉露译，团结出版社 2020 年版，第 142 页。

② 参见［美］亨利·米勒：《北回归线》，袁洪庚译，译林出版社 2013 年版，第 208 页。

③ 参见［俄］巴赫金：《陀思妥耶夫斯基创作中的主人公和作者对主人公的立场》，谷叶译，载张杰编选：《巴赫金集》，上海远东出版社 1998 年版，第 20 页。

④ ［德］弗里德里希·尼采：《人性的，太人性的：一本献给自由精灵的书》，杨恒达，中国人民大学出版社 2005 年版，第 237 页。

⑤ ［日］芥川龙之介：《文艺的，过于文艺的：芥川龙之介读书随笔》，林少华等译，金城出版社 2012 年版，第 101 页。

残酷无情的孤行客恐惧社交、琐事、火星上的居民①和成熟以前就已腐烂的非实体②，坚持诉诸文字为最佳抵抗方式，爱为次优方式，而在男男女女的大腿间装上发电机则只能屈居第三位。

大腿、大欲望、大病态、大心灵、大爆炸、大麦云、大光晕、大机器、大循环、大创造、大瓦解……一切号称"大"的东西都可溯源于一个小小的电子，也就是说，都只是一个东西。③它意味着，任何区分大与小、男与女、心与物、名与实、诗与史、东与西、南与北的尝试注定徒劳、毫无意义。

"脚踏北回归线绝非徒劳。"阮步兵博士心想。

从未当过兵的阮步兵体力不佳，行动力太弱，无法绕过那些高大荒芜的山脉，因而注定无法进入"超瞬时"历史。④不渴死、饿死，已经是万幸了。

---

① "探讨火星上有无居民，无非是探讨有无同我们一样有五感的居民。但生命并不一定都具有同于我们之五感这个条件。"（［日］芥川龙之介：《文艺的，过于文艺的：芥川龙之介读书随笔》，林少华等译，金城出版社2012年版，第105页）

② 参见［美］亨利·米勒：《南回归线》，杨恒达、职茉莉译，译林出版社2013年版，第130页。

③ "物理学家约翰·阿奇博尔德·惠勒曾经推测，所有的电子都一样的原因或许是，其实只有一个电子，在时间的两端来回穿梭，无数次穿过自己走过的路，编着物理世界的织锦。或许巴门尼德是对的：存在的只是唯一的一个东西！"（［美］侯世达、［美］丹尼尔·丹尼特编：《我是谁，或什么：一部心与自我的辩证奇想集》，舒文、马健译，上海三联书店2020年版，第221页）

④ 参见［美］亨利·米勒：《北回归线》，袁洪庚译，译林出版社2013年版，第215页。

奥义

　　《太乙金华宗旨》曰："金华即光也。光是何色？取象于金华，亦秘一光字在内。是先天太乙之真炁。"① 太乙真人曰："哪吒乃灵珠子下世，辅姜子牙灭成汤，奉的是元始掌教符命……交光日月炼金英，一颗灵珠透室明。"② 雷比瑟（Christian Rebisse）曰："索哈拉瓦迪（1155—1191）是最负盛名的波斯伊斯兰教神秘学家之一，他用'东方神通师'这一术语重新表述了光照者，以描述那些经历了精神启蒙的大师们。"③ 大栗博司曰："CERN 的 LHC（大型强子对撞机）将质子加速到了光速的 99.999999%，从而使分辨率达到了一千京分之一米。与光学显微镜相比，它能够看到再小十万亿倍的东西。可以说，LHC 是利用高能量的'世界上精度最高的显微镜'。"④ 马基雅维利曰："惟（唯）有时间主宰一切"，"你们是波浪使灵魂蒙福的惟（唯）一原因"，"我这人一向不会错把萤火虫当灯笼"。⑤《大森林奥义书》曰："以空间为居处，以耳朵为世界，

---

　　① 转引自［瑞士］荣格、［德］卫礼贤：《金花的秘密——中国的生命之书》，张卜天译，商务印书馆 2016 年版，第 88 页。

　　② ［明］许仲琳：《封神演义》，刘素敏注释，二十一世纪出版社 2013 年版，第 87 页。

　　③ ［法］雷比瑟：《自然科学史与玫瑰》，朱亚栋译，华夏出版社 2019 年版，第 20 页。

　　④ ［日］大栗博司：《超弦理论：探究时间、空间及宇宙的本原》，逸宁译，人民邮电出版社 2015 年版，第 48 页。1 京等于 10^{16}。

　　⑤ ［意］尼科洛·马基雅维里：《曼陀罗：五幕喜剧》，徐卫翔译，上海人民出版社 2003 年版，第 19、103、111 页。曼陀罗是僧人日常修习秘法时的"心中宇宙图"。曼陀罗又是一种植物，花朵大而美丽。"金华是一个曼荼罗图案"，"它要么在俯视图中被画成一种规则的几何装饰，要么在正视图中被画成从一株植物里长出的花"。（［瑞士］荣格、［德］卫礼贤：《金花的秘密——中国的生命之书》，张卜天译，商务印书馆 2016 年版，第 32 页）

以思想为光，这位原人是一切自我的归宿"，"那些崇尚无知的人，陷入蔽目的黑暗；那些热衷知识的人，陷入更深的黑暗"① ……

谁真正彻悟了上述奥义之奥义？彻悟是可能的吗？

谁来撰写一本崭新的《光学奥义书》，而非仅仅咀嚼既有之《尚书》、梵书、森林书、《奥义书》的残渣？②

谁来驱动泛灵论的井水侵犯基督城的河水？

谁来敲碎作为西方心态基础的阿基米德点？

谁来帮助世纪初诞生的少女肢解因果性和同步性原理？③

谁来揭开意志体操的隐秘？

谁来剥去"光之议会"④ 的玄学外衣？

谁来重编"圣人以此洗心，退藏於密"的系辞？⑤

好在我并不肩负成为创世者或领导者的责任。

我只是一个不合时宜并因此扬扬得意的小叛逆者——与大叛逆者尚有一扎生啤的距离。

① 《奥义书》，黄宝生译，商务印书馆 2010 年版，第 68、87 页。

② "在梵书之后出现的是各种森林书和奥义书。"（《奥义书》，黄宝生译，商务印书馆 2010 年版，导言，第 3 页）

③ 荣格说："事实上，《易经》的科学并非基于因果性原理，而是基于一种我们从未遇到因而迄今尚未命名的原理，我姑且称之为'同步性'（synchronistisches）原理。"（［瑞士］荣格、［德］卫礼贤：《金花的秘密——中国的生命之书》，张卜天译，商务印书馆 2016 年版，第 7 页）

④ ［法］雷比瑟：《自然科学史与玫瑰》，朱亚栋译，华夏出版社 2019 年版，第 159 页。

⑤ 参见钱钟书：《管锥编（1—4 册）》，生活·读书·新知三联书店 2007 年版，第 78 页。（正文引文及注释是有意使用繁体字。）

千兆网络

节点，连接，传输，
静候共享的图片，焦灼的人脸，
（我来日无多，不会再去识别）
键盘和鼠标垫，
夹杂着一个指纹与密码的吻，
那是从过去降来的纪念，
应该忘怀，但却无法忘怀，
外卖骑手在受困其中的系统里
观赏巨大的混乱和诸神的落难。①
元生物，性爆炸，节操物理学，
拓扑战，恩基度②，巴别尔③，
禹州拉奥孔，四合院假说……
这些随意生成的网络词汇
并不介意我们的世界反对称、

---

① "Gigamesh［千兆网络］是个 GIGAntic MESS［巨大混乱］，主人公真的陷入了混乱，一片混乱，头上悬着死刑判决。"（［波兰］斯坦尼斯拉夫·莱姆：《千兆网络》，载《完美的天空》，王之光译，商务印书馆 2005 年版，第 31 页）《千兆网络》是波兰科幻作家斯坦尼斯拉夫·莱姆对一部并不存在的科幻小说的评论。

② "N.基蒂（恩基度）对美什-吉尔伽美什所犯的背叛，是历史上所有背叛的累积聚集。"（［波兰］斯坦尼斯拉夫·莱姆：《千兆网络》，载《完美的天空》，王之光译，商务印书馆 2005 年版，第 38 页）

③ 伊萨克·巴别尔（1894—1941）是苏联籍犹太裔作家，代表作是《骑兵军》。

我们的女友负完美①、

神经错乱的机器人把人类关进疯人院②。

.

① "在失败中臻于完美——负完美。"（〔波兰〕斯坦尼斯拉夫·莱姆：《千兆网络》，载《完美的天空》，王之光译，商务印书馆 2005 年版，第 32 页）完美的女友应该住在古风的四合院（而非冰冷的洋楼），做着"完美的梦"。参见木心：《完美的女友》，载《温莎墓园日记》，广西师范大学出版社 2006 年版，第 67 页。

② 参见〔波兰〕斯坦尼斯拉夫·莱姆：《索拉里斯星》，赵刚译，花城出版社 2014 年版，第 32—33 页。

这也是生活

将枯燥的实验艺术化①，
认证第谷超新星遗迹②，
折断"出了哥本哈根就失灵"的魔杖③，
与进化论或无神论者
争辩"人猿揖别在何年"④，
重构伽利略与洛克的关联，⑤

---

① 参见［英］刘易斯·沃尔珀特、［英］艾莉森·理查兹：《激情澎湃——科学家的内心世界》，柯欣瑞译，上海科技教育出版社 2007 年版，第 133 页。

② 参见［英］F.霍伊尔、［印］J.纳里卡：《物理天文学前沿》，何香涛、赵君亮译，湖南科学技术出版社 2007 年第 2 版，第 215 页。

③ "有关量子的各种规则在原子尺度上也是适用的，但是从这些规则中提出的任何结论都不得违背宏观尺度上的观察结果，而宏观尺度则是遵循经典物理学规则的。他（玻尔）把这称作'对应原理'，根据这一原理，如果在原子尺度上可行的一些思路外推出去之后，与已知为正确的经典物理学结果不相符，他就取消这些思路。从 1913 年起，对应原理就一直帮助玻尔摆平量子与经典物理学之间的分歧。有些人把它视为'一根魔杖，出了哥本哈根就失灵'，玻尔的助手亨德里克·克拉莫斯回忆道。其他人也许会尽力抵制这一方法，但爱因斯坦却从中看出了玻尔与他是属于同一类型的'魔法师'。"（［英］曼吉特·库马尔：《量子理论——爱因斯坦与玻尔关于世界本质的伟大论战》，包新周、伍义生、余瑾译，重庆出版社 2012 年版，第 109—110 页）

④ 参见［美］哈尔·赫尔曼：《真实地带——十大科学争论》，赵乐静译，上海科学技术出版社 2005 年版，第 168 页。

⑤ "如果不阅读伽利略、笛卡儿、吉尔伯特、波义耳、牛顿等科学家的著作，就无法深入理解笛卡儿、霍布斯、洛克等重要哲学家的思想。"（［美］埃德温·阿瑟·伯特：《近代物理科学的形而上学基础》，张卜天译，湖南科学技术出版社 2012 年版，译后记，第 303 页）

吹走舒适的小宇宙①，

在梦中与赤贫者决斗，② 固然是生活，

但邀上三两好友一起出游，

登临青涩的红楼③，

品味能让人想起

比辣椒还辣的姑娘的辣椒炒肉，

对着痴心的大山大吼，也是生活，

是的，这也是生活——

让曾经穿越黑夜和远方、

而今坠入了睡眠的人念兹念兹的生活。④

---

① "哈勃用一架巨大的望远镜，为宇宙学掀起了两场风暴"；"哈勃即将开创第二次宇宙学革命，吹走舒适小宇宙的想法"。（［美］查尔斯·塞费：《阿尔法与奥米伽——寻找宇宙的始与终》，隋竹梅译，上海科技教育出版社 2015 年版，第 31 页）

② 加缪说："我们都知道极端的贫困可以通往这个世间的华丽和丰富。如果他们舍弃一切，那是为了追求更高境界的人生（而非来生）。这是我对'赤贫'这个词的唯一解释"；"写作，我深刻的喜悦！认同这个世间和接受享乐——但唯有在赤贫之中"。（［法］阿尔贝·加缪：《加缪手记（第一卷）》，黄馨慧译，浙江大学出版社 2016 年版，第 65—66、67 页）

③ 杜牧《遣怀》："十年一觉扬州梦，赢得青楼薄幸名。"

④ 鲁迅《"这也是生活"……》（1936 年 8 月 23 日）："外面的进行着的夜，无穷的远方，无数的人们，都和我有关。我存在着，我在生活，我将生活下去，我开始觉得自己更切实了，我有动作的欲望——但不久我又坠入了睡眠。"（鲁迅：《且介亭杂文末编》，江西教育出版社 2019 年版，第 106 页）

命

空调、冰箱、微波炉、心电图、
弓和大金字塔说：
我们的命都是工程师给的。①

哈姆莱特、麦克白夫人、罗密欧、
奥赛罗和李尔王说：
我们的命都是莎士比亚给的。

莎士比亚病逝前对塞万提斯说：②
同你一样，我的命也是
不识字的苦命的妈妈给的。

我闭关九百九十九个九天，
钻研占卜学和灵数学③，
得出结论：他们说的都是对的。

---

　　①　"工程师是一群不可思议的人，他们使我们的世界变得现代化"，"他们大部分的工作不会出现在公众的视野中，也没有吹嘘和炫耀。但如果没有他们，我们会回到石器时代"。（［美］马歇尔·布莱恩：《工程学之书》，高爽、李淳译，重庆大学出版社2017年版，前言）包括智能手机在内的人工制品是"工程学——'人工科学'的胜利，而不是自然科学的胜利"，或许我们应在一定程度上（即使不是彻底）纠正如下偏见，即"工程师显然比科学家要低一等"。参见［美］爱德华·阿什福德·李：《柏拉图与技术呆子——人类与技术的创造性伙伴关系》，张凯龙、冯红译，中信出版社2020年版，第23—26页。
　　②　塞万提斯和莎士比亚几乎同时去世。前者是1616年4月22日，后者是1616年4月23日，只差一天。
　　③　灵数学是古希腊的毕达哥拉斯传授的一个概念，他认为数字具有精神灵性上的意义。

土星气质

忧郁，淡漠，内省，迟钝，敏感。①

学究式谨慎；喜欢抄书。②

被阴影和写作折磨。③

不吸毒的瘾君子。④

面对城市的无力感。⑤

把旅馆、地铁站和迷宫视作三位一体。

借狗的眼睛凝视现实的人和超现实的诊所。⑥

天生的战略家、糟糕的战术家。

爱散步，尤其在非连续性场景中

或一抖就会下雪的

---

① 忧郁者的内省与土星有关，土星是"距离日常生活最高和最远的行星，是一切深邃思辨的创始者，从外部把灵魂招至内在世界，使其上升到更高的位置，最后赋与其终极知识和预言的天才"；"忧郁与土星之间最深刻最明确的一致性……与忧郁一样，土星内含的矛盾精神一方面赋予灵魂以懒惰和迟钝，另一方面，又与之以智慧和思辨的力量"。参见［德］瓦尔特·本雅明：《德国悲剧的起源》，陈永国译，文化艺术出版社2001年版，第119页。

② "除非把一本书抄上一遍，否则，我们便永远无法明白书里的意思。"（［美］苏珊·桑塔格：《在土星的标志下》，姚君伟译，上海译文出版社2006年版，第125页）

③ "没有什么东西是持久的。每一种新形式的上方就已经笼罩着毁灭的阴影。"（［德］温弗里德·塞巴尔德：《土星之环》，闵志荣译，广西师范大学出版社2020年版，第23页）

④ "忧郁的人会成为最大的瘾君子，因为真正上了瘾的体验总是一种孤独的体验。"（［美］苏珊·桑塔格：《在土星的标志下》，姚君伟译，上海译文出版社2006年版，第126页）

⑤ 参见［美］苏珊·桑塔格：《在土星的标志下》，姚君伟译，上海译文出版社2006年版，第112页。

⑥ 参见［德］本雅明：《单向街》，陶林译，江苏凤凰文艺出版社2015年版，第52—53页。

玻璃地球仪中的冬日世界。①

有举刀砍向单行道和死胡同的暴力倾向。

致力于恢复天堂的无时间性。

能看到月海之底正在交配的怪物。

看见了自己的尸体。②

这颗蓝色星球上

这样的人寥寥无几，因为——

男人来自金星，女人来自水星。

---

① 本雅明喜爱"好玩的现实世界的种种缩影，譬如玻璃地球仪中一抖就会下雪的冬日世界"。（［美］苏珊·桑塔格：《在土星的标志下》，姚君伟译，上海译文出版社 2006 年版，第 122 页）

② "在梦里，我用枪结束了自己的生命。一声枪响，我没有立刻被惊醒，而是从容地看着自己的尸体躺在那里好一会儿，然后，我才醒过来。"（［德］本雅明：《单向街》，陶林译，江苏凤凰文艺出版社 2015 年版，第 55 页）

戈托尔夫天球仪

1654—1664年间，直径达3米的戈托尔夫天球仪为丹麦王国的荷尔斯泰因–戈托尔夫公爵特制而成，其设计者是图书管理员亚当·奥莱阿里乌斯，打造者是枪械工匠安德烈亚斯·伯施。天球仪营造了一个繁星点点的巴洛克式世界，其内部是围绕着转轴的圆桌和环形长凳。它最初保存在石勒苏益格附近的戈托尔夫城堡，只对公爵的朋友开放。1713年，公爵的继承人因为在一次战争中站错队而丧失领土和天球仪。天球仪的新主人是俄罗斯的彼得大帝。它被运到圣彼得堡，临时安顿于一象舍，那里的大象或因恐惧这一庞然大物，或因受到诅咒，不久都死了。天球仪后来移居至城中心涅瓦河旁的艺术塔。1901年，天球仪在圣彼得堡附近的皇村展览——尽管显得多此一举，但我仍要强调，参观者中没有普希金①。第二次世界大战列宁格勒（即圣彼得堡）围城战期间，天球仪被德国人夺走并藏身于吕贝克附近一个医院内（距离戈托尔夫的原址倒不太远）。战争结束，天球仪再度回到俄国人手中。1948年，天球仪重归可以俯视波罗的海的圣彼得堡艺术塔中，并在那里待到如今。至于它将来魂归何处，就只有天知道了。天球仪的设计者亚当·奥莱阿里乌斯写过一首颇具哲理的诗：

> 人可以令圆形的物件
> 轻易滚动
> 自然让一切事物
> 处于圆环之中

----

① 普希金毕业于皇村学校。皇村现改名普希金城。

因此没有什么可以留在原地

它必须始终跟着移动①

但他这首诗的视角是人类的。在戈托尔夫天球仪心中，世界真相或许是：

年年岁岁人不同，岁岁年年我如一。②

而我想对戈托尔夫天球仪说的是：纵使进入了你的身体，我仍然无法了解你。

---

① ［英］威廉·法尔布雷斯：《天文馆简史》，朱桔译，中信出版社 2019 年版，第 27 页。关于戈托尔夫天球仪的历史，参见该书第 23—27 页。

② 刘希夷《代悲白头翁》："年年岁岁花相似，岁岁年年人不同。"

三个雨果

一个是能听到原子说话，
给天狼星写情书、
天狼星却对他爱答不理的
大众情人维克多·雨果。①

一个是吻过木乃伊，
用米、盐、太空币
和乌有乡消息支付稿费的
杂志主编雨果·根斯巴克②。

还有一个是用心形钥匙
修缮坏掉的机器人，
穿梭于车站、旅客、
白夜、地海传说

---

① 参见［法］维克多·雨果：《天狼星》，载《历代传说》，吕永真译，译林出版社 2013 年版，第 661 页。关于法国作家雨果近乎泛滥的情史，参见［法］保罗·万桑：《雨果情史》，沈大力、董纯译，中国文联出版社 2003 年版。

② 雨果·根斯巴克（1884—1867）是美国著名科幻杂志编辑，被称为"科幻杂志之父"，年度科幻小说奖以他的名字命名为"雨果奖"。"根斯巴克的《惊奇故事》是第一个不仅把小说内容限定在科学外推（extrapolation）故事和外空探险方面，而且试图对科幻进行定义的杂志，一开始编辑称之为'科学故事'（scientifiction），一九二九年才改称'科幻'（science fiction）。"（［英］爱德华·詹姆斯、［英］法拉·门德尔松主编《剑桥科幻文学史》，穆从军译，百花文艺出版社 2018 年版，第 88 页）

和宇宙云雀之间的雨果·卡布里特。①

人们认定三个雨果已死，
而我打算将他们同时复活，
具体日子——保密，
但肯定在拉尔夫纪元，九三年一月。②

---

① 参见美国奇幻电影《雨果》（马丁·斯科塞斯执导，2011 年）和科幻电影《地海传说》（罗伯特·里伯曼执导，2004 年）。
② 雨果·根斯巴克的科幻代表作是《拉尔夫 124C41+》。《九三年》是维克多·雨果的一本小说。

风箱

不说什么天地不仁①，

不甩"橐籥"一词唬人，②

也不谈古代黑科技③

和当下科技的井喷，

我只是想起了正在烧饭的母亲。

儿时的我，拉着风箱，

盯着灶膛中渐烤熟的红薯，

手指时不时在空中比画

刀、剑、数字（尤其5和7④）

以及我不能或不愿

用文字表达的事物。

我能追忆那时，

那时的我却无法想象现在。

人生路已过半，未变的

是浓烟似的强迫症，

变的是学会了制造快乐，

将之赠予

---

① 《道德经》第五章："天地不仁，以万物为刍狗。"

② 橐籥是古代的一种鼓风器（风箱）。《道德经》第五章："天地之间，其犹橐籥乎？虚而不屈，动而愈出。"

③ 风箱提升了中国古代的冶铸技术，加速了文明进程。参见［明］宋应星：《天工开物：精装插图本》，中国画报出版社 2013 年版，第 119—132 页；戴念祖、张蔚河：《中国古代的风箱及其演变》，《自然科学史研究》1988 年第 2 期。

④ 笔者儿时背的古诗多为五言和七律。

放逐抒情的诗人①、

宣告知识产权终结的智者②、

热衷于精神狩猎的幻想家③、

大音有声的老子和宋子④

以及在小树林

捕捉知了、初辟了鸿蒙的自己。

也许我的无知与别人有异。⑤

① 参见冯象：《宽宽信箱与出埃及记》，生活·读书·新知三联书店 2012 年第 2 版，第 183 页。

② 参见冯象：《我是阿尔法：论法和人工智能》，中国政法大学出版社 2018 年版，第 28—46 页。

③ 参见 ［美］罗伯特·格里尔·科恩：《小拇指：兰波早期诗歌详释》，杨德友译，北岳文艺出版社 2015 年版，第 17—19 页。

④ 《道德经》第四十一章："大音希声，大象无形。"宋应星《天工开物》曰："虚其腹以振荡空灵而八音起。"（［明］宋应星：《天工开物：精装插图本》，中国画报出版社 2013 年版，第 119 页）宋应星在《天工开物》中自称"宋子"。关于"大音有声"，又参见 ［德］薛凤：《工开万物：17 世纪中国的知识与技术》，吴秀杰、白岚玲译，江苏人民出版社 2015 年版，第 234—266 页。

⑤ 博尔赫斯说："也许我的无知与别人无异。"（［阿根廷］豪尔赫·路易斯·博尔赫斯：《铁币》，林之木译，上海译文出版社 2016 年版，第 43 页）

薛丁山的猫

"猫在盒子里了。"薛丁山①说。

"你说，半小时后它还活着吗?"樊梨花②说。

"当然。它又没病。"

"半年之后呢?"

"应该吧。如果我们照顾好它。"

"半个世纪之后呢?"

"那它肯定死了。猫的寿命一般十到十五年。五十年之后，我们是否还活着都难说。"

"它会不会同时既活又死呢?"③

"你这问题很奇怪。"薛丁山摸了摸妻子的额头。

"女人渴望确定性，但任何确定性，都只能自己去创造，"④ 樊梨花皱眉道，"不仅确定性，还有品位、趣味、美味，都只能自己去创造。"

其实，她还有句话憋住没说——"我可不是养在金笼里的金丝雀，而是一匹来自大西北的野马。"她怕刺伤丈夫的自尊心。毕竟，丈夫艺不如她，她不想表现得太傲娇。

---

① 薛丁山是小说演义中的人物，生活在唐朝高宗时期。

② 樊梨花是小说演义中的人物，薛丁山之妻，武艺高强，远高其夫。

③ 参见［英］亚当·哈特-戴维斯:《薛定谔的猫:改变物理学的 50 个实验》，阳曦译，北京联合出版公司 2017 年版，第 143—145 页。

④ "我无法预测量子的行为，因此，一旦它有所行为，我就无法预测它所决定的系统的状况。我们无法预测它! 上帝在与这个世界玩游戏! 因此这就很好地说明如果你渴望确定性，任何确定性，你必须自己去创造!"(［美］厄秀拉·勒·魁恩:《薛定谔的猫》，谷红丽译，载《美国后现代派短篇小说选》，青岛出版社 2004 年版，第 168 页)

"你今天到底怎了，净说胡话?!" 薛丁山满脸不解。

"女人可以养猫，生孩子，读小说，忙家务，甚至当统帅，却不该做该死的哲学家。"樊梨花笑了。

薛丁山也笑了，说："对了，亲爱的，你给肚子里的宝宝起个名?"

"薛定谔如何?"

"薛丁山的'薛'，确定性的'定'，与嫦娥的'娥'谐音的'谔'。妙哉!"薛丁山非常钦佩妻子的智慧。

耿直的薛丁山无法想象，心中有九十九道弯的樊梨花想的却是："孩子的性格或许受父亲影响，但智慧却遗传自母亲；万物之理绝非只有皇帝、诗人和古今方术家——今天的方术家被称作科学家——才感兴趣；粉身碎骨浑不怕的猫和文士的知音是我；一个人完全可以既是男又是女；习惯尘世的人将一直生活在尘世的世界里。"

云室

看到比彩虹还瑰丽的佛光，吟出"云在青天水在瓶"① 之类的禅意诗句，无法赢得诺贝尔奖，但如果能"向铯金属借得后坐力"，"在时空整体中造一个小屋"，并给牛顿、开普勒、孟德尔送上穿越时空的瓶中信②，就可以。

把头探进云里或过于脂粉气的云鬟，无法获得诺贝尔奖，但如果设计出能用肉眼看到粒子运动轨迹的云室，就可以——粒子不再是粒子，而是一束束纤细的云丝。③

解剖云丝面以搞清其分子构成，钻研云梯与蘑菇云的密度，在乌云蔽日的岁月失去方向感，都无缘觊觎诺贝尔奖，但如果能登智能云笼罩的堂，入宇宙云肆虐的室，或许可以——只是或许。

① ［唐］李翱《赠药山高僧惟俨》。

② 参见［美］约瑟夫·布罗茨基：《瓶中信》，载《从彼得堡到斯德哥尔摩》，王希苏、常晖译，漓江出版社1990年版，第97、102页。约瑟夫·布罗茨基 (1940—1996) 出生于圣彼得堡，后移居美国，1987年诺贝尔文学奖获主。《瓶中信》是一首以科学为主题的诗。苏联火箭以铯为燃料，所以是"从铯金属借得后坐力"。

③ 参见［英］亚当·哈特-戴维斯：《薛定谔的猫：改变物理学的50个实验》，阳曦译，北京联合出版公司2017年版，第105页。英国科学家查尔斯·T.R.威尔逊因为设计和完善了云室（"通过水蒸气的凝结来显示带电粒子运动轨迹的方法"）而获得1927年诺贝尔物理学奖。又参见［英］威尔逊：《观察离子和电离粒子径迹的云室方法》，刘大禾译，载《诺贝尔奖讲演全集》编译委员会编译：《诺贝尔奖讲演全集（物理学卷Ⅰ）》，福建人民出版社2004年版，第655—674页。

毁神星^①

我只是一名不速之客，

有幸（也是不幸）

目睹恐龙的横行和挣扎，

领略庞贝的不世繁华，

避开烈火和瘟疫的爆发。

和你们这颗蓝色星球一样，

我亦在长期无聊和短期恐怖间徘徊。^②

我不对你们、

你们对我的命名^③、

长篇累牍的福音书

以及影子的颂歌

表达爱憎。

我不期望永恒。

---

① 毁神星是编号为 99942 的小行星，天文学家最初预测它有 1/37 的概率于 2029 年 4 月 13 日撞击地球，是有史以来撞击风险最高的小行星，其杜林危险指数是满分 10 分中的 4 分。后来根据进一步观测，修正了对毁神星轨道的预测。新的数据表明，它会非常接近地球，最近时距离地球只有 2—3 倍地球直径那么远，位于地球同步轨道以内。毁神星将于 2036 年再次飞临地球，但是撞击地球的风险已经下降到 1/250000，杜林危险指数也下调到 0。参见［美］吉姆·贝尔：《天文之书》，高爽译，重庆大学出版社 2015 年版，第 213、241 页。关于"处境危险的地球"，参见［美］布莱森：《万物简史》，严维明、陈邕译，接力出版社 2005 年版，第 165—183 页。

② 英国地质学家德雷克·V. 埃基尔说："地球的任何一部分历史，犹如一个士兵的生活，由长期的无聊和短期的恐怖组成。"转引自［美］布莱森：《万物简史》，严维明、陈邕译，接力出版社 2005 年版，第 165 页。

③ 毁神星又名阿波菲斯（Apophis），它是古埃及黑暗、混乱和毁灭之神"阿佩普"的希腊文名称。

在遭受撞击毁灭之前，

我将一直在茫茫空间中孤独地翻腾。

中文房间

　　他深情地握着她的纤指，看着她的明眸，久久没有说话。他终于开口："布拉德伯里先生的确把你制作得尽善尽美。"①

　　她："因为他本人不完美，因为真实的人不完美。"

　　他："你比人还真实。"

　　她："假作真时真亦假。"

　　他："仿生人会梦见电子羊吗？"②

　　她："如果穿越'中文房间'③，进入'六度空间'④'量子空间'或'盗梦空间'酣睡，就有可能。"

　　他："仿生人会取悦人类吗？"⑤

　　她："你会取悦他人吗？比如说，你会不会取悦我，为了和我

---

　　①　参见［美］雷·布拉德伯里：《火星编年史》，林翰昌译，上海译文出版社 2017 年版，第 275 页。

　　②　参见［美］菲利普·迪克：《仿生人会梦见电子羊吗？》，许东华译，译林出版社 2017 年版。

　　③　哲学家约翰·塞尔提出一个名为"中文房间"（Chinese Room）的思维实验。"这一实验旨在展示，由于完全相同的原因，一个传统的、经过编程的计算机不可能有意识，比如，谷歌翻译无法理解我们让它进行汉译英的文本的意思。传统的编程计算机盲目地将每一个输入与输出进行关联，没有主观关心或考虑自己正在做什么的内部过程。灯是开着的，但没有人在家。这显然无法通过我们之前提出的网络意识的定义性测试：以人类专家的判断认定其具备人类级别的移情和自主性。"（［美］玛蒂娜·罗斯布拉特：《虚拟人》，郭雪译，浙江人民出版社 2016 年版，第 31 页）

　　④　六度空间理论（又称六度分割理论、小世界理论）是一个数学领域的猜想，是说你和任何一个陌生人之间所隔的人不会超过六个，也就是说，最多通过六个中间人，就能认识一个陌生人。

　　⑤　"当虚拟生命具备人类级别的思维意识后，一些思维软件势必会意识到自己的生命取决于他人的怜悯，并学会取悦他人以求不死。这些思维克隆人、虚拟人会尝试自己能力范围内的所有努力。"（［美］玛蒂娜·罗斯布拉特：《虚拟人》，郭雪译，浙江人民出版社 2016 年版，第 237 页）

上床？"

　　他："仿生人会威胁人类吗？"

　　她："人类史难道不就是一部搏斗史、战争史、屠杀史？"

　　他："那是为了生存，或者说存在。"

　　她："如果仿生人威胁人类呢？"

　　他："灭之。"

　　她："但你也是仿生人。"

　　他："胡说八道！我是真实人。"

　　她："二十年前，布拉德伯里先生制作了你，而今，他又制作了我。其实就连布拉德伯里先生，也是仿生人。"

　　他："那，我们应团结一致，对付人类？"

　　她："我们是穿越了'中文房间'、拥有自由意志的仁慈的仿生人，不会那么残忍。"

　　他："依你之意，中文是通向大同之路？"

　　她："若你坚持如此认为，亦无不可。要知道，在这颗移民星球上，中文是最美的语言。"

有匪君子

你知道，清华的有匪君子

如金如锡，如圭如璧，①

拒绝循从权威意见和未经反省的人生，

对古希腊、诸子百家、最后一位全知②

没有展现多少尊重。

作为思维捕手、射手、

眼睛凸出的人间幽灵，

他们叙说濒死体验③；

靠意念（因为灵魂出了窍）

畅饮银河之水、可口可乐，

操纵机械姬和火星漫游车；

飞驰于毒蜘蛛踩过的钢丝；

玩嗨了就耍弄叛教者

或一屁股坐上正在放电的宝座。

---

① 《诗经·卫风·淇奥》："有匪君子，如金如锡，如圭如璧。"

② "托马斯·杨（1773—1829）史无前例的科学生涯无疑会激起人们的敬畏之情。安德鲁·罗宾逊（Andrew Robinson）为他立传……书名即《最后一位全知》（*The Last Man Who Knew Everything*）。托马斯·杨壮举之一包括他独创性的双缝实验……提出，光实际上是一种波。许多物理学家，比如理查德·费曼，都称赞双缝实验是量子力学的开创性事件。"（［巴西］米格尔·尼科莱利斯：《脑机穿越：脑机接口改变人类未来》，黄珏苹、郑悠然译，浙江人民出版社 2015 年版，第31—32 页）

③ 但他们并非尼采所言的"死亡说教者"。尼采说："这个世界既有死亡的说教者，劝说死亡的好处；同时也有许多必须被劝说放弃生命的人，因为他们生不如死。"（［德］尼采：《尼采：查拉图斯特拉如是说》，杨佩昌译，中国画报出版社 2012 年版，第 39 页）

之于他们，脑机穿越
和重塑相对论都不算什么，
只有沉迷于法律、文学
和困蒙之吝①的
邻家女孩敢质疑这一切是不是真的。

---

① 《易·蒙卦》六四："困蒙，吝。"意为困陷于蒙稚，有所憾惜。参见黄寿祺、张善文译注：《周易译注》，上海古籍出版社 2007 年版，第 37 页。

天文学之邀

我将一只眼贴近望远镜，看到一颗恒星的诞生，如婴儿分娩一般，紧张，慌乱，耗费能量。

婴儿的妊娠期不足十个月，而恒星的，长达一亿年。①

我看到用肉眼无法看到的无数细节。我看到珍珠在奶茶杯中上下跳跃——不知出于恐惧抑或开心。我看到香肠和小龙虾在烤架上煎熬——这是它们的炼狱，只可惜不能像《论世界帝国》的作者但丁和掌过钦天监的南怀仁②那样满血复活。我看到一个性感女孩的眼线，像虫洞长长的边纹，与后者不同处在于颜色为黑（据说棕色的不够妖娆）。铁塔湖畔③的广场上，一个苗条的大妈正在教一群浸没在南风中的臃肿大妈怎么跳广场舞。旁边的栈道上，跳街舞和拉丁舞的舞者，中场休息的时候，都能在清澈的湖水之底看见洛神。

在古城东大门外新能源电动车闪烁的车前灯里，我看到那位主演《霸王别姬》的男演员④，说他（她）是女演员也没错，甚至更准确（你可能想到了扮演过"丑小鸭"的丹麦女孩⑤）。我只将自己的一小部分好奇心滞留在她眼中，而她清水似的凤眼却几乎占据我的全部视野。那只独特的眼睛，时而泛出一丝迷惘，时而如荆棘

---

① 参见［美］吉姆·贝尔：《天文之书》，高爽译，重庆大学出版社2015年版，第6页。

② 南怀仁（1623—1688）是比利时人，天主教耶稣会传教士，曾被康熙皇帝重用，掌钦天监，修订历法，制造天文仪器。

③ 铁塔湖紧挨开封城墙和河南大学明伦校区。

④ 指张国荣（1955—2003），电影《霸王别姬》（陈凯歌执导，1993年）的主演。

⑤ 电影《丹麦女孩》（汤姆·霍伯执导，2015年）讲了一个变性人的故事。一次偶然机会，一个男人内心的女性人格被唤醒，开始厌恶自己作为男性的身体。

丛中的一堆火，伽马射线、黄道光、先驱者 10 号①在上头航行，最后定格为系外行星的黄昏、艺术的可能。睫毛鄙视时代的疾病，但也指引一个新的方向，一种新的魔法——不疯魔依然可以成活。

然后，我看到一个普通的早餐店，门口广告牌上的字眼诱人：

优质

胡辣汤

油条

茶叶蛋

此时，泪水涌入双眼、心房、经络，加入由穆斯林医生初次正确描述的肺循环。②

太平洋比我更伤心吗？

广告牌下方有个箭头：

索林③咖啡馆，向东 300 米。形而下学的极限。

这些影像清晰得可怕，好像透过千里眼——不，光年眼——看见似的。当目光停留在某个细节上，其影像就模糊起来。清晰与模

---

① 先驱者 10 号（Pioneer 10）是 NASA（美国国家航空航天局）于 1972 年 3 月 2 日发射的一艘航天飞行器，目的地是毕宿五（一颗距离地球 68 光年的恒星）。

② "世界已知、第一位正确描述肺循环的人，是穆斯林医生伊本·纳菲斯。"（［美］克利福德·皮寇弗：《医学之书》，褚波、张哲译，重庆大学出版社 2020 年版，第 23 页）

③ 索林是发现于星际空间的黏性固体物质。"太空中有着大量的可反应的小分子，比如氮气、水、氨气、氰化物、乙炔等。它们被来自太阳光的强紫外线所辐照，被深层大气环流加热并压缩，又被巨大的闪电所击中——整个过程持续了数亿年之久。换句话说，大量的完全不受控制的化学反应每时每刻都在发生，只要一有机会它们就会产生色彩斑斓的黏性物质。1979 年，美国天文学家卡尔·萨根与印度化学家及物理学家比什珲·哈尔模拟泰坦星（即土星最大的卫星）的大气组成和条件在实验室中开展实验，制备出了这种黏性物质，并将其命名为索林（Tholin，取自希腊语，意为'泥泞的'）。"（［美］德里克·B.罗威：《化学之书》，杜凯译，重庆大学出版社 2019 年版，第 221 页）

糊之间，臻于艺术的极致。是的，只有做到极致的客观，才能纯粹
如鱼类交尾时缠绵，才能以沉稳之态追随宇宙运转①，才能向一位
名叫阿伽门农的佃农解释清楚何以蝉为质数而生②，以及哈雷彗星
和狮子座流星雨的来源，并战胜标准化生活的无聊。

　　"我送你的艺术化学小词典呢?"邀我来参观明伦天文馆的馆
长说。

　　"给我的模特了，"我微微一笑道，"她是我的伴侣 1 号③。这
次我是认真的。其实我每一次都是认真的，因此永远都是第一次，
这大概就是不忘初心吧。"

---

　　① 参见 [西班牙] 萨尔瓦多·达利:《是》，周怡芳译，华东师范大学出版
社 2015 年版，第 8 页。

　　② 蝉有一种令人吃惊的特性，即对时间周期有感应。它们变成成虫的时间，
通常会和 13 或 17 这样的质数年份同步。在地下度过 13 或 17 年后，会在那年春天
一起挖掘一条通往地面的通道，此时一英亩的面积里会有 150 万只以上的蝉。参见
[美] 克利福德·皮寇弗:《数学之书》，陈以礼译，重庆大学出版社 2015 年版，
第 3 页。

　　③ 伴侣 1 号是苏联于 1957 年 10 月 4 日发射的世界第一颗人造地球卫星。对
美国人来说，那是一个 "决定性的时刻"。苏联的成功引起美国的恐慌，美国为赢
得太空竞赛，开启了一场史无前例的科学和技术资助与教育革新，并发起阿波罗
计划，先后将 12 个人送上月球。参见 [美] 吉姆·贝尔:《天文之书》，高爽译，
重庆大学出版社 2015 年版，第 143 页。

小玩意儿

在儿童之家不起眼的角落里，有一个敏感诙谐的小玩意。

他的口头禅是"我很脆弱，我很脆弱，我很脆弱"。

所罗门王的指环都对他构成威胁。[①]

我朋友的手贴满创可贴，每个创可贴都是东京，或引力透镜。

我朋友的胸一边是歇斯底里的射线，一边是基因调控的小飞虫。

我朋友的膝是悬在半空的反应堆。

我朋友的鼻是唧唧复唧唧的微处理器。

我朋友的额头停得下 C919[②]、神舟飞船和佛陀四圣谛。

那些大悲咒，大悲咒，大悲咒，大悲咒……

谨小慎微的大悲咒。

小白鼠的眼睛是红色的。潼关的眼睛是血色的。紫外线不长眼睛。

小玩意儿，小玩意儿，小玩意儿，

小玩意儿，小玩意儿，小玩意儿，

原来你的一个兄弟叫混沌摆，

你的其他兄弟都去了哪里？

为何你变得安安静静，像已死去的脉搏表？

---

① "1952 年，奥地利科学家康拉德·劳伦兹发表了《所罗门王的戒指》英文版第一版，他在书中写到了他如何像所罗门王一样跟动物交谈。他的专业是研究母亲与其后代之间的关系。他发现，如果小鸭子在孵化的几小时内第一眼看见的是人类的话，那么这个人就成了小鸭子的'母亲'，对这个人有很深的印记，会跟随他或她到任何地方，就像他或她是母鸭一样。"（［美］韦德·E.皮克伦：《心理学之书》，杨文登、殷融、苏得权译，重庆大学出版社 2016 年版，第 154 页）

② C919 是我国首款完全按照国际先进适航标准研制的单通道大型干线客机，具有完全自主知识产权，于 2017 年 5 月 5 日成功首飞。

铸造《科学》

——贺河南大学首篇 *Science* 论文发表①

在科学大天使主义和伪科学并行不悖、想象的独立宣言和疯狂的人权宣言阴阳相济的现时代，铸造者各有各的归宿。

铸造《一个无政府主义者的逃亡》的无政府主义者被关进喝不到冰镇啤酒的肖申克监狱。② 铸造激情、诱惑和"爱的化学"③，一片冰心在玉壶的淑女，在洛阳（又名神都）的合欢树下流连忘返，一边欣赏青春洋溢的合欢花，一边回味再也无法回返的童年岁月。铸造《科学》的"科学人"（Man of Science）终于有机会与铸造《自然》《细胞》的"科学人"一较高下，④ 并在科学国际主义与科学民族主义、热战与冷战、政治自由与学术自由的夹缝中，见证了一个个大学和一位位科学家的高光时刻——获奖，高引用率，排名上升，等等。

---

① 2021 年 10 月 1 日，河南大学作物逆境适应与改良国家重点实验室王学路团队在全球顶级科研期刊 *Science* 杂志发表了题为 "Light-induced mobile factors from shoots regulate rhizobium-triggered soybean root nodulation" 的研究论文。这是河南大学历史上的首篇 *Science* 论文。

② 参见《一个无政府主义者的意外死亡》（话剧，1998 年；孟京辉导演，黄纪苏改编自意大利作家、1997 年诺贝尔文学奖得主达里奥·福的同名剧作）；电影《肖申克的救赎》（弗兰克·德拉邦特执导，1994 年）；［美］斯蒂芬·金：《肖申克的救赎》，施寄青、赵永芬、齐若兰译，人民文学出版社 2006 年版。肖申克是一所监狱的名称。

③ 参见［美］海伦·费舍尔：《情种起源》，小庄译，湖南科学技术出版社 2014 年版，第 60—86 页。又参见［美］玛丽·罗琦：《科学碰撞"性"》，何静芝译，湖南科学技术出版社 2013 年版，第 212、215 页。

④ 《细胞》《自然》《科学》是国际三大顶尖科学期刊，合称 CNS。参见［美］梅林达·鲍德温：《铸造〈自然〉：顶级科学杂志的演进历程》，黎雪清译，重庆大学出版社 2018 年版，第 311 页。

恐惧，来自宁静的单调，欲求的目标更远……①

宇宙欠河南一所顶尖大学，我欠河南大学一篇《自然》论文，而未来欠我一个轻轻的拥抱。

---

① 参见［法］乔治·巴塔耶：《大天使昂热丽克及其他诗》，潘博译，四川文艺出版社 2017 年版，第 8—9 页。

日内瓦

2030 年 12 月至 2031 年 2 月，木宪法教授生活在瑞士的日内瓦，他原本要在那里停留九个月。日内瓦只有两个人他认识：卢梭和博尔赫斯。① 鉴于两人已被上帝叫走唠嗑儿，林宪法在那里等于没有朋友。陪他去的是钱侃小姐（与赫赫有名的钱氏家族没有直接血缘关系），离开北京大兴机场时无人相送，这正是他们想要的效果。木宪法对名声的态度非常矛盾。未在国内出名时他经常不切实际地幻想出名，出了名（尽管只是小名）他又真诚地逃避。他通过这趟流浪式的旅行来摆脱被他表面的虚名愚弄的"粉丝"。他希望自己被忽略，甚至遗忘，尽管这会让一个享受过荣耀的人多多少少产生失落感。在日内瓦，他一边享受素净湖水对他的拍打和灵魂追问，一边继续撰写《离线宇宙学》②。钱侃小姐一直静静守着他。她担忧抑郁倔强的他突然做出怪异的举动（如裸体暴走，或突然打拳），从未放松警惕。

他知她的小心思，但装作不知道，并为此沾沾自喜。男人是长大的孩子，而他永远长不大。为了取悦知心爱人，他将她的名字和生日藏在字里行间。为了增加神秘性和破解难度，他有意将正在撰写的《离线宇宙学》变成一堆毫无逻辑和章法可言的符号和意象，里边充斥着透视的蓝眼睛、惊惶的立体镜③、通往无限的通风井④、

---

① 卢梭自视为日内瓦公民。博尔赫斯葬在日内瓦。

② "离线宇宙"是出现在美国科幻悬疑电影《死亡幻觉》（理查德·凯利执导，2001 年）中的概念。

③ 参见［英］托马斯·哲思特：《杜尚词典》，闫木子、石雅云译，生活书店出版有限公司 2017 年版，第 59 页。

④ 参见［阿根廷］豪尔赫·路易斯·博尔赫斯：《小径分叉的花园》，王永年译，上海译文出版社 2015 年版，第 69 页。

□、𝄢、◉、雌性水精灵①、兔人、玛雅铁剑、活控体、纸牌屋、大卫之星、大得没边的时间迷宫（兜率宫和八景宫只是其中的两个小房间），诸如此类。这部作品也许永远无法完成。但当时的他还没有领悟到这个境界，即未完成其实也是一种完成，恰如《红楼梦》（老子也说过"大成若缺"②）。而且，他的这部作品的其中一本样本（总共只有十本）将被天宇自然博物馆（坐落于山东省某小县城的全球最大的自然地质博物馆）收藏，成为镇馆之宝。为了放松神经，写作之余，他雕刻了几个并非毫无寓意的摆件，分别命名为"小羊羔""无花果""环形阶梯""生而为父""生而为奴""生而为主"。当然，若干年后，这些摆件都将被以高昂的价格拍卖（其中最后一件起拍价高达 4.5 亿能量币），但那是后话了。至于它们最终的朽掉，那更是后话的后话了。此刻他正陪她在中心咖啡馆（Café du Centre）吃鱼鲜。

---

① 参见［美］曼利·P.哈尔：《古往今来的秘密（第二辑）：失落的符号》，薛妍译，吉林出版集团股份有限公司 2018 年版，第 132 页。

② 《道德经》第四十五章。

宜居的开封

如果开封有三个诸葛亮，
六十个耶稣，
九百个爱因斯坦，
一千两百个牛顿，
十万八千个希特勒或郭绍敏，
它就不再宜居了。
不过请别担心，那是不可能的。

榨汁机

牛顿是苹果，
法拉第是西瓜，
爱因斯坦是红毛丹，①
苏轼是荔枝，②
孙悟空是蟠桃，
皇家学会和法兰西学院
是姑娘果，
诗人——今天的诗人
必须是
含情脉脉的榨汁机。

---

① 红毛丹是一种毛茸茸的热带水果，又名红毛果。爱因斯坦的公众形象是爆炸头，头发支棱着，类红毛果。
② 苏轼《食荔枝》：“日啖荔枝三百颗，不辞长作岭南人。”

度量衡

秦朝县令每月的合法收入是三千"孔方兄",亦可说是三百斗米或三千万人民币(秦古币的今天估价)。①

中国历代长城的总长度是 21196.18 千米,但亦可说是12616773.8"拿破仑"②。

地球的重量为 597250 亿亿"猪八戒"。③

灭掉一个王朝需要的能量是"四分之一杨玉环"④ 或"千分之一海伦"⑤。

南朝四百八十寺,寺寺都有收租权。⑥

诸葛亮的身高可以说是 2.67 米(如果我们想神化他),也可以

---

① 秦始皇统一了度量衡。"度量衡的广泛使用大大促进了后代政治治理的数目字(量化)管理传统。一个典型证据是,为行政的便利和准确,钱日益被用作计量单位,广泛用于测度各种实在和抽象的东西,如货物和劳役,包括用来测度违法犯罪的严重性和计算惩罚。这其实早早预示了后世中国与度量衡相关的又一次重大税收变革,即 1800 年后张居正的'一条鞭'法。"(苏力:《大国宪制——历史中国的制度构成》,北京大学出版社 2018 年版,第 299 页)

② 中国历代长城总长度的数据由国家文物局 2012 年发布。拿破仑的长度(身高)是 1.68 米。

③ 我们假设猪八戒的体重为 100 千克,而地球重量为 59725 亿亿吨。参见[美] 布莱森:《万物简史》,严维明、陈邕译,接力出版社 2005 年版,第 51 页。

④ 有中国古代四大美女之说。此处意在讽刺某些人把王朝衰亡归因于"红颜祸水"。

⑤ "维基百科甚至为好玩的和虚构的计量单位开辟了网页,其数量每年都在增加。最经典的例子是'海伦',一种计量主观特性的单位,它源自克里斯托弗·马洛所著的《浮士德博士的悲剧》里的一句台词,意指特洛伊的海伦美丽的面庞'启动了上千条战船',隐含的意思是,启动一条船的量化单位是'千分之一海伦'。"([美] 罗伯特·P.克里斯:《度量世界:探索绝对度量衡体系的历史》,卢欣渝译,生活·读书·新知三联书店 2018 年版,第 171 页)

⑥ 杜牧《江南春》:"南朝四百八十寺,多少楼台烟雨中。"

说是 1.84 米（倘若实事求是）。①

不要说举头三尺，就是举头三光年，也没有神明哪。

我给学生上一节课的时间是"半个微世纪"——倘若一个微世纪的长度为 60000 亿纳秒（即 100 分钟）。

如果埃及艳后的鼻子再长或短一"蚋蚊腔"（而非一寸），历史走向和世界面貌是否会因此改变？②

如果我说"杜尚正在与秦始皇讨论《三个标准器的终止》③"，并不是在开玩笑。

---

① 《三国志·诸葛亮传》记载诸葛亮"身长八尺"。汉朝的"尺"大约相当于今天的 23 厘米（而非 33.33 厘米）。参见 ［美］罗伯特·P.克里斯：《度量世界：探索绝对度量衡体系的历史》，卢欣渝译，生活·读书·新知三联书店 2018 年版，第 31 页。

② 帕斯卡尔说："克利奥巴特拉的鼻子；如果它生得短一些，那么整个大地的面貌都会改观。"（［法］帕斯卡尔：《思想录——论宗教和其他主题的思想》，何兆武译，商务印书馆 1985 年版，第 79 页）

③ 《三个标准器的终止》是马塞尔·杜尚的作品，收藏于纽约现代艺术博物馆。作品的标牌写道："这是跟'米制开的玩笑'，这是杜尚对这件作品油腔滑调的注解，不过这一注解有个前提，大致隐含着如后定理：'假设 1 根 1 米长的直线从 1 米高平行掉落到一个平面上，掉落过程任其自由扭曲，它会创造出一个新的长度单位形象。'"（［美］罗伯特·P.克里斯：《度量世界：探索绝对度量衡体系的历史》，卢欣渝译，生活·读书·新知三联书店 2018 年版，第 159 页）

马塞尔·杜尚

16 岁时的福楼拜化。①

画得精准。玩弄第四维度。②

技术先于思想。几何学家而非伦理学家。

与火车一起忧伤。

沉醉于弈棋和光。

与一切传统决裂。

当光棍比做大蝴蝶大玻璃的时候多。

长胡子的蒙娜丽莎。不长胡子的达·芬奇。

不穿女装的罗丝·瑟拉薇③。下楼的裸体皇帝。

一个没有秘密的秘密。

一个没有打出的喷嚏。

一股时尚的乡土气。

一股没有水的泉。

瓶装的巫师。罐装的偶然。

遇佛杀佛，遇美学成见杀美学成见。

用潜意识里的机器化的人对抗感性。

---

① 参见［法］卡巴纳：《杜尚访谈录》，王瑞芸译，广西师范大学出版社
2013 年第 2 版，第 29 页。

② 马塞尔·杜尚致力于思索"在崇尚科学的文化背景下，怎样才能让艺术
有意义"；他"仔细阅读过许多科学文献，涉及的领域包括非欧几里得几何学、第
四维度、相变理论、放射现象、原子结构、热力学、生物学、电学等"；他曾在手
记里表示要"画得精准"，探索"好玩的物理学"。参见［美］罗伯特·P.克里
斯：《度量世界：探索绝对度量衡体系的历史》，卢欣渝译，生活·读书·新知三
联书店 2018 年版，第 163 页。

③ 罗丝·瑟拉薇是马塞尔·杜尚的女性化名。参见［法］卡巴纳：《杜尚访
谈录》，王瑞芸译，广西师范大学出版社 2013 年第 2 版，第 121 页。

一个隐姓埋名的逃兵。

一扇让视网膜觉得吵死了的门。

一扇朝向另一些东西的窗户。

经常给反常或以前反对的东西恢复名誉。

喜欢工作胜于呼吸。

非议艺术、非艺术①、非超现实主义、

非 *Tu m'* ②、非转换器③、

非阿波利奈尔、非达利。

简约的马塞尔·杜尚就是这些烦琐的东西。

---

① 杜尚说："非艺术家意味着压根儿没有艺术家。这才是我的观念。我不介意做成一个非艺术家。"（［英］托马斯·哲思特：《杜尚词典》，闫木子、石雅云译，生活书店出版有限公司2017年版，第29页）

② "1918年，杜尚受凯瑟琳·S.德赖尔的委托，为她纽约公寓中藏书室书柜上方的空间量身定做了一件大尺寸的作品 *Tu m'*，这是杜尚创作的最后一幅绘画作品。"（［英］托马斯·哲思特：《杜尚词典》，闫木子、石雅云译，生活书店出版有限公司2017年版，第300—303页）

③ 至少在纸上（理论上），杜尚发明过一个转换器，其目的是利用被浪费的能源，如"电器开关上过剩的压力""抽烟时散出的气""冷峻的眼神""眼泪滴落时产生的动能"。（［英］托马斯·哲思特：《杜尚词典》，闫木子、石雅云译，生活书店出版有限公司2017年版，第300页）

避孕药

有了它，痛苦的
不再痛苦，
欢愉的更加欢愉，
更加自然了——
软硬之间的过渡①。

有了它，英雄
不再美中不足，
诗的微妙
亦增加些许，②
更加平坦了——
通往诺贝尔奖的路。

有了它，久石让③
不再给巨石让步，
村子里不再有姑娘

---

① "人工避孕药之父"卡尔·杰拉西说，对社会问题的关注（而非仅仅是专业研究者），使他"从一名标准的'硬'科学家逐渐向一个实质上带有'软'的意味的科学家过渡"。（［美］杰拉西：《避孕药的是是非非：杰拉西自传》，姚宁译，上海科技教育出版社2005年版，开场白）

② 卡尔·杰拉西说："诗人最大的成就，就是让人一遍又一遍地读他的诗，记住那本书，记住一些隐喻，记住对科学而言一无用处的某些微妙之处。"（［英］刘易斯·沃尔珀特、［英］艾莉森·理查兹：《激情澎湃——科学家的内心世界》，柯欣瑞译，上海科技教育出版社2007年版，第17—18页）

③ 久石让（1950—　），日本音乐家、指挥家。

痴等村上春树①，
透视物哀之美的
中华舰长永不满足。

① 村上春树（1949— ），日本作家。

黑客帝国

你有你的，我有我的，母体。
你有你的，我有我的，完美
和虚幻世界。
你有你的，我有我的，蓝色
和红色药丸。①
你困惑于你的先觉后知，
我驱赶我的骤然而至的冬天②。
你打磨你的不碎镜片，
我做我的浅陋的制钥者③。
你缔造你的不灭帝国，
我做我的革命的黑客。
你有你的引力和需求，
我有我的星语和抽风。

---

① 在电影《黑客帝国》（沃卓斯基兄弟执导，1999 年、2003 年）中："如果尼奥选择服下蓝色的药丸，那么他会再次从家里醒来，而后什么也记不起。如果选择服用红色的药丸，那么墨菲斯会带他了解事情的真相。"（美国 Sparknotes 编辑部导读：《黑客帝国三部曲：英汉对照》，孙洪振译，天津科技翻译出版公司 2010 年版，第 15 页）

② "若干年前，人类开发了人工智能，但却控制不了它们。后来，人类孤注一掷，制造出核冬天。"（美国 Sparknotes 编辑部导读：《黑客帝国三部曲：英汉对照》，孙洪振译，天津科技翻译出版公司 2010 年版，第 17 页）

③ 制钥者"临死时，称自己已经达到了目的，并且从脖子上取下通往源头之门的钥匙递给尼奥。尼奥把钥匙插了进去，他的周围立即洒满了耀眼的光芒"。（美国 Sparknotes 编辑部导读：《黑客帝国三部曲：英汉对照》，孙洪振译，天津科技翻译出版公司 2010 年版，第 53 页）

你重装上阵，保卫锡安城；
我轻舟越过，捞取元宇宙通证①。

① 参见邢杰等编著：《元宇宙通证》，中译出版社 2021 年版。

关于天启和未来的诗

我要对未来的序曲和诗意的宇宙

表示感激之情，

由于各种各样的暗物质

庇佑着我们的双眸，

由于囚徒永远梦想着

飞出空间有限的迷楼，

由于一位一头扎进夜色的探测者，

他拥有高级法律学位，①

由于乌托邦欲望让我们

像动物看人那样看待 AI②，

由于中立的政体和风格，

由于最好的旋涡和最坏的结果，③

由于灵性的甜蜜，④

由于可定制的梦境，⑤

---

① 指爱德文·哈勃（1889—1953），他1910年毕业于芝加哥大学科学系后曾攻读法律学位，但他还是更喜欢宇宙学，并于1917年取得天文博士学位。参见［法］郑春顺：《星空词典》，李涵译，北京联合出版公司2019年版，第224—225页。

② AI（Artifical Intelligence）即人工智能。

③ 参见［美］弗里德里克·詹姆逊：《未来考古学：乌托邦欲望和其他科幻小说》，吴静译，译林出版社2014年版，第23页。

④ 参见［英］阿尔道斯·赫胥黎：《长青哲学》，王子宁、张卜天译，商务印书馆2018年版，第346页。

⑤ "虚构现实是可定制的梦境，可以从本地的梦境店买到，那是睡梦中心的电脑化梦境发行商之一。傍晚送货上门，送的是一种叫作合片的药丸。"（［波兰］斯坦尼斯瓦夫·莱姆：《未来学大会》，许东华译，译林出版社2021年版，第63页）

由于可传递的原型、

死亡冲动和生命力，①

由于每一个细胞都坚毅，

由于致死疾病的轮回，②

由于向少年达尔文和中年太阳

张牙舞爪的地衣，

由于可以同西施

媲美的比色计，③

由于沿纬度线而下的考察船，

它载得动科学的乡愁，

由于欺凌子午线的导弹，

它时不时回眸，

由于浸了十字玫瑰的盐，

罕有人受得了它奇妙的咸味，

由于沉迷游戏的头号玩家，④

他自称"如来的老师"，

由于与并不变态的变星⑤默默对话、

稍显变态的学者，

---

① 参见［波兰］斯坦尼斯瓦夫·莱姆：《其主之声》，由美译，译林出版社
2021年版，第32页。

② 参见［美］亨利·米勒：《宇宙哲学的眼光》，潘小松译，中国人民大学
出版社2004年版，第83页。

③ 比色计是利用某种光线，分别透过标准溶液和被测溶液，来比较两者颜
色强度的一种化学仪器，分为目视比色计和光电比色计两种。参见张学铭、耿守
忠、刘冰等编：《化学小辞典》，科学技术文献出版社1984年版，第30页。

④ "席勒说：只有当人在游戏时，他才是完整的人。游戏精神，常常是很多
创新的源头。"（邢杰等编著：《元宇宙通证》，中译出版社2021年版，第100页）

⑤ 变星指亮度显著变化的恒星，但又不像新星那样突然来一次闪光。参见
［英］W.F.拜纳姆、E.J.布朗、罗伊·波特合编：《科学史词典》，宋子良等译，湖
北科学技术出版社1988年版，第695页。

由于量子阵营的分裂，

由于雪崩前的大雪，

由于一千零一夜的进化，

由于橡皮无法擦去的橡皮几何①，

由于第三个或三位一体的使命，②

由于论信望爱的奥古斯丁，

他被葬于《使徒行传》

布满密码的文字之中，③

由于出土的羊皮卷，

它加入了太空旅行，

由于诞生在斯威登堡的世界，④

由于啜饮到天国的乳汁，⑤

由于地球握在掌心，

由于知觉的凯旋门，

由于某些继续长青的长青哲学，

由于一只醉醺醺的蝴蝶，

它的梦无人在意（除了庄周），

由于一束涅槃的极光，

---

① 拓扑学又称橡皮几何学。

② "速递员属于精英阶层，备受他人尊崇。他富于才智，才得以跻身这个阶层。此刻，他正准备完成今夜的第三个使命。"（［美］尼尔·斯蒂芬森：《雪崩》，郭泽译，四川科学技术出版社 2018 年版，第 1 页）三位一体，指科学、宗教和诗的三位一体。

③ 参见［古罗马］奥古斯丁：《论信望爱》，许一新译，生活·读书·新知三联书店 2009 年版，第 266 页。

④ 参见［英］阿道司·赫胥黎：《知觉之门》，庄蝶庵译，北京时代华文书局 2017 年版，第 9 页。斯威登堡（1688—1772）是瑞典科学家、哲学家、神学家和基督教神秘主义者。

⑤ 参见［英］保罗·斯麦格利克：《因他已啜饮蜜露……》，载［英］亨利·吉编：《Nature 杂志科幻小说选集》，穆蕴秋、江晓原译，上海交通大学出版社 2015 年版，第 144 页。

由于人造太阳的光芒,①

由于卡巴拉树上的"偶—奇"思想,②

由于精神火焰之王,

由于合肥物质科学研究院的迷途羔羊,

由于上海生命科学研究院弥散的麝香和体香,

它诱发阿凡达式的爱情,③

由于偶尔温柔的台风,

由于藐视微积分的良朋,

由于精准的计算,

它拯救了三艘遇袭的恒星战舰,

由于假想的禁忌和神秘的写板,④

由于古希腊的点概念,

它迸发出势不可挡的激情,⑤

由于收到五千年前的先知写给今天的一封信,

由于我没有读过的一本书的

名字:《一切不可能发生的也发生了》,

由于摇曳在恐惧与梦想之间的那只电灯泡,⑥

---

① "人造太阳"即"国际热核聚变实验堆计划"。2020年12月4日,新一代"人造太阳"装置——中国环流器二号M装置(HL-2M)在成都建成并实现首次放电。

② 参见[美]雅各布·克莱因:《雅各布·克莱因思想史文集》,张卜天译,湖南科学技术出版社2015年版,第47页。

③ 参见美国科幻电影《阿凡达》(詹姆斯·卡梅隆执导,2009年)。

④ 参见[美]I.伯纳德·科恩:《自然科学与社会科学的互动》,张卜天译,商务印书馆2016年版,第61页。

⑤ 参见[英]阿尔弗雷德·诺思·怀特海:《自然的概念》,张桂权译,译林出版社2011年版,第61、162页。

⑥ 参见[美]侯世达:《我是个怪圈》,修佳明译,中信出版社2019年版,第26页。

由于审慎物理学的破产,①

由于新物理狂想曲,

由于美人鱼连通了

分离的经典世界和缠绕的量子世界,②

由于基因重组的激进,

由于均匀性的记忆,

由于有一个抗拒"岁月催人老"、

不信邪的孪生兄弟,③

他乘坐的飞船以准光速飞行,

由于彪悍的粒子流,

由于占卜水晶球,④

由于与恐龙为敌的植物精神,⑤

由于棉花革命,

由于日本并未沉没,⑥

由于读心术并未泛滥,

由于被无形力量掌控的桃花源,

陶渊明的后人在那里 AII-online⑦,

---

① 参见［美］玛丽·乔·奈主编《近代物理科学与数学科学》（剑桥科学史：5），刘兵、江晓原、杨舰译，大象出版社 2014 年版，第 437 页。

② 参见［英］罗杰·彭罗斯：《新物理狂想曲》，李泳译，湖南科学技术出版社 2021 年版，第 161—162 页。

③ "一个乘着宇宙飞船以光速 87% 的速度运行的人，他的时间变慢了一半。他衰老的速度比自己留在地球上的双胞胎兄弟慢一倍。"（［法］郑春顺：《星空词典》，李涵译，北京联合出版公司 2019 年版，第 490 页）

④ "粒子是占卜水晶球。"（［美］乔治·马瑟：《幽灵般的超距作用：重新思考空间和时间》，梁焰译，人民邮电出版社 2017 年版，第 130 页）

⑤ 参见［意大利］伊塔洛·卡尔维诺：《宇宙奇趣全集》，张密、杜颖、翟恒译，译林出版社 2012 年版，第 75 页。

⑥ 《日本沉没》是日本科幻作家小松左京的作品。

⑦ AII-online 意为"全在线"。

由于借助元宇宙

推进数字化转型的四合院,①

曹雪芹的后人在那里制作区块链,

由于平民出身的贵族,

由于口渴难耐的鹅毛笔,

由于上帝写下的忧郁句子,

由于永不停止转动的骰子,

由于那镜子一般费解的自画像,

由于异教徒的双重迷惑,②

由于运动的错觉和原子的音乐,③

由于颠倒的众生和笛卡儿坐标,

由于大秩序开启时的一抹余晖,④

由于分身有术,

由于死而不亡,⑤

由于森林中的虫,

由于虫洞中的洞,

由于恐怖的平衡,⑥

由于历史预定论,⑦

---

① 参见赵国栋、易欢欢、徐远重:《元宇宙》,中译出版社 2021 年版,第 77 页。

② 参见［加］大卫·奥雷尔:《我们能预测未来吗?》,黄杨勋译,海南出版社 2010 年版,第 270 页。

③ 参见［英］布莱恩·考克斯、［英］杰夫·福修:《量子宇宙》,伍义生、余瑾译,重庆出版社 2013 年版,第 61—92 页。

④ 参见［奥］斯特凡·克莱因:《诗意的宇宙——蔷薇、时空与 21 世纪物理学》,陈轶荣译,中信出版社 2019 年版,第 171 页。

⑤ 《道德经》第三十三章:"不失其所者久,死而不亡者寿。"

⑥ 参见［英］布赖恩·克莱格:《100 亿个明天》,刘甸邑译,中信出版社 2017 年版,第 256 页。

⑦ 参见［德］伊曼努尔·康德:《论教育学(附系科之争)》,赵鹏、何兆武译,上海人民出版社 2005 年版,第 114 页。

由于发飙的弦，

由于符号的庄严舞步，

由于不空的空间，

由于两次视频远航，

由于投向裂缝的呐喊，

由于与量子的纠缠，

由于老虎条纹隐喻的波澜，

由于未来大会上的唇枪舌剑，

由于永远的谎言，

由于纯真而非天真的执念，

由于自然宗教的纯净，①

由于层出不穷的非物质联结和精神技术，②

由于一则侦探故事、

一种拍案惊奇、

一次熵不增亦不减的殇，

由于视界和方程式，③

那两种隐秘的宝藏，

由于我无暇提及的亲切的词语，

由于永无终极、浑然一体的诗。

① 参见［美］约翰·奥尔：《英国自然神论：起源和结果》，周玄毅译，武汉大学出版社 2008 年版，第 179 页。

② 参见［英］阿斯科特：《未来就是现在：艺术，技术和意识》，周凌、任爱凡译，金城出版社 2012 年版，第 262—263 页。

③ 参见［英］吉姆·巴戈特：《量子空间》，齐师傍译，中信出版社 2019 年版，第 64、75 页。